KB184429

새 벽 의 틈 새

Yoake no Hazama

마치다 소노코 지음

이은혜 옮김

새 벽 의 틈 새

하빌리스

일러두기

1. 이 작품은 『계간지 asta』 1~5권에 연재된 작품을 작가가 가필 수정해서 엮은 책을 옮겼습니다.
2. 인명이나 고유명사는 기본적으로 외래어 표기법을 충실히 따랐으나, 발음상의 문제 등이 있는 고유명사의 경우 통례를 따랐습니다.
3. 등장인물의 인명은 꼭 필요한 부분을 제외하고 되도록 '이름'으로 통일했습니다. 단 글 전체에서 '성'으로만 등장한 사람이나, 글의 흐름상 '성'으로 부르는 것이 더 자연스러운 경우는 이름 대신 '성'으로 표기했습니다.
4. 옮긴이 주는 괄호 안에 '옮긴이'라는 말과 함께 표기했습니다.
5. 소설 속에서 등장인물의 회상 장면은 '—'으로 구분했습니다.

차례

1장

보내는 사람의 뒷모습

바다가 보이는 순백의 저택에서 올리는 최고의 웨딩!

수영장이 딸린 정원에서 싱그러운 녹음과 아름다운 꽃에 둘러싸여 바람과 햇살을 느끼는 결혼식을 꿈꾸지 않으셨나요?

고풍스럽고 우아한 웨딩 계단과 당신의 개성이 돋보이는 피로연은 어떠신가요?

하루에 단 한 커플만을 모시는 '프라이빗 가든 아르카디아'에서라면 당신의 모든 꿈이 현실이 됩니다. 직원 모두가 한마음이 되어 오직 두 사람만을 위한 하루를 만들어 드립니다.

"꿈에 그리던 최고의 결혼식! 프라이~빗 가든~. 아르카디이이이아~."

문득 떠오른 CM송을 나직이 흥얼거리자, 옆자리에서 호로새로 만든 테린(고기를 으깨 굳힌 프랑스 전통 요리-옮긴이)을 한입 가득 넣었던 나쓰메가 풋 하며 음식을 도로 뿜어내려 했다.

"마나, 음치도 그 정도면 병이야. 갑자기 노래는 왜 부르고 그래?"

"그냥 갑자기 이 노래가 떠올라서."

빨간 장미로 예쁘게 장식되어 있던 광고 속 웨딩 계단이 오늘은 분홍색과 흰색 장미로 꾸며져 있었다. 계단 위에 달린 휘황찬란한 샹들리에 또한 눈이 부시게 반짝였다. 이탈리아 유명 건축가가 설계했다는 웨딩 계단과 스와로브스키 수정이 주렁주렁 달린 샹들리에는 과연 이곳, 아르카디아 피로연장의 자랑이라 할 만했다. 그리고 지금, 그 화려한 계단에서 신랑 신부의 행복을 위해 뿌려 주는 쌀을 맞으며 천천히 내려오고 있는 사람은… 신랑 측 아버지였다. 한 손에 마이크를 든 채로 손을 흔들며 하객들에게 화답하는 모습만 보면 마치 노련한 엔카 가수 같기도 하다. 다만 노래 실력은…, 물론 음치로 동네에 소문이 자자한 내가 할 말은 아니겠지만 송년회 회식 자리에서나 들을 법한 수준, 아니 사실 그보다 못하다. 노래자랑이었다면 후렴구를 부르기도 전에 땡 소리가 났거나 애초에 예선조차 통과하지 못했을 실력이었다. 그래도 폼 하나만큼은 국민 가수가 따로 없다.

정작 오늘의 주인공인 신부는 그런 신랑 아버지 옆에서 들러리가 되어 쌀을 뿌리고 있었다. 내 친구 후코가 말이다.

"꿈을 이루어주는 건 좋은데, 그게 설마 신랑 아버지 꿈일 줄은 몰랐네."

신랑인 에이타 부모님이 결혼을 허락하는 대신 결혼식 진행에 관해 몇 가지 제안을 하고 싶어 한다는 이야기는 들었다. 대신 결혼식 비용을 어느 정도 보태 주기로 했다는 이야기도. 그런데 이건 '몇 가지'가 아니라 '전부'가 아닌가. 후코는 아무 말도 하지 않았지만 식을 직접 보니 모를 수가 없었다. 피로연장 세팅부터 식순과 좌석 배치까지, 무엇 하나 후코 스타일이 아니다. 심지어 웨딩드레스와 칵테일드레스 디자인조차도.

나는 누가 봐도 그리스 조각상에서나 볼 수 있는 어색한 미소를 띤 채 은그릇에 담긴 쌀을 뿌리는 후코의 모습을 다시 찬찬히 살폈다.

몸의 라인이 그대로 드러나는 머메이드 드레스는 진한 파란색이었다. 끝자락으로 내려가면서 보라색으로 바뀌는 그러데이션은 여성스러움을 강조해 한층 아름답게 보였다. 하지만 이 드레스가 153센티미터 키에 동글동글한 체형인 후코에게 과연 최선이었을까? 결단코 아니다.

후코는 연한 파스텔톤의 노란색이나 분홍색이 더 잘 받고, 크게 부풀린 소매와 드레스 자락이 넓게 펼쳐지는 프린세스 라인이 더 잘 어울렸을 거다. 그 위에 레이스가 잔뜩 달린 큰 리본과 보석이 장식되어 있으면 완벽했을 테고. 얼굴도 귀엽지만, 표정이 풍부한 후코는 항상 밝은 기운으로 사람들의 눈길을 끄는 해바라기 같은 사람이니까. 그리고 무엇보다 레이스와 프릴은 그녀가 제일 좋아하는 아이템이다. 톡톡 튀고 발랄한 평소 후코 스타일을 잘 알기 때문에 지금 입은 드레스가 더 거슬리는지도 모르겠다.

후코가 너무 신나게 쌀을 뿌렸던지 직원이 다가와 쌀이 든 그릇을 새로 바꿔 주었다. 후코는 여전히 얼굴 가득 미소를 띤 채로 다시 쌀을 뿌렸다.

"자, 잠깐만, 후찡. 내가 스모 선수도 아니고, 액땜하는 게 아니니까 적당히 해."(스모 경기에서는 경기 전 액운을 막고 선수 안전을 기원하며 하얀 소금을 뿌린다-옮긴이)

머리에 쌀알이 잔뜩 올라간 신랑 아버지가 후코를 자연스럽게 '후찡'이라고 불렀고, 그 소리가 마이크를 타고 피로연장 안에 울려 퍼졌다. '후우찡?' 그런 애칭은 난생처음이다. 후코에 대한 순수한 애정이 눈곱만큼도 느껴지지 않지만, 그것도 역시 기분 탓일까?

"뭐라는 거야. 우우~. 하쿠호 선수(스모 선수-옮긴이) 기사도 못 보셨나! 소금 뿌리는 모습이 신비로워서 요즘 인터넷에서는 팅커 벨로 통한다고! 스모 무시하지 말란 말이야!"

나쓰메가 영문 모를 야유를 날리고 나서 맥주를 단숨에 들이켰다. 그리고 다시 후코를 바라보며 "그나저나 어쩔 수 없네. 여자의 꿈이라는 건 여전히 모래성일 뿐이야"라고 투덜거렸다.

"아무리 세상이 변했다고 해도 큰 파도 앞에서 힘없이 무너지는 모래성인 거지. 하, 더러운 세상."

후코는 성격이 밝고 농담도 곧잘 해서 우리 셋 중에는 단연 분위기 메이커였다. 유행에 민감한 패션 리더이기도 했고.

다만 배려가 지나쳐서 조금 답답할 때가 있다. 그래서 후코가 다섯 살 연상이라는, 고작 그런 이유 따위로 결혼을 못마땅하게 생각하던 시부모에게 결혼식 주도권을 넘기는 걸로 이 결혼이 원만히 성사될 수만 있다면 다른 건 다 괜찮다고 생각했을 것이다. 나이 많은 며느리가 마뜩잖던 시아버지도 활짝 웃으며 "후찡"이라고 부르는 걸 보면 적어도 후코의 계획은 성공인 듯했고.

하지만 우리는 알고 있다. 후코가 결혼식에 얼마나 큰 로망을 가지고 있었는지. 고등학교 시절부터 쌓아온 이상이었고, 하객으로 결혼식에 몇 번 참석한 뒤로는 더 구체적인 계획으로 다듬어졌던 그녀의 꿈을 우리는 너무나도 잘 안다. 그러니 지금 눈앞에서 벌어지고 있는, 행복을 가장한 불행을 그냥 지켜보고 있어서는 안 된다.

"나쓰메, 우리가 친구로서 가만히 있어도 될까?"

식욕이 떨어져 잘라만 놓은 테린 접시를 나쓰메 앞으로 밀어 주자, 그녀가 음식을 포크로 푹 찍어서 바로 입에 넣었다. 그러고는 은테 안경 너머로 눈을 찌푸리며 물었다.

"가만히 안 있으면, 뭐?"

"후코를 데리고 도망이라도 쳐야 하는 거 아닐까? 아니면 이건 아니라고 대성통곡이라도 해? 사회자 마이크를 빼앗고 꺼지라고 소리칠까?"

나쓰메가 어깨를 살짝 올렸다 내렸다.

"휴, 우리도 같이 쌀 뿌리자고 하는 줄 알았네. 참아. 우리는 가만히 입 다물고 손뼉만 치면 되는 거야. 후코 얼굴에서 저 미소가 사라지지 않은 한. 그렇지만 나도 저 바보 같은 남자 뒤통수를 한 대 때리고 싶기는 해."

나쓰메가 저기, 라며 포크로 가리킨 쪽을 보니 신랑 신부 좌석에서 에이타가 감격스러운 표정으로 열심히 박수를 보내고 있었다. 결혼을 반대했던 아버지와 제 신부가 사이좋게 서 있는 모습이 퍽이나 기쁜 모양이다.

"너만 행복하면 다냐고 한 대 치고 싶다. 아까 화장실에서 신랑 측 친척 할머니들이 한숨 쉬면서 뭐라고 한 줄 알아? 나이 많은 부인한테 잡혀 살면 큰일이라나? 아니, 잡고 살면 이런 결혼식을 하겠냐?!"

나쓰메는 피식피식 웃었지만 나는 나도 모르게 혀를 찼다. 물론 그들의 무례한 발언에 대한 질책이었다. 동시에 후코를 향한 안타까움의 표현이기도 했다.

"꿈꾸던 결혼식을 무참히 짓밟힌 것도 억울한데 그런 말까지 들어야 해? 나 같으면 안 참아. 이 결혼 절대 안 했을 거야. 후코, 제정신인 거 맞아?"

"네 마음은 이해하지만 후코는 받아들였어."

그때 푸아그라 어쩌고 하는 이름의 수프가 앞에 놓였다. 맑은 호박색 수프 위에 올려진 푸아그라와 송로버섯이 참 고상하기도 하다.

"아까도 말했지만, 세상이 아무리 변해도, 잘못됐다고 목이 터지게 외쳐도, 변하지 않는 게 있어. 게다가 여기는 특히 더 그런 곳이잖아. 이런 촌구석은 도시랑은 다르지. 구식 가치관이 지배하는 곳이야. 좀 전에 신랑 직장 상사가 한 축사 들었잖아. 집안과 집안의 만남에서는 집안의 번영이 중요하다나 뭐라나 아무튼 그게 제일 중요한 거야. 신부 마음 같은 건 제일 나중 문제라고."

수프를 한 입 먹은 나쓰메가 미지근하다며 얼굴을 찌푸렸다. 그러고 보니 피로연 음식 수준도 떨어진다. 직원 수도 적은 편인 걸 보니 구두쇠 집안이 분명하다. 후코는 먹는 걸 좋아해서 신랑과 신부는 물론, 하객 모두가 피로연에서 맛있게 식사하기를 바랐었는데….

나는 다시 후코를 바라봤다. 자기 어깨를 감싼 채 열창하는 시아버지의 옆에서 웃고 있는 후코 모습을 보니 괜스레 짜증이 일었다.

"마나, 난 네가 왜 화를 내는지 모르겠어."

이 단호한 화법의 구사자는 나보다 두 살 위인 언니, 사쿠마 안나다. 언니는 이어서 "나는 후코가 잘했다고 생각해"라며 미간을 찡그렸다.

"결혼식을 올리지 말라고 했으면 불쌍했겠지만, 아르카디아에서 제대로 식을 올려 준 거잖아. 시부모님도 기뻐하셨으면 다 잘된 거 아니야?"

"하지만 후코는 결혼식에 대한 로망이 있었단 말이야. 그걸 짓밟혔어."

"야, 너희가 아직도 10대 소녀인 줄 알아? 벌써 서른하나야. 결혼식에 대한 로망은 무슨…."

한심하다는 듯한 언니의 눈빛에 순간 속에서 뭔가 울컥 치밀었다. 사람 나이에 '아직'은 뭐고 '벌써'는 또 뭐란 말인가.

"후코가 너보다 어른스럽게 대처한 거야. 결혼식이 끝이 아니잖아. 앞으로도 계속 봐야 하는 사이인 걸 아니까 참은 거지."

"그래, 나쓰메도 그렇게 말했어. 그래도…."

"애초에 후코 본인이 싫다고 한 것도 아니지 않아?"

나는 언니의 물음에 떨떠름하게 고개를 끄덕였다. 피로연이 끝나고 도저히 참을 수 없어서 나쓰메를 끌고 신부 대기실을 찾아갔었다. 마침 드레스를 벗고 있던 후코는 내 표정을 보고 무슨 말이 하고 싶은지 짐작한 듯했지만, 내가 입을 열기도 전에 먼저 "두 사람이 와줘서 정말 멋진 결혼식이 됐어!"라고 말하며 활짝 웃었다.

"정말이야. 고등학교 때부터 늘 함께였던 두 사람이 와줬으니까 나는 그걸로 충분해. 나, 지금 너무 행복해!"

후코의 목소리는 밝았고 더할 나위 없이 상냥했다. 분명 진심이었고 그래서 더 속상했다. 우리가 귀에 못이 박히게 들었던 수많은 계획 중에서 단 하나밖에 이루지 못했으면서 행복하다니.

"결국 꿈은 꿈이야. 인생은 꿈처럼 살 수 없거든. 그나저나 넌, 친구한테 선수를 뺏기고선 이런 쓸데없는 불만이나 늘어놓고 싶니? 어머! 이치카! 입에 다 묻었잖아."

아기 의자에 앉아서 초코아이스크림을 열심히 먹고 있던 이치카 입 주변이 온통 아이스크림 범벅이었다. 하얀 레이스 원피스 목둘레에 묻은 아이스크림을 보자 언니는 서둘러 옆에 있던 물티슈를 집어 들었다. 이제 세 살이 된 나의 조카, 이치카가 공주님처럼 도도하게 턱을 들어 올렸다.

"스물셋에 결혼했지만 나도 결혼식에 관해서는 진짜 많이 양보했어. 정말 입고 싶지 않았지만, 시어머니가 원하셔서 화려한 기모노도 입었고. 남편 직장 상사랑 듀엣으로 〈시집오지 않을래〉도 열창했잖아. 속으로는 목에 칼이 들어와도 절대 당신한테 시집갈 일은 없다고 생각했지만, 웃으면서 손뼉으로 박자까지 맞췄다."

"언니는 결혼식에 별로 관심이 없었잖아. 신혼여행을 발리로 갈 수만 있으면 다 괜찮다고 하지 않았어?"

당시 신혼여행은 수영장이 딸린 경치 좋은 리조트로 갈 거라고 단호하게 못을 박았고, 그 희망만은 확실하게 이뤘다.

"그때 만약 시부모님이 발리는 너무 머니까 아타미로 가라고 했으면 어땠을 것 같아?"

"무슨 소리야? 결혼식이랑 신혼여행은 다르지. 아, 속상해. 이 원피스 얼마 전에 중고 거래 사이트에서 산 건데, 넌 왜 하필 초코아이스크림을 사 오니."

"언니가 전에 여기 아이스크림 맛있다고 했잖아. 좋아할 줄 알았지."

"언제 적 얘기야. 그리고 그때 나는 레몬 셔벗을 추천하지 않았어? 애당초 어린애가 있는 집에 오면서 초코아이스크림을 사 오는 건 상식 밖이야. 이왕 받았으니까 주기는 했지만."

이 아이스크림으로 말하자면 원래는 나도 같이 먹을 생각으로 언니네 가족 수에 더해 내 것까지 사 왔지만, 내게는 내줄 생각이 전혀 없는 듯하다. 이렇게 핀잔까지 들어야 한다면 차라리 내가 다 먹을 테니 당장 가져오라고 말하고 싶었지만, 그래봤자 괜한 말싸움만 벌어질 테니 참기로 했다. "그나저나 중요한 얘기가 뭔데?" 대신 화제를 돌렸다.

오늘은 지하철로 두 정거장 떨어진 아파트에 사는 언니가 중요하게 할 말이 있다고 해서 들른 참이었다. 그다지 사이좋은 자매는 아니라 이렇게 보는 것도 반년만이다. 전에 봤을 때는 텔레비전을 '테베리'라고 하던 이치카가 또박또박 '텔레비전'이라고 말해서 살짝 놀랐고, 언니의 허리가 더 굵어진 모습에 또 한 번 놀랐다.

"아, 맞다. 중요한 얘기가 뭐냐면, 나 엄마네 집으로 들어가기로 했어. 그랬더니 엄마가 집 명의를 내 앞으로 바꾸자고 해서 말이야. 그 집 내가 물려받는다."

"아…."

나는 앞에 놓여 있던 보리차 컵으로 손을 뻗었다. 물방울이 맺힌 컵 가장자리에 입을 대고 잠시 생각했다. 뭐라고 대답하지? "그렇게 될 줄 알았어"라고 할까? 아니, 아니다. 그랬다가는 "넌 정말 엄마를 돌볼 생각이 전혀 없었구나!"라는 핀잔만 돌아오겠지. 그렇다면 "왜 갑자기?"는 어떨까? 그래, 이 정도가 좋겠다. 이걸로 해야겠다.

"왜 갑자기?"

하지만 막상 그 말을 입 밖으로 꺼내자, 어이없다는 듯 짧게 숨을 내뱉은 언니가 나를 노려봤다.

"말투가 왜 그래? 싫다는 거야? 뭐? 아니라고? 됐다, 됐어. 있잖아, 엄마 말이야, 자궁 적출 수술받기로 하셨어."

처음 듣는 소리였다. 엄마와는 한 달 전에 한 통화가 마지막이기는 했지만, 몸이 안 좋다는 말은 전혀 듣지 못했다. 아…, 싸우고 끊었으니 그런 이야기를 할 겨를이 없었을지도.

"건강검진에서 발견했는데, 자궁암 초기래. 어차피 생리가 끝날 나이이기도 해서 그냥 깔끔하게 떼어 내기로 하셨대. 원래 엄마가 이상한 부분에서 과감하시잖아."

"아…."

문득 내가 암유전자를 물려받은 순수 혈통이라는 생각이 들었다. 내가 말귀를 알아듣기 시작할 무렵 돌아가신 아버지도 암이었으니, 앞으로는 좀 더 신경을 써야겠다 같은 생각이나 하고 있을 때 같은 피를 물려받은 언니는 진지한 표정으로 "부모님도 언젠가는 돌아가신다는 사실을 잊고 있었어. 그래서 지금부터라도 효도하려고"라고 말했다.

"네 형부랑 애들도 엄마 모시고 사는 데 찬성했어. 그런데 엄마 집이 좀 낡았잖아. 엄마 노후도 생각해서 이참에 리모델링하려고. 이게 방 배치도야."

언니가 내 앞으로 서류를 내밀었다. 초코아이스크림을 다 먹은 이치카가 "호빵맨!"을 외치며 언니를 졸랐고, 언니가 텔레비전을 트는 사이에 나는 서류를 눈으로 훑었다. 2층을 증축하는 모양이다. 주방에는 인덕션을 설치하고 아이 방도 있다. 언니 부부가 쓸 방은 꽤 널찍했고 당연하게도 내 방은 없었다. 뭐, 있어도 곤란했겠지만. 공사 시작일은 닷새 뒤였다. 이미 결정된 일이라는 뜻이었다.

"남편 출퇴근 시간도 줄일 수 있고 거기는 근처에 상점가도 있잖아. 우리 식구도 더 편해질 것 같아. 엄마가 집에 계시면 나도 아르바이트를 할 수 있고."

언니가 DVD플레이어를 조작하면서 말을 이었다.

"엄마도 아주 좋아하셨어. 시집보낸 딸이랑 같이 살게 된다니 꿈만 같다고 하시더라. 손주들이랑 여생을 보낼 수 있어서 행복하시대. 효도는 이렇게 하는 거구나 싶더라니까. 네 형부가 셋째라서 일이 쉽게 성사된 거지 다른 집이면 어림도 없었어. 효도하게 해 준 남편한테 어찌나 고맙던지."

"비용은 나도 보탤게." 서류를 살피던 나는 분홍색 형광펜으로 여러 번 동그라미를 쳐 둔 굵은 숫자를 응시하며 그렇게 말했다.

"엄마 집, 많이 낡기도 했고 배리어 프리로 고칠 생각인 모양인데, 리모델링 비용 만만치 않잖아. 나도 보탤게."

"아니야. 넌 신경 쓰지 마. 그냥 너한테도 알려 줘야 한다고 생각했을 뿐이야. 하지만 너도 엄마 딸이니까, 효도하고 싶은 마음은 똑같잖아. 그렇지?"

텔레비전에서 〈날아라! 호빵맨〉 주제가가 흘러나오기 시작했다. 이치카가 엉덩이를 씰룩거리며 춤추는 모습을 잠시 보다가 자연스레 살림살이가 빽빽이 들어차 있는 집안을 둘러봤다.

고등학생 때부터 사귀던 남자친구랑 대학을 졸업하자마자 결혼한 언니는 아이 넷을 낳았다. 첫째부터 열한 살, 열 살, 일곱 살, 세 살이다. 첫째부터 셋째는 아들이고 막내로 고대하던 딸을 얻었다. 방 두 개에 거실과 주방, 욕실이 있는 지금의 아파트에서 신혼 때부터 살았는데, 확실히 여섯 식구가 살기에는 이제 비좁다. 형부가 이 지역에서는 꽤 알려진 기업에서 근무하고 있으니 월급이 적지는 않겠지만, 아이가 넷이나 있으면 생활이 빠듯할지도 모른다.

이해관계의 일치, 순간 그런 단어가 머릿속을 스쳤다. 아니다. 언니가 '효도'라고 했으니 이건 효도다. 깊이 생각하지 말자.

"계좌번호 알려 줘."

언니는 너무나 사랑스러워서 어린이집에도 보내고 싶지 않다는 막내딸에게 시선을 고정한 채로 대답했다.

"그래, 엄마를 위한 일이니까."

용건을 마치고 아파트를 나왔다. 밖으로 나와 문득 7층 건물을 올려다보는데 나도 모르게 한숨이 쏟아졌다. 필요한 정보를 알려준 언니가 자기는 다 안다는 듯한 얼굴로 엄마한테 연락 드리라며 가볍게 웃었기 때문이었다.

— 엄마랑 싸웠다며? 엄마는 네가 걱정되니까 그러신 거야. 솔직히 나도 엄마랑 같은 생각이고. 나 같아도 내 자식이 그런 일을 한다고 하면 뜯어말릴 거야.

이치카가 있어서 참을 수 있었다. 순진무구한 아이 앞에서 욕을 하면 안 된다는 상식쯤은 내게도 있다. 그래도 무섭게 노려보기는 했다. 언니가 바라는 그 돈도 '그런' 일을 해서 번 돈이라고 쏘아붙이고 싶었다. 아, 이런, 웃으면서 말하면 세 살짜리 아이는 알아듣지 못했을 텐데. 제길, 생각이 짧았다.

가방에서 스마트폰을 꺼내 엄마의 번호를 찾았다. 아프다며, 몸은 좀 어때? 뭐라고 말을 꺼낼지 머릿속으로 세 번 정도 연습한 후에 발신 버튼을 누르려던 순간, 문득 손이 멈췄다. 엄마 번호 대신 나쓰메 번호를 눌렀다. 하소연이 먼저였다. 통화 연결음이 몇 번 지나간 후에 전화를 받은 나쓰메는 아무래도 파친코 가게에 있는 모양이었다. 스마트폰 너머에서 시끄러운 소리가 넘어왔다.

"뭐 해? 슬롯머신?"

"응. 글이 안 써져서 기분 전환 중."

나쓰메는 작가다. 대학교 2학년 때 쓴 소설로 신인문학상을 받고 화려하게 데뷔했다. 몸을 팔아 생계를 잇는 엄마와 그런 엄마를 증오하는 딸의 가슴 아픈 일상을 그린 이야기였는데, 당시 주목받던 신인 영화감독 눈에 띄어 영화로도 제작됐다. 덕분에 한때는 언론에도 자주 오르내렸고, 한동안은 동네도 떠들썩했다. 내세울 게 하나 없는, 저물어 가는 지방 작은 도시에서 유명 작가가 나왔으니 그럴 만도 했다. 나쓰메는 그렇게 한때 모두의 꿈과 희망을 등에 업었지만, 안타깝게도 두 번째 작품부터는 그다지 빛을 보지 못했다. 혹평이 이어졌고 일이 하나둘씩 떨어져 나갔다. 지금은 한 달에 한 번 작은 지역 정보지에 수필을 연재하는 일이 전부다. 필명도 바꾸고 작풍도 바꿔 보면서 이런저런 시도를 해 봤지만 실상 효과는 없었다.

"나 오늘 쉬는 날인데 한잔할래?"

"아, 미안. 밤에는 일해야 해."

본업만으로는 생활할 수 없었던 나쓰메는 요즘 성매매 업소에서 일한다. 딜리버리 헬스(손님이 있는 집이나 호텔로 여성을 파견해 성적 서비스를 제공하는 일-옮긴이) '미루쿠카키코오리 본점'에서 '미캉'이라는 가명으로. 나쓰메는 "인간의 모습을 관찰하면서 돈도 벌 수 있고 무엇보다 마음이 편해. 내가 반짝 인기 작가 '에나가 나쓰메'라는 걸 아무도 몰라. 애초에 관심도 없어. 여기서는 그저 여자이기만 하면 되거든"이라고 말했다.

"미캉 씨. 요즘 출근하는 날이 많네요. 잠은 제대로 자? 밥은 챙겨 먹고 있고?"

화장으로 가리려고 한 것 같지만, 후코 결혼식에서 만났을 때도 눈 밑에 다크서클이 선명했다. 나쓰메는 다이어트 중이라고 했지만, 한때 통통했던 볼은 홀쭉해진 뒤로 계속 그 상태였다. 누가 봐도 무리하고 있었다.

"고기 사 줄 테니까 오늘은 쉬면 안 돼?"

언니네 식구들이 살 집에 돈을 쓰느니 나쓰메에게 최고급 소고기 모둠 구이를 사 먹이는 편이 훨씬 의미 있는 일일 것 같다. 하지만 돌아온 대답은 "음… 다음에 마시자. 요즘 자주 부르는 손님이 있거든. 오늘쯤 찾을 것 같아서 말이야"였다.

"그 사람이 항상 고디바 초콜릿을 줘. 돈도 별로 없으면서 그걸 날 위해 쓰는 기특한 사람이야. 그 사람이랑 얘기하고 있으면 내 가치가 높아지는 기분이랄까? 아무튼 오늘은 그 사람 달래 주러 가야 해."

누군가의 목소리, 유행하는 음악, 날카로운 전자 멜로디 사이에 나쓰메 웃음소리가 섞였다. 나는 언제까지 할 거냐고 물으려다 도로 입을 닫았다.

"알았어, 다음에 마시자. 그때는 거절하지 마라."

"오케이, 알았어. 아니면 남자친구랑 마시지, 그래?"

갑자기 스미나리 얼굴이 불쑥 떠올라 나도 모르게 얼굴을 구겼다.

"두 달 동안 도쿄 본사로 출장 갔어. 결혼식 때 말했잖아. 아직 돌아오지 않았고, 솔직히 보고 싶지도 않아."

엄마와 다툰 이유는 스미나리 때문이었다. 그 일에 관해서도 나

23

쓰메를 붙잡고 한참 하소연했었는데….

"아아, 맞다, 그랬지. 아무튼 답을 찾을 때까지 부딪혀 봐. 어떤 관계든 계속 부딪히면서 갈고 다듬어 가야 하는 법이거든."

"지금 부딪히면서 다듬으려고 했다가는 그 사람 뺨을 한 대 후려칠지도 몰라. 난 정말 심각하다고, 가볍게 말하지 마."

씩씩 콧김을 뿜어대며 투덜거리자 나쓰메가 깔깔대며 웃었다.

"배구부 최강 에이스, 마나가 날리는 따귀라니, 너무 살벌한데? 아무튼 다음에 보자. 마나, 내가 늘 고마워하는 거 알지? 어! 어! 대박! 나, 끊는다."

전화가 끊어졌다. 한순간에 주위가 고요해졌다. 그러다 어디선가 해맑은 웃음소리가 들려서 돌아보니 한 엄마와 아이가 공원 미끄럼틀에서 놀고 있었다. 엄마는 나와 비슷한 나이로 보였고, 남자아이는 이치카 또래로 보였다.

시선을 조금 더 올리니 구름 한 점 없이 맑고 파란 하늘이 있었다. 얼마 전까지 만개했던 벚꽃이 지고 그 자리에 새로 돋아난 잎사귀들이 선명한 초록색을 뽐내고 있었다. 긴소매 셔츠는 살짝 더운 감은 있었으나 아직 땀을 흘릴 정도는 아니었다. 어디선가 상쾌한 바람이 불어와 가볍게 뺨을 스쳤다.

편안하고 기분 좋은 평일 오후다. 하지만 내 마음은 축축한 비를 머금은 무거운 구름으로 뒤덮여 있다. 불만, 불안, 좌절, 분노와 같은 음침한 감정들을 뻣뻣한 솔을 사용해 마구잡이로 칠해 놓은 느낌이랄까? 오늘 일어난 일들 때문은 아니다. 굳이 따지자면 늘 이렇다. 이제는 일상에 가까울 만큼. 영국은 흐리지 않으면 비가 온다고 들었는데 내 마음도 언젠가부터 영국에 가 있는 모양이다. 맑은 날은 정말이지 아주 가끔 뿐이다. 그래도 예전에는 사계절과 비슷하게 다양한 감정이 있었고, 맑고 쾌청한 날들도 꽤 있었던 것 같은데….

예전… 예전이라니? 그러고 보니 내가 언제부터 이랬지?

나는 멍하니 생각에 잠기며 무의식적으로 뒷머리를 쓸어내렸다. 어깨뼈 부근까지 자란 머리는 항상 하나로 모아 검은색 머리끈으로 묶고 다녔다. 아, 머리를 짧게 잘랐을 때였나? 맞다. 그때는 좋았다.

고등학교 2학년 여름방학 때 나는 원래도 짧았던 머리를 버즈 커트로 더 짧게 밀어 버렸다. 우연히 텔레비전에서 진 세버그가 한 아주 짧은 커트 머리를 보고 한눈에 반해서 곧장 미용실로 달려 갔었다. 여름방학 중 저지른 일탈이랄까? 머리 위쪽만 3센티미터 정도 남기고 나머지는 과감하게 싹 밀었다. 흑발이 만든 그러데이 션은 완벽했고, 거울 속 나는 내가 봐도 반할 만큼 멋있어서 그야 말로 기분이 날아갈 것 같았다. 방학이 끝나고 의기양양하게 학교 에 갔을 때는 반 친구들, 동아리 부원들 할 것 없이 모두가 "나는 마나가 원래 잘생긴 얼굴이라고 생각했다니까", "배구부 왕자님 탄생"이라며 추켜세웠고, 배구부 고문도 "네 덕분에 부원들 사기가 올랐어. 다들 네 의욕에 자극받은 모양이다"라며 기뻐하셨다.

하지만 내 인생 최고의 헤어스타일은 고작 1년 만에 그 수명을 다했다. 고3 여름이 되자 대학을 가든, 취직하든 이제 그 머리는 좀 어떻게 해야 하지 않겠냐는 말이 나오기 시작했다. "불쌍해." 그때 반에서 제일 똑똑했던 한 친구는 내게 그렇게 말했다. 지금은 이름조차 생각나지 않지만, 그 친구 눈빛만은 똑똑히 기억한다. 그 애는 화를 냈다.

"왕자라느니, 미남이라느니, 다들 너무 함부로 말하는 거 아니야? 어차피 남의 일이니까 생각 없이 막 내뱉는 거야. 저 사람들 말 따위는 신경 쓸 거 없어. 네가 여자라는 사실을 애써 외면하려 하지 마, 마나. 넌 귀여워, 평범한 여자애야. 여자애처럼 하고 다녀도 괜찮아."

나는 화를 내는 그 애가 바보 같다고 생각했다. 너야말로 아무것도 모르는구나. 난 다른 사람들 생각에 떠밀려서 이런 스타일을 선택한 게 아니야. 하지만 결국 그 말은 하지 못했다. 어쩌면 그 애와 똑같은 시선으로 나를 보고 있는 사람이 더 있을지도 모른다는 생각이 들어서였다.

그도 그럴 것이 나는 큰 키에 호리호리한 체형이고 얼굴은 이목구비가 뚜렷하지 않아서 밋밋한 편이다. 솔직히 예쁘다는 소리를 들을 만한 외모는 아니다. 피부 관리 방법이나 화장 순서는 물론, 자외선을 피하는 방법조차 몰랐던 학창 시절에는 '귀엽다'라거나 '여성스럽다'와는 특히나 거리가 멀었다. 티셔츠에 청바지를 입고 길을 걸으면 '오빠'나 '형'이라는 소리를 들을 때도 많았으니까.

나한테 잘 어울린다고 생각해서 보이시한 스타일의 옷을 즐겨 입었고, 멋있다고 생각했기에 머리도 밀었다. 적어도 나는 그렇게 생각했다. 하지만 다른 사람 눈에는 내 행동이 안타깝게 보였을까? 여성스럽지 못해서 일부러 더 남자 같은 모습을 고집하는 것처럼 보였던 걸까?

그렇다면 이 얼마나 쪽팔린 일인가.

가만히 생각해 보니 그렇게 보였어도 어쩔 수 없는 부분들이 있기는 했다.

깜찍하고 하늘하늘, 반짝반짝한 여자애를 보고 부럽다고 생각한 적이 있었다. 솔직히 나도 저렇게 예뻤으면 저 애처럼 하고 다녔을지도 모른다고 생각한 적도 있었다. 누군가 사실 너도 귀엽다는 말을 듣고 싶지? 라고 묻는다면 단호하게 '아니요!'를 외칠 수 없었다.

내 행동에 나조차 의식하지 못했던 의도가 숨어 있지 않았다고 단언할 수 없었다.

물론 그렇지는 않았다. 하지만….

아무튼 그때부터 나는 짧게 민 머리를 더는 이발기로 다듬지 않았고, 고등학교를 졸업할 때쯤에는 평범한 쇼트커트 스타일로 돌아왔다. 그 후로는 헤어스타일에 대한 고집이 사라져서 면접에서 호감을 준다는 길이까지 길렀고, 지금도 유지하고 있다.

"그때 기르지 말 걸 그랬나?"

괜히 혼자 투덜거려 봤지만, 문제는 그게 아니라는 사실쯤은 알고 있다. 그렇다면 뭐가 문제였을까? 모르겠다. 아무튼 그때가 내 인생의 갈림길이었던 것 같다. 단지 그뿐이다.

그 순간 스마트폰 진동이 울렸다. 조금 전에 헤어진 언니에게서 온 메시지였다.

집수리 비용 말인데, 조금 더 부담해 줄 수 없을까? 계단 손잡이는 달지 않으려고 했는데 이왕 하는 김에 역시 다는 게 좋겠어. 그리고 욕실에도….

화면에 글자가 빽빽이 들어차 있었지만, 글자가 도무지 읽히지 않아 그냥 꺼 버렸다. 나는 스마트폰을 가방에 넣고 아무도 없을 집을 향해 걷기 시작했다.

❖ ❖ ❖

"하지만 말이야. 내 마지막 무대잖아, 마지막 가는 길. 그때만큼은 내가 원하는 대로 해 줘야 하는 거 아니야?"

점심을 먹고 사무실로 돌아오니 고객 상담석에 주문 도시락 가게 '야나기'의 사장님, 야나기자와 씨가 앉아 계셨다. 일하던 도중에 오신 모양인지 가게 이름이 인쇄된 티셔츠 차림인 그가 목에 핏대를 세우고 열변을 토하고 있었다. 무슨 문제라도 생겼나 싶어 다시 봤지만, 맞은편에 앉아 있는 아쿠타가와, 그러니까 우리 회사 사장님은 느긋하게 앉아서 오방떡을 먹고 있었다.

"그 누구도 내 무대를 망칠 수는 없어! 내 말, 무슨 뜻인지 알지? 아쿠타가와!"

"그렇게 몇 번씩 말씀 안 하셔도 안다니까요."

오방떡을 꿀꺽 삼킨 사장님이 천천히 고개를 끄덕였다.

"서류에 꼼꼼히 기록해 놨고, 만에 하나 제가 잊어버려도 우리

우수한 직원들이 기억하고 있을 테니 염려 마시라니까."

그는 마음 푹 놓으시라며 경쾌하게 말했다. 사장님 목소리는 관능적으로 느껴질 만큼 매력적인 바리톤이다. 한 번쯤 뒤돌아보게 만드는 마성의 목소리. 하지만 안타깝게도 외모는 목소리와 전혀 딴판이라 할 만큼 독특하다. 분명 가발은 아닌데 아프로 스타일로 풍성하게 부풀린 갈색 머리에 노란색 렌즈를 끼운 안경을 썼고, 안경 뒤의 눈은 졸린 강아지를 닮았다. 깎다가 만 듯 얼굴에는 항상 수염 자국이 남아 있고, 늘 어디서 샀는지 궁금해지는 화려한 하와이안 셔츠를 입는다. 심지어 오늘 입은 샛노란 바탕에 밝은 분홍색 닥스훈트가 그려진 셔츠는 보고만 있어도 눈이 아플 지경이다.

나이는 40대 후반이라고 하는데 정말인지 아닌지는 모른다. 낙엽 갈퀴를 들고 구부정하게 허리를 숙여 정원을 청소할 때는 노인처럼 보이기도 하지만, 단골 캬바쿠라(카바레와 클럽을 합한 일본의 유흥업소-옮긴이)에 갈 때 뒷모습에서는 소풍날 아침 초등학생의 경쾌함이 느껴지기도 한다. 이러니 처음 이곳을 찾은 고객들이 그가 사장이라는 말에 깜짝 놀라는 것도 무리는 아니다. 나 역시 면접을 볼 때 마지막까지 '이 수상한 사람은 뭐지?'라고 생각했을 정도였으니까. 그때는 진한 보라색 페이즐리 무늬 셔츠였지, 아마?

내가 두 사람에게 말을 걸기 전에 야나기자와 씨가 먼저 나를 알아봤다.

"마나 씨. 잘 있었어? 여기 직원들 먹으라고 오방떡을 좀 사 왔어. 이쪽으로 와. 마나 씨가 좋아하는 크림 든 오방떡도 있어."

"정말요? 감사합니다."

그 말에 기뻐하는 동시에 후회했다. 쌓일 대로 쌓인 스트레스가 폭발하기 전에 어떻게든 풀어야 한다며 근처 우동집에서 튀김 우동을 곱빼기로 먹고 온 참이었다. 안주인이 서비스로 준 고추냉이 유부초밥까지 남김없이 싹. 그런데도 야나기자와 씨가 사 온 오방떡이 얼마나 맛있는지 잘 알기에 거절할 수가 없다.

2인용 소파에 앉아 있던 사장님이 옆으로 옮겨 앉으며 자리를 만들었다. 자리에 앉자 야나기자와 씨가 바로 오방떡이 든 갈색 종이봉투를 통째로 내밀었다. 아직 따끈따끈한 온기가 감도는 봉투 안에서 '크림' 불도장이 찍힌 오방떡을 골라 꺼냈다. 요즘 살이 좀 붙은 것 같은데 괜찮을까? 디저트 배는 따로 있다고들 하지만…. 나는 망설이면서 일단 야나기자와 씨를 보고 물었다. "그런데 어쩐 일이세요?" 도시락을 주문한 것도 아닌데, 그가 여기까지 오는 일은 드물었다.

"내 소꿉친구가 죽었거든."

호록 소리를 내며 찻잔에 담긴 차를 마신 그가 미간을 좁혔다.

"어제가 고별식(장례식 후에 고인에게 이별을 고하기 위해 진행하는 의식-옮긴이)이었는데 아무리 생각해도 이건 아니다 싶어서. 화려하고 떠들썩한 분위기를 좋아하던 녀석이었는데 밤샘(通夜, 불교식 장례에서 장례식 전날 모여서 밤을 새우며 고인과 시간을 보내는 절차-옮긴이)도 없이 1일장으로 끝내 버렸어. 조문객도 거의 없었고."

장례식은 고인을 위한 의식이 아니라 유족을 위한 의식이다. 상주인 고인의 아들이 그렇게 말했다고 한다. 시간과 돈, 수고를 들여서 죽음을 받아들이는 의식이 필요한 사람은 그렇게 하면 되지만,

자신들은 필요하지 않으니 굳이 격식을 차릴 필요가 없다며 고별식을 간소하게 치렀다고 한다.

"그 친구가 죽었다는 사실도 우연히 알았어. 뭔가 불길했는지 그날따라 전화하고 싶더라고. 내가 동창회 간부거든. 그래서 다음 동창회 일로 전화를 걸었지. 그랬더니 어제 죽었다는 거야. 이거 큰일이다 싶어서 바로 밤샘, 장례식 일정은 정해졌냐고 물었더니, 글쎄 내일 1일장으로 한다는 거야. 내가 말문이 턱 막혔다니까. 우리가 말이야, 칠순이 됐을 때 약속했거든. 남아 있는 사람이 고별식에서 조의문을 읽기로. 그 약속을 지킬 수조차 없었어."

그의 표정이 침울하게 가라앉았다. 평소에는 조금 과하다 싶을 만큼 밝고 활달한 분인지라 나이를 의식하지 못할 때가 많았는데 지금은 그저 힘없는 노인처럼 보였다.

"내가 지인들에게 연락을 돌리겠다고 했더니 거절하더라고. 가족끼리 조용히 치를 생각이니까 괜히 일을 키우지 말라나. 그 친구는 절대 이런 장례식을 원하지 않았을 거야. 친구들이 배웅해 주기를 바랐을 거라고."

"물론 유족에게도 사정이 있었겠지만 참 안타까운 일이지."

귓속을 파고드는 다정한 목소리와 함께 내 앞에 찻잔이 놓였다. 그 사이 사장님이 내가 마실 차를 가져온 모양이었다.

"장례식이 유족들을 위한 의식이기는 하지만 말이야. 그래도 주인공은 고인이잖아. 그 사람 인생의 마지막 이벤트니까 바라던 대로 해 줘야지."

진심으로 안타깝다는 듯한 사장님 말에 문득 얼마 전에 있었던 후코 결혼식이 떠올랐다. 인생의 한 단락을 나누는 역사적인 이벤트를 자기 뜻대로 장식할 수 없다는 건 역시 슬픈 일이다. 그것이 제 인생의 마지막을 장식하는 이벤트라면 더 말할 것도 없다.

"저도 그렇게 생…."

나 역시 사장님 생각에 동의한다고 말하려다가 그의 입가에 붙은 흰 앙금에 시선을 빼앗기고 말았다. 쯧, 꽤 멋진 말이었는데 하필이면 왜 지금. 내가 "입에 앙금"이라고 슬쩍 일러 주자, 사장님이 슬며시 웃으며 입가를 닦았다.

"여기 직원들은 다르다는 거야 나도 잘 알지. 일하는 모습을 쭉 지켜봐 왔으니까. 그래도 괜히 불안해져서 말이야. 혹시나 하는 마음에 내 장례식 내용을 확인하러 왔어. 그런 장례식이면 난 죽어서도 편히 눈 못 감아. 다 알겠지만 그래도 말이야."

"알았다니까요. 거참, 아까부터 몇 번을 말씀드려요."

사장님이 억지로 웃으며 말을 끊자, 야나기자와 씨가 역시 불안하다는 듯 미간을 좁혔다.

"사장이 주색잡기에만 빠져 있으니 내가 안 불안하게 생겼어?"

"와아, 너무 하시네."

"자리만 차지하고 앉아서 중요한 일은 다 직원들 시키잖아. 아쿠타가와, 너도 이제 직접 일 좀 해."

"싫습니다. 저는 죽음 같은 부정적인 일은 영 체질에 안 맞아요. 계속 사무만 볼 겁니다."

사장님이 토라진 아이처럼 휙 고개를 돌려 버리자, 야나기자와 씨가 "쓸모없는 사장"이라며 고개를 절레절레 저었다. 그러고는 내게 잘 부탁한다며 고개를 숙였다.

"내 장례식은 여기, 게시미안에서 내가 원하는 대로 해 줘. 내가 잘 떠날 수 있게."

"저도 잘 알고 있으니까 걱정하지 마세요. 하지만 아직은 건강하셔야 해요. 야나기자와 씨가 만든 두툼한 달걀말이를 못 먹게 되는 건 싫어요. 또 야나기자와 씨가 안 계시면 누가 이렇게 오방떡을 사다 주겠어요."

말랑말랑한 오방떡의 달콤한 냄새가 코끝을 간질였다. 역시 못 참겠다. 오늘 밤 자기 전에 스쿼트 좀 하면 되겠지. 그렇게 정리하고 크림이 든 오방떡을 크게 한 입 베어 물려던 순간, 전화벨이 울렸다. 한숨을 쉬고 일단 오방떡을 찻잔 받침에 올려두려고 했을 때 사장님이 자신이 받겠다며 자리에서 일어섰다.

"아마 의뢰일 거야."

그의 감은 무서울 정도로 정확한 편이다. 나는 반사적으로 벽에 걸린 화이트보드로 눈을 돌렸다. 우리 회사는 돌아가면서 담당을 맡는다. 어디 보자. 이번 담당이… 나였다.

"네, 가족장 전문 장의사 게시미안입니다."

사장님이 정중한 목소리로 전화를 받았다. 그리고 잠시 후 한숨이 이어졌다.

"저런, 얼마나 애통하십니까. 삼가 애도의 뜻을 표합니다."

"하, 정말 감 하나는 끝내준다니까."

야나기자와 씨가 목소리를 낮춰 작게 감탄했다.

가족장 전문 장의사(社) 게시미안[芥子実庵].

게시미안은 현재 사장인 아쿠타가와 씨의 할아버지 하지메 씨가 시작한 회사로, 회사명에서 알 수 있듯이 가족장을 전문으로 하는 장의 업체다.

오래된 민가를 개조해서 만든 장례식장에서 하루에 한 분의 장례만 치른다. 따뜻하고 편안한 공간에서 소중한 사람들과 함께 고인과의 마지막 시간을 보내세요, 라는 콘셉트로 운영 중이다.

사시사철 꽃을 감상할 수 있는 넓은 정원과 그리운 추억을 떠올리게 하는 옛날식 가옥은 게시미안만의 자랑이다. 내부는 일본 전통 분위기를 살려 꾸몄고, 유족들을 위한 대기실에는 이로리(마루 한가운데를 파서 불을 피울 수 있게 만든 공간-옮긴이)도 있다. 예로부터 선조들이 그렇게 해 왔듯 따뜻하게 불을 피워놓고 둘러앉아 고인을 그리는 시간을 가질 수 있도록 설계했다고 한다. 반면 욕실과 침실은 특급 호텔에 버금갈 정도로 고급스럽게 꾸몄다. 고인을 떠나보내는 시간이 최대한 편안할 수 있도록, 유족들이 조금이라도 스트레스를 받지 않도록, 사소한 것 하나하나 세심하게 배려했다.

나는 이곳, 게시미안에서 장례지도사로 일하고 있다. 스물둘에 시작했으니 경력은 9년 정도다. 작년에 장례지도사 1급 자격증까지 취득하고 이제는 제 몫을 톡톡히 해내고 있다. 적어도 나는 그렇게 생각한다. 혼자서도 '시행(施行)'을 문제없이 해낼 수 있다. 장례식 전체 과정 추진은 물론, 의식 진행도 할 수 있다는 말이다. 앞으로 유족들이 지내야 할 법요(法要, 기일에 고인의 명복을 빌며 공양을 드리는 의식-옮긴이)에 관한 일도 조언해 줄 수 있고, 묘나 불단에 관한 상담에도 대응할 수 있다. 지금까지 한 번도 큰 문제를 일으킨 적이 없다. 완벽, 이라고까지 하기는 부끄럽지만, 맡은 일은 충분히 잘 해내고 있다고 자신한다.

하지만 오늘은 모두가 입을 모아 "너는 안 돼"라고 말했다.

"너는 유족이나 마찬가지잖아."

고인이 나쓰메였기 때문이다.

나쓰메가 그제 밤 단골손님이었던 남자와 함께 스스로 목숨을 끊었다. 남자가 침대에서 나쓰메의 목을 졸라 죽인 다음 자신은 욕실 샤워기 홀더에 벨트를 묶어 목을 맸다. 나올 시간이 지나도 남자의 집에서 나쓰메가 나오지 않자 이상하게 생각한 업소 운전 담당이 집으로 들어갔다가 죽어 있는 두 사람을 발견했다고 한다.

나쓰메는 자필로 쓴 유서를 남겼다. '사는 데 지쳐서 스스로 죽음을 선택합니다. 하지만 스스로 목숨을 끊을 용기가 없어 나를 죽여 줄 수 있는 사람에게 부탁했습니다.' 그렇게 쓰여 있었고, 사후 관련 처리를 전부 맡길 사람도 지정해 두었다고 한다.

그 사람이 '미루쿠카키코오리 본점' 매니저 구메지마라는 남자였다.

"구메지마라고 합니다. 아, 그쪽이 친구분? 친구분이시니까 아실지도 모르지만 미캉, 아니, 나쓰메가 가족들하고 연락을 안 하고 살았습니다. 그래서 신원 보증이 필요하거나 남자의 도움이 필요한 자잘한 일은 제가 처리해 주곤 했죠. 뭐, 어쨌든 제가 매니저고 나쓰메는 제가 관리하는 직원이니까요. 그래도 설마하니 죽은 다음 뒤처리까지 부탁할 줄은 몰랐네요. 하하."

나는 게시미안 회의실에서 그를 만났다.

나쓰메 시신은 요시히사 선배와 가메카와 선배가 인도받으러 갔다. 동반자살이라도 엄연히 타살이었기에 경찰이 관할 병원에서 부검을 진행해야 했다. 구메지마 씨는 그사이에 장례 절차를 논의하고 싶다며 조금 앞서 게시미안을 찾아왔다.

나이는 50대 초반쯤으로 보였고 조금은 경박한 인상을 풍기는 남자였다. 아마 젊었을 때는 잘생겼다는 소리 좀 들었을지도 모르겠다. 서늘한 눈매나 시원하게 뻗은 콧대가 젊었을 때 모습을 짐작하게 했다. 하지만 지금은 피부가 거무스름해 건강해 보이지 않았고 주름도 많다. 어디 아픈 사람처럼 빼빼 마르기도 했고.

그는 직업상 몸에 밴 습관인지 감정이 담기지 않은 엷은 미소를 띠고 말을 이어갔다.

"가게도 지금 어수선합니다. 아가씨들을 다치게 하거나 감금하는 일은 가끔 있었지만, 손님하고 동반자살이라니. 이런 일은 저도 처음이네요."

테이블에 놓여 있던 그의 스마트폰이 쉴 새 없이 울렸지만, 그는 신경 쓰지 않고 말을 계속했다.

"아가씨들 멘탈 관리도 제 일이거든요. 나쓰메가 요즘 좀 피곤해 보인다는 생각은 했는데, 설마 이런 생각까지 한 줄은 몰랐습니다. 나름 잘 관리하고 있다고 생각했는데 착각이었던 거죠. 그나마 있던 자신감이 완전 박살 났습니다."

"그러셨군요. 그런데 저희에게 의뢰하신 이유가?"

내 옆에 앉아 있던 사장님이 물었다.

평소에는 지나칠 정도로 자유분방한 그도 시행에 들어가고 사람들 앞에 나서야 할 때가 되면 요란한 셔츠를 벗고 상복을 입는다. 평범한 검은 테 안경을 쓰고 머리까지 깔끔하게 뒤로 넘겨 빗으면 수상쩍던 모습은 단번에 사라진다.

"유서에… 아직 경찰이 가지고 있기는 한데, 유서에 쓰여 있었거든요. 친구가 일하는 게시미안에서 장례를 치러달라고. 가족에게는 절대 연락하지 말라고도 쓰여 있었는데, 가게 사장이 그럴 수는 없다면서 멋대로 연락해 버렸어요. 그런데 저쪽에서 뭐라는 줄 압니까? 연 끊은 지 오래라 남이나 마찬가지랍니다. 아주 칼같이 끊어버리더군요. 사장이 자기는 자살한 아가씨 뒤처리까지 할 생각은 없지만, 제가 개인적으로 장례를 치러 주는 것까지는 막지 않겠다고 했어요. 그렇게 모진 사람은 아니거든요. 아, 저도 온전히 선의로 하는 일은 아닙니다. 장례식 비용은 나쓰메가 준비해 놨어요. 나보고 돈을 내라는 것도 아닌데 못 해 줄 것도 없겠다 싶어서요."

멀찌감치 떨어져서 두 사람이 하는 이야기를 구경하는 기분이었다. 친구가 죽었는데 나는 왜 아무렇지도 않을까. 눈물을 흘리지도 울부짖지도 않았다. 마치 스크린 너머에 있는 평행 세계를 보는 듯한 묘한 기분에 사로잡혀 있었다.

마지막으로 나쓰메를 만났던 건 2주 전 후코의 결혼식에서였다. 신랑 친구들이 준비하고 후코의 시부모님까지 참석하는 뒤풀이에는 가고 싶지 않아서 우리끼리 따로 뒤풀이를 했다. 셋이 자주 가던 저렴한 술집에서 맥주와 함께 레몬즙을 듬뿍 뿌린 닭튀김과 짭짤한 닭꼬치를 맹렬한 기세로 먹어 치웠다. 얼마 못 가서 취해 버린 내가 역시 오늘 본 최악의 결혼식은 절대 인정할 수 없다면서 소리쳤을 때 나쓰메는 "최악이니까 좋은 거야"라며 나직이 중얼거렸었다.

"앞으로 좋아질 일만 남은 거잖아. 더 나빠질 일은 없으니까. 그리고 실패는 바로잡을 수 있어. 결혼식도 마찬가지야. 외국에 나가서 둘이서만 다시 올릴 수도 있잖아. 그것도 분명 좋은 추억이 될 거야."

그러고는 모둠 닭고기꼬치에 포함된 풋고추 꼬치를 불만스럽게 베어 물었다. 나쓰메는 일일이 주문하기 귀찮다며 항상 모둠이나 세트를 시켰다. 그래 놓고 자기가 싫어하는 음식이 섞여 나오면 분하다는 표정으로 입에 욱여넣곤 했다.

"최고에서 시작하면 떨어질 일밖에 없거든."

그녀의 말에 끓어오르던 분노가 단숨에 식었다. 데뷔작으로 상을 타고 베스트셀러 작가가 됐던 나쓰메를, 그 후에 그녀가 겪어야 했던 고통을, 바로 옆에서 지켜본 사람이 나였으니까.

"나쓰메, 너는 이제부터가 시작이야."

"그럴까? 아니, 끝인지도 몰라. 두 달 전에 원고를 보냈었는데, 어제 답변을 받았거든. 다른 출판사를 찾아보라더라. 두 달이나 처박아 놨다가 고작 한다는 소리가 그거였어. 아, 이 풋고추는 꽝이다. 너무 매워."

입술을 동그랗게 모은 나쓰메가 풋고추를 빼먹은 빈 꼬치를 흔들었다.

"그리고 내 경우는 좀 다르지. 난 그저 가족 이야기를 팔았을 뿐이잖아. 나는 사실, 문학의 세계는커녕, 그 근처도 못 갔던 거야."

그때 누군가 어깨를 치는 충격에 번뜩 정신이 들었다. 사장님이 내 얼굴을 살피고 있었다.

"마나 씨, 괜찮아?"

"아, 네. 괜찮습니다. 죄송해요."

나는 자세를 고쳐 앉으며 구메지마 씨에게 장례에 관해 다시 물었다.

"고인이… 나쓰메가 이곳에서 장례식을 치르고 싶어 했군요. 알겠습니다. 그 밖에 또 저희가 알아 둘 일이 있을까요?"

그가 낡은 수첩을 꺼냈다. 유서에서 중요한 부분만 옮겨 적어 둔 모양이었다.

"음… 여기 게시미안에서, 사쿠마 마나 씨 담당으로, 마나 씨 손으로 간소하게 치러달라고 했습니다. 연락할 지인은 다카세 후코 씨. 이게 답니다."

"제 손…으로요?"

순간 말문이 막혔다. 왜? 어째서 친구로서 자신을 떠나보내야 할 내게 장례까지 맡기려 한 걸까? 도대체 무슨 생각이었을까? 이왕 하는 거, 라는 생각이었을까? 그렇다면 너무 이기적이다. 네 죽음조차 제대로 받아들이지 못하고 있는 내가 어떻게.

"마나 씨, 어떻게 할래?"

사장님이 부드러운 목소리로 물었다.

"애쓸 거 없어. 나는 이런 상황에서는 맡지 않는 편이 낫다고 생각해. 달리 맡을 사람이 없는 것도 아니고, 유족으로서 차분하게 친구를 보내 주는 일이 더 중요하지 않을까?"

순간 손에서 따끔한 통증이 느껴졌다. 살짝 그러쥔 채 무릎 위에 올려놓았던 손에 어느새 잔뜩 힘이 들어가 있었다. 천천히 손을 펼쳤더니 손바닥에 손톱이 파고든 자국이 찍혀 있었다. 잠시 빨갛게 패인 손톱자국을 응시하다가 대답했다.

　"나쓰메가 도착할 때까지 생각해 볼게요."

　사실은 못 하겠다고 말할 생각이었다. 어떻게 친구 장례식을 담당할 수 있을까. 하지만 딱 잘라 거절하지 못한 나는 결국 잠깐이지만 도망쳐 버렸다.

　내가 당당하게 누구보다 잘한다고 자부할 수 있는 일을 꼽자면 제단을 꽃으로 아름답게 장식하는 일이다. 물론 나 혼자는 할 수 없다. 게시미안과 거래하는 꽃집 '크리스털 플라워'의 직원에게 원하는 디자인을 상세하게 설명하고 함께 완성한다.

　소규모 가족장 전문 장례식장에서는 흔히 있는 일이고 게시미안 제단은 그리 크지도 않다. 하지만 작은 제단을 얼마나 아름답게 꾸미고 깊이와 정성을 보일지, 어떻게 하면 고인을 닮은 분위기를 자아내서 그 사람을 떠올리게 할 수 있을지 매번 고민한다. 그만큼 보람도 있다. 꽃의 크기와 종류를 이용해서 입체적으로 보이는 하얀 리본을 만들었던 적도 있고, 핑크 그러데이션이 선명하게 표현된 하트를 연출했던 적도 있다. 그때마다 고인이 기뻐하실 거라는 말을 듣곤 했다.

　나쓰메다운, 그리고 나다운 제단은 어떻게 꾸며야 할까?

　나는 아직 아무것도 장식되어 있지 않은 빈 제단 앞에 우두커니 서 있었다. 화장장 예약 상황 때문에 밤샘은 오늘 밤에 진행하고 장례식은 내일 하기로 했다. 나쓰메 시신이 도착하기까지 이제 한 시간 정도 남았다. 고민하고 있을 여유 따위는 없었지만, 여전히 머릿속이 엉망진창이었다.

어서 누군가에게 부탁해야 하는데, 하지만….

그때 바지 주머니에서 진동이 느껴졌다. 스마트폰을 꺼내서 보니 후코였다. 여러 번 전화를 걸었지만, 연결이 되지 않아서 나쓰메 부고와 함께 급히 연락 바란다는 메시지를 보내 놓았었다. "거짓말이지!" 통화 버튼을 누르고 내가 뭐라고 말하기도 전에 후코의 외침이 먼저 터져 나왔다.

"아니지? 아닐 거야. 나쓰메가… 나쓰메가 죽었다니 말이 안 되잖아!"

"진정해, 후코. 내가 보낸 메시지 대로야. 그리고 장례를 우리 회사에서 맡기로 했어."

핸드폰 너머에서 후코가 주저앉아 우는 모습이 보이는 듯했다. 남편이 옆에 있는지 뭐라고 말하는 목소리가 들렸다. "여보세요." 잠시 후 에이타의 목소리가 귓가에서 크게 울렸다.

"아, 에이타. 후코, 괜찮아? 저기, 오늘하고 내일 장례를 진행하기로 했어. 나쓰메가 장례식은 간소하게 하고 조문객은 받지 않기를 원했지만, 그래도 후코는 참석했으면 해서."

"후코는… 갈 수 없어요."

운동을 오래 했던 사람답게 말투가 쾌활하고 시원시원한 에이타에게 처음 듣는 딱딱한 목소리였다.

"왜?"

"인터넷 뉴스 안 보셨어요? 에나가 나쓰메가 성매매 중에 손님과 동반자살 했다고 난리예요."

나도 모르게 숨을 멈췄다. 눈앞이 캄캄해졌다.

"후코가 저희 가족이랑 친척들한테 유명한 작가 친구가 있고, 그 친구가 결혼식에도 왔다고 이야기했는데, 그 사람이 성매매 여성이었다는 거잖아요. 왜 미리 말하지 않았냐고 따졌더니 후코는 몰랐다고 잡아떼는데, 마나 씨는요? 마나 씨도 몰랐어요?"

그의 말투가 점점 거칠어졌다.

"겨우 부모님에게 인정받았는데 며느리 친구가 성매매 여성이었다니, 이러다 부모님과 다시 사이가 틀어질지도 몰라요. 게다가 손님이랑 동반자살은 또 뭡니까! 이건 너무하잖아요. 이렇게 말하면 안 되지만, 솔직히 반짝 인기 작가였으면서 죽을 때 그렇게 죽으면 무슨 대단한 문호라도 된답니까!"

그의 목소리 너머로 후코 울음소리가 들렸다. "아니야, 거짓말이야. 말이 안 되잖아. 이건 거짓말이야"라는 말만 반복하는 목소리는 비명에 가까웠다.

이상하게도 에이타가 쏟아 낸 말을 듣자, 조금 전까지 뜨겁게 들끓던 머릿속이 단숨에 차갑게 식었다. 나는 힘없이 내려뜨렸던 어깨를 쭉 폈다.

"전혀 몰랐어."

나는 후코를 위해 그렇게 대답했다. 내가 알고 있었다고 고백해야 할 사람이 있다면 그건 후코뿐이다. 이런 자식한테까지 굳이 말할 필요는 없다.

그가 작게 혀를 찼다.

"후코나 마나 씨나 둘 다 너무하네요. 친구가 어떤 사람인지는 알아야 하는 거 아닌가요? 사실은 친구라고 생각하지도 않았던 거 아닙니까? 하긴, 정체를 숨긴 것도 모자라서 성매매나 하는 그런 쓰레기 같은 놈하고 같이 죽다니, 친구라고 하기도 그러네요."

"에이타, 지금은 흥분해서 그렇겠지만 아까부터 말이 너무 지나쳐. 나쓰메를 모욕하지 마."

나는 차오르는 눈물을 필사적으로 억눌렀다. 이따위 개소리에 흘릴 눈물은 없다.

그가 일부러 들으라는 듯이 더 크게 한숨을 쉬었다.

"저도 이런 말까지 하고 싶지 않아요. 그런데 지금 제 체면이 말이 아니라고요. 결혼식에 직장 상사랑 거래처 부장까지 왔었는데, 그 사람들한테는 뭐라고 합니까?"

미안하다고 말하는 후코의 목소리가 들렸다. "내가 사과할게, 내가 사과할 테니까 그만해." 하지만 에이타는 그런 후코에게 "당신이 고개 숙인다고 뭐가 달라지겠어!"라고 쏘아붙였다.

"이런 얘기 더 해 봤자 시간 낭비니까 그만 끊을게. 장례 준비를 해야 해서. 그럼, 이만."

나는 그렇게 말하고 전화를 끊었다. 하지만 스마트폰을 주머니에 넣기도 전에 다시 진동이 울렸다. 열 통이 넘는 메시지가 와 있었다. 확인해 보니 언니와 엄마, 동창들이었다.

나쓰메가 딜리버리 헬스에서 일했다는 게 무슨 소리야? 정말 죽은 거야?

마나, 뉴스에서 봤는데 나쓰메가 그런 일 하는 거 알고 있었어?

나쓰메가 죽었다는 게 사실이야? 인터넷에 일했다는 가게 홈페이지까지 떴어.

메시지들을 무시하고 바로 인터넷 포털 사이트에 접속했다.

'작가 에나가 나쓰메 사망. 일하던 성매매 업소 손님과 동반자살'

기사 제목을 누르자 영화 개봉 당시 단상에 올라가 소감을 말하며 웃던 나쓰메 얼굴이 나타났다. 풋풋한 미소에 잠시 옛 생각이 났다. 하지만 사진 아래 쓰여 있는 글은 조금도 풋풋하지 않았다. 지독히도 사무적이고 차가운 글에 저속한 단어들이 섞여 있었다.

기묘하게도 에나가 나쓰메는 그녀의 대표작 『섬광에 그을린 여름』에 등장한 주인공의 어머니, 이스즈와 같은 일을 하고 있었다. 죽음의 방식 또한 어딘지 닮았다. 그녀의 죽음에 어떤 의미가 있는 것은 아닐까?

나는 오장육부를 모조리 토해 버리고 싶은 고통을 담아 한숨을 내뱉었다. 꼭 이런 기사까지 써야 했을까? 그사이에도 계속 메시지를 받으며 울리기에 스마트폰 전원을 아예 꺼 버렸다. 스마트폰을 주머니에 넣고 "아!" 하고 허공을 향해 소리를 내질렀다. 연속해서 세 번, 짧은 기합을 넣고, 조금만 긴장을 풀면 그대로 꺾일 것 같은 무릎을 주먹으로 툭툭 때렸다.

구메지마 씨의 말에 따르면 나쓰메와 함께 목숨을 끊은 남자는 최근 한 달간 그녀를 자주 찾았던 손님이었다. 아마도 나쓰메가 고디바 초콜릿을 준다고 말했던 남자였을 거다. 나이는 서른여덟이었고 반년 전에 다니던 회사에서 해고된 이후로 방에 틀어박혀 지냈다고 한다. 구메지마 씨는 특별히 둘이 연인 사이였던 것도 아니니 우연히 같은 시기에 자살 충동을 느낀 두 사람이 만나서 벌어진 일이라고 추측했다. 유서 내용과 두 사람이 각자 다른 장소에서 죽었다는 점에서 미루어 볼 때 그럴 가능성이 컸다.

그 정도로 괴로웠다면 왜 진작 나나 후코에게 털어놓지 않았을까.

에이타 같은 놈에게 그런 소리를 듣기 전부터 이미 멀미가 날 정도로 생각하고 또 생각했다. 적어도 나한테는 말할 수 있지 않았을까? 나는 나쓰메가 '미캉'이라는 것도, 이스즈가 그녀에게 특별한 존재라는 것도 알고 있었다.

하긴 그 사실을 알게 된 것도 솔직히 우연이기는 했다.

1년 전, 한 여성의 장례식을 담당했을 때였다. 마흔셋이었던 고인은 근무 중에 뇌졸중으로 쓰러져 세상을 떠났다. 날씬한 몸매에 외모가 예쁜 여성이었는데, 장례에 관해 유족과 이야기를 나누던 중에 그녀가 성매매 업소에서 일했다는 사실을 알게 됐다. 손님과 함께 있을 때가 아니라 대기하던 중에 쓰러져서 다행히 가게에는 폐를 끼치지 않았다고 상주인 어머니가 푸념하듯 흘린 말을 통해서였다. "아무도 안 올 거예요." 고인의 어머니는 딸이나 저나 사람 사귀는 일에 영 소질이 없다며 그렇게 말했고, 실제로 밤샘에는 늦게까지도 조문하러 오는 사람이 아무도 없었다. 엄마랑 딸이 단둘이 보내는 밤도 나쁘지 않다며 어머니가 쓸쓸하게 웃던 때였다. "자쿠로 씨!" 한 여자가 얼굴이 하얗게 질린 채로 고인을 부르며 뛰어 들어왔다. 나쓰메였다. "어머나, 같이 일하시는…." 딸 옆에 조용히 앉아 있던 어머니가 나쓰메를 알아보고 미소 지었다. "와줘서 고마워요. 딸을 위해 울어 주는 직장 동료가 한 명이라도 있어서 기쁘네요." 나는 우두커니 서서 그 광경을 바라볼 뿐이었다. 직장 동료라고? 직장이면 성매매 업소?

조문을 마친 나쓰메는 울어서 약간 부은 얼굴로 "일하는 가게 선배야"라고 설명했다.

당연히 왜 그런 일을 하냐고 싸울 듯이 따지고 들었다. 본업이 잘 풀리지 않는다는 건 알고 있었다. 본업만으로 먹고 살기 힘들면 당연히 다른 일을 해서 생활비를 벌어야 하겠지만, 그 일이 꼭 성매매일 필요는 없지 않은가. 사무직도 있고 공장에서 일할 수도 있다. 서비스 업종에서 일하고 싶다면 쇼핑몰에서 일하면 된다. 그 일이 아니라도 할 일은 얼마든지 있다. 도대체 왜 성매매 업소여야 한단 말인가!

무섭게 몰아붙이는 나를 보고 그녀는 쓸쓸하게 웃었다.

"이스즈는 실존 인물이야. 그날들도 정말로 존재했었고 반은 내 이야기였어. 나는… 이스즈의 세상에서 살아보고 싶었어."

더는 그녀를 비난할 말이 떠오르지 않았다.

나쓰메의 데뷔작『섬광에 그을린 여름』의 주인공 '도모코'는 성실하고 선량한 할아버지 밑에서 자랐지만, 할아버지가 돌아가신 후에 떨어져 살았던 엄마 '이스즈'와 함께 살게 된다. 경도 지적장애가 있던 이스즈는 성매매 업소에서 일하며 생계를 이어갔다. 세상의 상식 밖에서 살아온 엄마와 상식의 테두리 안에서 살아온 딸은 끊임없이 충돌했다. 원망과 증오, 혐오, 실망, 욕심. 어두운 감정들 사이에서 두 사람은 계속 부딪치기만 했다. 때로는 신의 변덕처럼, 먹구름 사이로 비치는 한 줄기 빛처럼, 그들에게도 함께여서 따뜻한 순간들이 있기는 했지만, 어둠과 빛이 뒤섞인 생활 속에서 도모코의 마음은 점차 피폐해져만 갔다.

엄마를 몰랐던 시절로 돌아가고 싶다. 적어도 상식이 통하는 제대로 된 세상에서 살고 싶다. 도모코는 늘 그렇게 바랐다. 언젠가는 구원받을 날이 올 거라 믿고 끊임없이 기도했다. 하지만 감정을 있는 그대로 드러내고 울부짖을 수 있던 날은 어느 날 갑자기 끝나고 만다. 이스즈가 손님이었던 남자에게 맞아 목숨을 잃고, 혼자가 된 도모코는 행정 기관을 통해 보육 시설에 들어가게 된다. 시설은 올바른 생각을 하는 어른들이 규정에 따라 운영하는 곳이었고 직원들은 모두 친절했다. 도모코는 그토록 갈망하던 세상으로 돌아왔다. 하지만 괴로웠다. 이스즈와 함께했던 악몽 같았던 날들을, 그 사이에서 느꼈던 빛을 잊을 수가 없었다. 모든 추억이 레이저로 살갗을 그을린 것처럼 몸에 새겨져 버렸다. 도모코는 처절한 상실의 고통을 견디며 앞으로의 인생을 생각한다.

출판 당시 실화를 바탕으로 한 이야기가 아니냐는 서평이 많기는 했다. 묘사가 너무나 현실적이라 읽고 있으면 이스즈가 숨 쉬는 소리까지 들리고, 이 세상에 이스즈가 존재했던 시간이 잠깐이라도 있었다고 믿고 싶어진다는 감상평도 있었다.

"하지만 네 어머니는 살아 계시잖아."

고등학교 시절 몇 번인가 나쓰메의 어머니를 본 적이 있었다. 적당히 살집이 있고 피부가 하얀 분이셨다. 도토리처럼 동그란 눈과 위로 높게 솟은 코가 나쓰메와 똑 닮아서 절대 남일 수 없는 얼굴이었다.

"이스즈는… 본명은 히마리인데, 우리 고모야."

나쓰메는 중학생 때 잠깐 고모인 히마리 씨와 단둘이 살았던 적이 있었다고 했다. 당시 학교에 가지 않겠다고 고집을 부리다 가족들과 사이가 나빠져서 집을 나왔고, 그 일이 계기였다고. 그때 나쓰메를 보살펴 준 사람이 고모였는데, 그녀는 친척들과 절연한 상태였고 성매매 업소에서 일하며 생계를 이어가고 있었다고 했다.

"참 딱한 사람이었어. 툭하면 울고 소리 지르면서 화내고, 그러다가 별것도 아닌 일에 바보처럼 좋아하는, 경계심이라는 말 자체를 모르는 사람 같았지. 그때 마흔이 넘었었는데, 보고 있으면 나이라는 게 무슨 의미가 있는지 나도 헷갈릴 정도로 어리숙하고 순수했어. 고작 두 달 같이 살았지만, 지금도 잊을 수가 없어."

히마리 씨 이야기를 하는 나쓰메는 지금까지 한 번도 보여 준 적 없던 다정한 얼굴을 하고 있었다. 그날 들려준 추억들은 결코 웃을 수만은 없는 이야기였지만…. 현관 앞에서 애인과 섹스를 하는 히마리 씨에게 나쓰메가 양동이로 물을 끼얹고 비 맞은 생쥐 꼴이 된 고모랑 뒤엉켜 싸웠단다. 또 한 번은 손님이 사 왔다는 케이크를 먹으려고 상자를 열었더니 누가 봐도 이상한 걸 섞어서 만든 케이크가 들어 있었는데, 위험하니까 먹지 말라고 말리는 나쓰메의 말을 무시하고 성의를 봐서 한 입이라도 먹어야 한다고 고집을 피운 히마리 씨가 밤새 웩웩거리며 속을 게워 내는 통에 한숨도 못 자고 등을 쓸어 주었던 적도 있었단다. 모두 『섬광에 그을린 여름』에 등장하는 에피소드였다.

"친척들이 모두 멀리하는 사람이었지만, 세상 그 누구보다 고모에게 끌렸어. 미워하고 원망하고 한심해서 상대하고 싶지도 않았는데, 또 그만큼 고모를 좋아했어. 그렇게 많은 감정을 느끼게 해 준 사람은 이 세상에 고모뿐이었어."

이제 막 세상에 나온 아기를 안고 소중히 보듬는 엄마 같은 목소리였다. 나쓰메는 꼭꼭 싸매어 두었던 연약한 추억이 혹시라도 깨지지 않을까 조심조심 펼치며 나에게 히마리 씨 이야기를 들려주었다.

"아버지는 내가 뛰쳐나와서 금방 집으로 돌아올 거로 생각하셨어. 그런데 두 달이 넘어가도록 돌아오지 않으니까 결국 폭발하셨지. 정말 이기적이라니까. 난 강제로 집에 끌려왔고 그렇게 고모랑 살던 생활도 끝났어."

나쓰메가 아버지 눈을 속이고 몰래 고모를 만나러 갔을 때 히마리 씨는 이미 살던 집을 팔고 이사한 뒤였다고 했다.

"아버지가 돈을 주고 멀리 쫓아 버린 거야. 그러고도 남을 사람이지. 그 뒤로 소식이 끊겼다가 고3 때 다시 고모를 만났어. 감기에 걸려서 앓다가 혼자 세상을 떠난 고모가 관에 누워 있더라."

병간호해 줄 사람 하나 없이 혼자 세상을 떠난 히마리 씨는 죽은 지 며칠이 지나서야 발견됐지만 추운 겨울이었던 덕분에 시신은 깨끗한 상태였다고 했다. 그런데도 나쓰메 아버지를 비롯한 그녀의 친척들은 빨리 치우고 처음부터 없었던 일로 하고 싶다며 아무에게도 알리지 않은 채 곧바로 화장해 버렸다고.

"남사스럽고 부끄럽다고 생난리를 치면서 유골도 가족묘가 아니라 합동묘(큰 묘 아래에 여러 사람의 유골을 매장하는 형태-옮긴이)에 안치했어. 정말 잔인하지? 내가 소중하게 생각했던 사람이 흔적 하나 없이 사라진다는 사실이 너무 가슴 아팠어. 『섬광에 그을린 여름』은 그래서 쓴 거야. 고모의 삶을 남기고 싶어서. 그 작품은 고모가 이 세상에 존재했다는 증거야. 그런데 공교롭게도 상을 타는 바람에 아버지에게 들켜 버렸어. 집안의 수치를 만천하에 떠벌리다니 제정신이냐고 노발대발하시더라. 설정을 꽤 바꿨는데도 바로 알아보시더라고. 그때부터 나도 집에서 내놓은 자식이 됐어. 원래도 화목한 가족은 아니었으니까 별 상관은 없었지만."

나도 모르게 신음을 뱉었다. 아둔했던 자신이 한심했다. 생각해 보니 상을 받았을 때나 영화화로 주변이 떠들썩했을 때 나쓰메의 가족들은 한 번도 모습을 보이지 않았다. 딸이 유명인이 됐으니 어머니가 무척 기뻐하셨겠다고 물었을 때도 나쓰메는 묘한 미소만 보였었다. 그때 이미 가족과 연을 끊은 상태였다니, 꿈에도 몰랐다.

"작가로서 당당하게 살아가야지. 나, 그렇게 생각하고 열심히 살았다. 그런데 너도 알듯이 완전히 망했어. 당연해. 나는 고모의 일생을 글로 옮겼을 뿐이고 세상이 고모 인생의 가치를 알아본 것뿐이었으니까. 나한테는 작가적 재능은 없었던 거야. 그걸 인제 와서 겨우 깨닫고 내가 작가로서 미숙하다는 사실을 받아들이게 됐어. 인터넷 보면 벌써 예전에 다들 알아차렸던 모양이지만."

나쓰메가 씁쓸한 웃음을 흘렸다. 솔직히 두 번째 작품 이후에도 나쓰메의 작품을 좋게 평가한 독자들은 별로 없었다. 별로 없는 정도가 아니라 추켜올렸던 만큼 안티도 많아져서 '반짝 인기 작가'라거나 '재능 없는 작가'라는 악성 댓글이 넘쳐났다. 바닥이 보이지 않는 그들의 악의에 친구인 나조차 마음이 너덜너덜해졌었다.

"그 누구보다 뛰어난 실력을 갖췄다고 믿었는데 사실은 없었던 거야. 맨바닥, 아니, 그보다 더 아래에서부터 다시 시작해야 한다는 걸 깨달았을 때 갑자기 고모가 살던 세상을 내 눈으로 직접 보고 싶어졌어. 나는 지금까지 관객으로 스크린 너머에서만 고모의 인생을 봐 왔어. 이번에는 진짜 고모의 눈으로 세상을 보고 싶어. 그러면 뭔가 달라질 것 같아."

열정적으로 설명하는 나쓰메에게 차마 그만두라고 말할 수 없었다. 나쓰메가 어떻게 생각하든 좋은 평가를 받고 사람들 마음을 울린 건 그녀가 쓴 글이었고 그녀의 작품이다. 나쓰메는 다른 사람이 갖지 못한 훌륭한 재능을 가졌다. 그런 나쓰메가 고뇌를 거

듭한 끝에 선택한 길을 내가 어떻게 막을 수 있을까.

"아, 맞다. 그래도 후코한테는 말하지 마. 후코는 내가 이런 일을 하는 걸 알면 혐오와 우정 사이에서 괴로워할 거야. 아직은 후코가 날 혐오스럽게 보는 것도, 우리가 쌓아 온 우정이 흔들리는 것도 감당할 자신이 없네."

나쓰메가 멋쩍은 듯 뺨을 긁적였다. 나쓰메의 말이 맞다고 생각했다. 후코는 이 사실을 알면 쓸데없는 고민에 빠져 괴로워할 것이 분명했다. 나쓰메를 비난할 리야 없겠지만 그렇다고 해서 있는 그대로 받아들이지도 못할 터였다. 나는 언젠가 나름대로 성과가 생기면 직접 말하겠다는 나쓰메의 말에 조용히 고개를 끄덕였다.

그때 자쿠로 씨가 세상을 떠나지 않았다면, 게시미안에서 그녀의 장례를 치르지 않았다면, 나 역시『섬광에 그을린 여름』의 진실과 나쓰메의 또 다른 직업을 모른 채 지냈을 거다. 나쓰메가 "너한테 들키고 싶지 않아서 안 올까도 했는데…"라고 말했었으니까.

— 자쿠로 씨는 나한테 특별한 사람이었어. 고모랑 똑같이 가게에서 손님을 받는 일을 한 적이 있어서 가끔 그때 이야기를 들려주곤 했거든. 그게 참 좋았어.

나쓰메는 히마리 씨의 세상을 보았을까? 그 결과 죽음을 선택했다면 그녀의 세상은 나쓰메에게 절망만 주었다는 뜻일까?

그때 입구 쪽에서 차가 멈추는 소리가 들렸다. 나는 반사적으로 뛰어나갔다. 나쓰메가 도착했다.

그녀의 얼굴은 평온했다. 다만 눈 주위나 목 부근에 점상 출혈이 보였고 생기가 없었다. 흙빛에 가까운 피부색이 그녀의 '죽음'

이 되돌릴 수 없는 현실임을 알려 주었다.

"아아, 나쓰메, 얼마나 괴로웠을까."

나는 나쓰메의 뺨을 감쌌다. 지금이라도 눈을 뜨고 일어나 장난이었다고 말해 주지 않을까? 하지만 그런 희망은 품을 수조차 없었다. 손바닥을 통해 전해진 감촉에서 생명력이 느껴지지 않았다. 나쓰메는 떠났고 이제 돌아올 수 없다.

"이제 편히 쉬어, 나쓰메."

"마나 씨. 사장님하고 얘기했어. 이번 건은 내가 맡을게."

시신을 인도받아 온 요시히사 선배가 말했다.

"걱정하지 마. 마나 씨가 원하는 대로 잘 보내 줄게."

"아니요. 괜찮습니다."

신기하게도 더는 망설여지지 않았다. 나쓰메의 마지막 길은 내 손으로 꾸며 주어야겠다. 그럴 수 있을 것 같다. 화장은 어떤 식으로 하면 좋을지, 제단에는 어떤 꽃을 장식할지, 떠오르기 시작했다. 할 수 있다.

"제가 맡겠습니다."

나쓰메는 종교가 없지만 평온하게 떠날 수 있도록 친분이 있는 주지 스님에게 독경을 부탁드렸다. 나와 게시미안 직원들만 참석한 가운데 밤샘 의식이 진행됐고 그 후에는 나 혼자 남아 나쓰메 곁을 지키기로 했다.

"지금부터는 시행 담당자가 아니라 유족으로 있어. 무슨 일 있으면 내선으로 연락하고."

혼자서 괜찮겠냐고 걱정하는 선배들 사이에서 사장님이 말을 건넸다.

게시미안의 사무실은 부지 안쪽 구석에 있는 작은 2층 건물에 있고, 사장님은 그 건물 2층에 살고 있다.

"나 오늘 당직이니까 부담 갖지 말고."

장의사는 연중무휴, 24시간 언제나 열려 있다. 언제든 시간에 상관없이 부고를 받으면 즉시 움직인다. 게시미안이라고 예외일 수는 없으니 이곳에도 당직 순번이 정해져 있다.

사장님은 기본적으로 장례식 과정에는 일절 관여하지 않지만, 사람이 부족하다 보니 어쩔 수 없이 당직 순번에는 들어가 있다.

"감사합니다. 그럼, 죄송하지만 저는 친구로 돌아가겠습니다."

불안해하는 동료들을 배웅하고 다시 유족 대기실로 돌아왔다.

고인과 함께 있을 수 있도록 밤에는 관을 유족 대기실에 있는 간이 제단 앞에 둔다. 제단 앞에 나쓰메가 좋아하던 믹스 너트와 즐겨 마시던 발포주를 놓아두었다.

"마지막이니까 같이 마시자."

냉장고에서 시원한 발포주 캔을 하나 꺼내서 관 앞에 앉았다. 캔을 따서 나쓰메의 캔에 짠하고 부딪혔다.

"고생했다."

캔을 기울여 입술을 적셨다. 발포주가 이렇게 쓴 술이었던가? 생각하며 관 쪽으로 시선을 돌렸다.

어색했다. 지금까지 늘 객관적인 입장에서 지켜보던 상황 속에 던져지니 막상 뭘 어떻게 하면 좋을지 모르겠다. 관 속을 들여다보면서 말을 걸어야 할까? 하지만 우리는 마주 보고 앉아서 술을 마실 때도 눈을 맞춰가며 대화를 나누지는 않았다. 주위 환경이나 분위기를 함께 느끼며 자연스럽게 말을 흘리고 주워 담았다.

"좀 긴장되네."

나는 캔을 만지작거리며 나쓰메에게 말했다. 마지막이라는 걸 알면서도 여전히 마음이 쉽게 움직이지 않았다. 무슨 말이라도 해야 하는데.

"실례합니다." 그때 현관 쪽에서 소리가 들렸다. 일어서서 나가보니 편의점 비닐봉지를 손에 든 구메지마 씨가 서 있었다. 낮에 만났을 때보다 조금 더 피곤해 보이는 얼굴로 "좀 늦었습니다"라고 말한 그가 하얀 이를 드러내고 웃었다.

"이것저것 처리해야 할 절차가 많아서요."

"와주셨네요."

그는 낮에 당장 정해야 할 사항들을 협의한 후에 다시 가게로 돌아갔었다.

"당연히 와야죠. 그나저나 장례, 맡기로 했다면서요?"

"아, 네. 막상 나쓰메 얼굴을 보니까 제가 해야겠더라고요."

"그랬군요."

내 말에 고개를 끄덕인 그는 "아, 일단 나쓰메한테 인사부터 해야죠"라며 안쪽을 바라봤다.

"아마 절 목 빠지게 기다렸을 겁니다."

그의 목소리에서 낮에는 느끼지 못했던 따스함이 느껴졌다.

"네. 안으로 들어가세요. 아무도 없으니까 편하게 하세요."

"네. 다카세 후코 씨는 아직 안 오셨나요?"

"아마… 오지 못할 것 같아요."

급한 일을 처리해 놓고 다시 한번 전화를 걸었고 메시지도 여러 번 보냈지만, 답장은 오지 않았다. 메시지를 확인조차 하지 않는 걸 보면 남편에게 스마트폰을 뺏겼을지도 모른다. 에이타가 그런 사람인 줄은 정말 몰랐다. 아내 친구의 죽음보다 중요하다는 그의 '체면'에 침이라도 뱉고 싶은 심정이다.

"뭐, 상황이 상황인지라."

구메지마 씨가 머리를 긁적이며 눈썹 끝을 내렸다.

안으로 들어온 그는 제단에 향을 올리고 앞에 서서 두 손을 모았다. 지쳐 보이는 그의 뒷모습을 잠시 바라보다가 조용히 "차 드시겠어요?"라고 물었더니, 획 고개를 돌린 그가 "이런, 이런. 차라니요. 술 사 왔습니다"라며 웃었다.

"안주도 몇 개 사 왔습니다. 술 마실 줄 안다고 들었는데, 같이 한잔하시죠."

"나쓰메가 제 이야기를 했나요?"

의외였다. 나는 '미캉'의 세계에 들어갈 수 없는 사람이라고 생각했었다.

"예전에 자쿠로 장례식을 담당하셨다죠? 얘기 들었습니다."

제단 앞에 책상다리하고 앉은 그가 봉지에서 발포주를 꺼내 캔 뚜껑을 땄다. 내가 준비한 술과 같은, 나쓰메가 즐겨 마시던 브랜드였다.

"고인의 명복을 빌며."

구메지마 씨가 캔을 살짝 들어 올렸다가 단숨에 들이켰다. 목이 말랐었는지 힘줄이 불거진 가는 목을 드러내고 순식간에 한 캔을 다 비웠다. 바로 또 한 캔을 따서 입으로 가져가는 그를 보고 나도 마시다 만 캔을 집어 들었다.

"아, 맞다. 이거요. 경찰이 돌려줬습니다. 받으세요."

그가 양복 안 주머니에서 종이봉투를 꺼내 내밀었다.

"유섭니다."

편의점에서 팔 것 같은 단순한 흰 봉투였고, 겉에는 아무것도 쓰여 있지 않았다. 천천히 봉투를 열어 보니 안에 여러 장의 편지지가 들어 있었다. 나는 잠시 머뭇거리다 편지지를 꺼내 펼쳤다.

비장한 각오 같은 건 느껴지지 않는, 익숙하고 부드러운 나쓰메의 필체가 눈에 들어왔다. 생각대로 흘러가지 않는 하루하루에 지쳤고, 죽음이라는 말에 편안함을 느끼며 벗어날 수 없을 만큼 사로잡혀 버렸다는 심정이 쓰여 있었다.

'할 수 있는 모든 방법을 시도했고 실패했습니다. 충분히 발버둥 쳐 봤다고 생각합니다.'

흐트러짐 없는 글이 담담하게 이어졌다. 그 아래로 장례 후에는 가족묘가 아닌 적당한 합동묘에 안치해달라는 부탁과 필요한 만큼의 비용은 마련해 두었다는 내용이 있었다.

"준짱."

모든 절차는 전부 준짱에게 맡기겠습니다. 장례식에 준짱도 참석해 준다면 기쁠 겁니다. 군데군데 등장하는 이름을 무심코 소리 내어 읽자, 두 번째 캔을 비운 구메지마 씨가 손가락으로 자신을 가리키며 "구메지마 준페이"라고 알려 주었다.

나쓰메가 장례식에 참석해 주길 바란 사람은 나와 후코뿐인 줄 알았는데, 설마….

"구메지마 씨, 나쓰메와 특별한 사이셨나요?"

무례하다고 생각하면서도 물을 수밖에 없었다. 나쓰메에게 사귀는 사람이 있을 거라는 생각은 해 본 적이 없다. 나쓰메는 학생 때부터 줄곧 이성이나 연애에 관심이 없었고 특별한 상대가 있었던 적도 없었다. 언젠가 취해서 자신을 향한 감정 중에 순수하게 받아들일 수 있는 건 우정뿐일지도 모른다고 한 적도 있었다.

"설마요." 그가 가볍게 웃었다.

"옛날부터 알던 사이였거든요."

친척? 하지만 친척들과는 전부 연을 끊었다고 들었는데…. 내가 고개를 갸웃하자, 그가 "제가 한때 히마리의 남자였거든요"라며 가볍게 웃었다.

"히마리 씨요?"

"네. 나쓰메가 중학생일 때 만난 적이 있습니다."

"아! 혹시…."

그러고 보니 『섬광에 그을린 여름』에서 이스즈의 연인이었던 남자가 '준짱'이었다. 이스즈가 일하는 성매매 업소의 호객꾼이었던 준짱은 자신을 사랑하는 이스즈를 멋대로 가지고 놀던 남자다. 주인공 도모코는 이스즈의 마음을 이용하는 준짱을 미워하고 증오했지만, 이스즈는 무슨 짓을 당하든 끝까지 그를 좋아했다. 그리고 이스즈가 죽었을 때 가장 애통하게 울었던 사람이 준짱이었다.

"그 준짱이세요?"

"그냥 모델이었을 뿐이죠. 그렇게 순수하지도 않았고 이왕 말이 나온 김에 하자면 사오토메 다쓰키처럼 미남도 아니고요."

그가 영화에서 준짱 역을 맡았던 배우의 이름을 꺼내면서 등지고 앉아 있던 관을 돌아봤다.

"그래도 히마리네 집 좁은 현관에서 물벼락을 맞은 사람은 나 맞아요. 귀하게 자라서 통통하게 살이 오른 평범한 중학생이 빨갛게 달아오른 얼굴로 이런 데서 붙어먹지 말라고 호통을 치는데, 솔직히 그때 좀 멋있기는 했어요."

나는 모르는, 하지만 분명 존재했던 나쓰메였다.

"그 애송이가 작가가 될 줄도 몰랐지만, 심지어 같은 직장에서 일하게 될 거라고 누가 상상이나 했겠습니까. 만만한 일 아니니까 그만두라고 말렸는데, 아시죠? 그 똥고집."

"네. 알죠."

"다른 사람 인생에 깊게 관여할 배짱도 없는 주제에 함부로 참견하지 말라고 도리어 자기가 큰소리치더군요."

그가 제단에 올려 둔 믹스 너트를 자연스럽게 집어 먹으며 말했다. "애교는커녕 입에 발린 소리 한마디 못 하고, 그렇다고 연기를 잘하지도 않았죠. 인기 있는 아가씨는 아니었지만 그래도 용케 버티더군요. 요란하게 치장하지 않는 점이 마음에 들었는지 단골도 몇 명 있었습니다. 오늘 뉴스를 보고 가게로 연락한 사람도 있다니까요. 그것도 울먹이면서."

와그작, 와그작. 견과류가 부서지는 소리가 나쓰메에 관한 이야기 사이사이에 섞여 들렸다.

"같이 죽은 사람이 요즘 계속 나쓰메를 지명했다고 얘기했었죠? 그 사람 시신도 봤는데 소심해 보이는 평범한 사람이었습니다. 그 사람도 유서를 남겼어요. '미캉의 다정함에 용기를 얻어 저세상으로 갑니다'라고 쓰여 있었답니다. 경찰이 그러는데 그 사람이 계속 죽고 싶다, 죽고 싶다 하면서 연락했고 나쓰메가 그때마다 얘기를 들어준 것 같다더군요. 그러다가 그 사람이 자기가 죽는 모습을 지켜봐 달라고 부탁한 모양입니다. 여러 번 실패했나 보더라고요. 오늘은 실패해서 죄송합니다, 다음에는 더 잘해 보겠습니다, 그런 메시지를 주고받았다나 뭐라나."

그가 꼭 동정남과 동정녀의 섹스 이야기 같지 않냐고 웃으면서 세 번째 캔을 입으로 가져갔다. 조용히 상상해 봤다. 어둑하고 밀폐된 공간에서 죽으려고 이런저런 시도를 하는 두 사람의 모습을. 하지만 두 사람의 표정은 그려지지 않았다. 그 사람이 나쓰메이기에 더 그랬다.

"죽고 싶어 하는 남자의 강한 의지가 나쓰메가 붙잡고 있던 이성의 끈을 끊은 걸까요? 하긴 이 일을 처음 했던 날부터 자기한테 질려 했으니까. 제 인생을 끝낼 방법을 찾고 있었는지도 모르죠."

"네? 그걸… 그걸 아시면서 그냥 내버려 두셨어요?!"

태연한 목소리에 속에서 뜨거운 것이 욱하고 치밀었다. 그가 눈을 가늘게 뜨고 나를 바라봤다.

"그건 그쪽도 마찬가지 아닙니까?"

부드러운 물음이 날카롭게 가슴을 찔렀다.

"나쓰메에게는 나쓰메만의 전쟁이 있고 거기서 같이 싸워 줄 사람은 아무도… 적어도 우리는 아니었습니다. 전쟁터에서 억지로 끌어낼 수는 있었을지 모르지만 그건 본인이 원하는 바가 아니고, 나쓰메는 그런다고 고마워할 사람도 아니죠. 우리는 나쓰메가 싸우는 모습을 그저 지켜봐 줄 수밖에 없었어요."

손에 쥐고 있던 캔이 와작 소리를 내며 우그러졌다.

나쓰메가 괴로워하고 있다는 사실은 나도 알고 있었다. 소설에 관해 이야기할 때 다른 감정이 모두 사라지고 절망만 남아 있던 얼굴을 봤다.

본업에서 외면당한다고 해서 대충 아무에게나 자신을 내던지는 걸로 그 불안을 달래려고 하지 말라고 말하고 싶었다. 괴로움만 주는 작가 일도, 짧은 위안에 지나지 않은 성매매 일도 그만두면 되잖아. 더 편하고 행복한 길이 분명 어딘가에 있을 거야.

하지만 결국 말하지 못했다. 그 무엇도 아닌 나쓰메라도 나는 너를 좋아한다고 말해 주고 잠시나마 그녀의 마음을 달랠 수는 있어도 진정으로 구할 수는 없다는 사실을 알고 있었기 때문이다.

언제가 성공하기를, 하루라도 빨리 지금의 고통을 보상받을 수 있기를. 그렇게 기도나 하는 게 고작이었다.

믹스 너트에 물렸는지 구메지마 씨가 자신이 가져온 비닐봉지에서 치즈 소시지와 감자 칩을 꺼냈다. 감자 칩 봉지를 넓게 펼쳐서 앞에 놓고 내게도 권했다. 내가 잠자코 있자 그가 치즈 소시지를 제단에 올렸다. 그리고 감자 칩을 입에 넣고 와그작와그작 씹기 시작했다.

"뭐, 나야 전쟁터에서 살아가는 아가씨들 덕분에 먹고 살지만요. 그래도 솔직히 가끔은 이게 뭐 하는 짓인가 허무할 때가 많아요. 그래서 그런지 점점 삐딱선을 타게 되더라고요. 너 같은 애가 싸울 전쟁터는 어디에도 없으니까 그냥 누군가의 토사물 위에서 만사태평하게 살아! 그렇게 말했습니다. 그럴 수 있잖아요. 그러니까 저는 나쓰메가 싸우는 모습을 말이죠, 지켜봐 준 게 아닙니다. 구경했던 겁니다. 네까짓 게 얼마나 버티나 보자, 하고 말이죠."

그가 입술을 깨물었다. 처음 봤을 때는 어딘지 모르게 경박해 보였던 그에게서 처음으로 나이에 맞는 무게감이 느껴졌다.

"도망치길 바랐는데 말이죠. 그랬다면 꼴 좋다고 비웃어 줬을 겁니다. 고작 그거냐, 한심하다, 두 번 다시 여기 얼씬거리지 말아라. 그 말이 하고 싶었어요. 그런데 전쟁터니까, 전사할 수도 있는 거였어요."

"전사…한 걸까요?"

"그렇죠. 전쟁터에서 도망치지도 못하고 이기지도 못하면 결국 전사할 수밖에 없잖아요."

힘없이 웃으며 표정을 느슨하게 푼 그가 덧붙였다.

"나는 절대 못 할 일이지만."

"왜 저한테 이런 이야기를 해 주시나요?"

"원래 밤샘이 이런 거 아닙니까? 죽은 사람에 관한 이야기를 나누고 칭찬도 하고 위로도 하는."

참 고생 많았지, 대단한 녀석이었어, 그런 이야기를 하는 시간 아니냐라고 묻는 그의 말에 나는 고개를 끄덕일 수 없었다. 지금껏 많은 죽음을 만나 왔다. 많은 슬픔을 봐 왔다. 갑작스러운 죽음, 자신을 대신 데려가라는 부모의 절규, 남겨진 자식의 통곡, 나는 그런 것들을 보았다. 유족들은 갑작스러운 병이나 뜻밖의 사고도 쉽게 받아들이지 못했다. 운이 나빴다거나 이 또한 운명이라는 식으로는 생각하지 못했다. 죽음은 언제나 잔인하다.

심지어 자살이라면 남겨진 사람들의 후회는 이루 말할 수 없이 크다. 나쓰메에게 앞으로가 있고 어쩌면 미래는 행복하게 웃는 날들이었을지도 모른다고 생각하면 억울하다는 생각을 지울 수가 없다. 죽을 필요까지는 없지 않았냐고 따지고 싶다. 살아 있을 때는 아무 말도 하지 못했던 주제에.

"똥인지 된장인지 구분 못 하는 어린애도 아니고 자기가 싼 똥은 치울 수 있는 어른의 삶에 일일이 참견할 수는 없죠. 그저 지켜보기만 했던 우리는 나쓰메의 인생을 부정할 수도 없고, 해서도 안 됩니다. 그러니 칭찬하고 위로하는 시간을 보내야죠. 무엇보다 그 녀석이 그렇게 해달라고 해서 여기 있는 거니까요."

"마셔요. 술 잘 마신다고 들었다니까." 그의 권유에 나는 캔을 들어 입에 대고 확 꺾었다. 미지근해진 발포주가 목구멍을 타고 넘어갔다. "거봐, 잘 마시면서." 그가 추켜세우듯 말했다.

"나쓰메는 왜 저한테 자기 장례식을 맡겼을까요?"

하아. 술을 넘기고 크게 숨을 뱉은 나는 그에게 물어보았다.

"그거야, 소중한 친구니까 그랬겠죠."

그가 당연하다는 듯 말했다.

"잘 알지도 못하는 사람이 자신의 마지막을 정리하는 것보다는 소중한 사람에게 맡기는 편이 낫잖아요. 그리고 일에 관해서는 마나 씨를 믿었던 거 아닐까요?"

웃샤. 그가 작은 신음을 내며 자리에서 일어섰다. 그리고 관 안을 들여다봤다. 잠시 아무 말 없이 나쓰메를 내려다보던 그가 나직이 중얼거렸다.

"편안해 보이네요. 그렇겠죠? 다 끝내고 친구의 곁으로 돌아왔으니까."

다정한 목소리였다. "다행이네"라고 덧붙이는 목소리는 조금 떨리기도 했다. 그때 깨달았다. 그는 이곳에 와서 지금 처음으로 나쓰메의 얼굴을 들여다봤다. 발포주 세 캔을 마시고 나서야. 취하지 않고서는 볼 수 없었던 걸까?

그리고 그의 말을 듣고 알았다. 어째서 나쓰메의 얼굴을 보고 나서야 시행을 담당하겠다고 결심할 수 있었는지를.

나쓰메는 내가 이곳에서 기다리고 있을 거라고 믿었다. 내가 자신의 마지막을 잘 마무리해 주기를 바랐다. 그녀를 본 순간 강하게 느낄 수 있었다.

"친구가 기다리고 있다고 믿었기 때문에 나쓰메는 싸울 수 있었을 겁니다. 분명."

돌아선 구메지마 씨의 얼굴에 눈물은 없었다. 하지만 어딘지 후련해진 얼굴이었다.

"감사합니다. 나쓰메가 기뻐했을 겁니다."

"아니에요, 제가 뭘…." 그 순간 시야가 흐려졌다. 나쓰메의 죽음을 들은 순간부터 지금까지 한 번도 흐르지 않았던 눈물이 갑자기 흘러내렸다.

"아! 왜 이러지?"

나는 허둥지둥 얼굴을 닦았다. 나쓰메에게 화장을 해 줄 때도, 입관할 때도 덤덤했는데.

"나쓰메가 절 여기 부른 이유는 자기가 못다 한 말을 전하고 싶어서였을 겁니다. 그 녀석 마음이 제대로 전해진 모양이네요."

웃샤. 아까와 똑같은 신음을 뱉으며 다시 자리에 앉은 그가 발포주 캔을 집어 들었다.

"그리고 귀찮은 일을 떠맡기기 만만해서였겠죠. 그 녀석, 나를 심부름센터 직원쯤으로 생각했으니까. 하긴 내가 나쓰메한테는 좀 무르긴 했어요."

피식거리며 혼잣말처럼 웃던 그가 문득 내게 "마나 씨도 나쓰메 얘기 좀 해봐요"라고 말했다.

"그런 시간 아닙니까. 나쓰메 얘기나 합시다."

남은 눈물을 닦으면서 나는 또 깨달았다. 맞다. 그것이 소중한 사람을 떠나보내는 지금 내가 해야 할 일이었다. 소중한 사람을 보내는 시간. 지금까지 나는 이 시간을 의식의 하나로만 생각했었다. 소중한 사람과의 마지막 시간이 가진 진정한 의미를 알지 못했다.

나는 남은 시간 동안 구메지마 씨와 발포주를 마시고 감자 칩과 치즈 소시지를 먹으며 많은 이야기를 나눴다. 그에게 『섬광에 그을린 여름』의 감독판이라 할 수 있는 이야기들을 듣고, 고등학교 때부터 지금까지 나쓰메에게 있었던 일들을 들려주었다. 그는 중간중간 야유를 보내기도 하고 재밌다는 듯 웃기도 했다. 정신을 차려

보니 쉴 새 없이 종알종알 떠들고 있는 내가 있었다.

"사실 제가 장의사로 일하게 된 계기가 『섬광에 그을린 여름』 때문이었어요. 이스즈의 장례식 장면이 감명 깊었거든요. 같은 교실에서 같은 공기를 마시던 친구가 '죽음'과 죽은 사람을 떠나보낸 사람들의 '상실감'을 생생하게 그렸다는 사실이 충격이기도 했고요."

아버지의 죽음은 기억나지 않았고 누군가의 죽음이나 장례식을 직접 접해본 적이 없었다. 엄마는 죽음을 입에 담으면 안 되는 불길한 것쯤으로 여기시는 분이라 집에서는 죽음에 관해 이야기할 일이 없었다. 그래서 나도 그저 그런가 보다 하고 살았지만, 나쓰메 작품을 읽고서 단지 내가 눈을 가리고 살았을 뿐이라는 걸 깨달았다. 나는 죽음에 관해서 만큼은 온실 속 화초였다.

참을 수 없이 부끄러웠고 나 자신이 한심하기 그지없었다. 그래서 반은 충동적으로 게시미안의 구인 공고에 지원했었다.

"그 장면이었어요. 소설 속에서 준짱이 다 타고 남은 이스즈의 뼈를 맨손으로 잡는 장면이요. 화상을 입는다고 주변에서 말렸는데도 꽉 쥐고 입에 넣잖아요. 고통을 통해서 죽음을 받아들이겠다는 그 각오, 그 장면이 너무 가슴 아파서 페이지를 넘길 수가 없었어요."

"그렇게까지 뜨겁지는 않았는데."

"와, 그렇게 훅 들어오지 말아 주실래요? 어디까지 사실인지 알고 싶어지잖아요."

"하하하. 그래서요? 마나 씨 취업에 관한 뒷이야기를 나쓰메도 알아요?"

"네, 얘기했어요."

충동적으로 취업을 하고 처음에는 후회했었다. 시신이 매번 온전한 모습일 수는 없었고 어떤 모습이든 슬픔은 항상 따라다녔다. 사망하고 2주가 지나서 발견된 탓에 심하게 부패한 할머니의 시신, 차마 유족에게조차 보일 수 없을 만큼 손상이 심했던 아저씨, 여전히 살아 있는 것처럼 아름다웠던 여자도 있었고, 고통으로 일그러진 얼굴의 남자아이도 있었다. 구역질이 날 만큼 징그러웠던 적도, 눈물이 멈추지 않아서 현장으로 돌아가지 못했던 적도 있다. 하지만 그만두지는 않았다.

"이 일에서 보람을 느꼈거든요. 그래서 나쓰메한테 고맙다고 했어요. 네 덕분에 이 일을 할 수 있게 됐다고."

그때 나쓰메는 웃으면서 기쁘다고 했었다. '내가 한 일은 없지만 내가 쓴 글이 누군가의 인생을 빛나게 했다고 생각하니까 기쁜걸.'

"그럼, 앞으로 계속해야겠네요. 나쓰메도 기뻐할 겁니다."

"아…."

나는 조금 난감해져서 뺨을 긁었다. 그러다 불쑥 그에게 물었다.

"만약 아내가 장의사에서 일한다고 하면 어떠실 것 같아요? 싫으시죠?"

"아니요. 왜 싫어요?"

"아니요. 저도 왜 지금 와서 이러는지 모르겠는데, 다들 제가 적당히 하다가 그만둘 거로 생각했나 봐요. 언제까지 그런 일을 할 거냐고 하더라고요."

"누가요?"

"남자친구랑 엄마가요."

— 부모님께 결혼하겠다고 말씀드리기 전에 가능하면 직장을 옮겼으면 좋겠어.

두 달 전쯤 스미나리는 도쿄로 출장을 가기 전에 그렇게 말했다. 출장에서 돌아오면 주임으로 승진해서 월급이 오른다는 말을 꺼낸 그가 살짝 얼굴을 붉히면서 말했다.

"우리 결혼하지 않을래? 그동안은 연봉이 낮아서 프러포즈하는 걸 망설였는데 이제 괜찮을 것 같아."

벅찬 기쁨으로 숨이 넘어갈 뻔… 하지는 않았지만, 분명 기뻤다.

다만 무작정 좋다고 하기에는 내 나이가 적지 않았다. 결혼과 행복 사이에 반드시 등호가 성립하지 않는다는 사실쯤은 아는 나이다. 하지만 그런데도 그와 함께 살아갈 인생을 떠올리며 소소한 꿈과 희망을 느꼈다.

스미나리는 온화하고 다정해서 같이 있으면 마음이 편하다. 유머는 없는 편이지만 대신 그만큼 성실하고 상대 마음을 잘 배려한다. 지금까지 그와 사귀면서 그의 행동에 감동한 적은 있어도 기분이 상했던 적은 한 번도 없었다. 연애 경험이 많지는 않지만 스미나리 같은 남자가 드물다는 것 정도는 알고 있다.

게다가 아주 조금이지만 독신 생활에 불안을 느끼기도 했다. 점차 비혼주의를 선택하는 사람이 늘어나는 추세고, 혼자서도 활기차고 발랄하게 살아가는 사람들이 얼마든지 있다. 물론 나 역시 그렇게 살지 못할 이유가 없고. 하지만 그 삶에서 단 1초도 불안과 외로움을 느끼지 않을 자신이 있느냐고 묻는다면 대답할 수 없었다. 사랑하는 사람과 힘을 모아 서로 도와가며 살 수 있다면 혼자보다는 분명 더 풍요롭고 행복할 거다. 스미나리와 함께라면 틀림없이 그럴 것이다. 좋은 배우자가 되도록 노력할게. 고마워, 앞으로도 잘 부탁해. 그래서 그렇게 대답하려고 했다. 하지만 내가 입을 열기 전에 스미나리가 조금은 단호하게 그 말을 꺼냈다.

"지금까지 말은 안 했는데 솔직히 지금 하는 일 그만뒀으면 좋겠어."

"갑자기 그게 무슨 말이야? 근무시간 때문에 그래?"

게시미안은 늘 일손이 부족해서 근무시간이 계획표대로 지켜지지 않을 때가 많았다. 시행이 시작되면 초과 근무를 해야 할 때도 있고 사장이든 직원이든, 남자든 여자든 관계없이 당직도 서야 한다. 그 때문에 종종 근무 일정이 변경되는 일이 있었고 그때마다 스미나리는 불평을 늘어놓았다.

"그건 정말 미안해. 사장님이 구인 공고를 올렸어. 사람을 더 뽑으면 인력 부족 문제는 해결될 거야."

"아니, 그런 문제가 아니야."

스미나리가 답답하다는 듯 머리를 긁었다.

"여기가 작은 도시이기는 하지만 일자리가 없는 건 아니잖아. 내가 일하는 공장도 현장 직원은 상시 모집할 정도고. 그러니까, 내가 하고 싶은 말은, 다른 일도 얼마든지 있다는 말이야. 이직하기 싫으면 전업주부를 해도 괜찮아. 너까지 일하지 않아도 내 수입으로 어느 정도 생활할 수 있을 거야."

"지금 무슨 말을 하는 거야? 난 한 번도 일하기 싫다고 말한 적 없어. 일할 거야."

도무지 영문을 알 수 없는 말에 나는 고개를 갸웃했다.

"아니, 그러니까, 일하지 말라는 게 아니고, 굳이 시체를 만지는 일은 아니어도 되지 않냐는…, 아!"

순간적으로 말을 멈춘 그가 제 입을 손으로 막았다. 당황했는지 눈동자가 갈피를 못 잡고 이리저리 흔들렸다.

"시체를 만지는 일."

나도 모르게 그의 말을 되풀이하자 스미나리가 말이 헛나왔다며 바로 말을 바꿨다.

"내가 말이 심했어. 하지만 굳이 그런 일을 계속할 필요는 없지 않을까? 생각해 봐. 결혼하면 아이도 생길 텐데, 지금부터라도 육아 관련 복지가 좋은 회사를 찾아서…"

"내가 하는 일을 그렇게 생각했었구나."

무심결에 튀어나온 말이 진심인 법이다. 그는 내 일을 그런 식으로 생각하고 있었다.

화가 나지는 않았다. 그저 꽤 심한 충격을 받았을 뿐. 그래서 그날은 아무 말 없이 그대로 헤어졌다. 멍하니 넋을 놓고 있는데 하필 우연히 엄마에게서 전화가 왔고, 목소리에 기운이 없다고 걱정하시기에 스미나리와 있었던 일을 털어놓았다. 나는 엄마가 나와 똑같이 충격을 받거나 몹쓸 녀석이라고 화를 낼 줄 알았다. 하지만 엄마는 "그런 말을 들을 만도 하지"라며 한숨을 쉬었다.

"나도 처음부터 반대했잖니. 누군가는 해야만 하는 일이지만 내 딸은 아니었으면 했어. 너는 내가 반대하면 더 하겠다고 나설 애니

까 아무 말 안 했지만, 사실 엄마도 싫었어. 네 남자친구는 결혼 이
야기를 꺼낼 때까지 계속 참아 줬던 거잖아. 좋은 사람이네. 마음
이 깊어. 게다가 전업주부여도 괜찮다고 했다니 정말 멋지다. 요즘
세상에 그런 사람이 어딨어. 좋은 결혼 상대를 만났으니 감사해야
할 일이야."

엄마는 내가 끼어들 틈도 주지 않고 자기 말에 열을 올렸다.

"임신, 출산, 육아를 해야 진정한 여자가 되는 거야. 그러려면 남
편이 가족을 먹여 살려야 하고. 네 아버지도 일찍 돌아가시기는 했
어도 우리를 위해서 충분한 유산을 남기셨어. 덕분에 우리가 편히
살 수 있었던 거야. 그게 아니면 언니랑 너를 어떻게 대학까지 보
냈겠어. 다 네 아버지 덕분이지. 나 혼자였으면 어림도 없었다. 그
러니까 여자는 남편 될 사람 말에 따라야 해."

"엄마, 잠깐만. 지금 남편을 위해서 일을 그만두고, 남편이 먹여
살려 줄 테니까 옆에서 비위나 맞추라는 거야?"

"너는 말을 꼭 그런 식으로 해야겠니? 나는 그저 네가 그 일을
그만둬야 한다고 말하는 거야. 지금 하는 일은 아무도 반기지 않
을 테니까."

어이가 없어서 말문이 막힌다는 말은 딱 이런 상황을 두고 나온
말이었다. 온몸의 피가 분노로 들끓었다. 실제로도 체온이 1도 정
도는 올라갔을지도 모른다. 엄마 잔소리가 계속 이어졌지만 나는
"됐어!"라고 외치고 일방적으로 전화를 끊었다.

나는 누구에게도 신세 지지 않고 내 힘으로 벌어서 생활하고 있
다. 세금도 꼬박꼬박 내고 보너스를 받는 달이면 기부도 한다. 빌

라 앞에 쓰레기를 내놓을 때도 규칙을 철저히 지키고 공공시설물
은 깨끗하게 쓰려고 노력한다. 언니네 가족이 살 집 리모델링에 보
탤 돈도 당연히 내가 장례지도사 일을 해서 번 돈이다. 그러니 누
구에게도 비난받을 이유가 없었다.

하지만 시간이 지날수록 내 생각이 틀렸나? 라는 생각이 문득
문득 머리를 스쳤다. 일을 그만두면 아무 문제 없이 스미나리와 결
혼할 수 있다. 막상 결혼하고 나면 생각보다 훨씬 더 행복한 나날
이 기다리고 있을지도 모르고. 그런데도 일에 집착하는 내가 너무
이기적인 건 아닐까?

물론 내 안에는 그렇지 않다고 단언하는 나도 있다. 하지만….

"여자가 장례지도사를 하면 안 되는 걸까요?"

지금까지 있었던 이런저런 일들을 떠올리며 쓸쓸하게 웃자, 고
개를 한쪽으로 기울인 채 내 말을 듣고 있던 구메지마 씨가 물었
다. "그 얘기, 나쓰메한테도 했나요?"

"물론 했죠. '끔찍한 이야기네'라고 하기는 했는데…."

— 그런 편견은 옛날부터 계속 있었고 아무리 시대가 변해도 사
라지지 않을 거야. 후코 결혼식이랑 똑같은 거지. 갑자기 이 세상
에서 깨끗하게, 흔적도 없이 사라질 일은 없어. 너는 내가 성매매
업소에서 일한다고 했을 때 어땠어? 다른 일도 많은데 왜 하필, 이
라고 생각하지 않았어? 너만 이런 문제로 고민하는 건 아니야. 그
러니까 고민하고 또 고민해서 너 스스로 답을 찾을 수밖에 없어.
그만두는 길을 선택하든, 계속하는 길을 선택하든, 선택은 네가
하는 거야. 그러니까 머리가 빠질 정도로 고민해 봐. 너는 아직 머

리슽도 많잖아.

　대충 그렇게 이야기를 갈무리했었다. 나는 그때 나쓰메의 말을 듣고 좀 진지하게 생각해달라고 투덜거렸다.

　"난 지금 결혼을 위해서 일을 포기해야 할지도 모르는 절망적인 상황이고, 벼랑 끝에 내몰렸단 말이야."

　나쓰메는 내 말에 "그러니까 더 고민해. 더, 더"라며 호쾌하게 웃음을 터트렸었다. 내가 그 이야기를 하자 구메지마 씨는 "음…" 하고 나직이 신음하며 한동안 천장을 보고 생각에 빠졌다.

　"잘은 모르겠지만, 하고 싶은 일은 하면 되는 거 아닌가요? 마음 대로 하세요. 다만 나쓰메는 맞서 싸우라고 말한 거 같은데?"

　발포주를 꿀꺽 삼킨 내 입에서 바로 "맞서 싸워요?"라는 말이 튀어나왔다.

　"방금 그 이야기를 들으니까 이제 알 것 같네요. 정확히 말하자 면 이런 거죠. 마나 씨가 장례를 맡지 않고 조문객이 되길 선택했 다면 나쓰메가 하고 싶었던 말은 싸우지 말고 포기해, 가 되는 겁 니다. 일을 그만두라는 말이 됐겠죠. 하지만 담당하기로 했으니까 앞으로도 계속 맞서 싸우라는 말이 되는 거 아닐까요? 무슨 일이 든 엉덩이에 힘을 꽉 주고 이를 악물고 버텨 내야만 하는 순간이 있어요. 마나 씨에게는 가장 소중한 사람의 장례식이 그런 순간일 지도 모르죠. 그런데 오늘 나쓰메의 장례식을 외면하지 않고 제대 로 마주했잖아요, 그게 답이 아닐까요?"

　그 순간 뒤통수를 한 대 얻어맞은 것처럼 명해졌다. 머릿속으로 그의 말을 곱씹는 와중에 오소소 소름이 일었다. 나쓰메가 내게 남긴 말, 내게 전하려 했던 말….

그 말을 이런 식으로 깨닫고 싶지는 않았지만, 신기하게도 가슴 속에서 일렁이던 파도가 잔잔해졌다. 가슴 깊은 곳에서 묵직한 울림이 퍼져나갔다.

"산다는 건 어려운 일이죠. 하고 싶은 일에서는 외면당하기도 하고, 내가 느낀 보람을 타인에게 부정당하기도 하잖아요. 건강하게 자라기만 하면 된다는 말은 어릴 때나 듣는 거고 자랄수록 힘들고 어려운 일뿐이죠. 살아보려고 필사적으로 발버둥 친 놈은 어느새 보면 사라지고 없고, 그저 흘러가는 대로 사는 놈이 끈질기게 살아남아요. 빌어먹을 세상."

구메지마 씨가 가볍게 웃으며 덧붙였다. 저는 언제까지 떠나보내기만 해야 하는 걸까요?

가져온 발포주를 거의 다 마신 후에 구메지마 씨가 그만 가 보겠다며 자리에서 일어났다.

"가게에 다시 가 봐야 해서요. 내일 장례식 시간에 맞춰 오겠습니다. 마나 씨만 믿겠습니다."

술을 꽤 마셨는데도 그는 전혀 흐트러짐 없는 모습으로 제단을 향해 두 손을 모았다.

"아, 이 꽃."

그가 간이 제단에 올려놓은 근조 바구니를 손가락으로 가리켰다.

"나쓰메에게 잘 어울리네요. 작고 둥근 모양이요. 꽃은 잘 모르지만 좋아 보입니다."

"천일홍이에요."

하얀 천일홍을 둥글게 꽂고 옅은 분홍색 오건디 리본으로 장식한 근조 바구니는 나쓰메를 생각하며 내가 직접 만들었다. 빈소 제단도 똑같이 꾸몄다. 천일홍을 중심으로 이제 막 새 꽃을 피운 꽃밭처럼 만들었다. 내일은 관도 천일홍으로 가득 채울 생각이다.

"꽃말이 변치 않는 사랑이거든요. 우리 우정도 똑같다고 생각해서요."

"음, 천일홍이라."

그가 꽃을 한 송이 뽑아서 양복 윗도리 앞주머니에 꽂았다.

빙긋 미소 짓는 얼굴이 다정했다. 혹시 이 사람은…. 문득 어떤 생각이 떠올랐지만, 그 말은 입 밖으로 내지 않기로 했다.

콜택시를 타고 돌아가는 구메지마 씨를 배웅하고 다시 안으로 들어가려던 찰나, 멀어지는 택시 옆을 지나쳐 가까이 다가오는 낯선 차가 보였다.

그 차에서 내린 사람은… 스미나리? 그리고 이어서 후코가 조수석에서 굴러떨어지듯 급하게 뛰어내렸다.

"어?"

예상치 못하게 등장한 두 사람을 멍하니 바라보고 있는데, 스미나리가 "핸드폰 전원은 왜 꺼 놓은 거야? 걱정했잖아!" 하며 버럭 소리를 질렀다. 그러고는 연락이 안 돼서 후코 씨한테도 전화하고, 회사로도 전화하고, 내가 얼마나 동분서주했는지 아느냐며 화를 냈다.

"무사히 도착한 모양이군."

익숙한 바리톤에 고개를 돌려 보니 사무실 쪽에서 사장님이 걸어오고 있었다.

"고인에게 특별한 사람인 것 같아서 내가 알려 줬어. 오늘 밤에 마나 씨가 계속 고인 옆을 지킬 예정인 것도."

사장님에게 죄송하다고 고개를 숙이고 나자 후코가 와락 안겨 왔다.

"늦어서 미안해. 스미나리 씨한테 집으로 와서 나 좀 억지로 데려가 달라고 부탁했어. 에이타가 남자 앞에서는 무조건 좋은 사람인 척하거든, 그걸 좀 이용했어. 내 남편이 그런 사람일 줄은 정말 몰랐어."

"너는 괜찮아? 실망했지?"

"나는 지금, 이 세상에 나쓰메가 없다는 사실 말고 다른 건 아무것도 중요하지 않아."

나도 후코를 끌어안았다. 몸이 가늘게 떨리고 있었다.

"그래도, 나한테도 말해 주지. 내가 감당하지 못할 거로 생각해서 입을 다문 거라면 나 정말 속상해. 도대체 나를 뭐로 본 거야! 나는 나쓰메가 어떤 사람이든 나쓰메가 좋아. 나쓰메가 무슨 일을 했든 상관없단 말이야. 정말이야. 진심이란 말이야."

계속 그 말만 되풀이하는 후코를 나는 더 세게 끌어안았다.

한바탕 울음을 쏟아 낸 후코가 코를 훌쩍거렸다.

"이럴 게 아니라 본인한테 직접 따져야겠다. 나쓰메가 우리랑 마지막을 함께하길 바랐던 거지? 당연히 그래야지! 그것도 못 하게 했으면 정말 절교했을 거야!"

"맞아. 나도."

서로의 눈물을 닦아 주고 나서야 스미나리가 떠올랐다.

"아, 맞다! 스미나리, 어떻게 된 거야?"

도쿄에서 여기까지 어떻게 왔을까. 차로 몇 시간은 족히 걸리는 거린데.

"보시다시피 렌터카를 빌렸어. 네가 힘들어하고 있을 게 뻔한데 잔업이 많아서 빠져나올 수가 있어야지. 속이 다 시커멓게 탔어."

미간을 찌푸렸다 펴고 고생했다고 말하는 그의 목소리가 따뜻했다.

"넌 나한테 할 말 없어?"

에이타가 했던 말들이 떠올랐다. 하지만 스미나리는 "내가 무슨 할 말이 있겠어"라며 어깨를 으쓱해 보일 뿐이었다.

"난 나쓰메 씨에 대해 별다른 생각 없어. 애당초 감정적으로 생각할 만한 접점도 없었고. 그저 네가 소중하게 생각하는 사람이니까 나도 소중하게 대해야 한다고 생각했어. 소중한 사람을 잃고 네가 슬퍼하고 있을 테니까 너를 위해서 움직였을 뿐이야."

아아, 맞다. 스미나리는 원래 이런 사람이다. 항상 나를 먼저 생각하고 나를 위해서 움직여 주는 모습이 좋았다. 그래서 그가 '내 직업'에 편견을 갖고 있다는 사실에 더 큰 충격을 받았는지도 모른다.

"나쓰메 씨는 셋이 함께 있기를 원한 거지? 나는 일단 집에 가 있을게."

하흠. 크게 하품을 한 스미나리가 말했다.

"후코 씨도 무사히 데리고 왔으니까 괜찮지?"

"도와주셔서 고마워요. 덕분에 살았어요."

후코가 내게서 한 발 떨어져 그에게 깊이 고개를 숙였다.

"그럼, 그것 때문에 일부러 온 거야?"

"그렇게 말하면 섭섭한데. 그렇죠, 후코 씨? 정말 극적인 구출 작전이었잖아요."

"네, 맞아요. 할리우드 영화로 만들어도 될 만큼요."

힘주어 말한 후코가 나를 보며 말했다.

"스미나리 씨는 정말 좋은 사람이야. 에이타하고는 비교도 안 돼. 이번 일로 정말 사람 다시 봤다니까."

"그럴 만한 이유가 있었겠지."

침울해진 후코의 얼굴을 보고 나는 모호하게 말을 얼버무렸다. 부부 일에 함부로 참견할 수는 없다. 그리고….

나도 마찬가지였다. 상황이 정리되고 나면 스미나리와 다시 제대로 이야기해 봐야겠다. 내가 이 일을 어떻게 생각하는지, 나쓰메가 무엇을 깨닫게 해 주었는지, 이 남자라면 분명 이해해 줄 거라고 믿고 싶다.

"후코, 일단 안으로 들어가자. 나쓰메랑 셋이 같이 얘기해."

하고 싶은 말이 너무 많다. 지금까지의 우리와 앞으로의 우리에 관해서.

또 인생이란 전쟁에서 물러서지 않고 맞서 싸워 온 친구에 관해서.

2장

내가 사랑하고 싶었던 남자

＊＊＊ ＊＊＊

아마네가 집을 나간다고 말했을 때, 주방에서 반찬을 만들고 있었다.

장마가 끝난 지 얼마나 됐다고 연일 한여름 무더위가 기승을 부렸고, 오전부터 벌써 푹푹 찌기 시작했다. 냄비 안에서 무와 베이컨을 넣은 콩소메가 보글보글 끓고 있는 탓에 주방은 더 더웠다. 에어컨을 틀까? 아니야, 전기세를 생각해. 오후까지 참자. 그런 생각을 하던 참이라 나는 아마네가 한 말의 의미를 곧바로 이해하지 못했다.

"어디 가? 편의점? 냉장고에 시원한 차도 있고 아이스크림도 있으니까 괜히 돈 쓰지 마."

아마네는 특별히 볼 일이 없는데도 밖에 나가서 괜한 돈을 쓴다. 얼마 전에도 SNS에서 인기라며 웨이퍼 과자를 한 다스나 사왔다. 사 올 때는 과자 안에 들어 있는 카드가 비싼 값에 팔린다고 했지만 얼마 못 가 똥값이 된 모양이었다. 포장만 뜯어 놓은 과자는 며칠이 지나도록 손도 대지 않아서 어쩔 수 없이 내가 먹어 치워야 했다.

"그게 아니라!" 대면형 주방 건너에 있던 아마네의 목소리가 날카로워졌다.

"이 집에서 나가겠다고 말하는 거야."

"뭐? 갑자기 무슨 소리야? 자취한다고? 뭐 하러 괜한 돈을 써. 학교는 집에서도 충분히 다닐 수 있잖아."

"그런 게 아니야. 나, 학교 그만두기로 했어. 콘짱하고 같이 살 거야."

여주 된장무침을 만들려고 여주를 다듬고 있던 손이 우뚝 멈췄다.

콘짱은 아마네의 남자친구인 가와치 교야 애칭이다. 고등학교 2학년 때부터 사귄 두 사람은 얼추 4년을 만났다. 아마네는 고등학교 졸업과 동시에 이 지역 국립대학에 입학했고 그 애는 도쿄로 갔다. 도쿄에서 2년간 미용학원에 다녔고 지금은 오모테산도에 있는 헤어 살롱에서 일한다고 들었다. 한창나이에 하는 장거리 연애가 오래갈 리 없다고 생각했는데 의외로 두 사람의 교제는 순조로웠다. 지난달에도 아마네가 그 애 생일을 축하해 준다며 모아 둔 아르바이트비를 들고 도쿄에 다녀왔었다.

"대학을 그만둬? 아마네, 너 지금 네가 무슨 말을 하는지 알고 있기는 한 거야?"

대학교 3학년 여름이었다. 온 힘을 다해 취업 준비를 본격적으로 해도 모자랄 시기에, 뭐? 그만둔다고?

나는 귀를 의심하게 하는 딸의 말에 그대로 굳어 버렸지만, 아마네는 고개를 끄덕이며 당연히 안다고 대답했다.

"콘짱이 지금 정신적으로 많이 힘들어해. 계속 토하면서도 가게에 나가고 있어. 고등학교 때보다 체중이 5킬로그램이나 빠졌다니까. 정말 심각한 상태야. 내가 가서 보살펴 주고 싶어."

"잠깐, 잠깐만. 그래, 콘짱이 힘든 상황이라는 건 알겠어. 그런데 왜 네가 학교를 그만둬? 걔 부모님은 뭐 하시고?"

내가 알기로 콘짱 부모님은 두 분 모두 건재하시다. 아버지는 개업의고 어머니는 전업주부로, 살림은 물론 자기 관리도 철저해서 스타일이 좋은 사람이었다. "우리 아들은 막내라 그런지 소심하고 듬직하지 못한데, 아마네같이 똑 부러진 여자친구가 생겨서 얼마나 마음이 놓이는지 몰라요." 분명 그렇게 말했었는데 설마 그렇다고 아마네한테 대학을 그만두고 아들을 돌보라고 한 걸까?

아마네가 어깨를 으쓱 들어 올렸다.

"물론 콘짱 어머니도 자주 도쿄에 가서. 아버지는 가게를 그만두고 집으로 돌아오라고 하시는데, 지금 일하는 곳이 마음에 들고 일도 계속하고 싶다고 콘짱이 고집을 부려서."

지금 일하는 곳에 그 애를 집요하게 괴롭히는 선배가 있는데 그 사람이 6개월 후에는 다른 지점으로 갈 예정이란다. 아마네는 그 사람만 없으면 콘짱도 더는 스트레스를 받지 않을 테니, 반년 동안, 아니 앞으로 쭉 옆에서 힘이 되어 주고 싶다고 말했다.

"힘이 되어 주다니, 뭘, 어떻게?"

"옆에서 돌봐 주는 거지."

아마네가 당연하다는 듯 말했다.

"옆에 있으면 해 줄 수 있는 일이 많을 거야."

"생활비는?"

"그쪽에서 아르바이트할 거야. 그런데 콘짱 어머니가 내가 가면 생활비를 보내주신다고 하셨으니까 돈 걱정은 안 해도 돼. 어차피 지금 도쿄에 왔다 갔다 하느라 드는 비용을 생각하면 오히려 그편이 덜 들 거라고 하셨으니까."

"그 말은, 콘짱 부모님하고는 벌써 얘기가 끝났다는 거야?"

나도 모르게 목소리가 거칠어지자, 아마네가 의논드렸을 뿐이라며 입술을 삐죽였다.

"당연한 말이지만 콘짱을 제일 잘 아는 분들이시잖아. 그래서 어떻게 하면 좋을지 계속 의논해 왔어. 아무리 생각해도 내가 대학을 그만두고 콘짱을 보살피는 게 최선이겠더라고. 콘짱도 내가 옆에 있으면 힘이 날 것 같다고 하니까."

머릿속이 천천히 일렁이기 시작했다.

"네 엄마인 내 의견은 묻지도 않니?"

딸의 인생이 걸린 문제였다. 왜 엄마인 나를 제삼자 취급하는 걸까? 게다가 고작 남자친구를 보살핀다는 이유로 대학을 그만두다니, 세상 어느 부모가 허락할 수 있을까.

"내가 너, 그러라고 뼈 빠지게 고생해서 대학 보낸 건 줄 알아? 장학금도 받지 못하는 학교에 보내는 게 얼마나 힘든 일인지 알기나 해? 이 밑반찬도 조금이라도 아껴 보려고-."

"또, 또 돈 얘기. 엄마는 콘짱이 죽든 말든 학비가 더 중요해?"

아마네는 귀찮다는 듯 식탁 의자에 털썩 앉더니 매섭게 눈을 치켜떴다.

"엄마는 반대할 게 뻔하니까 결정될 때까지 말 안 한 거야."

"죽든 말든 이라니, 그런 말이 어딨어? 나는 너를 생각해서 하는 말이잖아."

"내 생각을 한다면 허락해 줘. 만에 하나라도 콘짱한테 무슨 일이 생기면 난 분명 후회할 거야. 지금은 콘짱 옆에 있고 싶어."

흥분한 아마네의 목소리에서는 비장함마저 느껴졌다.

아마네가 콘짱과 사귀게 되면서 알게 된 사실인데, 아마네는 연애 문제가 얽히면 마치 자신이 영화 속 주인공이라도 된 듯 행동하는 경향이 있다. 지금도 사랑과 애정을 지키기 위해 고군분투하는 나, 라는 캐릭터에 푹 빠져 있는 것이 분명하다. 젊을 때는 그럴 수도 있다. 하지만 너무 심취한 나머지 현실까지 외면하면 안 되지.

"보살펴 주고 싶다는 네 마음은 기특하지만, 모든 일에는 가능한 선이라는 게 있는 거야. 콘짱 부모님이 책임져야 할 일을 네가 할 필요는 없어. 너한테도 대학이라는 중요한 일이 있잖아."

"나한테 중요한 일이 뭔지는 내가 정해. 도쿄에 가서 콘짱을 보살피며 살 거야. 그리고 난 지금 엄마 의견을 묻는 게 아니라 그렇게 할 거라고 알려 주는 거고."

자리에서 일어선 아마네는 자퇴 신청서를 낼 거라고 툭 내뱉고는 거실을 향해 몸을 돌렸다.

"자, 잠깐! 기다려!"

나는 황급히 쫓아 나가 아마네의 어깨를 붙잡았다.

"엄마는 허락한 적 없어. 너 지금 연애 감정에 너무 들떠 있는 거 아니야? 연애하더라도 현실적인 연애를 해야지."

"뭐? 그러는 엄마는 제대로 된 연애, 한 번도 해 본 적 없잖아!"

딸은 어깨를 붙잡은 내 손을 냉정하게 뿌리쳤고, 순간 숨이 멎는 느낌이었다. 아마네의 거친 행동에 놀랐기 때문이 아니라 딸이 한 말 때문이었다.

"엄마는 결혼에도 실패했고 내가 아는 한 남자친구를 사귄 적도 없잖아. 그런 엄마가 연애에 대해서 이러쿵저러쿵 설교하는 거 좀 웃기지 않아?!"

멀어지는 아마네를 다시 붙잡지 못했다. 한동안 그대로 우두커니 서 있었다. 주방에서 타는 냄새가 나자 그제야 퍼뜩 정신이 들었다. 짧게 비명을 지르고 가스레인지 앞으로 뛰어가 보니 콩소메를 끓이던 냄비에서 불길한 소리가 나고 있었다. 안을 보니 국물은 완전히 졸았고, 원래는 무와 베이컨이었던 갈색 덩어리가 냄비 바닥에 눌어붙어 있었다. 아, 이 냄비 산 지 얼마 안 됐는데. 그나저나 무는 먹을 수 있으려나? 안 되겠지? 그런 생각을 하는 사이에 등 뒤에서 아마네 목소리가 들렸다.

"나갔다 올게."

현관문이 열렸다 닫히는 소리가 이어졌다.

"잠깐만 기다… 아마네!"

딸이 갑자기 대학교를 자퇴하고 도쿄에 간다는데, 아, 그래? 하고 순순히 고개를 끄덕일 수는 없다. 냄비를 들고 우왕좌왕하던 나는 일단 냄비를 개수대에 넣고 물을 틀었다. 무와 베이컨을 어떻게 살릴지 고민하고 있을 때가 아니다. 나는 식탁에 놔둔 핸드폰을 집어 들었다. 어디에 전화를 걸어야 할지 잠시 생각하다가 교야네 집 번호를 찾았다. 신호음이 몇 번 지나간 뒤에 그 애 어머니인 아케미 씨 목소리가 흘러나왔다.

"여보세요. 안녕하세요? 저, 무타 아마네 엄마예요."

"어머나, 치와코 씨." 이름을 밝히자 상대의 목소리가 한층 밝아졌다.

"저, 방금 아마네한테 이상한 소리를 듣고 당황스러워서 연락드렸어요."

"아… 두 사람이 결정한 일이라…." 그녀가 말꼬리를 늘였다.

"이제 두 사람 다 성인이잖아요. 아마네가 교야 옆에서 보살피고 싶다고 하고, 교야도 아마네가 같이 있어 주면 힘이 날 것 같다고 하네요. 두 사람이 서로 의지하면서 살겠다고 하니 부모가 지켜봐 줘야죠. 그래도 금전적인 도움은 줄 생각이에요. 부모로서 해 줄 수 있는 작은 배려랄까요? 그러니까 생활비는 걱정하지 마세요."

"아니요, 잠깐만요." 나는 가볍게 웃는 그녀를 향해 목소리를 높였다.

"저는 오늘 처음 들었고, 일단 허락할 수 없어요. 아마네는 대학생이에요. 학교를 그만둔다니요. 절대 허락할 수 없습니다."

"음, 어차피 대학 졸업장에 연연할 필요는 없지 않을까요?"

진심으로 이해가 안 된다는 듯한 목소리였다.

"아마네는 여자고, 어차피 교야와 결혼하면 학력은 필요 없잖아요."

"네? 결혼이요? 그런 말은 듣지 못했는데요!"

"언젠가는 그렇게 되지 않겠어요? 그때 뭐가 중요할지 생각해 보세요. 남편이랑 저는 때가 되면 이쪽에 교야의 가게를 내줄 생각 이에요. 그때를 생각하면 아마네는 차라리 고객 응대나 경리 일을 배우는 편이⋯ 아, 아예 아마네도 미용사 자격증을 따는 게 좋을 지도 모르겠네요. 앞으로 긴 인생을 함께 걸어갈 배우자를 생각하 면 무리해서 대학까지 나올 필요는 없지 않을까요?"

어떻게 이 여자는 이런 말을 작은 새 노랫소리처럼 경쾌하게 할 수 있는 걸까? 아래를 내려다보지 않고 넓은 하늘을 즐겁게 날아 다니는 새처럼, 땅에 있는 나와는 입장이 전혀 다르다는 듯이. 심 지어 내가 있는 땅은 지금 탄 냄새로 가득하다.

"우리 교야가 힘들어도 포기하지 않고 열심히 해 보려고 하니까 조금이라도 힘을 보태고 싶네요."

"아드님 일에 제가 이러쿵저러쿵 참견할 수는 없죠. 하지만 아마 네는 아닙니다. 힘들게 들어간 대학인데, 지금 그만두면 그 애 인 생은 뭐가 되나요?"

"치와코 씨, 부모는 자식 인생에 참견하면 안 돼요."

"네?"

순간 귀를 의심했다. 지금 누가 할 소리를 하는 거지?

"아마네는 대학보다 우리 교야가 중요하다고 했어요. 한 치의 망 설임도 없이 단호하게요. 좀처럼 감정을 드러내지 않는 저희 남편 이 너무 기특하다면서 눈시울까지 적셨다니까요. 아마네는 이미 어엿한 성인이고 훌륭한 아가씨예요. 부모 뜻대로 인생을 흔들려

하면 안 됩니다."

"어엿한 성인이라니요. 지금 무슨 말씀을 하시는 거예요? 아마네는 아직 어려요. 아직 혼자 자립하기는 이르다고요."

아, 틀렸다. 말이 통하지 않는다. 내가 흥분하자 아케미 씨가 진정하라고 말했다.

"치와코 씨, 자식을 품에서 놓아야 해요. 어차피 딸은 언젠가 시집을 가잖아요. 치와코 씨도 생활이 훨씬 편해지지 않겠어요? 아마네를 키우시느라 늘 검소하게 사셨다고 들었어요. 힘들 때도 많으셨겠죠. 그런 치와코 씨 모습을 보고 자란 덕분에 아마네가 저렇게 야무지게 컸다고 생각해요."

동정 섞인 그녀의 목소리에 말문이 막혀버렸다. 도대체 아마네가 나에 대해서 어떤 식으로 말했기에 이럴까.

"걱정하지 마세요. 생활은 저희가 어렵지 않게 지원하겠습니다."

말을 잇지 못하는 내 반응을 어떤 의미로 해석했는지 그녀가 나를 달래듯이 말했다.

"나중에 결혼하면 교야가 가장 힘들 때 옆에서 보살펴 준 고마운 며느리라는 사실, 잊지 않고 지금보다 더 소중히 아끼겠습니다."

전화를 어떻게 끊었는지 기억나지 않았다.

정신을 차려보니 개수대 앞에 서서 온 힘을 다해 눌어붙은 냄비를 벅벅 문지르고 있었다. 부모로서 할 수 있는 최선을 다했다고 생각했다. 딸이 대학도 졸업하고 홀로 설 수 있을 때까지 이제 정말 얼마 남지 않았다고. 그렇게 생각했는데 내가 틀렸던 걸까?

갈색으로 더러워진 거품을 물로 씻어 내렸다. 냄비 바닥에 눌어붙은 음식물은 아직 반도 떨어지지 않았다.

그나저나, 아마네는 교야와 헤어질 수도 있다는 생각은 왜 안 하는 걸까? 아마네는 한부모 가정에서 검소하게 자랐지만, 교야는 의사 집안 막내아들로 부족함 없이 자랐다. 학생 시절이나 장거리 연애를 하는 지금은 모를 수도 있지만 나고 자란 환경이 다른 만큼 분명 생각의 차이가 존재할 거다. 교제 정도야 반대하지 않았지만, 결혼까지 갈 거라고는 생각하지 않았다. 더 커서 진짜 어른이 되면 서로가 보고 자란 세상이 다르다는 현실을 깨닫고 자연스럽게 헤어지겠거니 했는데….

"아, 아얏."

따끔한 통증이 스쳐 손을 들어 보니 오른손 집게손가락 끝이 갈라져 있었다. 꽃을 다루는 일을 하는 탓에 내 손가락은 일 년 내내 상처투성이다. 항상 어딘가가 트고 갈라져 있다. 그래서 설거지할 때는 항상 고무장갑을 끼는데 오늘은 그럴 정신이 없었다.

"아, 짜증 나."

다른 생각을 하면서 할 일이 아니었다. 나는 주머니에 늘 넣고 다니는 바셀린을 꺼내서 손에 발랐다. 더는 냄비를 닦을 기운도 남지 않아 마당으로 나가는 통창 앞으로 가 앉았다.

손바닥만 한 마당 한쪽 구석에 '무타 아마네'라고 쓰인 플라스틱 화분이 있었다. 낡아서 다 부서져 가는 화분에 작은 해바라기 두 송이가 피어 있다. 아마네가 초등학생일 때 나팔꽃 관찰 일기를 쓰려고 샀던 화분인데 버리기 아까워 지금도 쓰고 있다. 멀리서 매미 울음소리가 울리는가 싶더니 곧바로 아기 울음소리가 들리기 시작했다. 2층에 사는 스즈키 씨네 집에서 나는 소리다. 석 달 전에 아기가 태어났는데 신경이 예민한 편인지 종일 울어댄다. 그래서인지 밤에는 아기 엄마가 안고 동네를 산책하곤 했다. 상냥해 보이는 아기 아빠가 안고 있는 모습은 한 번도 본 적이 없다.

지잉. 진동 소리에 고개를 돌려 보니 바닥에 떨어져 있는 핸드폰이 보였다. 아케미 씨와 통화를 마치고 집어 던졌던 게 기억났다. 끙차, 나는 입으로 앓는 소리를 내며 핸드폰으로 손을 뻗었다. 화면에 뜬 발신자는 '아쿠타가와'였다. 내 직장인 '크리스털 플라워'와 거래하는 장의사 게시미안의 사장이자, 가끔 같이 술을 마시는 연하의 친구이기도 하다. 평소에 일로 전화하는 일은 거의 없으니 분명 한잔하러 가자는 전화겠지. 그러고 보니 안 본 지 꽤 됐다.

"여보세요. 술 마시자는 얘기라면 환영이야. 안 그래도 지금 술독에 빠지고 싶은 기분이거든."

통화 버튼을 누르고 그가 깜짝 놀라는 얼굴을 상상하며 선수를 쳤다. 잠깐의 공백 뒤에 그의 목소리가 나직하게 울렸다.

"일 때문에 전화한 건데 어쩌지?"

"그래? 가게가 아니라 나한테 직접 전화했다는 건, 지명인가?"

나는 꽃 제단을 장식하는 일을 전문으로 한다. 물론 나 말고 다른 직원도 있지만, 가끔 장의사에서 나를 지명해 일을 맡기기도 한다. 게시미안에는 서른 살쯤 된 사쿠마 마나라는 직원이 있는데, 나와 손발이 잘 맞는 편이다.

"음, 유족이 지명했다고 해야 하나?"

가끔은 그런 일도 있다. 어머니 장례식 때 본 장식이 마음에 들어서라거나 참석했던 장례식에서 보고 감동해서라는 이유로 꽃집 직원을 지명하기도 한다.

"고마운 일이네. 어떤 분이?"

그가 바로 말을 잇지 못했다.

"그게… 치와코 씨 전남편이라고 말씀하셨어."

"뭐? 노자키 하야미?"

소리 내어 말해 본 지가 언젠지 모를 추억의 이름이다.

노자키 하야미. 과거 남편이었던 사람이자 아마네 아버지다. 그는 아마네가 세 살 때 집을 나갔다. 아무리 설득해도 더는 나와 같이 살 수 없다며 강력하게 이혼을 요구했다. 마른하늘에 날벼락이 따로 없었다. 나는 늘 남편과 아마네, 우리 세 식구가 잘살기를 바라는 마음으로 최선을 다했고 좋은 아내, 좋은 엄마가 되려고 애썼으니까. 나의 어떤 점이 어린 딸에게 상처를 주면서까지 헤어져야 하는 이유였을까. 하지만 그는 눈물까지 흘리며 제발 헤어져달라는 말만 반복했고, 마지막에는 우리를 둘 다 아는 지인에게 그를 그만 놔주라는 말까지 들어야 했다. "너의 그 똑 부러지는 면이 그 자식을 힘들게 하는 거야"라고 했던가?

"하야미가? 누구의?"

그의 어머니는 결혼하기 전에, 아버지는 결혼하고 2년 뒤에 돌아가셨다. 달리 형제도 없는데 도대체 누구 장례식을 준비하는 걸까?

"그런데 왜 나한테 직접 연락하지 않고… 아, 맞다. 차단했지."

그와 마지막으로 연락한 건 아마네가 대학에 합격했다는 소식을 전했을 때였다. 이럴 때는 축하 선물로 뭔가 보내는 게 좋냐고 묻기에 아무것도 필요 없다고 했었다. 하나밖에 없는 딸의 일을 마치 남의 일인 양 말하는 태도가 여전해서 짜증이 치밀었다. 아마네가 국립대학에 합격하기는 했지만 앞으로 돈이 얼마나 들어갈지 모르는 상황이었다. 내심 축하 선물보다는 돈이 부족하지는 않은지, 양육비 지급 기간을 연장하거나 교육비를 보태지 않아도 괜찮은지 물어봐 주기를 바랐다. 하긴 애당초 그런 책임감이 있는 사람이었으면 도망치지도 않았을 터였다.

"당신이 없어도 나 혼자서 아마네를 잘 키웠다고 알려 주고 싶었을 뿐이야. 뭐, 당신은 그런 일에 눈곱만큼도 관심 없겠지만."

그가 우물거리는 목소리로 "아니야, 그렇지 않아"라고 중얼거렸지만, 그런 태도가 또 내 신경을 건드렸다. 도대체 이 사람은 왜 나이를 먹어도 전혀 달라지지를 않을까. 아니다. 기대하는 내가 어리석었다.

"이번 전화가 마지막이야. 앞으로 당신하고 연락할 일 없으니까 잘 살아."

그렇게 충동적으로 전화를 끊은 나는 바로 그의 전화번호를 지우고 수신을 차단했다. 그 후 며칠은 괜한 스트레스에 시달렸지만, 시간이 지나 자연스레 잊어버렸다.

"수신을 차단했었어. 하지만 그렇다고 왜 아쿠타가와 씨한테?"

"고객으로 의뢰하면 거절하지 않을 것 같아서라고 하셨어."

그러고 보니 마지막으로 통화했을 때 이혼하기 전부터 일했던 꽃집에서 주임이 됐다고 말했던 것 같다. 이렇게 훌륭하고 건실하게 살고 있다고 자랑하고 싶었던 모양이다. 확실히 기억나지는 않지만 분명 내가 말했을 거다.

하야미는 기억력 하나는 누구보다 뛰어났다. 내 성장 과정부터 우리 집 가족 구성, 사소한 대화 내용까지 전부 기억했다. 한때는 그것이 나에 대한 특별한 감정 때문이라고 생각해서 설레기도 했지만, 특별한 감정은 개뿔, 단지 기억이 날 뿐이었다. 그의 머릿속에서는 둘이 처음 갔던 호텔 방 번호와 기키 기린(일본 여배우-옮긴이)의 옛날 예명이 같은 카테고리 안에 존재했다.

"일은 가리지 말자는 주의이기는 하지만 전남편이라면 얘기가 달라지는데. 그 사람은 사람 사이의 미묘한 감정을 이해하지 못해. 옛날부터 그랬어. 내가 싫다고 하면 늘 멍청한 표정으로 정말 모르겠다는 듯이 '왜?'라고 묻는다니까. 그런 사람이야. 자기가 원하는 일은 다들 흔쾌히 들어줄 거라고 믿는 사람."

나도 모르게 하소연이라도 하듯이 말을 쏟아냈다. 그러다 아쿠타가와가 난처해하는 기색이 느껴져 말을 끊었다.

"미안해. 아쿠타가와 씨한테 할 말이 아닌데. 음, 그래서? 누구 장례식인데? 설마 상주는 아니지?"

하야미는 자신이 책임지고 이끌어야 하는 일을 질색했다. 오죽하면 자기 아버지 장례식에서조차 상주를 맡지 않겠다고 했을까. 하도 못 하겠다고 고집을 부려서 결국은 그 사람 작은아버지가 대신 맡아 주셨다. 천만다행이었다. 그가 작은아버지가 거절했으면 내게 상주를 시킬 생각이었다고 했으니까.

― 난 그런 일은 도저히 못 하겠어.

그때도 막 두 돌이 지난 아마네를 안고 눈물을 뚝뚝 흘렸다. 그러니 당연히 상주일 리는 없다.

"아니, 상주 맞아. 고인은… 하야미 씨 애인이고."

하! 소리 없는 비명이 튀어나왔다. 갑자기 시야가 좁아지더니 이유는 모르겠지만 마룻바닥에 난 흠집이 눈에 선명하게 들어왔다. 이 집으로 이사 왔던 날 오븐 토스터를 떨어뜨려서 생긴 흠집이다. 신축이라고 좋아했는데 벌써 흠집이 생겼다는 충격과 새로 산 오븐 토스터가 망가졌을지도 모른다는 걱정에 초조해했던 기억이 떠올랐다. 앞으로는 더 바짝 정신 차리고 살아야 하는데 첫날부터 불길한 일이 생겼다며 우울해했었다.

"치와코 씨? 치와코 씨, 괜찮아?"

불안이 섞인 아쿠타가와의 목소리에 상념에서 벗어난 나는 우선 미안하다고 말한 뒤에 다시 확인했다.

"그러니까 노자키 하야미가 자기 애인 장례식에서 상주를 맡는다는 거지? 그 장례 준비를 전처인 나한테 의뢰한 거고, 그렇지?"

"거절할까?" 그가 물었다.

"물론 장례는 게시미안에서 진행하겠지만 치와코 씨는 거절해도 괜찮아. 일단 연락을 받긴 했지만, 지명이 원칙도 아니니까."

나는 무심코 손을 뻗어 바닥에 난 흠집을 만져 보았다. 처음에는 패인 자국 언저리가 날카로웠었는데 긴 세월 동안 둥글게 무뎌져 있었다.

이 흠집이 생긴 지, 그러니까 하야미와 이혼한 지 18년이 지났다. 그동안 한 번도 만나지 않았고 고작해야 연락만 몇 번 주고받았을 뿐이다. 아마네가 있으니 부모로서는 이어져 있었겠지만, 사실 그는 헤어진 뒤로 한 번도 아마네를 만난 적이 없다. 아장아장 걸을 때부터 이미 곁에 아버지가 없던 아마네는 자기 인생에 아버지가 없다는 사실을 당연하게 받아들였고, 한 번도 보고 싶어 하지 않았다. 우리는 이제 완벽한 남남이었다.

나는 그를 완전히 잊었다. 아니, 정확히는 그에 대한 이런저런 감정과 추억들을 상자에 몽땅 집어넣고 벽장 깊숙이 처박아 버렸다. 그렇게 억지로 지웠다. 그 상자 앞에 수많은 물건을 쌓아서 보이지 않게 가려 두고 시간이 지나가기를 기다렸다.

가끔은 상자의 존재를 떠올리기도 했다. 이것저것 마구잡이로 쑤셔 넣어서 엉망으로 뒤섞여 있을 상자를 언젠가는 내 손으로 정리할 생각이었다. 하지만 희망 따위는 들어 있지 않았으니 판도라 상자보다 훨씬 귀찮고 성가신 일이 될 게 분명했고, 그래서 계속 외면해 왔다.

하지만 언젠가는 꺼내야 하고 그때가 지금이라면 오히려 체력과 기력을 모두 잃고 시들시들해진 할머니가 되기 전이라서 다행이라고 생각해야 할지도 모른다.

"일단 만나나 볼까?"

나는 그렇게 대답했다.

"그 사람이 날 지명했다는 건 나를 불러내고 싶었다는 거잖아. 집중해서 작업할 수 없을 테니까 일은 거절해야겠지만, 일단 만나는 볼게. 연락처 알려 줘."

나는 아쿠타가와가 부르는 번호를 메모지에 받아 적었다.

"날짜는?"

그가 오늘 밤이 밤샘이고 내일이 장례식이라고 말해 주었다.

"알았어. 그런데… 고인은 어떤 사람이야?"

하야미가 상주를 맡는다는 죽은 애인은 어떤 여자일까? 내가 모르는 시간을 그와 함께 보낸 그녀는 어떤 사람일까?

아쿠타가와가 또 머뭇거렸다.

"만날 거면 본인한테 직접 물어보는 게 좋지 않을까?"

"그건 그러네. 연락 고마워. 하야미한테 전화해 볼게."

하지만 막상 전화를 끊고 나니 망설여졌다. 일부러 연락할 필요가 있을까? 내가 왜 연락해야 하지? 그 사람은 나와 아마네를 버리고 집을 나갔다. 남편도 아버지도 되지 못한 사람이다. 가슴속에 넣어둔 상자 따위 죽는 날까지 잊고 살면 그만이다.

그런데도 나는 결국 전화를 걸었다. 몇 번의 신호음이 지나간 후에 오랜만에 듣는 목소리가 이어졌다. "나, 치와코야." 이름을 밝히자 그대로 숨이 끊어지지 않을까 싶을 만큼 긴 한숨이 이어졌다.

"아아, 치와와짱."

"그렇게 부르지 마."

그의 입에서 사귈 때 불렀던 애칭이 튀어나오자 신경이 날카롭게 곤두섰다. 연인 사이의 달콤한 애칭도 그에게는 그저 기호일 뿐이다.

"애인이 죽었다며? 삼가 고인의 명복은 빌어 줄게. 그런데 왕래도 없던 전처에게 연락하려고 한 이유가 도대체 뭐야?"

말에 가시가 돋쳐 있다는 건 알고 있다. 굳이 상냥하게 대할 이

97

유도 없으니 상관없겠지. 그가 "폐 끼치긴 싫었는데"라며 힘겹게 말을 이어 나갔다.

"하지만 당신한테 연락하지 않을 수가 없었어."

"애인이 죽어서? 그건 너무 이기적인 생각 아니야? 아, 하긴, 당신은 원래 이렇게 잔인한 사람이었지. 여전하니 다행이네."

"말은 그렇게 해도 결국 전화했잖아. 당신도 여전히 다정하네."

가식이 섞이지 않은 목소리였다. 그렇다고 해서 화가 나지 않는 건 아니지만.

"다정한 사람이니까 이용해 먹자, 그런 건가? 어쩜, 당신은 여전히 최악이구나."

"아아, 잠깐만. 화내지 마. 나 지금 정말 곤란한 상황이야. 당신은 알잖아."

이 남자는 지금 자신의 성격을 잘 아는 전처가 당연히 자신을 도와줄 거라고 믿고 있다.

"모르겠는데? 뭘? 나는 18년 전에 당신이 우리를 버렸을 때부터 당신에 대해서는 아무것도 모르겠어. 그때 당신이 당신 마음을 설명해 줬어? 이유를 말해 줬어? 일방적으로 도망친 사람에 관해서 내가 뭘 알겠어."

핸드폰 너머에서 작게 앓는 소리가 들렸다. 그리고 쥐어짜 낸 듯한 목소리로 "미안해"라고 말을 이었다.

"그때는 내가 정말 이기적이었어. 하지만-."

"인제 와서 새삼 사과할 필요 없어. 그래서? 무슨 일인데?"

그때 핸드폰 너머에서 "이리 줘 봐요"라고 말하는 가는 목소리가 얼핏 들렸다. 그리고 바로 낯선 목소리가 전화를 넘겨받았다. "안녕하세요"라고 인사한 사람은 젊은 여자였다.

"저는 친구인 기미즈카 노리카라고 합니다. 하야미 씨 대신 제가 말씀드려도 될까요?"

카랑카랑한 목소리에 말투도 시원시원했다. 친구? 죽은 애인의 친구라는 건가?

"기미즈카 노리카 씨? 안녕하세요. 네, 부탁드립니다. 용건이 뭘까요?"

"가미쓰 기요이의 장례를 부탁드리고 싶어요. 그가 치와코 씨에게 연락해달라고 부탁했거든요."

망설임 없는 목소리였다. 친구가 세상을 떠난 상황에서 조금도 흔들림이 없었다. 다만 한 가지, '그'라는 단어가 걸렸다.

"그요? 그러니까 하야미가 부탁했다는 말씀이죠? 그렇게 돌려 말하지 않으셔도 됩니다."

"아니요. 가미쓰 기요이가 남자예요."

그녀가 말했다. 남자?

내가 바로 말을 잇지 못하자, 다시 하야미의 목소리가 들려왔다.

"기요이는 내가 사랑하는 사람이야."

나는 그 목소리를 그저 멍하니 듣고 있었다.

하야미와 노리카 씨를 만난 건 그로부터 두 시간 후였다. 게시미안 근처 카페에서 두 사람을 만났다. 기요이 씨 시신은 이미 게시미안에 안치된 상태였고 지금은 제단을 설치하는 중이라고 들었다. 크리스틸 플라워에서 같이 일하는 후배 사카시타가 꽃 제단 준비를 맡아 주었다.

오랜만에 본 하야미는 놀란 만큼 야위고 늙었다. 나보다 여섯 살 아래이니 마흔일곱인데, 도저히 그 나이로는 보이지 않았다. 머리는 반백이 됐고 어디가 아픈 사람처럼 볼이 푹 패어 있었다. 예전에는 이렇지 않았다. 후광이 비칠 만큼 잘생긴 사람이었다. 가끔 쌍꺼풀 없이 시원하게 뻗은 눈매와 완벽한 모양의 입술을 넋 놓고 바라본 적이 있을 만큼. 하지만 지금은 그 중 어느 한 곳에도 생기가 없었다.

그는 푹푹 찌는 무더위 속에서 긴소매 와이셔츠를 입고도 땀 한 방울 흘리지 않았다. 반면 40대 후반부터 갑자기 더위를 심하게 타기 시작한 나는 린넨 소재 반소매 원피스를 입고 있었는데도 등이 땀으로 젖어 축축했다.

"미안해. 치와와짱. 와줘서 고마워."

살짝 고개를 숙이는 그의 옆에 30대 후반쯤으로 보이는 여자가 있었다. 작은 얼굴에 알이 큰 검은 테 안경을 썼고, 팔다리가 가늘었다. 초등학교 교사 같은 반듯함과 깔끔함이 느껴졌다. 하야미 옆에 선 그녀가 정중하게 고개를 숙였다. "와주셔서 정말 감사합니다."

"처음 뵙겠습니다. 노리카 씨?"

똘똘한 아이 같아 보이는 그녀가 "네"라고 대답했다.

하야미가 이런 여자를 애인이라고 소개했다면 깜짝 놀랐을 거다. 이렇게 젊고 멋진 여자가 하야미랑 사귀다니, 이 남자한테 그만한 능력이 있었던가? 하고 감탄을 금치 못했을 거다.

하지만 그녀는 그의 애인이 아니다.

"음… 그러니까… 하야미와… 고인에 관해서 할 말이 있으시다고요?"

사람은 감당할 수 없는 사실을 직면하면 두뇌 회전이 둔해지는 모양이다. 나는 두 사람 맞은편 자리에 털썩 앉았다. 메뉴판을 낚아채듯이 뽑아 들고 휙휙 넘기다가 물을 가져온 종업원에게 아이스 더치커피를 주문했다. 이런 상황에서 더치커피라니.

"사랑하는 사람이야." 하야미는 통화 중에 분명 그렇게 말했다. 남자를, 사랑한다고. 나로서는 쉽게 받아들일 수 없는 말이었다. 오래전 일이기는 하지만, 남자로서 그는 여자인 나를 원했었다. 나를 침대로 이끌던 눈빛, 애타는 목소리, 뜨거웠던 손길, 그의 앞에서 온몸이 떨리는 행복을 느꼈던 나를 기억한다. 내가 아는 그는 분명 평범한 남자였다. 그런데 왜? 라는 글자가 저주의 주문처럼 머릿속에서 빙글빙글 소용돌이쳤다.

"이거 참, 어디서부터 이야기해야 할지 모르겠네."

그가 살짝 입술을 내밀고 뺨을 긁적였다. 이 버릇도 옛날 그대로다. 하야미는 원래 무언가를 설명하는 일을 어려워했다. 그래서 이러다 갑자기 180도 다른 화제를 꺼내기도 한다. 막 교제를 시작했을 때는 이 제스처 다음에 어떤 이야기가 나올지 은근히 기대하기도 했었다. 비록 얼마 못 가서 "말 돌리지 말고 똑바로 말해"라고 짜증 내게 됐지만.

지금 내 앞에 있는 이 남자는 내가 아는 그때의 그가 아닌 걸까? 적어도 겉으로는 내가 알던 그 남자로 보이기는 했다. "사망한 기요이와 하야미 씨는 오래된 연인이었어요." 그때 노리카 씨가 말을 꺼냈다.

"호적상으로는 남남이지만 기요이가 입원하기 전에 하야미 씨와 결혼식도 올렸으니까, 저는 두 사람을 부부라고 해도 된다고 생각해요. 아, 저는 기요이 친구고 사진작가인데, 이것도 운명이라 생각해서 제가 두 사람 결혼사진을 찍어 줬어요."

그녀가 옆에 있던 토트백에서 봉투를 하나 꺼냈다. 건네받은 봉투를 열어 보니 사진 한 장이 들어 있었다.

교회인 듯한 곳에 턱시도 차림의 두 사람이 함께 있었다. 한 사람은 헤벌쭉 웃고 있는 하야미였고 다른 한 사람은 아무리 봐도 분명… 남자였다. 금서를 몰래 훔쳐본 것 같은 두려움에 나는 사진에서 급히 눈을 돌렸다.

"그 사진은 근처 교회에서 찍었어. 기요이가 아는 사람한테 옷을 싸게 빌려왔거든, 그래서."

설명하는 하야미의 목소리가 점점 멀어졌다.

나는 하야미와 결혼식을 올리지 않았다. 혼전임신으로 하게 된 결혼이라 결혼식 비용을 출산 비용과 생활비로 써야 했다. 당시 이탈리안 레스토랑 홀 직원이었던 그는 다행히 빚은 없었으나 모아둔 돈도 없었고, 월급도 많지 않았다. 나는 선물 전문점에서 정직원으로 일하고 있었고 돈도 어느 정도 모아 두었지만, 출산 6개월

전에는 회사를 그만둬야 했다. 산모에 대한 복지는커녕 출산 휴가
도 없는 회사였다.

세 식구가 생활하려면 출산하고 반년, 늦어도 1년 후에는 나도
다시 일을 시작해야 했다. 그러니 지출을 조금이라도 줄여야 했다.
내가 "웨딩드레스는 입고 싶지만 포기해야겠지?"라고 말했을 때,
그는 "그래야겠네"라 대답했었다.

나는 제대로 볼 수조차 없는 사진을 노리카 씨에게 돌려주고 하
야미에게 물었다. "진심이었다는 거야?" 입 안이 바싹 말랐다. 때
마침 종업원이 아이스커피를 가져다주었고, 나는 옆에 놓아준 빨
대를 무시한 채 컵을 들어 곧장 입으로 가져갔다. 단숨에 절반이
나 마셔 버렸다. 그런 나를 보고 있던 그가 "물론"이라고 대답하며
고개를 끄덕였다.

"나는… 우리는 서로 진심이었어."

심장에 박힌 충격이 가슴 전체로 퍼져나갔다. 아마네에게 처음
남자친구가 생겼다는 고백을 들었을 때보다 더 예리한 통증이 가
슴을 헤집었다.

"전화로 대강 말씀드렸듯이 이렇게 치와코 씨에게 연락드린 건
하야미 씨의 뜻이 아니라 고인이 된 가미쓰 기요이의 유언 때문이
에요. 제 생각에는 혼자 있을 하야미 씨가 걱정됐던 것 같아요."

그녀의 말에 하야미가 당장이라도 눈물을 쏟을 것 같은 얼굴로
고개를 가로저었다.

"자기가 없어도 제대로 하라고 했어. 하지만 난 못 해. 나보고 기
요이 장례를 치르라고? 절대 못 해. 할 수 있을 리가 없잖아. 할 수

만 있다면 지금이라도 집에 데려가고 싶어. 그를 화장한다는 생각만 해도 무서워. 싫어."

"싫고 좋고의 문제가 아니라고 했잖아요."

하야미를 향해 냉정히 쏘아붙인 노리카 씨가 나를 보고 다시 말을 이었다. "화장하지 않고 침대에 그냥 눕혀두겠다면서 집에 데려가겠다고 고집을 부렸거든요. 제 말은 듣지 않아서 병원 관계자분이 겨우 설득하셨어요."

나는 관자놀이 부근을 꾹꾹 눌렀다. 예전에 반려동물로 키우던 문조를 떠나보낼 수 없어서 사체를 집 냉동고에 보관했다는 사람을 본 적이 있다. 곁에 있다는 사실만으로도 마음이 놓인다는 그 사람을 도저히 이해할 수 없어서 세상에 참 별난 사람도 다 있다고 생각했었는데, 설마 내 전남편이 그런 사고방식을 가진 사람일 줄이야.

"노리카 씨하고 얘기하는 편이 빠르겠네요. 그러니까, 고인이 되신 기요이 씨가 구체적으로 제게 뭘 원하신 건가요?"

"기요이가 이런 걸 남겼어요."

그녀가 바인더 노트 한 권을 내밀었다.

"치와코 씨에게 전해달라는 부탁만 받아서 저는 열어 보지 않았지만, 기요이라면 꼼꼼하게 적어 뒀을 거예요. 읽어보시면 알 수 있지 않을까요? 마음은 저도 돕고 싶은데 도저히 취소할 수 없는 일이 있어서요."

촬영 때문에 오늘 오후에 런던으로 출발해야 한다고 말하며 그녀는 정말 속상하다는 듯 입술을 씹었다.

"안타깝게도 달리 부탁할 사람이 없어요. 그러니 꼭 좀 부탁드리겠습니다. 솔직히 개인적으로는 왜 하필 치와코 씨에게 부탁하는지 이해가 안 돼요. 오래전에 헤어진 전 부인에게 부탁할 일이 아니잖아요. 그래도 대신 변명을 좀 하자면 기요이는 그렇게 몰상식한 사람은 아니에요. 그러니까 분명 이유가 있을 거예요."

눈빛이 자못 진지했다. 내가 거절하면 일을 포기하고서라도 자신이 장례를 치를 것처럼 보였다. 그사이 하야미는 그녀의 옆에서 눈시울을 붉게 물들인 채로 노트를 바라보고 있었다. 노트로 손을 뻗을 생각은 없는 듯했지만, 아, 아니다. 애당초 이 남자에게는 그럴 만한 용기가 없다. 살얼음처럼 약한 마음을 가진 이 남자가 누군가의 굳은 각오에 손을 댈 수 있을 리가 없다.

한숨이 절로 새어 나왔다. 이 자리에 오지 말았어야 했다.

"우선은… 자세한 사정부터 들어 보죠."

고인 가미쓰 기요이는 서른여덟이었고, 어제 위암으로 세상을 떠났다. 암을 발견했을 때는 이미 꽤 진행된 상태여서 손을 쓸 수 없었다고 한다. 결국 치료다운 치료도 받지 못한 채 집에서 지내던 그는 2주 전 갑자기 병세가 나빠져서 호스피스 병동에 입원했다고 한다. 4년 전부터 같이 살기 시작한 하야미가 그의 유일한 가족이었고, 노리카 씨 말고는 달리 친구라 부를 만한 사람이 없다고 했다. 사망하기 전날까지 비교적 편안하고 고통 없이 지냈고, 그래서 아직은 조금 더 자신들 곁에 머무를 모양이라고 생각하고 있었는데, 갑자기 상태가 위독해져 두 사람이 지켜보는 가운데 임종을 맞이했다고 한다. 갑작스러운 죽음이었지만 이미 마음의 준비를 마친 상태였는지 노리카 씨에게 따로 사후의 일을 부탁했다고 한다.

"내가 죽으면 하야미한테 전 부인에게 연락하라고 해. 그리고 그분을 만나면 이 노트를 전해 줘."

그는 노트를 건네며 내게 자신의 장례를 부탁해달라는 말을 남겼다고 한다.

"그런데 연락처까지는 몰라서 하야미 씨한테 연락드리라고 했는데 번호가 차단되어 있다고 하더라고요. 그래서 어쩔 수 없이 제가 전화해야겠다고 생각하던 차에 치와코 씨가 게시미안이라는 장의사와 일한다는 걸 하야미 씨가 기억해 냈어요."

병원에서 장의사는 어떻게 할 건지 묻는 말에 불쑥 생각이 났다고 한다.

"그렇군요. 뭐, 결과적으로 게시미안에서 장례를 치르게 된 건 나쁘지 않을 거예요. 거기가 가족장 전문 장의사거든요."

"네. 다행이었어요. 친절하게 도와주셨어요."

"믿을 수가 없어."

그때 하야미가 불쑥 끼어들었다.

"기요이는 건강했어. 건강해진 모습을 보고 이제 천천히 회복하면 된다고 믿었는데…, 제발 그렇게 되길 얼마나 빌었는데…."

"하야미 씨."

노리카 씨가 이제 정말 지친다는 듯 한숨을 쉬며 나를 바라봤다. 반쯤 포기한 듯한 그녀의 눈빛이 그가 계속 이런 상태였다는 걸 말해 주었다.

항상 보고 싶은 것만 보려고 하는 그다웠다. 분명 기요이라는 사람이 숨을 거두기 직전까지 그가 한 일이라고는 기도뿐이었을 거다. 그다음 일 같은 건 생각하지도 않았겠지. 아, 그건 지금도 마찬가진가?

"일단 이런저런 절차가 있는데, 그건 게시미안에서 대부분 맡아서 하니까 어느 정도는 그쪽에 맡기도록 하죠. 그리고 기요이 씨의 유지는 이 노트에서… 아마도 엔딩노트인 것 같은데 여기서 확인하면 되겠네요."

엔딩노트는 남겨진 가족이 곤란하지 않도록 살아 있을 때 자기 생각을 정리해 두는 노트다. 보통은 금전적인 문제나 친구 관계, 장례에 관한 자기 생각을 적는다. 요즘은 대중적인 문화로 자리 잡아서 생활 잡화점에만 가도 살 수 있지만 아직은 죽음이 남의 일인 젊은 세대에게는 생소할 수도 있다.

나는 일단 A4 크기의 바인더 노트를 집어 들었다. 하지만 선뜻 열고 싶은 마음이 들지는 않았다. "두 사람이 살던 집으로 가실래요?" 망설이던 사이 노리카 씨가 물었다.

"이런저런 절차를 생각하면 그편이 빠를 것 같아서요. 괜찮으시면요."

"아… 그러네요."

고개를 끄덕이고 일단 노트를 가방에 넣었다.

노리카 씨를 따라 도착한 곳은 옆 동네였다. 하야미는 나와 헤어진 후로 줄곧 이 동네에서 살았다고 한다. 이렇게 가까이에 있었구나. 순간 머릿속이 멍해졌다. 도와달라고 연락하면 바로 달려올 수 있는 거리였다. 아마네랑 동시에 독감에 걸려서 간신히 몸을 일으켜 죽을 끓여 먹었던 밤이나 마당에 널어 두었던 속옷을 도둑맞고 둘이 공포에 떨었던 날들이 떠올랐다.

두 사람은 작은 단독주택에 살고 있었다. 빨간 지붕에 하얀 회반죽을 바른 벽이 아기자기했고, 작은 마당 한쪽에는 오이와 방울토마토 모종이 자라고 있었다.

"들어오세요."

하야미가 아니라 노리카 씨가 열쇠를 열고 들어오라고 하니 왠지 모르게 조심스러웠다. 조심조심 집 안으로 들어서자 더운 열기가 확 끼쳤다. 순간 하야미의 체취가 느껴졌다. 18년만인데도 단번에 체취를 기억하는 내가 싫다. 살짝 머리를 흔들어 잡념을 날리고 발밑으로 시선을 옮기니 별로 넓지 않은 현관에 아무렇게나 나뒹구는 남자 구두가 보였다. "병원에서 연락받고 급하게 나가느라." 하야미의 설명을 들으며 구두를 가지런히 정리했다. 위독하다는 소식을 듣고 나갔다가 이제 돌아온 거라는 그의 말에 어젯밤은 어디에 있었는지 물었더니 "계속 기요이 옆에 있었어"라는 대답이 돌아왔다.

"그렇게 추운 곳에 혼자 둘 수 없잖아. 데려가지도 못하게 하고."

"잠깐만. 그럼, 그동안 노리카 씨는?"

젊은 아가씨를 침대는커녕 아무것도 없는 영안실에 밤새 세워뒀다는 건가? 목소리가 살짝 높아지자, 그녀가 황급히 괜찮다고 말을 막았다.

"저도 기요이를 혼자 두기는 싫었어요."

"아무리 그래도."

빨리 장의사에 연락해서 장례식장에 안치했으면 됐을 일이다. 어떤 장례식장이든 유족이 편히 쉴 수 있는 대기실이 마련되어 있으니까. 아, 화장도 안 하겠다고 떼를 쓰는 남자니, 장례식장에 연락할 생각은 애초에 없었을지도 모르겠다. "힘드셨죠?" 내가 묻자 그녀는 "어느 정도 각오하고 있었어요"라며 눈꼬리를 살짝 내렸다.

"그나저나 너무 덥네요. 하야미 씨, 거실 에어컨 좀 켜주세요. 저는 창문 열어 환기부터 시켜야겠어요."

신발을 벗고 먼저 안으로 들어가는 그녀를 따라 나도 안으로 들어갔다.

현관은 어질러져 있었지만, 집 안은 깔끔하게 정돈되어 있었다. 집안 곳곳에서 꼼꼼한 생활 흔적들이 보였다. 얼마나 열심히 닦았는지 나무로 된 복도 바닥이 반들반들 윤이 나는 갈색으로 변해 있었다. 반투명 유리를 끼운 미닫이문이 활짝 열려 있어서 문을 지나 거실로 들어서니 마찬가지로 깔끔했다. 바닥에는 왕골자리가 깔렸고 손때 묻은 식탁이 보였다. 세 다리 의자 중 하나에는 보라색 카디건이 걸려 있었고, 마당으로 이어진 문에 달린 커튼 봉에는 사이즈가 다른 남자 와이셔츠 두 장이 옷걸이 채로 걸려 있었다.

정말로, 여기서, 살았구나….

나는 피부로 와닿는 묘한 감각을 느끼며 잠시 우두커니 서 있었다. "거기 의자에 앉아." 하야미가 에어컨을 켜며 말했다. 에어컨이 미지근한 바람을 뿜어내기 시작했다.

거실 장 위에는 액자 몇 개가 놓여 있었다. 하나하나 들여다보고 싶지는 않았지만 두 사람의 사진일지 궁금하기는 했다. 냉장고에는 근무 일정표로 보이는 종이가 붙어 있었는데, 자세히 보니 이 동네에서 인기 있는 패밀리 레스토랑 이름이 쓰여 있었다.

"패밀리 레스토랑에서 아르바이트 하나 봐?"

"아, 응. 주방에서. 예전에 해 본 게 도움이 됐어."

그가 냉장고 문을 열었다 닫자, 일정표가 가볍게 팔랑였다. 그 모습을 멍하니 보고 있는 사이 그가 등나무로 짠 컵 받침과 차가운 유리잔을 내려놓았다. 연한 녹색 수면이 조용히 일렁였다.

"가게에서 산 차밖에 없네."

"응, 고마워."

가시방석이 따로 없다. "가서 노리카 씨 좀 도와주지, 그래." 나는 유리잔을 입으로 가져가며 그렇게 말했다. 시원한 차가 목구멍을 타고 넘어가니 조금은 숨통이 트였지만, 그가 움직이고 싶지 않다며 가볍게 고개를 저었다.

"이 집은 기요이 체취로 가득해. 괴로워."

당신 체취였어. 그 말은 하지 못했다. 대신 조용히 차를 마셨다.

그러고 보니 하야미는 원래 냄새에 민감했다. 호불호가 확실해서 그가 좋아했던 섬유유연제가 단종됐을 때는 난리가 났었다. 이것도 아니다, 저것도 싫다, 까탈을 부려서 당시에는 드물었던 무향 섬유유연제를 찾아다니느라 고생했다.

"미안해." 내가 조용히 차만 마시고 있자 그가 불쑥 입을 열었다.

"도와달라고 해서 미안해. 그런 식으로 헤어져 놓고 이러면 안 되는 건데."

"맞아. 하지만 '기둥서방' 노릇을 하고 싶었던 거라면 어쩔 수 없었겠네."

이곳으로 오는 도중에 몇 가지 이야기를 더 들었다. 그동안 하야미가 아르바이트를 하면서 이 집 살림을 도맡아 했다고 한다. 이 집도 고등학교 교사인 기요이 씨의 소유라고 하니 사치를 부리지 않았다면 두 사람이 생활하기 어렵지는 않았을 거다.

하지만 만약 그가 내 남편이었을 때 집에서 살림하고 싶다고 했다면 나는 반대했을 거다. 물론 나 혼자 일해서는 수입이 부족했기도 했지만, 애당초 한 가족을 책임져야 할 가장이 집에서 살림이나 하겠다는 얼빠진 소리를 인정할 수 있을 리가 없다.

혹시 이 남자는 편하게 살고 싶어서 우리를 버리고 떠난 걸까?

"기둥서방…이 아니라, 그냥, 가사 분담 같은 거야."

"가족을 책임져야 한다는 남자의 의무를 다하지 않는 거니까 기둥서방 맞잖아."

갑자기 말문이 막혔는지 그가 "아니, 저기, 그러니까, 아무튼 미안해. 여기까지 오게 해서"라며 횡설수설했다.

"당신 때문이 아니야. 혼자 떠안을 노리카 씨가 가여워서, 그리고 당신 같은 사람이 보내 주면 고인이 편히 눈을 감지 못할 것 같아서야."

그가 맞는 말이라고 중얼거리며 내 맞은편에 앉았다. 구부정하게 몸을 웅크리고 앉은 모습에서 생기라고는 조금도 느껴지지 않았다. 부모와 떨어진 어린아이를 보는 것 같다.

"아, 더워. 하야미 씨, 나도 차 좀 줘요."

때마침 불편한 침묵을 깨뜨리며 노리카 씨가 돌아왔다. "자, 시간이 없으니까 노트를 열어 볼까요?" 하야미 옆에 앉은 그녀가 나를 보고 말했다.

"재촉해서 죄송하지만 두 시간 후에는 가야 해서요."

"아, 죄송해요. 지금 볼게요."

나는 가방에서 노트를 꺼냈다. 작게 숨을 한 번 내쉬고 노트를 펼쳤다. 바인더 노트 안에 끼워진 속지는 인덱스 몇 개로 나누어져 있었다. '장례식', '보험', '계좌' 등의 단어가 쓰인 견출지가 붙어 있는 걸 보니 역시 엔딩노트가 맞았다.

안쪽 표지를 넘겼다.

'안녕하세요. 치와코 씨. 저는 가미쓰 기요이입니다.'

첫 장은 나에게 남긴 편지였다.

'놀라셨죠? 저도 설마 이런 식으로 편지를 쓰게 될 줄은 몰랐습니다. 인생이란 역시 알 수 없네요.

하야미에게 치와코 씨 이야기를 많이 들었습니다. 반듯하고 꼼꼼하신 성격에 굉장히 성실하시고 다정한 분이라고 들었어요. 살짝 욱하는 성미가 있으시다는 말도요. 불쾌하게 생각하지 않으셨으면 좋겠습니다. 저는 치와코 씨 이야기를 들을 때마다 매번 치와코 씨 마음에 공감했거든요. 저희는 분명 어딘가 닮았을 겁니다. 만났다면 분명 좋은 친구가 됐을 거예요.'

"왜 그래?" 아무 말 없이 편지를 읽고 있는데 갑자기 하야미의 불안한 목소리가 정적을 깨는 바람에 깜짝 놀라 고개를 들었다. 내가 첫 장만 뚫어지게 바라보고 있으니 이상했던 모양이다.

"아, 아니야. 아무것도. 이건 기요이 씨 엔딩노트가 맞아. 장례식에 관해서나 사후에 처리해야 할 이런저런 일들을 꼼꼼하게 적어 두셨네."

나는 서둘러 다음 장을 넘겼다. 첫 번째 인덱스인 '장례식' 페이지에는 고인의 희망 사항이 항목별로 깔끔하게 적혀 있었다. ①번에는 하야미와 가능하다면 노리카 씨 그리고 내가 참석한 조촐한 가족장으로 치러달라고 쓰여 있었다.

"제단을 장식할 꽃은 해바라기로…. 어, 어, 잠깐만 해바라기? 제단, 이미 다 만들었을지도 모르는데!"

"아, 꽃은 해바라기로 해달라고 부탁드렸어요."

노리카 씨가 손을 들어서 내 말을 막았다.

"상복 입고 머리를 뒤로 넘기신 남자분이 고인이 무슨 꽃을 좋아하셨냐고 물으시길래 말씀드렸어요. 제단을 꾸밀 때 참고하시려는 것 같았어요."

잘했어, 아쿠타가와! 나는 마음을 놓고 다시 노트로 눈을 돌렸다. 그 밑으로 장례식에 돈을 많이 들이지 않았으면 좋겠다는 뜻과 특별히 고집하는 종교는 없다는 점, 친척들과 학교 관계자에게는 장례식이 끝난 후에 연락해달라는 당부가 적혀 있었다. 이 정도면 고인의 뜻에 따라 장례를 진행하는 건 문제 없을 듯하다. 나는 노리카 씨에게 양해를 구하고 스마트폰으로 노트를 찍어서 아쿠타가와에게 보냈다. 바로 '확인했습니다'라는 답장이 도착했다.

"노리카 씨. 기요이 씨 뜻은 모두 장의사 쪽에 전달했어요. 장례에 관해서는 걱정하지 않으셔도 돼요."

"다행이네요."

그녀가 이제야 마음이 놓인다는 듯 편안히 웃었다.

"역시 기요이 샘! 아, 저희가 대학 친구거든요. 기요이는 뭐든 완벽해서 다들 의지하는 친구였어요. 별명이 '기요이 샘'일 정도로요. 정말 선생님이 될 줄은 몰랐지만요."

"가르치는 일에 소질이 있었을 것 같네요. 정말 알기 쉽게 정리하셨어요. 보세요."

노트를 펼쳐 보여 주자 그녀가 눈을 가늘게 접었다.

"정말 예전하고 똑같네요. 옛날에도 기요이 노트는 서로 먼저 보겠다고 쟁탈전을 벌이곤 했거든요."

하야미는 노트를 보려 하지 않았다. 나는 그런 그에게 단호하게 말했다.

"지금부터 당신이 할 일 중에 가장 중요한 일을 말해 줄게."

말해도 될까? 아, 모르겠다. 어쩔 수 없다. 고인의 뜻인 이상 전할 수밖에.

"장례식이 끝나면 유골은 규슈에 있는 부모님 댁으로 보내달라고 하셨어. 두 분 모두 살아계시고 지금 기요이 씨 동생 가족과 함께 살고 계신대."

"부모님 댁? 기요이는 가족과 연을 끊었어."

"그래, 그런가 보네. 그런데 자기가 세상을 떠나면 받아 주기로 동생하고 이야기한 모양이야. 연락하면 동생이 유골을 받으러 올 거고, 집안 묘에 안치해 주기로 했대."

"말도 안 돼!"

그가 주먹으로 테이블을 내리쳤다.

"게이라고 고백하니까 부모 자식 연 끊자고 했던 잔인한 사람들이야! 부모님한테 더럽다는 말을 들었다고 기요이가 얼마나 슬퍼했는지 알아! 왜 그런 사람들 곁으로 간다는 거야!"

"그랬다고 해도 부모님 곁으로 돌아가고 싶어 하는 게 이상하지는 않지. 고인의 뜻을 부정하지 마."

아아, 도대체 내가 왜 이런 역할을 맡아야 하는 걸까. 하지만 그의 편지를 읽어 버렸으니 이제 돌이킬 수 없다.

"그리고 당신이 기요이 씨 제사를 챙길 수 있겠어? 1주기, 3주기에 맞춰서 법요를 지낼 수 있겠냐고. 못 하잖아. 기요이 씨는 당신에게 그런 일을 시키고 싶지 않은 거야."

그는 편지에 자기 유골이 하야미를 좀먹어 갈 거라는 말을 남겼다. '하야미는 다 타 버린 제 뼛가루를 끌어안고 아무것도 못 할 거예요. 아시죠? 그런 사람이잖아요. 가슴 아픈 일이지만 제 죽음은 그에게 상처만 줄 겁니다. 다시 일어서지 못할지도 몰라요.'

그의 예상대로였다. 하야미는 떼쓰는 어린애처럼 "싫어, 안 돼! 기요이는 내 옆에 있어야 해!"라며 도리질을 쳤다. 그 모습을 보다가 노리카 씨에게 "어제도 이랬어요?" 하고 묻자, 그녀가 조용히 고개를 끄덕였다.

"하야미, 당신, 정말 하나도 안 변했구나."

나도 모르게 옛날 말투가 튀어나왔다.

"다른 사람한테 기대고 도움만 받으려고 하지? 싫다고 소리 지르면 어떻게든 될 거로 생각해. 어떻게든 해 줄 거라고. 당신은 기요이 씨한테도 그랬을 거야. 매달리고 응석 부렸겠지. 아니라고 말할 수 있어? 성인 남자로서 떳떳하게 살았다고 말할 수 있어? 못하지? 그랬다면 지금 내가 여기 불려 올 일도 없었겠지. 왜 곧 죽을 사람이 자기가 죽은 뒤 일까지 걱정했겠어? 기요이 씨가 나를 부를 수밖에 없었던 심정을 좀 헤아려 보라고!"

그가 양손으로 제 얼굴을 가렸다.

"미안해. 미안… 치와와짱."

"그렇게 좀 부르지 마!"

기억 속 벽장에 넣어 두었던 상자가 튀어나와 버렸다. 제멋대로 열려서 몽땅 와르르 쏟아졌다. 아, 꽁꽁 싸매서 깊숙이 밀어 넣었다고 생각했는데….

나는 나와 아마네를 버린 이 남자를 계속 원망하고 있었다.

하야미와는 회사 송년회 장소였던 이탈리안 레스토랑에서 처음 만났다. 술에 취한 부장이 내가 좋아하는 베이비핑크 원피스에 레드와인을 왕창 쏟는 바람에 홀 직원이었던 그가 물수건을 가져다주었다. 취기에 해롱거리던 부장은 울상이 된 얼굴로 원피스를 닦는 내 옆에서 서른이나 먹은 여자가 젊은 여자들이나 입는 그런 옷을 입은 탓이라며 코웃음을 쳤다.

"아니면 뭐야. 이참에 남자라도 홀려 보려고? 우리 회사 남자 직원 중에 싱글은 니시모토밖에 없는데. 이봐, 니시모토, 치와코 어때?"

부장에게 아양 떠는 재주로는 둘째가라면 서러울 영업팀 니시모토가 "에이, 치와코는 아니죠"라며 천박한 웃음을 흘렸다.

"나이는 서른인지 모르겠지만 아직 덜 컸어요. 가슴이 너무 빈약해. 저 가슴을 주무르느니 차라리 제 가슴을 주무르는 게 낫겠습니다."

아앙. 그가 괴상한 신음을 내며 자기 가슴을 주물럭거리자 다른 남자 직원들이 폭소를 터트렸다. 우리 회사 남자 직원들은 전부 40대였고, 다들 당연하다는 듯 성희롱을 일삼는 사람들이었다. 불뚝 나온 자기 뱃살과 빈약해진 머리털, 독가스보다 더 심한 입 냄새는 생각도 안 하고 뻔뻔하게 항상 나를 놀렸다. 자기들은 누가 뭐래도 선택하는 쪽에 속한 남자이니 그래도 된다고 생각하는 거다.

나 아직 스물여덟이거든! 너희 같은 놈들은 내 쪽에서 사양이야. 하지만 그 말은 머릿속으로만 외쳤다. 왜 당당하게 외치지 못할까. 나는 나 자신도 끔찍할 만큼 고지식하고 낡은 편견에 묶여 있는 여자였다. 아무리 억울해도 나보다 나이 많은 남자 직원에게 맞서면 안 된다고 생각하는, 그런 여자였다.

특별히 잘난 구석이 있지도 않았다. 살던 지역에 있는 전문대를 졸업한 후에 몇 군데 회사에 지원해 면접을 봤고, 그때 채용된 곳에서 계속 일하고 있었다. 재미도 없고 보람은 더 없었지만, 딱히 힘들지는 않았고 매달 꼬박꼬박 월급을 받을 수 있으니 큰 불만은 없었다. 나는 회사에서 시키는 일만 하니까 회사 운영에 관련된 큰일을 하는 남자 직원들에게 반기를 들어서는 안 돼. 그렇게 생각했고, 이런 말을 들었더라도 화를 내며 따지는 일은 결코 있을 수 없는 일이었다.

"나는 귀엽다고 생각하지만 좀 유치해 보일 수도 있겠네. 어린애 같잖아."

근처에 있던 다카다 주임이 피식 웃음을 흘리며 말했다. 다카다 리쓰코, 매장 직원이자 내 직속 상사인 그녀는 매장 근무 경력만 30년인 베테랑 직원이다. 애당초 회식 자리에는 젊은 직원이 예쁘게 입고 와서 분위기를 띄워야 한다고 말했던 사람이 그녀였다. 치와코 씨는 서른 살이지만 그래도 우리 매장에서는 제일 젊잖아. 그래 놓고 정작 평소보다 진한 화장을 하고 보라색 반짝이가 뿌려진 미니스커트를 입고 온 사람도 그녀였다.

"그리고 치와코는 내 스타일이 아니에요. 나는 다카다 주임님처럼 글래머러스한 여자를 좋아한다고요. 역시 다카다 주임님이 우리 회사의 영원한 마돈나라니까."

"싫다, 뭐라는 거야."

말은 그렇게 하지만 표정을 보면 그녀도 니시모토의 말이 영 싫지만은 않은 모양이었다.

"여기 새 물수건으로 닦으세요."

그때 옆에 있던 홀 직원이 새 물수건을 내밀었다. 손가락이 가늘고 예뻤다. 안에 있는 골격도 예쁘겠다는 생각이 들 만큼 볼록 나온 마디 모양과 길이가 균형 잡혀 있었다. 어떤 사람인지 궁금해져 고개를 들었더니 얼굴까지 잘생긴 남자였다. 순간 이런 남자에게 한심한 모습을 보였다는 사실에 얼굴이 화끈 달아올랐다.

"죄송합니다."

바로 고개를 숙인 나는 그렇게 차오르는 눈물이 흐르지 않도록 필사적으로 눈을 크게 뜨고 열심히 얼룩을 닦았다. 참아, 참아야 해. 지금 울면 분위기가 깨질 거야. 그럼 또 한동안 나 때문에 송년회 분위기를 망쳤다는 말을 듣겠지.

"아, 오늘도 아내분과 함께 찾아 주셨군요."

그때 그가 뜬금없는 인사를 건넸다. 무슨 말이지 싶어 숙였던 시선을 들었더니 그가 온화한 표정으로 부장과 다카다 주임을 가리켰다.

"지난번에도 오셨었죠? 그때 기념일이라고 하셨는데."

다카다 주임의 얼굴이 삽시간에 얼어붙었고 부장이 짧은 비명을 질렀다. 두 사람은 부부가 아니다. 각자 가정이 있는 사람들이고, 심지어 부장의 아내는 우리 회사 사장님이다. 그러니까, 흔히 말하는 데릴사위.

"그때 제가 와인을 추천해 드렸는데 기억 안 나세요? 마음에 들어 하셔서 저도 뿌듯했었거든요. 그래서 기억합니다."

해맑다. 실로 그런 표현이 어울리는 웃음을 머금은 그에게 니시모토가 "마, 마, 말도 안 되는 소리!"라고 따지듯이 다그치며 달려들었다. 니시모토는 매장에 오면 항상 다카다 주임 옆에 찰싹 붙어서 떨어질 줄을 모른다. 그렇게 대놓고 티를 내니 그가 다카다 주임에게 호감이 있다는 걸 모르려야 모를 수가 없었다.

"사람 잘못 본 거겠지!"

"아니요. 틀림없습니다. 음, 성함이… 아, 맞다. 겐자키 님."

틀림없는 부장의 성이다.

"영수증을 써 드려서 기억합니다."

갑작스럽게 들통난 사내 불륜 사건에 그 자리에 있던 모두가 말을 잃었다. 부장 얼굴이 빨갛게 달아올랐다가 다시 하얗게 질리는가 싶더니 "그만 일어나지!"라고 버럭 소리치며 자리를 박차고 일어섰다. 하지만 비틀거리다 몸을 가누지 못하고 그 자리에서 쾅당 넘어졌고, 누군가가 비명을 질렀다.

"지금 머리 부딪히지 않았어? 위험한 거 아니야?"

다른 테이블에 있던 손님들이 비명을 지르는 동시에 다카다 주임이 "슌짱!"을 외치며 부장에게 뛰어갔다. 그 와중에도 니시모토는 여전히 홀 직원을 붙잡고 정말이냐고 따지고 있었고, 다른 남자 직원이 지금 이럴 때가 아니라며 그를 말렸다.

"119 불러야겠어. 누가 전화 좀 해!"

"흔들지 마세요."

갑자기 벌어진 난장에 나는 원피스 자락과 물수건을 손에 쥔 채 그저 멍하니 서 있었다. 잔인한 고통 속에서 비참함에 젖어 있던 시간이 한순간에 끝났다…?

"집에 가서 바로 과탄산소다에 담그면 괜찮을 겁니다."

가까이에서 들린 목소리에 깜짝 놀라 돌아보니 그가 아무 일도 없었다는 듯이 미소 짓고 있었다.

"얼룩은 레드와인에 있는 안토시아닌 때문에 생기거든요. 안토시아닌은 시간이 지나면 산화돼서 지워지지 않으니까 바로 세탁하세요. 과탄산소다를 넣은 미지근한 물에 담갔다가 살살 문지르면 지워질 겁니다."

"네? 아… 자세히 아시네요."

바보야, 지금 그게 중요해? 그거 말고 해야 할 말이 있잖아, 라는 생각은 들었다. 하지만 막상 구체적인 말이 떠오르지 않았다.

"와인을 쏟아서 곤란해진 사람을 돕는 것도 제 일이거든요."

그가 싱긋 웃었다. 얇은 입술 사이로 새하얀 치아가 살짝 드러난 순간 거짓말처럼 주변 소음이 사라졌다. 독한 술을 단숨에 들이켠 것처럼 머리가 뜨거워지더니 눈앞이 흔들렸다. 그리고 깨달았다. 아, 나는 이 순간을 영원히 잊지 못하겠구나. 그가 너무나도 담백하게, 수렁에 빠진 사람을 건져 올리듯 쉽게 나를 구해 주었다. 내가 하야미를 사랑하게 된 순간이었다.

"슌짱! 슌짱!" 술에 취해서인지, 머리를 부딪쳐서인지 모르겠지만, 아무튼 부장은 의식이 몽롱한 상태로 구급차에 태워졌고, 다카다 주임이 연신 부장 이름을 부르며 같이 올라탔다. 자기도 같이 가겠다며 소란을 피우던 니시모토를 다른 남자 직원이 뜯어말렸고, 그 옆에서 남은 남자 직원들이 누가 사장님에게 연락할지를 두고 가위바위보를 했다. 한쪽에 모여 있는 여자 직원들과 아르바이트 직원들도 자기들 딴엔 나름 심각했다. "딱 보니까 니시모토하고도 뭔가 있네." "그렇겠지? 창고에서 껴안고 있는 걸 내가 봤다니까." "다카다 주임 집에 전화해서 지금 댁의 부인이 구급차 타고 병원에 갔다고 알려 줄까?"

하야미는 어느샌가 사라지고 없었다.

"저는 먼저 가겠습니다."

일단 말은 했지만 돌아보는 사람은 없었고, 아르바이트 직원인 다나카 씨만 "네, 고생하셨습니다"라며 건성으로 손을 흔들었다.

술은 거의 마시지 않았는데 이상하게 몸이 가볍다. 길이 폭신폭신했다. 둥실둥실 떠 가는 기분으로 발걸음을 옮겼다. 집에 가서 옷에 묻은 얼룩을 지워야지. 깨끗해진 원피스를 입고 그에게 가서 고맙다고 말해야겠다.

연애라면 지금까지 몇 번인가 해봤지만, 이번에는 지금까지와는 비교도 안 될 진짜 사랑이 시작됐다. 그렇게 생각했다.

그날부터 매일 그가 있는 이탈리안 레스토랑에 갔고 하루하루 그에 관한 정보를 모아갔다. 나보다 여섯 살이나 어리다는 사실에 조금 충격을 받기는 했지만 금세 그런 사실쯤은 신경 쓰지 않게 됐다. 당연했다. 탁월한 센스와 재치로 나를 구해 준 사람이다. 나이 차이 따위가 뭐가 문제일까.

다행히 그도 만나는 사람이 없었다.

"제가 금방 질리는 타입이라서…."

부끄럽다는 듯 머리를 긁적이는 그를 보면서 나는 지금까지 그가 만난 여자들은 다 눈이 삐었다고 생각했다. 나는 그의 진짜 모습을 안다. 이렇게 멋진 사람이 세상에 또 있을 리 없었다.

나한테 이런 추진력이 있었나 싶을 만큼 적극적으로 그에게 다가갔고, 우리는 결국 연인으로 발전했다.

만나서 함께 밥을 먹으며 조금씩 거리감을 좁혀 나갔다. 그렇게 몇 번을 만났을까. 술기운을 빌려 창피함을 무릅쓰고 자고 가겠다고 말했다. "나도 줄곧 당신을 안고 싶었어." 그의 목소리에 머릿속이 어지럽게 돌았다.

우리의 연애는 너무나 행복했고, 순조로웠으며, 아무런 걸림돌이 없었다. 그는 자랑스러운 내 남자였다. 처음에는 분명 그랬다. 하지만 서른이 코앞에 닥치자 상황이 달라지기 시작했다. 결혼해야 한다. 그런 생각에 얽매인 순간 우리 연애가 괴로워졌다.

❖❖❖

기요이 씨 밤샘 의식은 그가 바라던 그대로는 아니었지만, 하야미가 지켜보는 가운데 조용히 치러졌다.

나는 제실 가장 뒷자리에 앉아서 그 모습을 지켜봤다.

해바라기로 장식된 제단 위에 밝게 웃는 기요이 씨의 영정 사진이 있었다. 한눈에 들어오는 미남은 아니지만, 동그란 이마는 현명한 사람일 것 같은 인상을 주었고 부드럽게 호를 그린 눈매는 다정해 보였다. 한마디로 성실해 보이는 사람이다. 실제로 그가 정성스럽게 정리한 노트를 생각하면 분명 내 생각과 크게 다르지 않을 것이다.

"아…." 하야미의 낮은 신음이 들렸다. 두 손으로 얼굴을 감싸고 울고 있었다. 나는 그 모습을 잠시간 바라보다가 다시 영정 사진으로 눈을 돌렸다.

기분이 묘하다.

아마 그가 여자였다면 지금보다는 훨씬 이해하기 쉬운 감정이었을 텐데. 하야미가 저렇게까지 집착하고, 가족장이라고는 하지만

123

그의 입으로 상주를 맡겠다고 말하게 만든 여자를 조금은 질투하고 부러워하면서 어떤 사람인지 궁금해하는 그런 흔한 감정. 하지만 그가 남자라는 사실 하나가 마음을 엉망으로 뒤섞어서 도무지 알 수 없게 만들었다. 그는 나와 살던 때부터 남자를 좋아했던 걸까? 그래서 나를 버린 걸까? 생각하지 않으려 아무리 애를 써도 의문이 머리를 떠나지 않았다.

그와는 이미 끝났다. 그건 명백한 사실이다. 그러니 새삼스레 따질 필요 없다는 건 잘 알고 있다. 그런데도 자꾸만 '만약'을 생각하게 된다. 만약 그가 정말 남자에게 사랑을 느끼는 사람이었다면 내 생각은 '어떻게' 정리되는 걸까? 그런 사정이었다면 어쩔 수 없지, 라며 지금까지 있었던 일을 모두 깨끗이 씻어 버릴 수 있을까? 내 마음을 나도 모르겠다.

그때 상복 주머니에 넣어둔 핸드폰 진동이 짧게 울렸다. 아마네의 메시지였다.

집에 왔더니 없네, 어디야?

낮에 있었던 일은 깨끗이 잊어버렸다는 듯한 메시지를 한동안 들여다봤다.

— 엄마는 제대로 된 연애, 한 번도 해 본 적 없잖아!

낮에 아마네가 던졌던 말이 되살아났다. 제대로 된 연애. 제대로 된 연애란 뭘까?

나는 답장을 보내지 않은 채로 핸드폰을 다시 주머니에 집어넣었다.

연인이 되고 나서 조금씩 그가 심각하게 우유부단한 남자라는 사실을 알게 됐다. 그가 결혼에 관해서 늘 모호한 태도를 보였기에 나는 그가 결혼을 긍정적으로 생각할 수 있게 필사적으로 노력했다.

"당신은 수입을 신경 쓰지만 둘이 같이 벌면 되니까 생활은 걱정하지 않아도 돼. 나는 절약이 몸에 밴 사람이고 돈이 들어가는 취미도 없어. 꼭 좋은 아내가 될 테니까 결혼하자. 혹시 다른 사람을 마음에 두고 있는 거야? 아니지?" 설득하고 또 설득하면서 결혼하자고 졸랐지만, 그는 늘 "당연히 아니야. 난 치와와짱밖에 없어. 하지만 난 아직 당신이 바라는 행복을 이뤄줄 자신이 없어"라며 슬그머니 피했다.

친구들은 다 결혼했고 벌써 아이를 낳은 친구도 있었다. 한 살 위인 오빠는 나보다 세 살 어린 아내를 맞아 자식을 둘이나 낳았다. 너도 벌써 서른이야. 상대가 있으면 그만 가야지 않겠니? 라며 부모님도 늘 성화였다. 다카다 주임과 니시모토가 회사를 그만두고 부장이 일반 배달 직원으로 좌천됐는데도 회사 분위기는 여전했고, 하다 하다 이제 '미혼 과부'라는 놀림까지 받았다.

주변 환경들이 매일매일 내 숨통을 조이기도 했지만, 무엇보다 나 스스로 결혼을 간절히 원했다. 서로 사랑하는데 결혼하지 않는 편이 이상하지 않은가. 빨리 결혼해서 아이도 낳고 싶었다. 다른 사람들처럼 가정을 꾸리고 싶었다. 그래서 끊임없이 결혼 이야기를 꺼냈는데도 그는 끝까지 고개를 끄덕이지 않았다.

임신 사실을 알게 된 건 그때였다. 날짜가 열흘 정도 지났는데 생리 소식이 없어서 혹시나 하는 마음에 테스트해 봤는데 선명한 두 줄이었다. 나는 화장실에서 임신 테스트기를 들고 쾌재를 불렀다. 피임에는 신경 쓰고 있었다. 그런데도 임신했다는 건 신이 내 편이라는 증거였다. 이제 그도 더는 결정을 미룰 수 없을 터였다.

그럴 리가, 임신 테스트기를 보여 주었을 때 하야미는 당황을 감추지 못했다. 같이 밤을 보낸 남녀라면 당연히 예상했어야 할 가능성을 전혀 몰랐다는 얼굴이었다. 중학생도 아는 상식을 몰랐냐며 쏘아붙이고 싶었지만 일단 꾹 참았다. 대신 확실하게 못을 박았다. "결혼해야겠지?" "응, 그래야겠네." 내 기세에 눌려 그는 마지못해 고개를 끄덕였고, 나는 결국 참지 못하고 "꼭 그렇게 말해야겠어?"라고 쏘아붙였다.

"결혼하자. 그 한마디가 그렇게 어려워?"

"아, 미안해. 우리 결혼하자."

멋쩍게 웃는 그의 얼굴을 보면서 이렇게 중요한 순간에도 듬직하지 못한 모습에 조금이지만 실망했다. 하지만 원래 남자는 여자와 달리 부모가 될 각오를 다지는 데 시간이 걸린다고 들었다. 당장은 아니더라도 지금부터 남편이자 아버지로서 성장하고 노력하면 될 일이다.

"이제 더 정신 차리고 살아야 해."

그때 이미 나는 결혼하고 아이를 낳은 다음 일을 생각하고 있었다. 연인으로 함께한 달콤한 시간은 넘칠 만큼 즐겼다. 지금부터는 부부로서 건실하게 서로를 지탱해 주며 살아갈 생각이었다.

하지만 하야미는 결혼 후에도 변하지 않았다. 직장인 이탈리안 레스토랑은 개인이 운영하는 곳이라 매출이 신통치 않아서 앞으로도 월급 인상은 기대하기 어려웠다. 결혼도 하니 이참에 직장을 옮겨 보면 어떠냐고 권해도 봤지만, 돌아온 대답은 "거기가 마음이 편해"였다. 이제 셋이 살아야 하니 더 넓은 집을 알아보자고 했을 때는 부동산 중개인 같은 사람들은 상대하기 불편하다며 슬며시 눈꼬리를 내렸다. 결국 내가 부른 배를 안은 채로 집을 알아보고 이사 준비를 하면서 출산 준비까지 해야 했다.

거기서 끝이 아니었다. 친정에 가서 출산과 몸조리를 하고 오겠다고 했더니 쓸쓸해서 혼자 있기 싫다고 했다. 그래서 "그럼 대신 출산 후 몸조리와 아기 돌보는 방법에 관해 제대로 배우자"라고 설득해 산모 교실에 데려갔더니 고작 두 번 만에 꽁무니를 뺐다.

"조산사가 마음에 안 들어. 아빠로서의 자각, 책임, 그런 말만 귀에 못이 박히도록 반복해. 내가 알아야 할 일은 당신이 나중에 가르쳐 줘."

결국 산모 교실도 세 번째부터는 나 혼자 다녔다.

아마네가 태어난 후에도 달라지는 건 없었다. 첫 아이였고 아마네는 특히나 손이 많이 가는 아기였다. 모유를 잘 삼키지 못해서 매번 사레에 걸렸고 겨우 넘겼나 싶으면 도로 토해냈다. 안아 주지 않으면 잠들지 못했고 겨우 재워 침대에 내려놓으면 바로 울음이 터졌다. 신경이 예민해서 밖에서 까마귀 울음소리만 들려도 같이 울었다.

나는 늘 잠이 부족했고, 모유를 먹이는 통에 항상 기운이 없었다. 하지만 하야미는 여전히 내게 모든 걸 의지했다.

"여보, 역시 아파트 자치회에는 못 가겠어. 난 그런 거 못 해. 여보, 사장님이 요통이 심해서 월급을 올려 줄 테니 주방 일도 배우라고 하는데 어떻게 생각해? 요리는 싫지 않은데 돈을 받고 파는 음식이라고 생각하면 부담스러워."

"당신은 왜 항상 그런 식이야? 제발 철 좀 들어. 아빠잖아!"

아무리 연하라고는 하지만 그에게는 기댈 구석이 하나도 없었다. 연애할 때는 다정하고 따뜻하게만 보였던 면들이 언제부턴가 물러 터지고 철없어 보였다.

"자치회가 뭐라고 못 간다는 거야! 주방 일? 잘됐네. 가족을 위해서 일 정도는 좀 배워. 월급이 오른다면 해야지!"

화를 내는 일이 잦아졌지만, 결코 그가 한심하다고 생각해서는 아니었다. 그저 우리 세 식구가 조금 더 편하게 살기를 바라는 마음, 그 간절한 마음에서 나온 걱정이었을 뿐이다. 제발 정신 좀 똑바로 차려, 부탁이야. 그렇게 애원하는 마음이기도 했고.

아마네가 돌이 지나고 어린이집에 다니기 시작하자 나는 바로 아르바이트를 시작했다. 선물 전문점에서 일할 때 배웠던 포장 기술 덕분에 전통 있는 화과자 가게에서 판매 직원으로 일할 수 있었다. 임신과 출산으로 몸은 예전 같지 않았지만 매일 열심히 일했고, 낯을 가려서 자지러지게 우는 아마네의 어린이집 등·하원도 도맡아 했다. 하지만 아이가 어린이집에 다니기 시작하면 이런저런 병에 옮아오기 마련이고 아마네도 예외는 아니었다. 2주에 한 번은 열이 올랐다. 처음에는 가게에서도 사정을 봐주고 쉬라고 했지만 그런 일이 반복되자 아이가 아직 어리니 엄마랑 집에 있는 게 좋지 않겠냐며 눈총을 주기 시작했다. 조금 더 일하기 편한 직장을 찾아볼까? 아니면 집에서 하는 부업을 알아볼까? 하지만 단가가 낮아서 생각만큼 돈벌이가 안 된다는 말도 있고…. 그런 고민을 하면서 내가 어린이집과 병원, 가게로 바쁘게 뛰어다니는 동안에도 그는 별것도 아닌 일에 "힘들어", "괴로워"라는 말을 입에 달고 살았다.

그날 밤도 그랬다. 내가 어린이집에서 쓸 아마네 앞치마와 그의 유니폼을 다리고 있을 때였다.

"주방 일까지는 힘들 것 같다고 거절한 뒤로 가게에 나가기 껄끄러워졌어. 다른 일을 알아볼까?"

그는 콧물을 흘리는 아마네를 안고서 그만둘 용기도 없는 주제에 그런 말이나 했다.

"아무짝에도 쓸모없는 불평이나 늘어놓을 거면, 아마네 콧물이나 좀 닦아 줘."

그는 움직이지 않았다. 문득 아마네 옷 사이에 파묻힌 긴 손가락이 눈에 들어왔다. 언젠가 예쁘다고 생각했던 그 손가락이 지금은 징그러운 거미 다리 같아 보였다.

"그런데 그 가게 말고 다른 곳에서는 일할 자신이 없어. 인간관계를 처음부터 다시 쌓는 건 정말 힘든 일이잖아. 어떡하지? 응? 치와와짱."

아마네의 옷이 구겨지고 있었다. 거미가 몸을 칭칭 감고 잡아먹으려 하는데도 아마네는 코를 훌쩍거리면서 녹화된 텔레비전 프

로그램을 보고 있었다. 아마네가 제일 좋아하는 어린이 프로그램
인데, 아빠가 귀찮게 해서인지 눈썹 사이를 찌푸리고 있다.

"여보, 콧물, 닦아 주라고."

시계를 보니 곧 아마네를 재워야 할 시간이었다. 그 전에 병원에
서 처방받아 온 콧물약을 먹이고 양치를 시켜서 이불에 눕혀야 한
다. 아아, 내일은 가게에 나갈 수 있으려나? 이번 달에는 5일 정도
는 더 출근하고 싶은데. 다음 달에 친정 제사가 있어서 하야미의
새 와이셔츠를 사야 했다. 남편이 초라해 보이는 건 싫으니까. 구두
도 새로 사고 싶지만 그건 단념했다. 대신 정성 들여 깨끗이 닦아
놓을 생각이었다.

"저기, 치와와짱. 나 내일 가게 쉬면 안 될까? 정말 힘들어서 그
래."

일순 모든 생각이 멈췄다.

유급휴가 일수는 남아 있었다. 그러니 하루 정도는 쉬어도 괜찮
다. 하지만 그 순간에는 그런 판단을 할 수 없었다. 피가 거꾸로 솟
는 기분이었으니까. 나는 그의 팔에 안긴 아마네를 억지로 빼앗아
안았다.

"당신이라는 남자는 정말 도움이 안 돼! 그 팔은 장식품이야?"

남자의 팔은 사랑하는 사람을 지키기 위해 존재한다. 나는 그렇
게 생각했다. 아버지도, 오빠도, 친구 남편들도, 내 주변 남자들은
다 그랬으니까. 여자는 그 든든한 팔 안에서 보호받으며 뒤에서 남
자를 보필한다. '보통'은 그렇다. 지금까지 아무리 남자들에게 무시
당해도 묵묵히 참고 받아들여 왔던 건 그래서였다. 언젠가 결혼하

면 나도 분명 내 남자의 보호를 받을 테니까.

"처음 만났던 날은 날 지켜 줬잖아. 날 구해 줬잖아! 아, 이 사람이다. 그렇게 생각했는데 다 거짓이었어?!"

당신이 그 숨 막혔던 공간에서 나를 꺼내줬잖아. 난 그때 정말 기뻤단 말이야.

"그런데 왜 지금은 나랑 아마네에게 매달리기만 해! 당신 남자잖아. 남자 노릇 좀 해! 아내와 아이를 위해서 노력하란 말이야. 기대려고만 하지 마, 제발!"

정신 좀 차려. 당신 팔은 우리를 안아 주려고 있는 거잖아.

자다가 물벼락이라도 맞은 얼굴로 나를 바라보던 하야미 눈에서 눈물이 흐르기 시작했다. 내가 무섭게 소리를 지르자 겁을 먹은 아마네가 몸을 떨었다. "아아, 미안해. 엄마가 미안해. 아마네." 아마네의 등을 쓸어 주면서도 눈물을 훔치는 그를 노려봤다.

"제대로 좀 해. 나랑 아마네가 마음 놓고 살 수 있게 해 줘."

그는 대답하지 않았다. 그 순간 뭔가 타는 냄새가 나서 돌아보니 아마네 앞치마 위에 올려놓은 다리미 밑에서 흰 연기가 올라오고 있었다. 아마네가 갖고 싶어 해서 비싸도 눈을 질끈 감고 지른 캐릭터 앞치마다. 아직 한 번도 입지 않은! 나는 아마네를 내려놓고 후다닥 달려가서 다리미 코드를 뽑았다. 하지만 이미 수선할 수 없을 정도로 그을려 있었다. 그걸 본 아마네가 울음을 터트렸다. "내 앞치마, 내일 입을 건데, 어떡해, 으앙!" 아마네와 함께 나도 울어 버렸다.

대단한 꿈을 꾸지도 않았다. 사치를 부리며 살고 싶은 생각도 없다. 그저 우리 세 식구가 다른 사람들처럼 평범한 날들을 보낼 수 있기를 바랄 뿐이었는데, 고작 그 일이 왜 이렇게 힘든 건지 모르겠다.

그래도 이혼은 생각해 본 적 없었다. 아마네에게는 단 하나뿐인 아빠였고 그래도 나이를 먹으면 언젠가는 나아지겠지 싶었다.

"나도 아내로서, 엄마로서 더 노력할 테니까 당신도 남편으로서, 아빠로서 더 노력해 줘."

하지만 그날 이후로도 나는 계속 그에게 질렸고, 그래서 몰아붙였고, 때로는 비난했다. 그런 일이 반복되던 어느 날 그가 말했다. "이혼해 줘." 그는 눈물을 흘리며 더는 괴로워서 견딜 수 없다고 말했고 이혼 신청서를 내밀었다. 관청에 가서 용지를 받아오는 것조차 싫어해서 혼인신고도, 아마네 출생신고도, 다 내가 처리하게 했던 사람이.

"무슨 소리야. 왜 그래? 일, 그만뒀어?"

당시 하야미는 결국 주방 일을 시작했지만, 레스토랑 경영은 점점 어려워지고 있었다. 그의 실력 탓이 아니라 근처에 다른 가게가 생기면서 손님이 줄었기 때문이었다. 날로 줄어드는 매출에 초조해진 사장은 그 화를 직원들에게 풀었고, 가장 만만한 표적이 하야미였다. 그만두고 싶어도 다른 직장을 찾는 일이 내키지 않는다며 늘 그렇듯 이러지도 저러지도 못하고 매일 근심 가득한 얼굴로 출근하던 시기였다.

"미리 얘기했으면 좋았겠지만 그만둔 건 잘했어. 주방 일까지 하는데 월급도 그대로였잖아. 그 일은 계속해도 생활이 나아질 리 없을 테니까."

　나는 생활 수준을 조금이라도 올려 보려고 화과자 가게 아르바
이트를 그만두고 '육아 응원 기업'을 표방하는 기업, 크리스털 플
라워에 정직원으로 입사했다. 꽃에 대해 배워서 제단 장식이라는
특수한 작업을 맡게 되면 월급이 오른다는 점이 가장 마음에 들었
다. 꽃을 다루는 일이라 손에 물 마를 새가 없어 피부가 거칠어지
기는 했지만, 결혼 전보다 훨씬 많은 월급을 받는다는 사실이 기
뻤다. 무엇보다 난생처음 '일'을 하며 보람을 느낀다는 사실이 신기
했다. 감사합니다, 멋지네요, 내가 한 일이 누군가에게 고마운 일이
되고, 그 일로 칭찬을 받은 건 처음이었다. 이 일이라면 평생 할 수
있겠다는 생각이 들었다.

　"그래도 되도록 빨리 다음 직장을 찾아. 아빠가 매일 집에서 멍
하니 시간을 보내면 아마네 교육에도 안 좋아."

　"아니, 그런 게 아니야. 나는 더는 당신과 살 수 없어."

　하야미는 지금도 자신은 괴롭다는 듯 힘들게 말을 이어갔다.

　"당신하고 있으면 나는 죽을지도 몰라."

　"뭐? 그게 무슨 말이야?"

　"당신은 나를 힘들게 해."

　나이도 먹을 만큼 먹은 남자가 눈물을 줄줄 흘리며 말했다.

　"당신이 내게 바라는 것들이 나를 힘들게 해. 더는 당신과 함께
살 수 없어."

　"내가 언제 당신을 힘들게 했어? 쓰레기 버려 달라고 해서 그
래? 그것도 맨날 잊어버려서 결국 내가 버리잖아. 얼마 전에 싸운

일 때문에? 그건 당신이 어린이집 학부모 참관일에 가지 않아서 그런 거잖아. 다른 멋진 아빠들 틈에 있으면 주눅이 들어서 불편하다면서, 하지만 그건 당신이 노력하면 될 일이었어."

그가 일하는 레스토랑은 깔끔하게만 정리하면 딱히 머리 모양을 문제 삼지 않았고, 미용실이 불편하다는 이유로 그는 어깨까지 기른 검은 머리를 항상 뒤로 묶고 다녔다. 그래 놓고 다른 사람 눈을 왜 신경 쓰는지 모를 일이다.

"당신 앞에 서기만 해도 숨을 쉴 수가 없어."

그가 오열하며 애원했다. "부탁이야. 나를 놔줘."

비통함에 젖은 그의 모습을 보고 있자니 속에서 불덩이 같은 감정이 들끓었다.

"내가 당신한테 귀찮은 존재가 됐다는 거야? 그래서 도망치려고? 그게 당신 특기니까?

적어도 지금껏 같이 살아온 나한테는 그 특기, 쓰면 안 되는 거 아니야?"

내 안에서 무언가 툭 끊어진 순간 나는 처음으로 그의 뺨을 때렸다.

악몽 같은 날들의 시작이었다. 우리 부모님과 우리 부부를 아는 몇 안 되는 친구들까지 나서서 그의 마음을 돌리려고 설득했고, 나 역시 그를 붙잡았다. "도망치면 안 돼. 내가 잘못한 부분이 있으면 고치도록 노력할게. 아마네를 위해 아빠 자리를 지켜 줘." 하지만 그는 눈물을 흘리며 미안하다는 말만 되풀이했다.

이해할 수 없었다. 그가 왜 내게서 도망치려 하는지. 아무리 사이가 안 좋았어도 우리 관계가 귀찮다고 내던질 만큼 가볍지는 않 았다.

"내가 하야미한테 아빠와 남편 노릇을 해달라고 한 게 그렇게 잘못한 일이야?"

친구들에게 물어도 봤다. 나는 평범한 행복을 바랐을 뿐이야. 두 팔로 따뜻하게 안아 주기를, 그 품에서 편안함을 느끼고 싶었 을 뿐이라고. 남들처럼만 살 수 있으면 충분했고 맞벌이에 불만도 없었어. 그런데 도대체 왜?

모두 난처한 얼굴로 할 말을 찾다가 똑같이 말했다. 네 잘못이 아니야.

"치와코, 네 잘못이 아니야. 잘못이 있다면 애당초 상대를 잘못 골랐던 거지."

그럴 리 없었다. 그는 내가 진흙탕에 빠져 허우적거리고 있을 때 손을 뻗어 도와준 사람이다.

하지만 결국 그는 자기 부분을 작성한 이혼 신청서를 놓고 도망 쳐 버렸다. 어느 날 피가 배어 나오는 손으로 꽃을 다듬고, 어린이 집에 아마네를 데리러 갔다가 두 손 가득 장을 봐서 돌아왔더니, 거실 테이블에 종이 한 장이 놓여 있었다. 옷 몇 벌과 자주 메던 가방, 예전부터 좋아했던 노란색 닥터마틴 부츠가 함께 사라졌다.

이렇게 잔인한 짓을 할 수 있는 사람이었구나. 몇 년을 같이 살 았고 딸도 있다. 운명 같았던 우리 만남을, 그 일들을 모두 없었던 일로 할 수 있구나. 이런 일을 당해도 될 만큼 내가 그렇게 잘못한 걸까?

하야미는 그때 이미 남자를 좋아했던 걸까? 여자인 나는 아무리 노력해도 결론을 바꿀 수 없었던 걸까? 그럼, 왜 나와 섹스를 했을까. 살다가 성욕을 느끼는 대상이 바뀔 수도 있는 건가?

쿵! 그때 밖에서 난 소리에 번뜩 상념에서 벗어났다. 제단 앞에서는 아직 스님이 독경 중이셨다. 소리를 내지 않도록 조심스럽게 제실 밖으로 나오니 이번 시행 담당자인 마나 씨가 주문 도시락 가게 '야나기' 사장님과 도시락을 옮기고 있었다. 오늘 밤 하야미는 이곳에서 머물 예정이었고, 밤샘 의식을 마치면 나도 함께 식사하기로 되어 있었다.

뭔가 도울 일이라도 있을까 싶어 두 사람에게 다가갔다. "아, 치와코! 오랜만이야." 야나기자와 씨가 한 손을 들어 인사했다. 주문 도시락 가게와 꽃집은 별로 부딪칠 일이 없기는 하지만, 워낙 활달한 성격인 야나기자와 씨와는 어느새 술친구가 되었다.

그도 이번 장례식 상주가 누구인지 알고 있는 듯했다. 잠시 복잡한 얼굴로 나를 보던 그가 가볍게 웃으며 말을 건넸다.

"언제 아쿠타가와랑 셋이 시원하게 한잔하자고, 어때?"

"좋죠. 생맥주에 소고기, 어떠세요?"

"좋지. 내가 괜찮은 가게를 알아. 아, 마나 씨도 같이 가."

"저도 가고 싶은데요. 남자친구가 투덜거릴 거예요."

그녀가 아쉽다는 듯 말했다.

"왜 투덜거려? 나나 아쿠타가와가 마나 씨한테 흑심을 품은 것도 아니고, 치와코도 있는데 뭐가 문제야?"

"아니요. 그런 게 아니라. 안 그래도 근무시간이 불규칙한 일이니까 시간이 나면 자기한테 써달래요."

"아아, 그런 거야? 조금이라도 시간이 나면 같이 있고 싶다, 그 뜻이네! 좋을 때다. 나도 그럴 때가 있었지."

야나기자와 씨가 웃으며 받아치자, 그녀가 "뭐, 저를 소중히 생각해 주기는 해요"라며 가볍게 어깨를 들었다 내렸다.

"다정하고 듬직해서 이 사람이 있어서 다행이라고 생각할 때도 많아요. 그런데…."

그녀가 입술을 비쭉 내밀었다. 항상 묵묵히 제 할 일만 하고 자기 이야기는 별로 하지 않던 사람이었기에 조금 의외였다.

"그런데? 왜? 방금 들은 걸로는 최고의 남자친군데."

"그게… 저는 그 사람이 하는 일에 이러쿵저러쿵 참견할 생각이 없거든요? 결혼 생활에 지장이 생길 정도라면 할 수도 있겠지만, 그래도 최대한 상대를 존중해야 한다고 생각해요. 그런데 그 사람은 그렇지 않아요. 딱히 문제가 있는 것도 아닌데 제가 하는 일이 불만이래요. 정말 이해할 수가 없어요. 그런 말 하지 말라고 했더니 뭐라는 줄 아세요. 여자는 말이야-."

여자는 말이야. 결혼하면 필연적으로 생활 방식이 바뀔 수밖에 없어. 나는 너랑 평생을 함께하려고 생각하는 사람이니까 네가 하는 일에 관해서 의견을 말할 권리가 있어. 그녀의 남자친구가 그렇게 말했단다. 마나 씨가 하나로 모아서 뒤로 묶은 머리채 끝을 배배 꼬면서 한숨을 쉬었다.

"결혼이라. 하긴 그럴 나이지."

야나기자와 씨가 팔짱을 꼈다.

"여기는 아무래도 촌구석이라 그런지, 고리타분한 생각이 상식 대접을 받는다니까."

그가 천천히 고개를 끄덕이며 말을 이었다. "여자가 남자보다 더 벌면 안 된다거나 여자가 하는 일은 무조건 집안일 다음이라거나, 잘못 들었나 싶은 말들을 태연하게 뱉는 녀석들이 있어. 남자 혼자 아내와 자식을 먹여 살리던 시대가 끝난 지가 언젠데 언제까지 일 하는 여자들을 무시할 거냐고."

"맞아요. 저는 여기서 맡은 일을 잘하고 있어요. 다른 남자 직원 들과 똑같이 일한다고요. 그런데도 여자라는 이유로 왜 그런 소리 를 들어야 하는지 모르겠어요."

하아. 그녀가 다시 한번 크게 한숨을 쉬었다.

"엄마랑 언니는 남자친구 말대로 해라, 어차피 출산과 육아를 생각하면 남편이 벌어오는 돈으로 살아야 하지 않느냐는 소리만 하니까 말이 안 통해요."

그들의 대화에 낄 수 없었다.

그녀의 남자친구와 가족이 하는 말이 당연하다고 생각했다.

물론 야나기자와 씨의 말도 맞다. 남자보다 더 많이 벌고, 남자 보다 더 많이 일하는 여자도 분명히 있다. 결혼하고 나서도 남자와 똑같이 버는 사람도 틀림없이 있을 거다. 나 역시 아마네가 그런 능력 있는 여성으로 자라길 바란다. 하지만 그런 여자는 여전히 극 소수에 불과하다. 적어도 내 주변에는 남편 월급으로 사는 여자들 이 압도적으로 더 많다.

이곳이 지방이라서가 아니라 여자들의 삶이 여전히 그대로이기 때문이 아닐까? 여자는 인생의 단계가 바뀌면 필연적으로 생활 방식도 바뀔 수밖에 없다. 특히 아이를 낳았을 때 가장 크게 변한다. 아무리 세상이 변해도 바뀌지 않는 부분이란 것이 있다.

그녀가 결혼이나 그 후의 생활을 꿈꾸고 있다면 남편이 될 남자친구 말을 따라야 한다. 어차피 그녀도 결국은 가족을 제일 먼저 생각하고, 그다음이 일이 될 테니 결혼 전부터 괜한 일로 다툴 필요가 없다.

"솔직히 말하면 남자친구가 이 일을 마음에 안 들어 해요."

그녀의 얼굴이 와락 구겨졌다.

"시신 만지는 일은 그만두래요."

"뭐? 그건 아니지!"

나도 모르게 버럭 소리를 지르고 말았다.

몇 달 전에 있었던 일이 생각났다. 마나 씨는 친한 친구 장례를 직접 담당했었다. 원래는 나에게 콘셉트만 알려 주면 되지만 그날은 하얀 천일홍을 중심으로 꽃밭을 연상시키는 꽃 제단을 자기 손으로 직접 꾸몄다. 영원한 우정을 맹세하는 제단 가운데에 친구의 영정 사진을 조심히 올려놓는 그녀를 나는 바로 옆에서 지켜봤다.

내가 다 눈물이 날 정도로 그녀는 다부진 얼굴로 꿋꿋이 장식을 마무리했다. 굳건한 심지를 품고 일하는 그녀의 모습이 눈부셨고, 아직 젊은 나이에 인생을 걸고 열중할 수 있는 일을 찾은 그녀가 부러웠다. 나는 마나 씨 나이에 어떻게든 결혼해야 한다는 생각밖에 없었다.

아, 그런가? 그때는 하야미만이 아니라 나도 책임감이 없었던 건가?

그런 생각이 들었다. 만약 내가 더 굳게 마음먹고 결혼에 책임 감을 느꼈더라면 오늘 같은 일은 벌어지지 않았을지도 모른다는 그런 생각.

부끄러웠다. 그나저나 이 사실을 깨닫게 해 준 그녀의 일을 통째로 부정하는 말을, 다른 사람도 아니고 남자친구가 했다니.

"마나 씨가 일을 대하는 자세, 나는 굉장히 훌륭하다고 생각해."

내가 그녀의 손을 덥석 잡고 말하자 야나기자와 씨도 맞다며 고개를 끄덕였고, 약한 모습을 보여서 부끄럽다는 듯 그녀가 고개를 숙였다.

"약해지지 말고 힘-."

힘내라고 격려하려다가 순간 입이 멈췄다. 응? 나, 지금, 너무 모순적인데?

방금까지 여자라면 어쩔 수 없이 남자의 말에 따라야 한다고 생각했으면서 그녀의 입장에 서서 생각하자마자 남자 말이 뭐가 대수냐고 화를 내고 있다.

여자라는 이유만으로 일을 포기하라는데 괜찮을 리가 없지 않은가. 여자라는 이유만으로 자기 일이 무시당하는데 괜찮을 리 없다. 당연히 괜찮을 리가 없다. 나도 알고 있다.

그때 맑은 종소리가 울렸다.

나는 독경이 끝난 모양이라고 말하며 제실 쪽을 돌아봤다. 그리고 순간 머리를 스친 생각에 우뚝 멈춰 섰다.

조금 전까지 바라보고 있던 축 처진 하야미 뒷모습이 떠올랐다. 금방이라도 쓰러질 듯 한없이 약해 보이던 그의 뒷모습이 옛날 내게 원망을 들으며 아마네를 끌어안고 있던 그때 모습과 닮아 있었다.

밤샘 의식이 끝난 후에는 관을 유족 대기실로 옮겼다. 지금부터는 유족과 고인이 함께하는 마지막 밤이 시작된다. 하야미는 야나기에서 가장 정성을 들인다는 밤샘 식사용 도시락에 손도 대지 않았다. 관 앞에 앉아서 계속 기요이 씨 얼굴만 바라보고 있었다.

"뭐 좀 먹지 그래."

"미안, 입맛이 없어. 당신이라도 먹어."

내게 등을 돌린 채로 그가 말했다.

"노리카 씨한테 들었어. 어제부터 아무것도 안 먹었다며. 그러다 쓰러져."

"괜찮아. 내 몸은 내가 알아. 죽을 정도는 아니야. 죽을 수 있는 정도는 아니야."

왜 말을 그렇게 하냐고 쏘아붙이려다가 조용히 입을 다물었다. 어쩌면 그는 밤샘하는 동안 기요이 씨의 죽음을 받아들이려고 하고 있는지도 모른다.

"나, 잠깐 밖에 있을게."

나는 그 말을 남기고 밖으로 나왔다. 흡연실을 겸한 정자 안 벤치에 앉아 있으니 낮 동안의 무더위가 거짓말처럼 가시고 선선한 바람이 불어와 뺨을 스쳤다. 가로등 주변에는 나방과 날벌레들이

어지럽게 날아다녔고 사슴벌레도 보였다.

하아. 나는 작게 한숨을 내쉬고 어둠이 내려앉은 정원으로 눈을 돌렸다. 아쿠타가와가 매일 손질하는 공간이라 그런지 밤인데도 어딘지 따스하게 느껴졌다.

"도대체 어디가 닮았다는 거야."

나는 영정 사진 속 얼굴을 떠올리면서 작게 중얼거렸다. 가미쓰기요이라는 사람은 나보다 하야미를 더 잘 알고 그를 소중히 여겼다. 어쩌면 죽음을 앞두고 있었기에 그런 마음을 먹을 수 있었는지도 모르지만 그렇다고 해도 마찬가지다.

"나보다 그 사람을 더 잘 알면서."

노리카 씨가 떠나기 전에 잠시 단둘이 이야기를 나눌 시간이 있었다. 그녀는 기요이 씨와 오래 친구로 지냈고, 그가 하야미와 함께한 시간도 지켜봐 왔다. 그런 그녀가 두 사람은 행복했다고 말했다.

"하지만 그 행복이 진정한 행복이었는지 묻는다면 솔직히 모르겠어요. 두 사람의 관계를 두고 공동 의존이라고 하는 사람도 있었거든요. 기요이는 누군가를 보호하면서 안정감을 느끼는 성격이었어요. 과보호 성향이 있었죠. 그래서 지금까지 만난 다른 애인들과는 오래가지 못했어요. 그런데 하야미 씨를 만나고부터는 정말 행복해 보였어요. 하야미 씨 성격은 제가 말하지 않아도 아시죠? 블록이 딱 들어맞은 것처럼 두 사람은 같이 있으면 완벽했어요. 정말 부정할 수 없는 완성된 행복이었어요."

"하야미가 행복해했나요?"

이미 의심할 여지 없는 사실이었지만 그런데도 묻는 목소리가 가늘게 떨렸다. 내 기억 속에 존재하는 그는, 특히 헤어지기 1년 전부터는 거의 웃지 않았다. 노리카 씨가 실수했다는 듯 미안하다고 사과했다.

"들어서 좋을 이야기가 아닌데 괜한 말씀을 드렸네요."

"아니요. 헤어진 지 18년이나 됐는걸요. 상관없어요."

거짓말이었다. 상관없다는 말로 간단히 잘라 버릴 수 있는 존재가 아니다.

처음 만났을 때 나는 나만이 그의 좋은 점을 알아봤다고 생각했다. 그 누구보다 내가 그를 잘 이해한다고. 하지만 하야미는 결국….

나는 진저리 치듯 머리를 흔들었다. 두 번, 세 번. 다섯 번쯤 반복하고 머리가 어지러워서 멈췄다.

변명은 이제 그만하자.

나는 그에 관해서 손톱만큼도 몰랐다. 영화 속 한 장면 같은 첫 만남에 눈이 멀어서 내 멋대로 필터를 씌우고 그를 바라봤을 뿐이다. 마음이 약하고 우유부단해도 중요한 순간에는 든든하게 나를 지켜 줄 거라고, 사실은 듬직한 남자라고 멋대로 정해 버렸다.

내가 원했던 모습들은 그를 괴롭히기만 했다. 그는 누군가에게 기댈 수 있다는 안정감을 느껴야만 살 수 있는 사람이다. 내가 바라던 '남자'가 아니었다. 그런데도 나는 그에게 강하고 흔들리지 않는 '남자', '남편', '아버지'의 모습을 바랐고, 강요했다.

성역할 강요. 젊었을 때 내가 그토록 혐오했던 짓을 내가 그에게 했다. 내가 만족할 수 있는 틀에 그를 맞추려고 했고, 왜 맞추지 못하냐고 책망했다. 제일 가까운 사람이 몰아붙이기만 했으니 그 누구보다 더 잔인했을지 모른다.

그래서 그는 따뜻하게 안아 줄 팔을, 그 품에서 느낄 안정감을, 있는 그대로 자신을 사랑해 줄 사람을 찾아서 떠났다.

그리고 마음의 안식처가 되어 줄 사람을 만났다.

"한심해."

눈물이 차올랐다.

아마네, 네 말이 맞아. 나는 제대로 된 연애를 해 본 적이 없어. 사랑으로 품어 주지 못하고 상대를 괴롭히기만 했어. 그런 내가 하는 말이니까 네가 받아들이지 못하는 것도 당연해.

"좋은 밤이지?"

부드럽게 울린 목소리에 고개를 돌려 보니 아쿠타가와가 있었다. 나가려던 길인지 한밤중에도 눈이 아플 만큼 선명한 호랑나비 무늬 하와이안 셔츠와 치노 팬츠 차림이었다. 그의 트레이드마크인 노란색 안경알이 가로등 빛을 받아 반짝였다.

"어머나, 지금 출근하는 거야?"

그의 취미는 여자 만나기다. 예쁜 여자와 이야기하는 걸 좋아하는 그는 틈만 나면 옆 동네 히노사키시에 있는 캬바쿠라나 걸스바(bar)에 출근하다시피 한다.

"그렇지 뭐. 그 전에 치와코 씨 좀 보고 가려고 왔어. 내 방에서 훤히 보이거든. 지금 치와코 씨가 유령처럼 앉아 있는 자리가."

그가 빙긋 웃으며 사무실 겸 주거 공간인 건물을 가리켰다. 하여간 거짓말은 선수다. 정자 지붕에 가려서 보일 리가 없는데.

"여전하네."

게시미안의 사장이지만 그는 시행에는 일절 관여하지 않는다. 본인 말에 따르면 어릴 적부터 타고난 겁쟁이라 '죽음'이 무서워서 어쩔 수가 없단다. 자신은 유족들이 느끼는 상실의 고통에 공감하는 능력도 떨어진다며 시행 중에는 철저하게 뒤에서 지원하는 일만 하지만, 솔직히 그 일을 꽤 잘하고 있다. 내가 보기에 관찰력이 뛰어나다. 뒤통수에도 눈이 달렸나 싶을 만큼 유족들과 조문객들의 상황을 정확히 파악하고 대응한다. 사람을 대하는 일이 천직인 사람이다. 시행을 담당해도 분명 훌륭히 해내겠지만 그렇게 말하면 절대 못 한다며 꽁무니를 뺀다. 유령이나 저주는 극복했지만 '죽음'만큼은 감당이 안 돼. 나도 하고 싶지만, 도저히 무리야.

"여기 모기가 엄청 많아. 이거 봐."

이리저리 모기약을 뿌리고 내 옆에 앉은 아쿠타가와가 마시라며 캔에 든 단팥 음료를 내밀었다.

"시원해서 맛있어."

"뭐? 이거 따뜻하게 먹는 거 아니야?"

"차게 먹어도 맛있어."

손에 받아 들자 정말 냉기가 전해졌다. 무슨 꿍꿍이냐는 듯 수상쩍게 보는 사이, 옆에 앉은 그가 자기 캔을 따서 입에 가져다 댔다. 꿀꺽. 목울대가 크게 꿀렁였다.

"정말?"

뚜껑을 따서 조금 마셔 보았다.

"어머."

입 안으로 흘러 들어온 단팥 음료는 생각보다 맛있었다. 아니, 둘 중 하나만 꼽으라면 내 입에는 차가운 쪽이 더 맞았다.

"의외로 맛있네. 따뜻할 때보다 덜 단 것 같아."

"그렇지? 팥 맛이 더 진하게 느껴지지 않아?"

"여전히 단 걸 좋아하는구나."

"술과 달콤함, 활기 넘치는 여자만 한 게 없거든."

우리는 한동안 조용히 캔을 기울였다.

"저 안에서 어떻게 밤을 보내야 할지 모르겠어."

그러다 달아진 숨에 실어 가볍게 말을 흘렸다.

"마지막으로 둘만의 시간을 주고 싶기도 한데, 저 사람을 혼자 둬도 되는지 신경 쓰이기도 해. 저 사람-."

마음이 약하니까, 라고 하려다 도로 입을 닫았다. 대신 잠시 생각한 후에 "행복하게 해 주지 못했어"라고 덧붙였다.

"나는 행복하게 해 주지 못했어. 괴롭히기만 했어."

하아, 한숨이 터져 나왔다.

"후회해?"

"후회, 하는 걸까? 모르겠어."

캔을 만지작거리며 생각에 잠겼다. 어디선가 풀벌레 울음소리가 들려왔다.

"행복하게 해 주고 싶기는 했어. 그런데 나는 그럴 수 없다는 걸 알았거든. 그래, 어쩌면 미안한 건지도 몰라."

어떻게 말해야 할지 몰라서 말을 고르는 사이 아쿠타가와가 "그런 생각은 할 필요 없어"라며 말을 막았다.

"왜?"

"치와코 씨가 그렇게 생각할 필요는 없지. 그럼, 하야미 씨는 치와코 씨를 행복하게 해 줬어?"

대답할 수 없었다.

"나는 치와코 씨가 혼자서 얼마나 열심히 살았는지 알아. 아마 네가 아팠을 때 게시미안의 응접 소파에서 재우면서까지 일했잖아. 만약 하야미 씨가 남편으로서 힘이 돼 줬다면 더 행복했을 수도 있어. 더 편하게 살았을지도 모르잖아. 치와코 씨가 남편을 행복하게 해 주지 못했다고 하면 남편도 똑같이 치와코 씨를 행복하게 해 주지 못한 거야. 이런 게 피차일반 아닌가?"

"그, 그런가?"

혼자 아이를 키우는 일은 만만하지 않았다. 든든한 남편이 있었으면 좋겠다. 힘들 때 안고 토닥여 주는 누군가가 있으면 얼마나 좋을까? 지금 당장, 잠깐만이라도 누군가에게 기대고 싶다. 그런 생각을 몇 번이나 했는지 모른다.

"연애든 결혼이든 혼자서는 못 해. 하야미 씨를 탓하라는 말은 아니지만, 자신을 탓하지도 마."

"응."

나는 다시 캔을 기울였다. 달콤한 단팥 물이 부드럽게 목을 타고 넘어간다. 연애든 결혼이든 혼자서는 할 수 없다라… 맞는 말이다. 우리는 둘 다 실패했다.

"고마워. 아쿠타가와. 네가 이렇게 멋진 대화 상대인 줄은 몰랐네."

"뭐? 도대체 나를 어떤 놈으로 생각한 거야?"

"술과 달콤함, 여자를 좋아하는 아저씨."

"이런, 내가 말할 때는 몰랐는데 다른 사람 입으로 들으니까 뜨끔하네. 그런데 사실 말이야, 나는 귀여운 것도 좋아해."

"뭐?! 그런 고백은 안 해도 되거든!"

내 핀잔에 그가 웃음을 터트렸을 때였다. "치와코 씨!" 마나 씨가 큰소리로 나를 부르며 뛰어왔다.

"큰일 났어요! 저기, 따님이!"

"따님? 아마네요? 아마네가 왜요?"

반사적으로 주머니에 넣어 두었던 핸드폰을 찾았다. 그러고 보니 아까 받은 메시지에 아직도 답장하지 못했다.

"여기 왔는데, 지금 하야미 씨한테 무섭게 화를 내고 있어요."

"뭐라고요?!"

아아, 왜 일이 이렇게 되는 거야. 나는 들고 있던 캔을 아쿠타가와에게 건네고 뛰기 시작했다.

건물 가까이에 도착하니 분노에 찬 아마네 목소리가 밖까지 울렸다. "웃기지 마!" 현관 앞에 무섭게 버티고 선 아마네와 그 앞에 주저앉아 있는 하야미가 보였다.

"자, 잠깐만 아마네, 여긴 왜 왔어?"

"엄마가 안 와서 회사에 전화했더니 사장님이 그러시더라. 전남편 애인 장례 도와주러 갔다고!"

아마네를 친딸처럼 귀여워하는 사장님이라면… 하아, 말할 수도 있겠네. 하긴 애당초 말하지 말라고 부탁하지도 않았고, 설마 아마네가 회사로 전화할 거라는 생각은 하지 못했다. 생각이 짧았다고 후회하는 사이 "미쳤어?"라고 소리치는 아마네 목소리가 귀청을 때렸다.

"엄마 정말 어떻게 된 거 아니야? 왜 바보처럼 엄마가 저 사람을 도와!"

아마네는 말도 안 된다는 말을 반복하며 발을 쿵쿵 굴렀다. "엄마는 사람이 너무 물러!" 동시에 손가락질하며 나를 질책했다.

"무슨 염치로 그런 부탁을 하냐고 했어야지! 사람 우습게 보지 말라고 화를 냈어야지! 엄마는 여태껏 다른 남자도 안 만나고 아무한테도 기대지 않았잖아. 계속 혼자서 나를 키웠잖아. 어떤 일이 있어도 나를 놓지 않았어. 그러니까 엄마는 이 사람한테도 너 혼자서 하라고 말해야 하는 거야!"

아마네의 눈가가 점점 붉어졌다. 목소리의 떨림도 커졌다.

아마네는 일그러진 얼굴로 자신을 올려다보는 하야미에게 "우리 엄마 우습게 보지 마!"라고 소리쳤다.

"엄마한테 기댈 생각하지 마! 기대고 싶으면 지금까지 엄마가 한 고생, 똑같이 다 겪고 와. 기댈 거면 그 후에 기대! 그러지 못할 거면 엄마 앞에 나타나지 마. 뭐든 자기 편한 대로만 하는 당신 같은 사람, 나는 절대 용서 못 해!"

아마네가 유치원생일 때 꼭 저렇게 화를 냈었다. 발을 쿵쿵 구르고 짜증 나게 한 상대에게 손가락질을 하곤 했다. 그리고 마지막에는 항상 나를 부르며 내 품에 안겼다.

"엄마!" 지금처럼.

"집에 가. 이따위 남자 때문에 엄마가 이런 꼴을 당할 이유가 없잖아. 집에 가자고!"

하지만 필사적으로 내게 매달리는 몸은 그때처럼 작지 않다. 언제 이렇게 컸지? 아마네가 마지막으로 날 안아 준 게 언제였더라? 내 기억 속 모습과 너무 달라서 당황스러웠다. 하지만 나를 안고 있는 사람은 틀림없는 아마네였고, 나도 옛날처럼 안고 등을 쓸어 주었다.

"괜찮아. 진정해. 이러면 고인께 실례야."

"그래도…."

"그래도 안 돼. 고인의 마지막 시간을 방해해서는 안 돼. 고인을 모독하는 일이야. 그래도 우리 딸이 엄마 편을 들어주니까 좋다."

코가 찡하고 울렸다.

"그렇게 말해 줘서 고마워."

나는 그렁하게 고인 눈물을 닦아내고 아마네 등을 힘주어 쓸어 내렸다. 크게 심호흡을 한 다음 하야미를 향해 미안하다고 사과하며 살짝 고개를 숙였다.

"같이 있으려고 했는데 상황이 이렇게 됐으니까 가 봐야겠어. 소란 피워서 미안해. 아마네는 내 생각 해서 그런 거야. 당신이 이해해."

그는 내 품에 안겨서 자신을 노려보고 있는 딸 앞에 힘없이 주저앉아 있었다. 나는 어서 가자고 재촉하면서 어깨까지 들썩이며 씩씩대는 아마네를 건물 밖으로 끌어당겼다. 불안한 표정으로 안

절부절못하는 마나 씨와 그 옆에서 희미하게 웃고 있는 아쿠타가 와에게도 소란을 피워서 미안하다고 사과했다.

"부모 자식 문제니까 이해해 줘."

"부모는 무슨! 나, 저 사람 아버지라고 생각하지 않아."

"넌, 입 다물고 있어. 아무튼 오늘은 돌아갈게. 뒷일 좀 부탁해. 내일 다시 올게."

마지막 말은 아마네가 듣지 못하게 목소리를 낮춰서 말했다. 그렇게 우리는 게시미안을 나왔다.

"아마네, 이게 무슨 실례야."

정문을 나오자마자 다시 목소리를 높였더니 아마네가 금방이라도 울음을 터트릴 것 같은 얼굴로 따지듯이 턱을 치켜올렸다.

"실례는 저 사람이 했어. 엄마는 너무 착해서 문제야. 요즘은 쓰레기 같은 전 남친 연락받아 주면 법에 걸리는 거 몰라?"

"뭐? 그런 법이 어딨어."

"있으니까 알아 둬! 연락해도 만나러 가면 안 돼. 좋은 일일 리가 없잖아. 오늘처럼 이용만 당한다고."

아마네가 조금 앞서 걸었다. 조금 더 걸어서 큰길까지 나가야 택시를 잡을 수 있다. 이 시간에는 지나가는 택시가 없을지도 모르니까 아쿠타가와에게 택시를 불러달라고 부탁할 걸 그랬다.

그런 생각을 하면서 게시미안 쪽을 돌아보는데 아마네가 갑자기 멈춰 섰다.

"미안해."

"응? 뭐가? 여기 온 거라면 됐어. 이미 벌어진 일인걸."

"그게 아니라. 엄마가 저 사람한테 연락받고 나간 거, 내가 낮에 한 말 때문이지? 내가 말이 심했어."

"아아, 제대로 된 연앤가, 결혼인가, 그거?"

"응. 내가 말이 심했어. 엄마가 엄마보다 날 먼저 생각한다는 거 알아."

아마네가 잠시 고개를 떨궜다가 슬쩍 눈을 들어 올려 내 눈치를 살폈다. 미안해서 어쩔 줄 몰라 하는 딸의 얼굴을 보니 저절로 웃음이 터졌다.

"왜 웃어! 나 정말 진지하게 반성하고 있단 말이야."

"알아. 의심하지도, 농담이라고 생각하지도 않아. 그냥, 나는 연애도 결혼도 실패했지만, 그래도 너 같은 딸을 얻었으니까 완전히 망한 건 아니구나 싶어서."

돌이켜 생각해 보니 괴로운 날보다는 행복한 날이 더 많았다. 아마네는 초등학교 5학년 운동회 때 달리기 경주에 나가서 1등을 했다. 중학교 1학년 때는 배드민턴 선수로 뽑혔었고, 2학년 때는 지역 대회에 나가서 3위로 입상한 적도 있다. 독감이 안 떨어져서 고생했을 때 먼저 나은 아마네가 죽을 끓여 줬고, 어버이날에는 항상 내가 좋아하는 꽃 부겐빌레아를 받았다. 아마네가 고등학교에 합격하고 기념 삼아 나가사키로 여행을 갔을 때는 정말 즐거웠다. 그때 찍은 사진을 지금도 가끔 들여다본다.

아마네가 자라는 모습을 바로 옆에서 지켜볼 수 있었고 누가 뭐래도 나는 아마네를 잘 키웠다고 당당하게 말할 수 있다.

"그 사람을 만나지 않았으면 너도 만날 수 없었어. 그렇게 생각하면 꼭 실패한 결혼만은 아니네."

"뭐 그런 고리타분한 소리를 해." 아마네가 눈을 크게 떴다가 쑥스럽다는 듯이 고개를 돌렸다. 어둠 속에서도 빨갛게 달아오른 뺨이 분명히 보였다.

"좀 그랬나? 자, 빨리 집에나 가자."

"응." 아마네가 작게 대답했다.

다음 날 파란 하늘에 하얀 뭉게구름이 뜬 그림 같은 풍경 속에서 기요이 씨는 조용히 한 줌의 재가 되었다.

"어제는 잘 들어가셨어요?"

화장장 흡연실에서 담배를 피우고 있는데 마나 씨가 들어왔다. 옆으로 다가와 내가 묻기도 전에 "하야미 씨는 대기실에서 주무시고 계세요. 긴장이 좀 풀리셨나 봐요"라고 알려 주며 미소 지었다.

"울며불며 난리 치면 어쩌나 했는데 다행이야."

나는 담배 연기를 길게 뿜어내고 어깨를 살짝 올렸다 내렸다.

하야미는 차분하게 상주 역할을 잘 해냈다. 중간중간 위태로워 보일 때도 있었지만 무너지지 않고, 도망치지도 않고, 화장로 앞까지 고인을 잘 배웅했다.

나는 담배를 재떨이에 꾹 누르고 크게 기지개를 켰다. 우두둑하는 소리와 함께 등이 쭉 펴졌다.

"나야말로 한시름 놨다. 이제 끝났네."

"고생하셨어요. 아, 이거요."

그녀가 차가운 캔 커피를 내밀었다. "고마워." 나는 캔을 받아

들고 담배 냄새로 가득 찬 흡연실에서 나왔다. 정원이 보이는 벤치에 마나 씨와 나란히 앉아서 손에 든 캔 뚜껑을 따는 그녀에게 자연스레 물었다.

"밤새 근무했잖아. 피곤하지 않아?"

"전혀요. 아마네가 왔다 간 뒤로는 조용해서 저도 쉬었어요."

"그럼, 다행이고."

나도 캔 뚜껑을 따서 차가운 커피를 한 모금 넘겼다. 그러다 문득 생각나서 "마나 씨, 일, 그만두지 마"라는 말을 꺼냈다.

"어제 마나 씨 얘기를 듣는데 젊었을 때 철없었던 내 모습이 생각나서 부끄럽더라. 보람을 느낄 수 있는 일을 찾았다는 건 행운이야. 포기하지 마."

그녀가 눈을 동그랗게 키웠다가 수줍게 말했다. "감사해요." 그리고 잠시 망설이며 눈치를 보다가 다시 시선을 맞추고 물었다.

"저, 뭐 좀 여쭤봐도 돼요?"

"응, 물론이지. 뭔데?"

"결혼해서… 그러니까 좋아하는 사람과 같이 살면 뭐가 좋은가요?"

이번에는 내 눈이 동그랗게 벌어졌다. 내 표정을 본 그녀가 실수를 깨달았다는 듯 후다닥 말을 이었다.

"아, 죄송해요! 이혼하신 분에게 물어볼 말이 아닌데. 그래도 결혼 생활이 전부 나쁘기만 하지는 않으셨을 것 같아서요. 그랬다면 여기까지 함께 와주셨을 리 없으니까…"

나는 어젯밤 이야기를 떠올리면서 당황하는 그녀의 얼굴을 바라봤다. 탄력 있는 피부에 생기있는 볼, 내 눈에는 젊다 못해 천진한 아이처럼 보였다.

"그래, 맞아. 분명 한때는 인생을 같이하고 싶다고 생각했던 사람이니까 다 나쁘지만은 않았어. 음…."

캔을 옆에 내려놓은 나는 생각하는 척 팔짱을 꼈다. 하지만 사실, 기억을 더듬지 않아도 바로 떠오르는 추억이 있다.

"그 사람이 내가 아주 슬프고 비참했을 때, 누군가 제발 좀 도와달라고 무의식중에 빌고 있었을 때 손을 내밀어 줬거든, 정말 좋았어. 영웅 같더라. 그래서 아, 이 사람이라면 나를 평생 지켜 주겠구나, 그렇게 생각했어. 나는 그때 남자 품에서 보호받으면서 안전하게 사는 게 내…, 아니, 여자의 행복이라고 생각했거든."

막상 입 밖으로 소리 내서 말하고 나니 내 어리석음에 저절로 웃음이 나왔다.

"나를 구해 준 영웅을 내가 만든 틀에 억지로 끼워 넣으려고 했어. 소중한 사람이 어떤 식으로 살고 싶어 하는지, 어디에서 행복을 느끼는지 생각하지 않았어. 그래서 이혼한 거야."

나는 팔짱을 풀고 마나 씨를 돌아봤다. 그녀도 날 보고 있었다.

"내가 한 가지 조언…, 조언이라고 하기는 거창하네. 그런데 누군가와 함께 살아가려면 내가 행복한 순간도 중요하지만, 상대의 행복을 생각해 보는 시간도 중요한 것 같아."

그녀의 입에서 가는 숨이 흘러나오고 생각에 잠겼는지 고개를 숙였다. "괜찮아." 나는 진지해진 그녀의 얼굴을 보며 말을 이었다.

"마나 씨는 나보다 훨씬 생각이 깊은 사람이니까 괜찮을 거야.

그래도 충분히 고민해 봐. 그것도 나와 상대의 행복을 생각하는 시간일 테니까."

실패가 꼭 나쁘지만은 않다. 나는 그렇게 생각한다. 실패해 본 사람만이 해 줄 수 있는 말도 있으니까.

나는 다시 캔 커피를 들어 입으로 가져갔다. 적당히 씁쓸해서 커피가 더 맛있었다.

모든 절차를 마치고 유골은 일단 하야미가 살던 집으로 옮겼다. 마나 씨가 집 안에 아토카자리 제단(유골을 최종적으로 묘에 안치하기 전까지 모시기 위한 제단-옮긴이)을 만들고 제단에도 썼던 해바라기로 집안을 화사하게 장식해 주었다.

그녀가 일을 마치고 돌아간 후에 나는 거실에 있는 테이블에 앉아 서류를 살폈다. 필요한 곳에 연락을 돌리고 남은 일들을 마무리해야 했다. 일부에 불과하겠지만 장례 관련 일을 하다 보니 이런저런 절차에 관해서는 나름 빠삭하다. 서당 개 삼 년이면 풍월을 읊는다는 옛말이 떠올라서 괜스레 뿌듯해지려는데, "이래저래 고마워"라는 목소리에 문뜩 고개를 들었다. 하야미가 방문 앞에 서 있었다. 할 일이 없어 무료해 보이는 모습이 꼭 어젯밤 아마네 같아 보인다.

"이것저것 민폐만 끼쳐서."

"앉아."

턱으로 맞은 편 자리를 가리키자 그가 조용히 다가와 앉았다.

"화내거나 혼낼 생각 없으니까 긴장하지 말고."

나는 손에 들고 있던 펜을 내려놓고 그를 바라봤다.

"새삼스럽지만 역시 궁금해서 말이야. 나 하나만 물어봐도 돼? 당신은… 그러니까, 음… 기요이 씨가 남자라서 좋았던 거야?"

그가 바로 고개를 가로저었다.

"아니야. 나는 기요이라서 좋아했던 거야. 기요이가 여자였더라도 좋아했을 거야."

단호한 어조에 나도 모르게 입꼬리가 삐딱해졌다.

"좋은 사람, 이었나 보네."

"기요이를 만나고부터 난 늘 행복했어."

그는 말을 곱씹듯이 천천히 내놓고는 순간 아차 하는 얼굴로 나를 봤다.

"아, 아니. 그러니까 당신하고 같이 살 때도, 그러니까, 저기."

"미안해."

당황하는 그를 보고 최대한 상냥하게 들리도록 신경 써 말했다.

"미안해. 나는 당신을 편하게 해 주지 못했어."

내 말에 짧게 숨을 들이마신 그가 입술을 꾹 다물었다. 울음을 참을 때 나오는 표정이다.

"아니야. 사과해야 할 사람은 나야. 당신하고 아마네를 지켜 주지 못해서 정말 미안해. 당신이 일부러 강한 척하는 사람이라는 걸 알아. 그걸 알면서도 나는 그런 당신한테 기대기만 했어."

나는 속마음을 털어놓는 그의 얼굴을 가만히 바라봤다.

"나는 모자라고 교활한 놈이야. 정말 미안해. 당신은 내 몫까지 부모로서 열심히 살았어. 어제 아마네를 보고 당신이 그동안 얼마나 열심히 살았는지 알았어. 다정하고 올곧은 아이더라. 그렇게 부모를 소중히 여기는 자식은 없을 거야. 아마네를 훌륭하게 키운 사람은 당신이야. 나는 못 했을 거야. 고마워. 정말 고마워."

더듬더듬 말을 이어가는 그의 얼굴이 흐릿해졌다.

아마네에게 들었을 때도 기뻤지만, 그에게 들은 말은 또 다른 감정을 끌어냈다. 이제야 알았다. 나는 그에게 줄곧 이 말을 듣고 싶었다. 미안하고 고마웠다는 그 말을.

가슴 속에 꼭꼭 눌러두었던 상자가 활짝 열렸다. 조금은 가벼워진 것 같다.

상자 밑바닥에는 아직 앙금 같은 말들이 가라앉아 있다. 오랜 세월 켜켜이 쌓이고 쌓인 꼬질꼬질한 감정들. 그에게 상처가 될 말도, 이 정도로는 용서할 수 없을 만큼 괴로웠던 울분도, 아직 남아 있다. 하지만 이제 아무래도 좋았다.

"우린 그때 너무 젊었어. 그런 식으로 치부해 버리기엔 좀 복잡한 문제긴 하지만, 그냥 그렇게 생각하자."

제대로 준비가 안 된 어설픈 어른 두 명이 행복해지는 방법을 몰라서 서로에게 상처를 주었다. 그랬을 뿐이다.

잠시 멍한 얼굴로 나를 보던 하야미가 망설이듯 몇 번인가 입을 달싹이다가 작은 목소리로 말했다. "고마워." 한결 편해진 마음으로 그 말을 들은 나는 차 한 잔을 부탁했고, 그가 잠시만 기다리라며 바로 자리에서 일어났다.

우리는 마주 앉아 시원한 차를 마셨다. "그거…." 그때 다시 입을 연 하야미의 얼굴이 한순간에 어두워졌다. 그의 시선이 내가 정리한 메모에 닿아 있었다. 규슈 가고시마에 사는 기요이 씨 동생 연락처가 적혀 있는 부분에.

"기요이 유골을 내가 맡으면…."

"안 돼."

그가 조금은 성장했다 하더라도 내 판단으로 유골을 어찌할지 정할 수는 없다.

"기요이 씨 유언이니까 따라 줘. 그보다 당신은 혼자 살아갈 힘부터 챙겨. 이 집은 당신에게 상속한다고 하니까 살 곳 걱정은 없지만, 그렇다고 해도 세금이며 유지비가 만만치 않게 들어갈 거야. 정신 놓고 있을 때가 아니라고. 자, 여기 좀 읽어봐."

나는 기요이 씨의 노트 맨 앞장을 펼쳐서 그의 앞에 놓았다.

"여기, 이 부분부터. 어서."

마지못해 시선을 옮긴 그가 잠시 후 두 손으로 노트를 들었다.

치와코 씨 사정이나 마음을 배려하지 못하고 무리한 부탁을 드려서 죄송합니다. 무례한 놈이라고 욕하셔도 괜찮습니다. 기가 막히고 어이가 없으시겠지만 부탁할 사람이 치와코 씨밖에 없네요. 하야미가 얼마나 약한 사람인지 알고 그가 무슨 생각을 하는지 짐작해서 꾸짖어 줄 사람, 그를 다시 걷게 해 줄 사람은 치와코 씨밖에 없습니다. 저는 그에게 맞춰 주는 것이 제 사랑의 표현이라고 생각했습니다. 포근한 솜에 싸인 것처럼 편안한 나날을 보내게 해 주고 싶었어요. 하지만 제 사랑은 그를 편안하게 죽이는 짓이었다는 걸 깨달았습니다. 제가 사라지고 난 뒤에 일은 전혀 생각하지 못했습니다. 한심한 일이죠.

그래도 저는 그가 꿋꿋하게 살아가기를 바랍니다. 제 몫까지 그가 더 오래 살아서 제가 보지 못했던 많은 것을 보기를 바랍니다. 그리고 몇십 년이 지나서 우리가 다시 만났을 때 그에게 많은 이야기를 듣고 싶습니다. 저는 저쪽 세상에서 언제까지라도 그를 기다리고 있을 테니까 서두르지 말고 천천히 오라고, 너무 빨리 오면 용서하지 않을 거라고 전해 주세요.

하야미가 노트를 끌어안았다. 어깨가 가늘게 떨리기 시작했다.

"살다 살다 엔딩노트에서 절절한 사랑 고백을 볼 줄은 몰랐어."

이건 누가 봐도 '러브레터'였다.

"기요이 씨는 기요이 씨 나름대로 당신을 위해 많은 생각을 했어. 그리고 앞으로도 그럴 거야. 그러니까 정신 똑바로 차려."

그가 고개를 들어 나를 바라봤다. 마주친 그의 눈에 조금 전까지는 없던 빛이 감돌았다.

"유골에 집착하지 않아도 당신은 이미 많은 걸 받았어. 안 그래?"

그의 시선이 다시 노트로 향했고 침묵이 이어졌다. 그리고 잠시 후 다시 입을 연 그는 힘주어 말했다. "응, 알았어."

집에 돌아오니 아마네가 있었다. 식탁에 사전과 참고서, 태블릿이 펼쳐져 있었다.

"왔어? 결국 마지막까지 도와주고 온 거지?"

못마땅하다는 듯 입술을 비쭉거리는 아마네를 보고 나는 피식 웃고 말았다.

"어쨌든 네 아버지잖아. 좀 도와줄 수도 있지, 뭘 그래."

"생물학적으로는 그렇지. 그래도 어제 그동안 쌓인 거 다 퍼부었으니까 더는 말 안 할게."

"고맙기도 해라. 그런데 뭐해? 공부하는 거야? 그만두고 남자친구한테 가는 거 아니었어?" 그렇게 묻자 아마네는 태블릿을 보면서 "졸업할 거야"라고 대답했다.

"아무래도 학교는 마치는 게 좋겠어. 엄마가 나 대학 보내려고 얼마나 고생했는지, 어처구니없게도 잠깐 잊고 있었어. 애당초 내가 가고 싶어 했다는 사실도."

"정말?"

저절로 눈이 크게 떠졌다. 이건 또 무슨 심경의 변화일까?

"그 사람한테 엄마가 얼마나 고생했는지 아느냐고 소리 질렀잖아. 나중에 생각해 보니까 나도 똑같다는 생각이 들더라. 고집만 부리면서 지금껏 내가 뭘 받았는지는 다 잊어버리고 엄마 말을 무시했어."

"그건, 음…, 아무튼 고맙다."

얼굴을 마주 보고 말하려니 괜히 쑥스럽다. 나는 아마네를 보며 무심코 뺨을 붉혔다.

"그런데 그 문제로 콘짱이랑 좀 싸웠어. 엄마 얘기를 하면서 대학 졸업할 때까지는 지금처럼 멀리서 응원하겠다고 했더니, 부모가 자식에게 돈을 쓰는 건 당연하다는 거야."

콘짱이 부모에게 받은 '은혜'에 속박당하는 건 옳지 않다고 말했단다.

"엄마가 혼자서 고생한 걸 생각하면 은혜에 보답하고 싶다고 했더니 뭐라는 줄 알아? 자식에게 경제적 지원을 해 줄 수 없을 만큼 가난한 사람은 애당초 자식을 낳으면 안 된단다. 내가 자기보다 엄마를 더 우선한다고 여겨져서 화가 났나 봐. 난 은혜를 갚아야 한다는 생각 때문만은 아니었는데. 내가 지금까지 해 온 노력이나 앞으로의 일들을 다시 생각해 보고 내가 옳다고 판단한 길을 선택했을 뿐이야. 콘짱이 지금 심적으로 여유가 없어서 마음에 없는 소리를 한 거겠지만. 아무튼 당분간 거리를 두고 생각하려고."

"교야 부모님은?"

"아직 아무 말 없으신데 글쎄, 뭐라고 하시려나. 콘짱하고 똑같은 말씀을 하시면 좀 충격일 것 같은데, 뭐, 어떻게든 되겠지."

하하하. 아마네가 크게 웃었다. 괜찮은 척하는 저 표정도 어딘지 하야미를 닮았다.

처리해야 할 일들을 다 끝내고 그의 집을 나설 때 "앞으로"라는 말을 꺼냈다가 급히 입을 다물었다. 앞으로 어려운 일 있으면 연락해. 도울 수 있는 일이면 도울 테니까. 그 말을 도로 삼켰다. 지금 그런 말을 해서 어쩌자는 걸까.

하지만 하야미는 이미 짐작한 모양이었다. 그렇게 말해 줘서 고맙다며 멋쩍은 표정으로 눈꼬리를 내리고 말을 이었다.

"고맙지만 그러지 마. 지금은 괜찮지만 언젠가 또 그 말에 기대고 싶어질지도 몰라. 난 그런 놈이잖아."

여전히 듬직한 구석이 하나도 없는 모습이었지만 목소리에서 강한 의지가 느껴졌다.

그를 여전히 어린애 취급하려 했던 내가 부끄러워서 "앞으로 힘내"라고 서둘러 말을 바꿨다.

"몇십 년 후에 당당하게 기요이 씨를 만나야지."

"응, 그럴게."

저기⋯. 그가 머뭇거리다 살며시 손을 내밀었다. 나는 그 손을 힘주어 잡고 잘 지내라고 인사했다.

"치와코, 잘 가. 건강하고."

마흔 중반에 이르러서야 겨우 알게 되는 사실도 있다. 오십을 넘어서야 떨쳐 버릴 수 있는 과거도 있다.

언제 소중한 사실을 깨닫게 될지는 아무도 미리 알 수 없다. 그러니 깨닫는 그 날까지 나름대로 열심히 살아갈 수밖에 없다.

잘 있으라는 말을 끝으로 나는 그와 헤어졌다.

"우리 오랜만에 외식할까?"

문득 든 생각에 말을 꺼내니 시무룩하던 아마네가 "응!"하고 바로 대답했다.

"중국요리 먹자. 아, 함박스테이크도 먹고 싶어. 치즈 올린 거."

아마네의 빠른 태도 전환에 웃음을 터트리는데 순간 삐, 하는 소리가 울렸다. 뭐지? 싶어서 아마네와 눈을 맞추자, 딸 입에서 "아참, 밥"이라는 말이 튀어나왔다.

"밥이라도 해 놓으면 엄마 일이 좀 줄겠다 싶어서."

"하하, 기특하기도 하지. 그럼, 그냥 집에서 먹을까? 지은 밥이 아깝잖아."

"아아, 싫어! 냉동실에 넣으면 되잖아. 만두! 함박스테이크!"

볼을 빵빵하게 부풀리는 아마네를 보면서 나는 다시 웃었다.

3장

겨자씨

풍족하게 살아온 사람은 풍족하게 죽는다.

궁핍하게 살아온 사람은 죽음조차 궁핍하다.

풍족한 사람은 호화로운 배웅을 받지만, 궁핍한 사람은 초라한 배웅을 받는다.

죽음은 모든 이에게 평등하다고 하지만 죽음이 걸치는 옷에는 분명한 격차가 존재한다.

나는 눈앞에서 진행 중인 장례식을 지켜보면서 멍하니 그런 생각을 했다. 고인은 92세 남성. 같이 사는 며느리가 차려 준 아침을 아내와 함께 먹고 애용하던 안마의자에 앉아서 제일 좋아하던 사극 재방송을 보다가 돌아가셨다. 그야말로 호상(好喪)이다.

그다지 사교적이지 않은 성격에 평생 가족만을 위해 사신 고인의 성정을 고려해서 밤샘과 장례식을 가족장으로 치르기로 했다고 들었다. 부인과 아들 내외, 멀리서 사는 손녀 둘이 참석한 가운데 진행된 장례는 전체적으로 조용하고 평온했다. 가족장이기는

했지만, 생전에 가깝게 지냈던 지인 몇 분이 찾아와 유족들과 이야
기를 나눴다. 중간중간 잔잔한 웃음소리가 들렸던 이유도 고인이
고통 없이 편안하게 생을 마감했기 때문일 거다.

"할아버지, 지금까지 정말 감사했어요."

발인 전에 손녀들은 할아버지 옆에 꽃을 놓아 장식하며 몇 번이
나 감사했다고 말했고, 아들 내외도 눈시울을 적시며 감사의 마음
을 전했다.

"내가 갈 때까지 조금만 기다려 줘요."

마지막으로 비슷한 나이의 부인이 조용히 말을 건넸다.

"보기 좋네."

옆에서 들린 나직한 목소리에 고개를 돌리니 이하라 선배가 나
를 보고 있었다.

"평온한 장례식이야. 따뜻하다."

"그렇지?" 그가 하얀 이를 보이며 웃었다. 나보다 열 살 이상 많
다고 들었는데 나이보다 훨씬 젊어 보인다. 표정 변화가 많아서 그
런가, 아니면 그저 잘생겨서 그런 걸까? 근육으로 다져진 몸이라
그런지 상복을 입으면 한층 더 늠름해 보여서 유족이나 조문객들
이 몰래 감탄하며 자기들끼리 속닥거릴 정도다.

"부럽네. 마지막까지 가족들과 행복한 시간을 보내고 가셨어. 정
말 멋지지 않아?"

보기 좋다는 말을 거듭하는 그의 눈동자가 촉촉이 젖어 있다.
그의 왼손 약지에는 항상 반지가 끼워져 있고 스마트폰 배경 화면
은 아내라는 여자가 아이를 안고 있는 사진이다. 슬쩍 본 적이 있

는데 한눈에 봐도 요즘 시대 미인이었다. 결혼한 지 얼마나 됐는지, 아이는 몇 살인지, 자세하게는 몰라도 행복하다는 사실만은 확실해 보였다. 어차피 먼 미래의 내 모습과 겹쳐 생각하는 걸 테니 단순 상상이라고는 할 수 없겠다. 그저 좋게만 보는 건지도 모른다.

"그러네요."

내가 짧게 대답하자 그가 만족스럽다는 듯 고개를 끄덕이고는 가족을 떠나보내는 유족에게 다시 시선을 돌렸다.

어디서나 흔히 볼 수 있는 평범한 장례식이죠.

속으로는 그렇게 덧붙였다. 사흘만 지나면 나는 고인의 이름도 손녀들의 얼굴도 기억하지 못할 것이다. 특별한 감동도 없고 개성도 없는 장례식이다. 손녀 중 한 명이라도 예뻤다면 조금 더 오래 기억했으려나? 아니, 그럴 리 없다.

"조문객 기분으로 있을 시간은 끝났어. 발인 시간이야. 준비하자."

그때 또 다른 목소리가 들리기에 보니 우리 회사 최고 연장자인 요시히사 선배였다. 정년이 지나고도 계속 근무해서 나이가 예순다섯인 그는 이하라 선배와는 달리 노안인 편이다. 마른 체형에 백발 머리를 짧게 깎은 스타일 탓에 더 늙어 보이는 걸까? 아니면 어딘지 그늘져 보이는 인상 때문일 수도 있다. 아무튼 지금까지 한 번도 결혼한 적이 없다고 들었다.

"이하라는 상주님께 발인 시간이라고 알려드리고, 스다는 화장장에 연락해."

네, 하고 작게 대답한 우리는 각자 받은 지시에 따라 움직였다.

이제 관과 유족은 이곳에서 차로 이십 분 정도 걸리는 모치야마 시립 화장장으로 이동한다. 그쪽에서 미리 준비할 수 있도록 출발 시간을 알려 주어야 한다.

　나는 제실과 떨어진 건물에 있는 사무실로 뛰어가 전화기 앞에 섰다. 발인을 알리는 클랙슨이 울리기를 기다렸다가 전화를 걸어야 했다. 매번 고작 몇 분 차이에 무슨 의미가 있는지 모르겠다고 생각하지만, 아무튼 기다린다. "발인 시간이야?" 그때 책상에서 사무 업무를 보고 있던 사장이 서류에서 눈을 떼지 않은 채로 짧게 물었다.

　"네."

　나는 대답하면서 슬쩍 사장에게 시선을 돌렸다. 머리를 깔끔하게 뒤로 넘기고 검은 테 안경을 썼다. 오늘은 장례식이 있는 날이라 상복을 입었지만, 평소에는 도대체 어디서 샀는지 묻고 싶을 만큼 화려한 하와이안 셔츠나 디자인 셔츠를 입는다. 지금 올백으로 넘긴 머리도 원래는 콜리플라워 같은 아프로 스타일이고 평소 쓰는 안경은 렌즈가 노란색이다. 그러니 처음에 사장이라고 소개받았을 때 '이런 양아치가?'라고 놀란 것도 당연하다.

　마흔은 넘었다고 하는데 정확한 나이는 모른다. 결혼반지 비슷한 것도 끼고 있지 않고 사무실 2층에서 혼자 사는 걸 보면 분명 싱글이다. 하지만 평소 옷차림은 좀 그렇다 쳐도 상복을 입고 차림새를 단정히 하면 그럭저럭 봐줄 만한 외모인데다, 회사 경영 상태도 나쁘지 않은 듯하니 어쩌면 '돌싱'일 수도 있다.

　"스다, 왜 무슨 문제라도 있어?"

내 시선을 느꼈는지 사장이 얼굴을 들었다. 나직하게 울리는 바리톤 목소리는 쓸데없이 멋있다.

"아, 아니요. 전혀 문제없습니다."

당황해서 서둘러 둘러대려던 순간, 빠아앙, 힘없이 울리는 클랙슨 소리가 입을 막았다. 출발한다는 신호였다. 전화기를 들고 단축 버튼 8번을 눌렀다. 바로 신호음이 이어졌다.

"아, 안녕하세요. 게시미안입니다. 지금 출발했습니다. 아… 고 인…"

이런, 고인 이름을 잊어버렸다. 전화기를 든 채로 머뭇거리자 "구니미 님"이라는 사장의 목소리가 들렸다.

"구니미 님 지금 발인했습니다. 그럼, 잘 부탁드립니다."

나는 안도의 숨을 내쉬며 전화기를 내려놓았다. 사흘만 지나면, 이 아니라 벌써 잊어버렸다.

"죄송합니다. 사장님."

사장이 고개를 들고 물었다. "3개월쯤 됐던가?"

"네. 맞습니다."

게시미안에 입사한 지 3개월이 지났다. 그러니 이제 다음은, 그런데 전화 하나 제대로 못 하느냐고 혼날 차례다. 그렇게 마음의 준비를 하고 있는데, 사장이 "좀 익숙해졌어?"라며 아무 일도 없었다는 듯 평소처럼 물었다.

"네? 아, 네. 회사 분위기나 뭐, 그런 건요."

종파라든가, 장례식 관습 같은 것들은 아직 절반도 외우지 못했다. 전에는 제단에 거는 족자나 스님의 독경이 종파별로 다른 것을 생각해 본 적이 없었고, 장례식 예법, 예를 들어 향을 피우는 방법이나 선향은 몇 개를 피워야 하는지 같은, 그런 세부적인 사항까지 다 다를 줄은 꿈에도 몰랐다. 바지 뒷주머니에 커닝용 수첩을 항상 넣고 다니지만, 이제는 페이지가 모자랄 지경이었다. 그렇다고 다 외울 자신도 없다.

"그거면 충분해. 장례식은 어때?"

"아… 장례식은….'

뭐라고 대답해야 할까? 입사한 지 고작 3개월이지만 벌써 수십 건의 장례식을 봤다. 지금까지 살면서 내가 경험한 장례식이라고는 어머니 장례식뿐이었으니 예전보다는 훨씬 익숙해졌다. 하지만 그렇다고 특별한 감정이 생기지도 않았다. 오히려 '죽음'에 대한 생각이 점점 가벼워지고 있달까. 굉장히 특별한 일인 듯 다루고 있지만 사실 누구나 겪는 강제적인 이벤트일 뿐이다. 너무나 당연하게 빈부 격차가 드러나는 세속적인 의식이기도 하고.

"그러니까… 아, 어렵네요. 유족분들 응대하는 일이나….'

나는 솔직하게 말했다. 호상이라도 예민한 유족들이 있기는 했다. 그런 사람은 아무리 정중하게 대해도 사소한 말이나 행동에 하나하나 예민하게 반응하면서 배려가 부족하다거나 더 신경 써 달라고 불평했다. 게다가 지금까지 고객 응대의 핵심은 미소라고 배워 왔지만, 이 일 만큼은 예외다.

"그건 확실히 어렵지. 옆에서 함께하는 것과 참견하는 건 다르니까.'

맞는 말이라며 다 이해한다는 듯 혼자 고개를 끄덕이던 사장은 앞으로도 잘 부탁한다며 싱긋 웃고 다시 서류로 시선을 내렸다. 자세히 보니 손에 든 볼펜에 분홍색 헬로키티가 그려져 있다. 스와로브스키 큐빅이 박혀 있어서 손을 움직일 때마다 반짝반짝 빛이 난다. 수염 난 아저씨가 헬로키티라니…. 내가 볼펜에서 눈을 떼지 못하자 시선이 느껴졌는지 사장이 다시 고개를 들었다. "이거 귀엽지. 넥스트의 미사키쨩한테 받았어." 의기양양한 표정의 그에게 '넥스트'라면 캬바쿠라 말이냐고 묻자, 그가 "응, 생일선물로 받았어"라며 뭐 문제라도 있냐는 듯 콧구멍에 힘을 줬다. 사장은 여자를 좋아해서 시간이 나면 여자들이 접대하는 술집에 간다고 듣기는 했다. 다만 어떤 한 아가씨한테 푹 빠진 것은 아닌지 가만히 들어 보면 나오는 이름이 매번 다르다. 요시히사 선배 말을 빌리자면 그는 '한 사람과 깊은 관계를 맺는 걸 무서워하는 겁쟁이'란다. 게다가 장의사를 경영하면서도 '죽음'을 두려워해서 시행에 일절 관여하지 않는다는 이야기도 들었다. 처음에는 거짓말이라고 생각했지만 아무래도 진짜인 듯하다. 혹시 '마조' 성향인가? 할아버지가 경영하던 추억이 깃든 곳이라 폐업하고 나 몰라라 할 수는 없다고 하는데 아무리 그래도 이건 좀….

게시미안은 직원이 그리 많지 않다. 요시히사 선배와 이하라 선배, 가메카와라는 40대 남자 선배가 있고, 유일한 여성인 마나 선배와 신입사원인 나, 이렇게 다섯이다. 평상시에는 괜찮지만, 시행이 연달아 있으면 직원만으로는 일손이 모자라 파견 직원을 불러야 한다. 나는 아직 한 사람 몫을 다하지 못하는 상황이니 사장이 시행 담당자로 들어가면 지금보다는 사정이 나아질 터였다.

그래서 '죽음'에 트라우마라도 있는지, 아니면 따로 생각하는 바가 있는지 묻고 싶기도 했지만, 그렇다고 남의 사정에 깊게 관여하고 싶지는 않았다. 나는 조용히 입을 닫고 고개를 가볍게 숙여 인사한 뒤에 사무실을 나왔다.

사람들이 빠져나간 제실에는 이하라 선배와 마나 선배, 파견 직원인 구보 씨와 야마네 씨가 남아 있었다. 오늘 저녁에 바로 다음 시행을 진행할 고인과 유가족들이 오기로 되어 있어서 청소를 시작했을 줄 알았는데…, 네 사람은 즐겁게 웃으며 잡담을 나누고 있었다. 50대인 구보 씨가 이하라 선배의 탄탄한 가슴을 때리며 웃었다.

"어머, 그만해. 이하라 씨. 그런 민망한 소리 자꾸 하면 이하라 씨 팬들이 슬퍼할 거야."

"민망한 소리로 듣는 구보 씨가 이상한 거죠. 그리고 저, 이제 서른다섯 먹은 아저씨예요. 제가 팬이 어딨습니까."

"왜 없어. 우리 파견 업체에 게시미안 시행 지원 요청이 오면 절대 거절하지 않는 사람이 한둘이 아니야. 그렇지? 야마네."

나한테는 항상 쌀쌀맞은, 입꼬리 한번 올려 준 적 없는 구보 씨가 얼굴 가득 환한 미소를 머금고 있다. 절대 거절하지 않는 팬은 자기를 말하는 거겠지. 기가 막혀서 쳐다보고만 있는데 이하라 선배가 내 기척을 알아차렸다.

"아, 스다. 나는 조금 있다가 상갓집에 아토카자리 제단을 설치하러 가야 하니까 여기 정리 좀 부탁해."

"응? 스다 씨, 아직 아토카자리 제단도 못 만들어?"

평소의 무뚝뚝한 얼굴로 돌아온 구보 씨가 어이가 없다는 듯 말했다. 얼굴에 선명히 쓰여 있었다. '그런 건 네가 좀 해!'라고. 하지만 대답은 이하라 선배가 대신했다. "당연히 할 줄 알죠. 그런데 유족 측에서 제가 와줬으면 좋겠다고 하셔서요." 그 순간 변신이라도 한 것처럼 구보 씨의 얼굴이 환하게 밝아졌다.

"지명받았다는 거야? 아아, 혹시 부탁한 사람이 고인의 손녀 아니야? 아까 보니까 계속 이하라 씨만 보고 있던걸."

"그래, 아주 대놓고 보더라. 장례식은 뒷전이라 어머니한테 한소리 듣던걸."

40대인 야마네 씨가 키득거리며 웃었다. 장례식이 진행되는 동안 그녀들은 묵묵히 제 할 일을 하는 것처럼 보이지만 사실 많은 것을 관찰한다.

"두 분은 그런 걸 어떻게 아세요? 저는 아직도 다른 걸 볼 여유가 없어요."

대단하다는 듯 감탄하며 끼어든 사람은 마나 선배였다. 마나 선배는 지극히 평범한, 뭐 굳이 나눠야 한다면 예쁘다고 말하지 못할 것도 없는 사람이다. 얼굴이 예쁘다기보다는 여자치고는 키가 크고 서 있는 자세가 반듯하다는 의미에서.

내가 들어오기 전까지는 그녀가 게시미안 막내로 선배들 도움을 받아 가며 일했다고 들었지만, 내가 보기에 실력은 다른 선배들과 비교해 손색이 없다. 유족을 대할 때 조금 지나치게 마음을 쓰는 경향이 있기는 하지만 여자라는 점을 고려하면 그럴 수도 있겠다 싶다. 그래도 역시 이 일은 젊은 여자가 할 일은 아니다. 그래서 전에 뭔가 이유가 있는지 물어봤더니 『섬광에 그을린 여름』이라는 책을 읽고 감명을 받아서라나? 몇 년 전에 잠깐 인기가 있었던 소설인가, 영화인가로 기억하는데, 고작 그런 이유로 이 직업을 선택했다는 말에 솔직히 조금 놀랐다. 지어낸 이야기에 감명받아서 인생의 길을 정하다니 정상은 아니다. 바보 아니면 괴짜일지도.

"무슨 소리야. 그런 여유는 없어도 돼. 마나 씨는 딱 지금 정도의 긴장감을 유지하는 게 좋아. 물론 두 분도요."

이하라 선배가 웃으며 아줌마 둘에게 말하자, 구보 씨와 야마네 씨가 새침한 표정으로 알고 있다고 대답했다. 나는 이하라 선배에게 시선을 돌렸다. 이 사람도 이상하기는 마찬가지다.

그에게도 마나 선배에게 했던 질문을 똑같이 했었다. 그때 한마디로 깔끔하게 돌아온 대답은 "이 일밖에 없으니까"였다.

— 나는 못난 놈이라 이 일이 아니면 살아갈 수가 없어.

마나 선배에게 이유를 들었을 때보다 더 놀랐다. 무슨 소리야? 당신이라면 더 괜찮을 일을 찾을 수 있어.

솔직히 장례지도사는 당당하게 자랑할 수 있는 직업이 아니다. 시신을 다루다 보니 직업 이미지가 그다지 좋지 않고 고객들 눈치도 많이 봐야 한다. 주말, 공휴일이 따로 없고 당직도 서야 하는 데다, 시행 의뢰가 들어오면 긴 시간을 꼼짝없이 붙들려 있어야 한다. 그만큼 월급을 많이 주는가 하면 그렇지도 않다. 드라마나 영화에서는 마치 귀한 일인 것처럼 그려지지만 그야말로 꾸며낸 이야기에 불과하다. '한 인간의 뒤처리'라는 누군가는 해야만 하는,

특별한 기술 없이도 할 수 있는, 그저 그런 일에 불과하다. 이것이 3개월간 장례지도사로 일한 내 솔직한 감상이다.

이하라 선배가 가진 빼어난 외모와 붙임성, 꼼꼼한 일 처리 능력이면 분명 이보다 더 좋은 일을 구할 수 있다.

"자, 자, 여러분 일 합시다. 일!"

그가 두 손을 부딪쳐 짝! 소리를 내며 하는 말에 나는 고개를 끄덕이며 생각했다. 하지만 무슨 상관일까, 내가 다른 사람 인생에 이러쿵저러쿵 참견할 권리는 없지. 애당초 나부터가 시시한 이유로 이곳에 들어왔으니까.

"그럼, 저는 유족 대기실 청소부터 하겠습니다."

나는 쓰레기봉투를 손에 들고 유족 대기실로 향했다.

하지만 불과 며칠 후, 늘 똑같이 반복되던 일, 특별한 의미가 없던 고인과 유족이라는 존재에 관한 생각이 완전히 뒤바뀌는 일이 벌어졌다.

그날 밤샘과 장례식 절차에 관한 의논을 시작하려던 찰나, "늦어서 죄송합니다"라는 사과와 함께 뛰어 들어온 유족이 이토 모토키였기 때문이다.

"어쩐 일인지 후쿠오카에 눈이 엄청나게 내려서, 비행기가 떠야 말이죠. 겨우 왔어요. 하필이면 이럴 때."

모여 있던 친척들에게 미안하다는 듯 고개를 숙인 이토는 간이 제단 앞에 안치된 고인에게 다가가 얼굴을 들여다보았다.

"죄송해요. 아버지. 임종도 못 지켰습니다."

이번 시행은 이하라 선배가 담당이라 그의 직속 부하인 나도 절차를 의논하는 자리부터 동석하게 됐다. 이하라 선배 뒤에서 지켜보기만 하면 된다는 생각에 긴장을 풀고 편하게 있었는데, 순간 숨이 턱 막혔다. 병원까지 가 모셔 온, 폐암을 앓다가 돌아가셨다는 고인이 이토 아버지였다니.

"어쩔 수 없었잖아. 유미는?"

고인의 아내인 이토 어머니가 고인 앞에 앉아 있는 그에게 묻자, 그가 고개를 가로저었다. "같이 오겠다고 하는데 예정일이 얼마 남지 않아서 오지 말라고 했어요."

"그렇지, 참. 이제 일주일 정도 남았지. 네 아버지도 첫 손주를 많이 기다리셨는데."

이토 어머니가 훌쩍이며 울음을 삼켰다. 그녀는 게시미안에 도착해서도 줄곧, 설마 이렇게 갈 줄은 몰랐어, 그냥 감기인 줄 알았는데, 라는 말을 되풀이하며 눈물을 멈추지 못했다.

"그래도 오빠가 와줘서 다행이야. 하루키하고 얘기하기는 했는데 오빠가 왔으니까 상주는 오빠가 맡을 거지?"

"당연하지. 그런데 여기 담당자분은?"

"제가 담당자입니다. 이하라라고 합니다."

이하라 선배가 자신을 소개하자 이토가 고개를 돌렸다. 하필 이럴 때라고 말했으면서 금세 얼굴에 옅은 미소를 띠고 잘 부탁드린다며 고개를 숙였다. 확실하다. 틀림없는 그였다.

"지금 막 어머님과 장례 절차를 논의하려던 참이었습니다. 방금 도착하셨으니 조금 있다가 할까요?"

"아, 아닙니다. 괜찮습니다. 바로 시작하시죠."

"그럼, 여기 유족 대기실에서 그대로 진행하겠습니다."

그사이 급한 일이 생각난 척 빠져나가려 했지만, 기척을 느낀 이하라 선배가 나를 보고 눈에 힘을 줬다.

이번만은 좀 봐달라고 부탁이라도 하고 싶었지만, 이유를 물으면 사실 설명하기도 곤란했다. 어떻게 하면 빠져나갈 수 있을지 고민하며 머뭇거리는 사이, 이하라 선배가 이토에게 설명을 시작했다.

"그럼, 우선 유족 대기실에 관해 설명해 드리겠습니다. 이 방 외에 침실, 파우더룸, 욕실이 준비되어 있습니다."

유족 대기실은 고인과의 마지막 시간을 편안하게 보낼 수 있도록 최고의 시설로 꾸며져 있다. 촉감이 좋은 카펫과 푹신한 소파를 비롯해 느릅나무 원목으로 만든 테이블과 큰 텔레비전도 있다. 2구 가스레인지가 갖춰진 시스템키친에는 전자레인지와 토스터, 대형 냉장고까지 완비되어 있고, 주방과 이어진 침실은 고급 호텔에서 쓰는 가구들로 채워져 있다. 욕실에는 당연히 큰 욕조가 있고, 여성들 몸단장을 위한 파우더룸에는 일회용 샤워용품들이 비치되어 있다.

"하하, 이거 정말 좋은데요. 여기저기 손잡이가 설치되어 있는 점도 마음에 드네요. 저희 어머니가 다리가 안 좋으시거든요. 다행이네요."

이토가 흡족하다는 듯 말했다.

"아버지도 마음에 들어 하실 것 같네요. 아, 그런데 가족장 전문이라고 들었습니다만, 제 친구들이나 회사 사람들이 조문을 올 것 같습니다. 받아도 될까요?"

"물론입니다. 가족장 전문이라고 해서 조문객을 받지 못하는 건 아닙니다. 안심하세요. 이 건물 밖에 간이 접수대를 만들 수 있습니다."

"아, 그렇군요. 잘됐네요. 그럼, 이야기를 시작할까요?"

꼼꼼하게 바느질된 코트를 벗은 이토가 소파 가운데에 앉았다. 이하라 선배가 테이블 옆에 있는 작은 의자에 앉자, 나는 잠시 머뭇거리다 그 뒤에 정자세로 앉았다.

"우선 삼가 고인의 명복을 빕니다. 정성을 다해 모시겠습니다. 잘 부탁드립니다."

이하라 선배가 고개를 숙였고 나도 따라 숙였다. 그때였다. "어?" 이토가 목소리를 높였다.

"스다?"

쳇, 결국 들켰군. 나는 속으로 크게 혀를 찼다.

"스다 맞지? 우와 이런 곳에서 만나다니, 이런 우연이 다 있네."

그가 목소리를 한 톤 더 높였다. "아니야. 이건 기적이라고 해야 하나?"

"아, 스다랑 아는 사이세요?"

"아는 사이라기보다는…, 중고등학교 같은 반 동창입니다. 저희가 다닌 중고등학교는 여기서 꽤 떨어진 지역인데 이렇게 만나다니 정말 놀랍네요."

마지못해 고개를 들어 눈을 맞추자 이토가 정말 신기한 우연이다 있다며 나를 보고 웃었다.

"우리 부모님이 정년퇴직하시고 시골에서 살고 싶으시다고 이쪽으로 이사하셨어. 넌 직장 때문에 여기로 온 거야?"

웃는 얼굴을 코앞에서 마주한 순간 등 뒤로 뱀이 기어가는 것 같았다. "뭐, 그렇지"라고 웃으며 대답했지만 실제로 내 표정이 어땠는지는 모르겠다. 사실 이런 상황에서는 버럭 소리를 치며 화를 냈어야 맞지 않을까?

"그렇군요. 정말 신기하네요."

아무것도 모르는 주제에 이하라 선배가 신기하다는 듯 고개를 끄덕이며 나를 돌아보고 대단한 인연이라며 웃었다. 한없이 천진난만한 그 얼굴을 보자 머릿속이 하얘졌다.

"아버지 장례식을 상의하는 자리에서 재회하다니, 이거 무슨 의미일까?"

이토의 말에 이하라 선배가 정말 신기한 일도 다 있다며 고개를 주억거렸다. 숨이 가빠 왔다. 등이 땀으로 축축하게 젖는 것을 느끼며 나는 오로지 숨 쉬는 일에만 온 정신을 집중했다. 아무 생각도 하지 마. 아무 생각도….

"귀한 시간 방해해서 죄송합니다만, 이야기를 계속해도 될까요?"

"아, 네. 저야말로 말을 끊어서 죄송합니다."

이하라 선배가 들고 있던 가방에서 서류를 꺼내 테이블 위에 반듯하게 펼쳐 놓고 제단과 답례품에 관해 설명하기 시작했다. 이토는 몸을 앞으로 기울인 채 그의 손이 가리키는 곳을 응시했다. 나는 두 사람의 모습을 보면서 폐에 공기를 넣는 일만 생각했다. 하지만 아무리 노력해도 마음속 깊은 곳에 도사리고 있던 어두운 감정들이 화약처럼 하나둘씩 터지기 시작했다. 왜 이런 곳에서 만났을까? 왜 나는 어른이 되어서까지 저 자식한테 고개를 숙여야 하는 거지? 어째서 바보처럼 웃어야 하는 거야. 왜⋯!

내가 그의 먹잇감이 된 건 중학교 2학년 때였다.

발단은 엄마였다. 엄마와 단둘이 살았던 우리 집은 가난했다. 술주정뱅이 도박꾼에 손찌검까지 하는, 그야말로 쓰레기의 정석이었던 아버지는 엄마와 이혼한 뒤에도 때때로 찾아와 돈을 내놓으라고 협박하는 최악의 남자였다. 엄마는 엄마대로 헤어진 남편을 완전히 떼어 내지 못하는 어리석은 여자였고. 그렇게 두들겨 맞고도 아버지가 나는 너밖에 없다며 울며불며 매달리면 그 말에 넘어가 몇 푼 있지도 않은 돈을 건넸다. 끊기기 직전의 가스요금을 낼 돈이든, 내 수학 여행비든 개의치 않았다.

돈이 없어서 목욕은 일주일에 두 번, 겨울에는 한 번밖에 하지 못했다. 낮에는 슈퍼 반찬 코너에서 일하고, 밤에는 술집에서 설거지하던 어머니가 일터에서 받아온 폐기 식품으로 끼니를 때우는 일이 일상이었다.

"외모라도 좀 봐줄 만했으면 다른 방법으로 돈을 벌 수 있었을 텐데."

입버릇처럼 그렇게 말하던 엄마는 솔직히 아들 눈에도 추해 보였다. 여성스러운 매력이라고는 눈을 씻고 찾아봐도 없는 깡마른 몸에 속이 훤히 보이는 빈약한 머리숱, 광대뼈가 불거진 야윈 얼굴, 작은 눈에 큰 코도 모자라 이는 삐뚤빼뚤했다. 그래도 심성만은 고운 사람, 아니, 고운 게 아니라 좀 모자랐던 건지도 모르겠다. 사람들에게 무시당하는 삶이, 늘 불행에 절어 있는 삶이, 자신에게 주어진 인생이라고 받아들이고 살았으니까. 지나가던 낯선 사람이 "메줏덩어리"라고 비웃어도 부끄럽다는 듯 눈을 내리깔 뿐이었다.

"마루쿄 슈퍼 반찬 코너에 해골 귀신이 있어."

중학교 2학년 5월이었다. 조례 전이었는데 당시 반에서 제일 인기가 있었던 이토가 교실 전체에 울릴 만큼 크게 소리쳤다.

"요괴 퀘스트에 나오는 최종 보스랑 진짜 똑같이 생겼다니까. 그런데 앞치마를 입고 팩에 든 닭튀김을 나르고 있었어. 내가 뭘 사러 갔는지도 까먹고 한참을 쳐다봤다니까. 순간 내가 게임 세상 속에 들어온 줄."

"풋, 그게 뭐야?"

여자애들 무리에서 제일 수다스러운 여자 농구부 애들이 깔깔대고 웃었다. 그중 한 명, 제일 예쁜 애가 이토랑 사귀고 있었다.

"게다가 머리숱도 별로 없는데 땀에 젖어서 착 붙어 있는 거야. 정말 진짜 해골이었다니까."

으엑, 끔찍해. 신이나 떠드는 그 애들과 조금 떨어진 곳에 있던 나는 식은땀을 흘리기 시작했다. 엄마 이야기가 틀림없었다. 게다가 해골 귀신이라 불린 엄마는 오늘 있을 참관 수업에 참석할 예정이었다.

결국 몇 시간 뒤, 가지고 있던 옷 중에서 제일 깨끗한 옷을 입고 생활 잡화점에서 하나씩 사 모은 화장품으로 옅게 화장까지 한 엄마가 교실로 들어섰을 때, 이토가 우왁! 하고 소리를 질렀다.

"잠깐, 이거 실화야? 어?"

그가 옆자리 친구 귀에 대고 뭔가 속삭였고, 둘은 엄마를 흘끗거리며 키득거리기 시작했다. 끔찍한 웃음이 그들을 시작으로 다른 애들에게도 퍼져나갔다. "누구 엄마야?" "아침에 얘기한 그 사람이 저 사람?" 작게 수군거리는 목소리가 서서히 내 목을 조여왔다. 이를 악물고 겨우 울음을 참고 있었는데, 초등학교 때부터 줄곧 같은 반이었던 니가키 유마의 목소리가 들렸다. "스다네 엄마야." 끝이었다.

니가키 입에서 나온 정보는 바로 이토에게 들어갔고 그가 내 쪽을 쳐다봤다. 눈이 마주친 순간 그의 눈이 가늘어졌다. 먹잇감을 발견한 맹수의 얼굴이었다.

"자, 얘들아. 수업 시작하니까 자리에 앉아."

때마침 교실로 들어오신 담임 선생님 지시에 다들 "네!" 하고 각자 자기 자리로 돌아갔지만, 모두가 나를 흘끔거리며 키득거렸다. 여자 농구부 애들은 나와 엄마를 번갈아 보면서 도저히 못 참겠다는 듯 웃음을 터트렸다.

엄마는 자신이 놀림을 당하고 있다는 사실을 알아차리지 못했다. 교실 뒤에 붙어 있는 프린트물을 보고 교실을 둘러보는 엄마의 모습은 마치 처음 온 여행지 풍경을 감상하는 사람 같았다. 모두가 자기만 쳐다보고 있는데도 눈치채지 못하는 엄마에게 화가 났다. 멋지게 차려입은 엄마들이나 젊고 아름다운 엄마들, 형처럼 보이는 아빠들과 대단한 자리에 있을 것 같은 아빠들 사이에 끼어 있는 우리 엄마는 아무것도 아닌, 그저 못난 추녀일 뿐이었다.

눈이 마주치자 엄마가 손을 살짝 흔들었다. 그 순간 누군가 "해골 귀신 실사판"이라고 속삭였고, 그날부터 나는 '해골 주니어'로 불리며 놀림을 당했다.

게임을 즐길 형편이 아니었기에 자세히는 몰랐지만, 게임 속에 등장하는 최종 보스가 항상 안고 다니는 아이 요괴의 이름이라고 했다. 일본풍 요괴에게 '주니어'라는 이름을 붙이다니 설정이 엉성하다고 생각했지만 그걸 따져서 뭐 할까. 그저 이 끔찍한 관심이 빨리 식기만을 바랄 뿐이었다. 하지만 질리지도 않는지, 이러다 아예 정착되어 버리는 건 아닌지 걱정될 만큼 시간이 지나도 그들은 계속 나를 '주니어'라고 불렀다. 그러다 어느새 여름이 됐고 나를 무시하는 일에 익숙해져 버린 놈들은 아무렇지도 않게 "주니어, 너 냄새 나"라고 말했다.

— 머리도 떡 져서 더럽고 고약한 냄새가 나.

그때부터 놀림은 괴롭힘으로 진화했다. 반 애들은 그때까지 지적하지 않았던 누군가에게 물려받은 낡은 교복, 오래 신어서 꼬질꼬질했던 너덜너덜한 스니커즈, 집에서 엄마가 잘라 준 머리까지 하나하나 꼬집으며 조롱하기 시작했다. "주니어, 재수 없어." "저 자식 옆에 가면 안 씻은 개 냄새가 나." 내가 다가가기만 해도 얼굴을 찌푸렸고 결국에는 가까이 오지 말라며 여자애들에게 발길질까지 당했다. 하지 말라고 소리치자 바로 남자애들이 달려와 주니어 주제에 건방지게 대들지 말라며 더 세게 발길질했다. 이토는 늘 그 중심에 서서 희미한 미소를 띠고 사정없이 발길질 당하는 나를 바라보곤 했다. 저 자식이 그때 '해골 귀신'이라는 소리만 꺼내지 않았어도 이런 일을 당하지 않았을 텐데. 그랬다면 그저 좀 못생긴 엄마가 있는 애 정도로 다들 금세 잊어버렸을지도 모르는데.

"뭘 봐, 주니어."

내 시선을 느낀 이토가 이맛살을 찌푸렸다.

"짜증 나. 너 말이야, 멀리 있어도 기름 냄새가 나는데 혹시 너도 마루쿄에서 닭 튀기는 거 아니야? 아아, 이제 거기 닭튀김 못 먹겠네."

반 아이들이 와하하 웃음을 터트렸다. 그걸 어떻게 먹어. 난 엄마한테 거기 반찬 절대 사 오지 말라고 부탁했는걸. 해골 귀신이 만든 음식은 먹기 싫어.

그래서 적어도 깨끗하게 씻고 싶었다. 하지만 뜨거운 물을 틀고 샤워하자 화들짝 놀란 엄마가 뭐 하는 짓이냐고 소리치며 욕실로 뛰어 들어왔다.

"이번 달에는 돈이 없단 말이야. 돈 아깝게 무슨 샤워야. 하지 마!"

"냄새난다고 놀림당했단 말이야!"

서둘러 물부터 잠그는 엄마의 야윈 등에다 대고 나는 그렇게 소리쳤다.

"나한테 기름 냄새가 난대. 목욕을 못 하니까 그렇잖아. 적어도 샤워 정도는 하게 해 줘!"

"너, 혹시 학교에서 괴롭힘당하는 거야?"

엄마가 놀란 얼굴로 내 손을 잡았지만, 나는 그 손을 바로 뿌리쳤다.

"그래! 가난뱅이라고 괴롭힘당해!"

그래도 왜인지 엄마가 해골 귀신이라고 불린다는 말은 하지 못했다.

싸구려 유리구슬 같은 엄마의 작은 눈이 크게 벌어지고, 눈꼬리에 눈물이 맺히기 시작했다. 드라마였다면 이럴 때 보석 같은 눈물이 또르르 흘러내렸을 텐데 궁상맞은 인간은 눈물조차도 예쁘게 흘리지 못한다는 현실에 짜증이 솟구쳤다.

"나는 밑바닥 인생이야. 돈도 없고 큰 집도 없어. 현명한 아빠도 예쁜 엄마도 없어. 시궁창에 사는 거지라고. 괴롭힘당해도 당당하게 아니, 라고 말할 수가 없단 말이야!"

"엄마가… 가난해서 미안해."

엄마는 흔들리는 시선을 감추지 못했다.

"엄마는 머리도 나쁘고 얼굴도 못생겼어. 요령이 없어서 초등학생 때부터 늘 꼴찌였어. 엄마도 노력했어. 하지만 너도 알다시피 이 모양이라 그저 먹고 사는 것만으로도 벅차."

엄마는 거죽만 남은 앙상하고 거친 손을 맞잡고 문지르며 말을 이었다.

"너한테는 정말 미안해. 나 같은 여자 밑에서 태어나서 가엽다고 생각해. 엄마도, 나는 못생겼으니까 나중에 아이는 낳지 말자고 생각했었어. 그런데 아빠는 성격은 좀 그래도 얼굴은 그럭저럭 생겼잖아. 그래서 널 가졌을 때 몇 번이나 신사를 찾아가서 빌었어.

제발 아빠를 닮게 해달라고. 넌 아빠를 닮아서 잘생겼고 내 아들이 맞나 싶을 만큼 똑똑해. 성적도 늘 좋잖아. 나는… 이미 글렀지만, 너는 노력하면 가난에서 벗어날 수 있어. 그러니까 다른 사람들처럼 살고 싶으면 넌 공부해. 네 힘으로 어떻게 해서든 성공해. 너만이라도 다른 사람들 위에 서. 엄마는 그럴 수 없어, 이제 틀렸어."

몸이 차갑게 식어 버렸다. 비누 거품이 남았는지 눈이 따갑고 눈물이 나왔다. 젖은 시야 사이로 큰 놋대야가 보였다. 엄마가 빨래를 밟아서 빨 때 쓰는 대야였다. 어릴 때부터 쓰던 이조식 세탁기는 전에 아버지가 돈을 더 내놓으라고 난리를 치면서 발로 차서 고장 내버렸고, 우리 집에 세탁기를 바꿀 여유 따위는 없었다. 엄마가 일하는 가게에서 몰래 가져온 업소용 세제로 빤 옷들은 늘 뻣뻣하고 약품 냄새가 났다. 그 놋대야에 엄마와 내 속옷이 함께 뒤섞여 있었다.

"목욕을 안 하면 괴롭힘당한단 말이야."

"그래서 미안하다고 하잖아. 어제 아빠가 왔다 가서 정말 돈이 없어."

그 순간 깨달았다. 아, 이 사람은 정말 인생을 포기했구나. 부모로서 자식을 위해 뭐라도 해야겠다는 생각은 애당초 하려고 하지도 않는다. 자기는 못 한다고 포기부터 한다. 나를 굶겨 죽이지 않는 것이 이 사람이 할 수 있는 최선인 거다. 나는 이 더러운 가난에서 스스로 벗어날 수밖에 없다는 뜻이었다.

그때부터 나는 전보다 더 열심히 공부했다. 엄마 보호 아래 있어야만 하는 미성년자인 동안은 많은 걸 포기할 수밖에 없었다. 냄새난다고 놀림을 받아도, 반 아이들이 무리에 끼워 주지 않아도. 나는 질끈 눈을 감고 묵묵히 공부만 했다. 언젠가 어른이 되면 모두에게 다 갚아 줄 테다. 언젠가. 그런 생각을 하며 이를 악물고 버텼다.

"그럼, 지금 정한 대로 시행을 진행하겠습니다."

상념에 젖어 있던 나는 이하라 선배 목소리에 퍼뜩 정신을 차렸다. 이야기가 모두 끝난 모양이었다.

"밤샘 의식까지는 아직 시간이 있습니다. 옆 방에 옷장도 있으니까 편하게 이용하세요."

이하라 선배가 일어서자 앉아 있던 이토가 잘 부탁드린다며 그대로 고개를 숙였다.

"알아서 잘해 주시겠지만, 인색해 보이는 건 싫습니다. 추가 요금이 발생해도 상관없으니 최대한 화려하게 부탁드립니다."

"알겠습니다."

이하라 선배가 눈치를 주어서 나도 따라 일어섰다. 형식적으로 머리를 숙이고 대기실을 나왔다.

"친했어?"

건물 밖으로 나왔을 때 이하라 선배가 물었다. "하! 친해요?" 멍하니 있던 나는 무심코 솔직한 반응을 보여 버렸다. 그러다 그의 놀란 표정을 보고 서둘러 얼버무렸다.

"아, 그게 아니라, 그러니까, 음… 굳이 따지자면 친하지는 않았다. 뭐, 그런."

괴롭힘을 당했다고 할 수는 없다.

"그랬구나. 고등학교까지 같이 다녔다고 해서."

"어쩌다 보니 그랬던 거죠."

"그래? 하지만 이토 씨는 다시 만나서 무척이나 반가운 것 같던데."

"그럴 리가요."

공부만 파고들었던 나는 지역에서 가장 좋은 공립 고등학교에 진학했다. 거의 종일 공부만 했는데도 입학 후 첫 시험을 치렀을 때 결과는 6등이었다. 엄마는 이거야말로 개천에서 용이 난 거라며 기뻐했고 담임 선생님도 칭찬했지만, 나는 하늘이 무너질 만큼 좌절했다. 인생을 걸었다고 해도 과언이 아닐 만큼 노력한 내 위에 있는 다섯 명은 전부 부잣집 자식이었고, 심지어 이토가 3등이었다. 나를 계속 바보 취급했던 놈이, 공부에 투자한 시간이 명백히 나보다 적었을 놈이, 어떻게!

공개된 등수를 본 사람 모두 이토를 칭찬했다. 그때 그 자식은 태연한 얼굴로 "그렇게 대단한 일이 아니야"라고 말했다. "운 좋게 공부한 부분에서 나왔을 뿐이야."

이토는 외모도 나쁘지 않았다. 키는 중학교 때부터 180센티미터에 육박할 만큼 컸고 계속 축구부 활동을 했다. 항상 선발 명단에 들었던 걸로 기억한다. 중1 때부터 같은 학년에서 제일 예쁜 여자애랑 사귀었고, 다른 고등학교에 진학한 그 애와는 지금도 만나고 있다고 들었다. 그 애와 헤어진다 해도 어차피 비슷한, 아니 어쩌면 더 나은 애와 금방 다시 사귈 테고. 가지고 있는 신발이나 학용품, 소지품은 모두 고급이었고, 당연히 누군가에게 물려받은 것이 아니었다. 졸업식과 입학식에서 본 그의 어머니도 값비싸 보이는 기모노를 입고 있었으니 그만큼 유복한 집이라는 뜻이었다. 없는 것 없이 다 가졌으면서 공부까지 잘하다니.

고등학교에 들어온 뒤로는 노골적으로 괴롭히는 일은 없었다. 학력 수준 높은 학교라 '해골 귀신'이라고 놀리며 유치하게 남을 괴롭히는 짓을 같이 즐길 무리가 없었기 때문이다. 하지만 대놓고 괴롭히지 않는다고 해서 나를 더러운 종기 보듯 하는 시선이 달라진 건 아니었다. 공부밖에 할 줄 모르는 더러운 애, 나는 계속 그런 취급을 받았다.

이토는 예전처럼 나를 비웃지 않았고 중학교 때 '해골 주니어'라고 불렸다는 사실을 주변에 떠벌리고 다니지도 않았다. 물론 나를 배려해서가 아니라 괜한 짓으로 자신의 평판을 떨어뜨리지 않으려 했을 뿐이고, 자기 수준을 높이려는 처세술에 지나지 않았다. 나 혼자만의 착각은 아니다. 복도를 지나다가 마주치거나 다른 녀석이 나를 비웃을 때면 이토는 늘 하찮은 것을 보는 듯한, 마치 벌레라도 보는 듯한 시선으로 나를 보곤 했으니까. 그 자식은 변함없이 나를 무시했다.

언젠가는 저 자식보다 좋은 성적을 받아야지. 저 자식보다 좋은 대학에 가고, 좋은 회사에 취직하고 말 테다. 그것이 내가 그에게 할 수 있는 유일한 반격이었다.

밤샘에는 많은 사람이 조문을 왔다. 끝도 없이 도착하는 근조화환이 제단 주변을 다 채우고도 모자라 건물 밖까지 늘어서 있었다. 조문객들에게 주차 안내를 하면서 이렇게 올 사람이 많았다면 역 앞에 있는 대형 장례식장으로 갔어야 했다고 투덜거렸다. 그러다 조금이라도 낯익은 얼굴이 보이면 얼른 고개부터 숙였다. 제발 아무도 알아보지 못하기를 빌면서. 이토의 절친, 야스다가 나타났을 때는 등줄기를 타고 식은땀이 흘렀다. 이토와 야스다가 함께 있을 때 나를 짓누르던 위압감이 생생하게 되살아났다. 간이 접수대에서 서로를 끌어안는 그들의 모습을 보았을 때는 오싹 소름이 돋았다.

"추운 날씨에 고생이 많네요."

무사히 밤샘을 마치고 조문객들이 얼추 돌아간 다음 접수대에 설치했던 간이 텐트를 청소하고 있을 때였다. 고개를 돌려 보니 상복을 벗고 사복으로 갈아입은 이토의 어머니가 계셨다.

"괜찮으시면 이거, 직원분들과 나눠 드세요. 제 동생이 사 왔답니다. 식기 전에 드세요."

그녀가 내민 종이봉투에는 근처에서 맛집으로 소문난 가게의 오방떡이 들어 있었다. 쇼와 시대(1926년~1989년-옮긴이)부터 상점가 입구에서 장사했다는 노포의 오방떡을 마나 선배도 무척 좋아했다. 얼핏 보니 팥앙금과 흰 앙금이 다섯 개씩 들어 있었다.

"죽은 남편이 오방떡을 아주 좋아했어요. 사실은 이곳으로 이사한 이유도 이 오방떡 때문이었답니다. 우습죠? 그래도 저희한테는 소중한 추억이랍니다. 여기 직원분들하고도 나누고 싶네요."

호호호. 고상하게 웃는 그녀에게 쭈뼛쭈뼛 감사하다고 인사하고 봉투를 받았다. 두 팔로 봉투를 안고 있으니 따듯한 기운이 전해졌다.

"장례식장이 아주 편해요. 좋은 곳이네요."

조명이 켜진 정원을 바라보면서 말하는 그녀에게 나는 다시 한번 감사하다고 대답하며 슬쩍 얼굴을 살폈다. 학창 시절에 몇 번본 적이 있었지만, 얼굴까지는 기억나지 않았다.

지금 다시 보니 젊었을 때는 예쁘다는 소리를 많이 들었을 얼굴이다. 돈과 시간을 들여 열심히 관리했는지 기미나 주름도 별로 없다. 예순셋에 돌아가신 고인과 동갑이라고 들었는데 밤색으로 염색한 머리는 윤기가 흘렀고 볼살도 적당히 있어서 쉰 정도라고 해도 믿을 것 같다. 고급스러운 보라색 카디건을 입고 있었고, 귓불과 목 주변에는 진주 액세서리가 반짝이고 있다. 한마디로 부잣집 사모님의 전형이었다.

"정말 멋지네요. 처음에는 정신이 하나도 없었는데 지금은 차분한 마음으로 남편을 보낼 수 있을 것 같아요. 여유가 생기니까 이오방떡도 생각이 나더라고요."

평온한 얼굴로 웃는 그녀를 보자 갑자기 먹구름 같은 감정들이 들끓었다. 간신히 눌러 삼키고 대답했다.

"게시미안은 뜻깊은 장례식을 할 수 있는 곳이죠."

엄마는 2년 전에 돌아가셨다. 사시던 빌라 계단참에서 하혈하며 쓰러진 엄마는 그대로 세상을 떠나셨다. 엄마가 대장암 말기였다는 사실을 그때 알았다. 암 진단을 받은 후로는 병원에 내원한 기록이 없었다. 하지만 쓰러진 날 안고 있던 에코백에 병원 진찰권이

들어 있었던 걸 보면 병이 진행되면서 심해진 고통을 참을 수 없어 병원에 가려던 길이었는지도 모른다. 죽을 때가 되어서야, 처음으로 도움을 요청하려고 하다니 실로 어리석은 엄마다운 행동이었다.

집을 나와 따로 살던 내게 연락한 사람은 시청 생활보호과 담당자였다. 엄마는 내가 집을 나간 후에 건강이 나빠져 일을 그만두고 기초 생활 수급자로 살고 계셨다. 언젠가 냉담한 목소리로 어머니를 돌봐야 하지 않겠냐고 연락했던 여자가 그날은 당황해서 쉽게 말을 잇지 못했던 것이 기억난다. 당시 내 감정이 어땠는지는 전혀 기억나지 않는다. 아, 나한테도 암 가족력이 생겼구나, 마지막으로 만났을 때 이미 병마와 싸우고 있었다는 건가? 그런 생각을 했던 것도 같다.

아들로서 장례는 치러드려야 하지 않겠냐는 말에 마지못해 집에 갔다. 장례식은 엄마가 살던 빌라 단지에 있는 회관에서 치렀다. 기초 생활 수급자가 사망하면 나라에서 최소한의 장례비를 보조해 준다고 어디선가 들었던 것 같은데, 실제로는 상주가 장례비를 낼 능력이 있으면 대상에서 제외된다고 했다. 집을 나와서 의지할 곳 하나 없이 혼자 살던 나는 빚은 없었지만, 그렇다고 모아 둔 돈이 많지도 않았다. 사정을 들은 시청 담당자가 소개해 준 장의사에서 단지 내 회관을 이용하면 저렴하다기에 그렇게 하기로 했다.

지금이라면 좀 더 나은 방법도 알았겠지만, 아무것도 몰랐던 그때의 나는 장의사에서 권하는 대로 가장 저렴하다는 가족장을 선택했다. 꽃도 제단도 전부 가장 싼 것으로 했고, 밤샘에 올 사람이 없으니 도시락도 주문하지 않았다. 한겨울이었고 밖에는 약하게 눈이 내리고 있었는데도 나중에 청구될 전기요금 걱정에 난방도 하지 않았다. 집에 있던 보풀투성이 스웨터와 고등학교 때 입었던 바람막이를 겹쳐 입고 추위를 견뎠다. 난로 대신 편의점에서 사 온 컵라면과 페트병에 든 따뜻한 차를 끌어안고, 이렇게 추우니까 드라이아이스값은 깎아 주지 않을까, 그런 한심한 생각이나 하고 있었다.

밤샘에는 예상대로 아무도 오지 않았다. 아마도 어딘가에 살아 있을 아버지조차도. 아, 단 한 사람, 단지 자치회 회장이 실내복 차림으로 찾아와 어머니 피로 더러워진 층계참 청소비를 청구했다. 아이들이 겁에 질려 무서워해서 큰일이라며 나를 노려보기에 죄송하다고 머리를 숙이고 군소리 없이 지갑을 열었다.

"아니, 요즘 세상에 누가 단지 회관에서 장례식을 합니까. 2주 뒤에 여기서 아이들을 위한 크리스마스 이벤트를 열 생각이었어요. 그런 식으로 죽은 사람의 장례식을 한 곳에서 이벤트를 하면 애들 기분이 어떻겠어요? 찬물을 끼얹어도 유분수지, 애들이 얼마나 기대하고 있었는데 불쌍해서 원."

"하아…, 죄송합니다."

또다시 머리를 숙이며 생각했다. 엄마는 죽어서도 무시를 당하는구나. 화가 나지는 않았다. 그저 답을 찾은 기분이었다. 어떤 풀이 방법을 적용해도 그보다 나은 답이 나올 리 없었다.

달라는 대로 돈을 내주고 회장을 돌려보낸 뒤에 얇아진 지갑을 들여다봤다. 어머니 인생 뒤처리에 앞으로 얼마나 더 들어가려

나. 아, 그나저나 부모상이면 휴가를 며칠 쓸 수 있었지? 당시 일하던 음식점은 종업원을 노예처럼 부려 먹는 곳이라 독감에 걸린 직원에게도 출근하라고 강요할 정도였다. 어머니 사망진단서를 제출한다고 해도 결근한 일로 벌점을 받을 것이 분명했다. 차라리 그만둘까도 싶었지만, 고졸에 변변한 자격증 하나 없는 내가 바로 다른 직장을 구할 수 있을 리 만무했다. 나는 돈이 필요했다.

그때 나는 살갗을 에는 추위와 빈곤으로 마음이 완전히 얼어붙어서 어머니 죽음에 아무런 감정을 느끼지 못했다.

"저도 때가 되면 여기서 장례를 치러달라고 하고 싶네요. 자식과 손주들이 모인 자리에서 조용히 떠나고 싶어요."

행복이 느껴지는 혼잣말을 듣는 순간 화가 울컥 치밀었다.

이봐요. 할머니. 허름한 빌라에서 살다가 쓰레기와 먼지가 굴러다니는 계단에서 죽은 여자도 있어요. 그 여자는 차디찬 단지 내 회관에서 슬퍼해 주는 사람 하나 없이 골칫거리 취급을 받으면서 세상을 떠났습니다. 하나밖에 없는 아들은 엄마의 죽음을 슬퍼할 여유도 없이 돈 계산만 하고 있었다고요. 그렇게 비참하게 간 여자가 있다는 걸 당신은 상상도 못 할걸?

믿지 못하겠지. 그런데 그런 여자도 있어요. 그리고 그 여자의 아들을 오랫동안 짓밟았던 놈이 당신 아들이야.

"…이봐요."

"어머니." 하지만 마침내 입을 연 순간 그녀를 부르는 소리가 들렸다.

"어머니, 날씨가 꽤 추워요. 이토가 이제 조용해졌으니까 저희도 식사하자고 하네요. 들어가세요."

건물 안에서 야스다가 나왔다. 저 자식은 돌아가지 않은 모양이다. 야스다가 이토 어머니와 내가 같이 있는 모습을 보고 살짝 미간을 좁혔다. 안쪽을 보고 손짓하자 바로 이토가 나타났다. 제길, 최악이다.

"어머니, 무슨 일 있으세요?"

"아니다. 아까 미즈에한테 아버지가 좋아하시던 오방떡을 사다 달라고 부탁했거든. 그때 직원들 것도 같이 사 왔어. 그것 좀 드리느라고."

"아, 그러셨구나. 스다. 오늘 고마웠어. 덕분에 무사히 밤샘을 마칠 수 있었어."

이토가 부드럽게 미소를 지었다.

"아, 맞다. 안 그래도 우리, 너랑 얘기 좀 하고 싶었는데. 어머니, 숙모님 식사 준비하시는 것 좀 도와주실래요. 저는 잠깐 얘기 좀 하고 들어갈게요."

"어머, 그래? 그러고 보니 동창이라고 했지. 그래, 알았다."

그녀가 안으로 들어가자, 자리를 맞바꾸듯이 이토와 야스다가 내 옆으로 다가왔다. 나도 모르게 뒤로 조금 물러났다.

"와 정말 스다잖아. 이런 우연이 다 있네."

지금 무슨 일을 하는지 모르겠지만, 야스다는 양쪽 귀에 피어싱을 잔뜩 박았고 밝은 갈색 머리를 하고 있었다. 상복 매무새는 이미 흐트러져 있었고, 풀어진 셔츠 사이로 번쩍이는 금목걸이가 보였다.

야스다를 옆에 부하처럼 거느린 이토가 "오늘 고생 많았어"라며 가볍게 손을 들어 보였다.

"아까 야스다한테도 이야기했는데 네가 여기서 일하고 있다니 지금도 안 믿겨. 정말 대단한 인연이지?"

접수대에서 쓰던 철제 의자에 앉은 그가 나를 올려다봤다.

"안 그래도 한 번쯤 만나고 싶었거든."

"뭐?"

"너한테 사과하고 싶었어."

그가 싱긋 웃었다. "나도, 나도." 야스다도 웃으며 말을 보탰다. 무슨 말을 하는지 도무지 이해할 수 없었다.

"우리가 학교 다닐 때 너한테 못된 짓 많이 했잖아. 아니, 이럴 땐 솔직해져야겠지? 그건 확실히 폭력이었어. 심지어 그때는 죄책감도 느끼지 못했어. 애들이 더 잔인하다는 말이 정말 맞나 봐."

이토가 팔짱을 끼고 차분하게 말하자, "정말 잔인했어"라며 야스다가 고개를 끄덕였다.

"변명이겠지만 누군가를 희생양으로 삼으면 남은 사람들의 결속력이 강해지잖아. 거기서 안정감을 느끼는 거지. 그런 말 있잖아. 공동의 적이 가장 강한 유대감을 만든다. 그때 나는 한 발만 잘못 내디디면 내가 공격대상이 될지도 모른다는 생각에 늘 겁이 났어. 그렇게 되지 않으려고 필사적이었던 거야."

"맞아, 맞아. 그때 우리 반 분위기가 좀 위태위태했달까, 조금만 방심하면 누군가 절벽에서 밀어 버릴 것 같고, 그랬잖아. 나도 다른 애들 눈치 보느라 바빴어."

"뭐? 야스다, 너는 아니지. 너는 옛날부터 뻔뻔하기로는 일등이었잖아. 아까도 요즘 거래처 쪼는 게 일상이라고 네 입으로 그랬으면서."

"야, 잠깐만. 그건 어쩔 수 없이 하는 거라니까. 무서운 아버지 뒤를 이으려면 나도 강한 모습을 보여야 한단 말이야. 안 그러면 능력 없는 후계자 소리 듣는다고."

두 사람이 재밌다는 듯 크게 웃었다. 하지만 나는 여전히 이 대화를 이해할 수 없었다. 이 자식들이 지금 무슨 말을 하는 거지? 이토는 홀가분하다는 듯 말을 이었고 야스다도 계속 실실 웃었다. 내가 할 말을 잃고 두 사람을 바라보고만 있자, 이토가 "우리도 이제 어른이 됐어"라며 목소리에 조금 더 힘을 주었다.

"야스다는 애가 벌써 네 살이야. 딸인데 진짜 귀여워. 그리고 나도 곧 아빠가 돼. 우리 애는 아들일 것 같은데 아들이면 아무래도 아버지 모습을 보고 자라잖아. 아버지라는 존재를 통해서 세상을 살아가는 요령도, 자세도, 배울 거라는 생각을 하니까 내가 예전에 너한테 했던 짓이 마음에 걸리더라."

후회스럽다는 듯 그가 미간을 찌푸렸다.

"아이를 위해서 정정당당한 모습으로 바르게 살아가는 아버지가 되고 싶은데, 그런 아버지가 과거에 약한 친구를 괴롭혔다니 말이 안 되잖아. 그렇다고 과거로 돌아가서 바로 잡을 수도 없는 노릇이고. 그래서 널 만나서 제대로 사과하고 싶었어. 확실하게 내 잘못을 인정하고 싶어. 그런 의미에서 그때는 정말 미안했다. 내가 나빴어. 사과할게!"

이토가 테이블에 양손을 올리고 큰절이라도 하듯 머리를 깊게 숙였다. 이어서 야스다의 사과도 이어졌다.

"나도 딸한테 친구를 괴롭히면 안 된다고 가르쳐. 그런데 생각해 보니까 정작 내가 그렇게 말할 자격이 없더라. 잘못한 일이 있으면 사과해야지! 스다, 정말 미안했다!"

다리가 후들거렸다. 이 자식들이 지금 진심으로 하는 말일까?

고개를 든 이토가 만족스럽다는 듯 긴 숨을 토해냈다.

"아아, 십 년 묵은 체증이 내려간 것 같아. 어깨를 짓누르던 짐이 사라진 기분이네. 염원이 이루어졌어. 아까 사무실에서도 얘기했지만 내가 지금 후쿠오카에 살고 있거든. 일이 바빠서 동창회도 거의 못 나가니까 너한테 어떻게 사과해야 할지 고민이었는데, 여기서 이렇게 만날 줄은 꿈에도 몰랐어. 어쩌면 아버지가 주신 마지막 선물일지도 몰라. 손자를 위해서 과거를 깨끗이 청산하라고 기회를 주신 거 아닐까?"

"그래, 너희 아버지는 정말 훌륭한 분이셨어. 나도 무척 귀여워해 주셨으니까 분명 우리를 위해서 참회의 자리를 마련해 주신 걸 거야."

야스다의 얼굴도 한층 밝아졌다. 하지만 내 눈에는 맑게 갠 하늘처럼 상쾌해진 두 사람의 얼굴이 녹아내리듯 일그러져 보였다.

"용서하고 안 하고를 따질 문제가 아니잖아."

목 안쪽 깊숙한 곳에서 짜낸 목소리가 형편없이 갈라졌다. 온몸이 떨렸다.

"너희는 중학교 때 걸레로 내 얼굴을 닦았어. 썩은 우유를 먹였고. 화장실에서 속옷을 벗긴 적도 있었지? 내 고추는 얼마나 더러운지 보겠다고. 더럽다면서 나무젓가락으로 잡고 핸드폰으로 사진까지 찍었어."

떠올리기만 해도 구역질이 났다. 그 사진은 여자애들한테까지 퍼져서 졸업할 때까지 오물 취급을 당했다. 지금도 인터넷 세상 어딘가에 하반신을 드러낸 채로 차라리 죽여달라는 얼굴을 한 내 사진이 떠돌고 있을지 모른다.

이토의 얼굴이 굳었다. 야스다의 미간에도 주름이 깊게 잡혔다.

"그래서 사과하잖아. 나는 이토랑 다르게 너랑 같은 고등학교도 아니어서 기껏 해 봐야 1년 정도였어."

운동 신경이 좋았던 야스다는 야구로 유명한 고등학교에 진학했고, 확실히 그 뒤로는 마주칠 일이 많지는 않았다.

"잠깐, 나도 고등학교 때는 아무 짓도 안 했어. 그런 유치한 짓 안 했다고."

"고작 1년? 아니야. 1년 넘게 비열하게 날 괴롭혔던 녀석이 언제 또 마음을 바꿔서 날 괴롭히기 시작할지, 또 같은 짓을 하는 건 아닌지, 두려워하는 마음이 어떤 공포인지 알아? 학교에서 이토, 널 볼 때마다, 길에서 야스다, 널 마주칠 때마다 무서웠어. 그리고 이토, 너는 유치한 짓만 하지 않았을 뿐이지 날 깔보던 건 똑같았잖아!"

그래, 손은 대지 않았다. 그저 깔보기만 했을 뿐.

"나, 나는 무슨 일이 있어도 너희들을 용서하지 않아. 나한테 한 짓이 너희 인생의 오점이라면 오점으로 안고 살아. 나는 너희한테 당한 일, 평생 잊지 않을 테니까!"

"스다, 너무하는 거 아니야?"

야스다가 한 발 앞으로 다가왔다. 그 얼굴에 명백한 분노가 서려 있었기에 순간 움찔했지만, 이토가 똑같은 수준이 되지 말라며 그를 말렸다.

"이봐, 스다."

하아. 그가 한숨을 내쉬었다. 천천히 고개를 가로저으며 "우리 어른답게 생각하자"라고 말하는 목소리가 온화했다.

"그런 부정적인 감정을 품고 살아봤자 너만 괴로워. 무거우면 무거울수록 과거를 극복해야지. 과거에 사로잡혀 살면 불행할 뿐이야."

"어떻게 극복할지는 내가 정해. 너희가 정할 일이 아니야."

"물론 그렇지. 하지만 인생은 한 번뿐이야. 그 소중한 시간을 누군가를 원망하면서 보내기보다는 털어 내고 즐겁게 사는 게 좋지 않겠어?"

"그렇게 쉽게 털어 낼 수 있는 일이 아니야. 너희 인생에서는 내가 작은 오점에 불과하겠지만, 나한테 너희는 큰 암 덩어리야. 그따위 사과 같지도 않은 말 몇 마디로 털어 낼 수 있는 일이 아니라고!"

"스다, 말이 지나쳐."

좋은 사람인 척 굴던 이토의 얼굴에 예전 표정이 돌아왔다. 야스다가 다시 한발 다가왔다.

"피해망상도 어지간해야. 우리가 큰맘 먹고 사과하잖아."

"그런 말 자체가 오만이라는 걸 몰라?"

다리가 후들거린다. 목소리가 뒤집힐 것 같다. 9년이다. 이 자식들의 주먹에 떨었던 날로부터 9년이라는 시간이 지났는데도 마치 어제 일처럼 생생했다. "유감이네." 야스다와 내가 서로를 노려보며 대치하는 사이 이토가 자리에서 일어섰다.

"더 얘기해봤자 평행선이겠지?"

두 손을 하늘로 쭉 뻗어서 기지개를 켠 그는 크게 숨을 내쉰 후에 나를 보고 웃었다.

"솔직히 네가 어떻게 생각하든, 그건 상관없어."

그가 나와 똑바로 눈을 맞췄다.

"나쁜 짓을 했다고 생각하면 사과한다, 그게 포인트거든. 우리는 지금 네 앞에서 제대로 과거 잘못에 대해 용서를 구했어. 네가 받아 주지 않아서 유감이지만, 어차피 목적은 네 용서를 받는 게 아니야. 네 감정은 사실, 별로 중요하지 않아."

그 자리에 굳은 듯 서 있는 내 어깨를 툭툭 두드린 이토가 "뭐, 내 사과를 순순히 받아 주고 싶지 않은 네 마음을 이해 못 하는 것도 아니고"라고 덧붙이며 피식 웃었다.

"너, 내가 부러웠지? 대학, 결국 못 갔다며."

"아, 맞다. 너, 이토랑 같은 대학에 가려고 했었지?"

이제야 생각이 났다는 듯 야스다가 손뼉을 쳤다.

"돈이 없어서 입학금을 못 냈다며? 학교에 찾아가서 대성통곡했다는 소문 들었어. 너도 참, 운이 지지리도 없다. 하필이면 왜 그런 부모를 골라 태어났어."

"야스다, 그런 식으로 말하지 마. 스다, 야스다가 말은 저렇게 해도 악의는 없어."

머릿속이 하얗게 지워졌다.

지망했던 국립대학에 합격했던 그 날은 내 인생 최고의 날이었다. 형편이 안 돼서 난방도 제대로 못 했지만, 꽁꽁 언 손으로도 나는 끝까지 펜을 놓지 않았다. 손이 다 트고 갈라져서 주먹을 쥐면 살갗이 여기저기 찢어졌지만 그런데도 공부를 포기하지 않았던 노력이 드디어 보상받았다는 생각에 절로 눈물이 흘렀다. 집을 나와서 학교 기숙사에 들어가자. 장학금을 받고 아르바이트도 하면 충분히 생활할 수 있을 거야. 나는 이제 기어 올라갈 수 있어.

앞으로의 인생에 대한 희망찬 꿈으로 가득 차 있었다. 하지만 그 희망은 얼마 못 가 무너졌다. 새로운 생활에 필요한 돈을 조금이라도 더 모으려고 종일 아르바이트에 매달리던 나는 입학금을 내준다는 엄마 말을 굳게 믿어 버렸다. 국립대학에 합격했다는 말에 무척 기뻐했던 엄마는 입학금 정도는 부모로서 어떻게든 마련해 보겠다고 말했었다. 분명 그렇게 말했다. 그런데….

입학금 납부 기한이 지난 후 오랜만에 나타난 아버지가 말했다.

"장학금이라는 건 언제 나오는 거야? 지난번에 준 돈은 벌써 다 썼어."

그 말에 당황하는 어머니를 보고 간담이 서늘해졌다. 추궁한 끝에 입학금을 아버지에게 주었다는 말을 들었을 때는 말 그대로 눈앞이 캄캄해졌다.

나는 아르바이트하던 가게에 사정사정해서 가불을 받아 서둘러

학교 사무실로 달려갔다. 어머니가 깜박하셔서 납부를 못 했습니다. 바닥에 엎드려서 머리를 조아리며 필사적으로 사정했지만, 직원은 '규정'이라는 말만 반복했다. 절망의 눈물이 한없이 흘렀다. 그때 사무실에 주저앉아 있는 내게 한 남자 직원이 위로를 건넸다.

"안타깝지만 내년이 있으니 힘내게."

내년에 다시 시험을 볼 여유가 우리 집에 있을 리 없었다. 만에 하나 내년에 다시 합격한다고 해도 엄마는 또 그 쓰레기한테 돈을 갖다 바칠 테고. 그렇게 나는 기어 올라갈 기회조차 잃어버렸다.

그때 나는 부모라는 인간들을 죽이고 싶었다. 그럴 수 없다면 나를 죽이고 싶었다. 하지만 더는 그럴 힘도, 의욕도, 남아 있지 않았다.

언제 지어졌는지도 모를 고대 유물 같은, 아니, 오래된 무덤의 비석 같은 허름한 빌라로 다시 돌아왔을 때 엄마는 스튜를 만들고 있었다. 어릴 때 내가 제일 좋아했던 크림 스튜였다. 닭 뼈와 자투리 채소를 넣고 크림 스튜 가루로 끓인 초라한 음식이었지만, 그래도 나에게는 특별식이었고 신이 나서 닭 뼈에 붙은 고기 조각을 이로 갉아 먹곤 했다.

"미안해…."

어머니가 내 앞에 스튜 그릇을 놓았다. 평소와는 다르게 큼직한 닭 다리 살이 든 스튜를 멍하니 바라봤다. 내 인생을 망쳐 놓고 고작 이런 걸로 용서받으려는 건가? 내 인생에는 슈퍼에서 그램당 200엔도 하지 않는 닭고기가 걸맞다는 말을 들은 기분이었다. 다른 사람도 아닌 엄마에게.

"나갈 거야."

하얀 김이 올라오는 스튜를 앞에 두고 말했다. 당신 때문에 꿈에 그리던 풍족한 생활은 이제 물 건너갔어. 당신은 내가 기어 올라갈 힘조차 빼앗았어. 살아 있는 동안에는 다시 만날 일 없을 거야. 더는 미워하기도 싫어.

미안하다, 하얀 김 너머로 엄마가 한 말은 그게 전부였다.

정신을 차리고 보니 나는 사장과 이하라 선배에게 제압당해 땅바닥에 엎어져 있었다. 일어서려고 하니 두 사람이 더 힘주어 내리눌렀다. 오른쪽 뺨이 땅에 닿았고 눈앞에 엉망으로 찌부러진 오방떡이 굴러다니고 있었다. 겨우 시선을 돌려 보니 조금 떨어진 곳에 유족 몇몇과 함께 이토와 야스다가 서 있었다. 오방떡을 준 이토 어머니가 나를 향해 이게 무슨 짓이냐고 소리쳤다.

"가장의 장례를 치르는 유족에게 이런 짓을 하다니 정말 믿을 수가 없네요!"

"정말 죄송합니다."

이하라 선배가 옆에서 머리를 깊게 숙였다.

"저희 직원의 무례로 소중한 시간을 망친 게 된 점, 깊이 사죄드립니다. 저희 직원 교육이 부족했습니다."

나는 가쁜 숨을 몰아쉬었다. 입 안에서 비릿한 쇠 맛이 나고 몸 여기저기가 아팠다. 천천히 기억이 돌아왔다. 나는 이토에게 달려들었다. 하지만 가볍게 피한 그에게 도리어 내가 맞았고, 이어서 야스다에게 몇 대 더 맞고 발로 차였다. 온몸이 부서질 듯 아팠다. 이토는 좀 전까지 깔끔하게 정돈되어 있던 머리가 조금 흐트러졌을 뿐이고, 나를 사정없이 두들겨 팬 야스다는 팔짱을 끼고 서서 나를 무섭게 노려보고 있었다. "아닙니다. 이하라 씨 책임이 아닙니다." 손으로 머리를 정돈한 이토가 차분히 말했다.

"학생 때부터 알고 지냈다고 말씀드렸죠? 이렇게 다시 만남 김에 아버지 앞에서 예전에 안 좋았던 일을 청산하려고 했어요. 그런데 이 자식은 그 정도 그릇이 아니었네요."

"미안하다고 사과하는 사람한테 갑자기 달려들다니 제정신이야?"

야스다의 말에 이어서 이토 어머니가 무섭다고 울먹이며 고개를 저었다. 그런 제 어머니를 달래며 이토가 딱하다는 듯 "역시 가까이하면 안 되는 사람이 있나 봐요"라고 말했다.

"세상은 넓고 아무리 해도 이해할 수 없는 사람이 있는 거죠. 그런 사람을 가까이하면 서로 상처만 생길 뿐이네요. 안 그래, 야스다?"

"맞아. 저 자식이 우리 마음을 이해하지 못하는 거야."

나를 내려다보는 두 사람의 시선이 느껴지자 오른쪽 눈에서 눈물이 흘러내렸다. 뜨거운 눈물방울이 떨어져 땅 밑으로 빨려 들어가듯 순식간에 사라졌다.

나와 저 자식들은 평생 서로를 이해하지 못할 것이다. 상관없다. 그래서 흘리는 눈물이 아니다. 나는 평생 저 자식들 밑이라는 생각 때문이었다.

풍족한 저들은 풍족하게 살다가 풍족하게 세상을 떠날 것이다.

하지만 나는…. 내 끝은 결국 엄마와 똑같을 것이다.

적나라하게 마주한 현실 앞에서 나는 그저 눈물만 흘렸다.

"아아, 이하라 씨, 고개 드세요. 제 잘못도 있으니 너무 마음 쓰지 마세요."

이토의 목소리는 여전히 차분했다. "이 일을 문제 삼을 생각은 없습니다. 아버지 장례식을 더는 소란스럽게 하고 싶지 않습니다. 그러니 저 친구는 저희 장례에 관여하지 못하게 해 주세요. 어머니가 불안해하셔서요."

완벽한 대응이었다. 모두가 그의 말에 고개를 끄덕였고, 나는 저 자식의 가식적인 모습에 속지 말라고 소리치고 싶은 마음은 필사적으로 눌러야 했다. 어차피 무슨 말을 하든 내 말을 믿어 주는 사람은 아무도 없을 테니까.

이토가 나를 바라봤다.

"스다, 우리가 다시 볼 일은 없겠지만 건강하게 잘 지내. 우리는 이제 너와 있었던 일은 다 잊을 거야."

"너도 그 꼬인 성격 좀 고치고 열심히 살아."

그 말을 끝으로 이토와 야스다가 건물 안으로 들어갔다.

"스다, 괜찮아?"

이하라 선배가 나를 안아 일으키며 미안하다고 사과했다.

"편들어 주지 못해서 미안해. 무슨 문제가 있는지는 모르지만, 직원이 고객을 폭행하면 안 된다고 판단했어. 게다가 지금은 가족을 잃고 장례를 치르는 중이잖아."

사장도 미안하다고 말했다.

"고인의 부인이 너무 놀라서 일단은 진정시키려고 그쪽에서 하는 대로 내버려 뒀어."

"괜찮습니다."

똑바로 말하고 싶은데 입이 제대로 움직이지 않았다. 천천히 몸을 움직이자 근육들이 비명을 질렀다. 아래를 내려다보니 오른쪽 배 부근에 찌부러진 오방떡도 붙어 있었다. 진흙과 뒤섞인 팥앙금이 아래로 툭 떨어졌다.

"제가 멍청했습니다. 죄송합니다."

내가 고개를 숙이자 이하라 선배가 그럴 필요 없다며 말을 막았다.

"조금이지만 아까 저 사람들이랑 하는 얘기 들었어. 넌 충분히 참을 만큼 참았어."

아, 들었구나. 하지만 창피하다거나 꼴사납다는 생각은 들지 않았다. 그냥 다 귀찮았다.

"저, 그만두겠습니다."

고개를 숙인 채로 그렇게 말했다. "이제 됐습니다. 어차피 진심으로 하고 싶었던 일도 아니고."

"어이, 이만한 일로 그런 소리 하지 마."

이하라 선배의 말에 나는 고개를 저었다. 입 안에서 느껴지는 불편한 이물감에 고여 있던 피를 퉤 하고 뱉어냈다.

"저는 그냥 불행한 사람들을 보고 싶었을 뿐이에요."

"뭐?" 이하라 선배의 입에서 어이가 없다는 듯 탄식이 흘러나왔다.

"저는…. 초라하게 세상을 떠난, 밑바닥 인생을 보고 싶었어요."

엄마보다 더 불쌍하게 죽은 사람이 있을까? 그렇게 초라하게 떠난 사람이 또 있을까? 있다면 보고 싶다. 우리 엄마보다 참혹하고 비참한 인생을 산 사람이 있다면 그 사람을 보고 싶었다.

"인생에서 아무것도 이루지 못한 인간의 최후를 보고 비웃으면서 만족감을 얻으려 했어요."

나는 천천히 일어섰다. "물의를 일으켜서 죄송합니다." 여기저기 삐걱거리며 통증이 밀려왔지만, 꾹 참고 두 사람에게 고개를 숙였다.

"오늘부로 그만두겠습니다. 이만 가 보겠습니다."

"기다려, 스다. 나랑 잠깐 얘기 좀 해. 그런 생각을 하는 데는 이유가 있을 거 아니야."

이하라 선배가 내 어깨를 잡았다. 그가 내 눈을 똑바로 바라봤다. 피하지 않고 마주한 그의 시선은 나에게 이토의 시선과는 또 다른 고통을 주었다.

"나한테 얘기해 봐."

"얘기하면 뭐가 달라집니까?! 조언이라도 해 주시게요? 어쩌죠. 저는 부족함을 모르고 산 사람이 하는 말은 듣지 않습니다."

그가 눈을 크게 떴다.

"따지고 보면 선배도 저 자식들이랑 똑같아요. 다 가진 사람 아닙니까. 저는 그런 사람이 하는 말에 귀 기울일 여유 따위 없습니다."

나는 그렇게 쏘아붙이고 자리를 떴다. 짐을 가지러 사무실에 들어가니 남아 있던 마나 선배가 누군가와 통화하고 있었다.

"일이라고 말했잖아! 왜 내가 일일이 네 허락을 받아야 해? 날

무시하는 것 같아서 화가…, 아, 스다 씨. 괜찮아요?"

통화하던 상대가 화를 내는 것 같았는데도 그녀는 개의치 않고 전화를 끊었다. "얼굴에 상처 났어요. 구급상자 가져올 테니까 잠깐만 기다려요." 스마트폰을 주머니에 넣으면서 기다리라고 말하는 그녀에게 나는 불쑥 "남자친구예요?"라고 물었다.

"쓸데없는 오지랖이겠지만 상대에게 무시당했다고 느꼈다면 십중팔구 상대가 정말 무시한 겁니다. 아, 저 오늘부로 그만둡니다."

그녀의 얼굴이 한순간에 굳어 버렸다. 나는 그녀를 흘끗 보고는 사물함으로 향했다. "그동안 감사했습니다." 짐을 챙겨 나와 인사하고 사무실을 나가는 나를 그녀는 붙잡지 않았다.

❖❖❖

게시미안을 그만두고 이틀이 지났다. 꼼짝도 하기 싫어서 그저 침대에 누워 스마트폰을 보며 시간을 보냈다.

이토@이제 곧 초보 아빠 @ito_m2929
아버지에게 받은 가르침들이 내 안에서 숨 쉬고 있다.
그 가르침을 태어날 아들에게 물려주면 손자의 마음속에도 아버지의 자리가 생기겠지.
아버지, 그동안 감사했습니다. 영원히 사랑합니다!

이토의 SNS에 새 글이 올라와 있었다. 당연히 하겠지 싶어서 검색해 봤더니 예상대로였다.

SNS에서 본 이토의 일상은 그야말로 완벽했다.

취미는 축구였고 사회인 축구팀 활동도 하고 있었다. 대형 광고 대행사에 다니고 있었고, 몇 달 전에 대학 때부터 사귀었던 여자와 결혼했다. 본인 표현을 빌리자면 결혼 선물로 아이를 받았단다. 만삭 화보라고 하던가, 아내의 부른 배에 키스하는 사진이나 배를 향해서 진지한 표정으로 꽃다발을 내밀고 있는 사진이 좀 과하다 싶을 정도로 올라와 있었다. 그 사진들에는 몇십 개의 '좋아요'가 붙어 있었고 야스다를 비롯해 중학교 동창들이 남긴 댓글들도 있었다. '너무 멋진데!', '아이 태어나면 우리 가족이랑 같이 캠핑 가자!' 아버지가 돌아가셨다는 글에도 '충격…, 정말 좋은 분이셨는데', '그렇게 다정하신 분이 손자도 못 보고 돌아가시다니 하늘도 정말 너무하시네'라는 댓글이 달려 있었다.

"정말 완벽한 인생이네."

그런 말이 절로 나왔다. 하늘과 땅 차이라 이제는 부러운 마음조차 들지 않았다. 이 정도로 차이가 나니 의사소통이 안 되는 것도 당연하려나.

한때는 같은 위치에서 경쟁했던 적도 있었는데…. 아니다, 솔직히 그때도 이미 우리 사이에는 눈에 보이지 않는 격차가 존재했다.

갑자기 우스워졌다. 스마트폰을 던져 버리고 미친 사람처럼 혼자 낄낄대고 있는데 바닥에서 울리는 진동 소리가 들렸다. 애당초 연락할 사람 따위 없으니 도망치듯 그만두고 나온 게시미안에서 온 전화일 것이 뻔했다. 그대로 무시하고 있으니 몇 초 후에 진동이 멈췄다.

"귀찮아."

한순간에 기분이 바닥까지 가라앉았다. 졸리지는 않았지만 잠이나 자야겠다는 생각에 눈을 감았다.

그러고 나서 바로였는지, 아니면 시간이 좀 지난 다음이었는지 모르겠다. 인터폰이 울려 눈을 떴다. 아무도 없는 척하면 가겠지 싶어 가만히 있었지만 벨 소리가 멈추질 않았다. 멈추기는커녕 누군가 문을 쾅쾅 두드리기 시작했다.

"제길."

몰상식한 짓을 하는 걸 보니 택배 기사가 분명했다. 이 부근을 담당하는 택배 기사는 다시 오기 싫어서인지 몇 번이고 문을 두드린다. 언젠가 당직을 마치고 돌아와 막 잠이 들려고 하던 순간에 깬 적도 있었다. 이번 참에 한마디 해야겠다는 생각에 몸을 일으킨 나는 현관으로 걸어가 확인도 하지 않고 문을 벌컥 열어젖혔다.

"이봐요!"

"아, 있었네."

하지만 문밖에 서 있는 사람은 게시미안의 사장, 아쿠타가와였다.

"건강해 보여서 다행이네. 연락이 안 돼서 걱정했잖아."

무슨 일인지 평소와 다르게 상복에 검은 코트 차림이었다. 어제부터 한파가 시작됐고 밖에는 약하게 눈발도 날리고 있었다. 확실히 얇은 합성섬유로 만든 헐렁한 디자인 셔츠를 입기에는 추운 날씨이기는 하다. 그래서인가? 그런 쓸데없는 생각이나 하고 있는데 그가 갑자기 찾아와서 미안하다며 웃었다.

"몸은 괜찮아? 다친 데는 없나?"

"아, 괜찮습니다. 저기, 퇴직 때문에 그러시면."

"다행이네. 퇴직 문제는 일단 나중에 얘기하고 나랑 어디 좀 가지?"

그가 자동차 열쇠를 들어 보였다.

"같이 가고 싶은 곳이 있어."

내가 왜 그를 따라나섰는지는 모르겠다. 할 일이 없어서였을까? 아무튼 나는 사장을 따라나섰고, 그가 운전하는 은회색 업무용 차를 타고 도착한 곳은 모치야마 시립 화장장이었다.

"화장장…?"

"여기는 처음 와 보지?"

시 외곽에 있는 화장장은 나무들에 둘러싸인 한적한 곳이었다. 게시미안 정원도 정원수가 꽤 많은 편인데 이곳은 마치 숲 한가운데 파묻혀 있는 착각을 불러일으킬 정도다. 지금은 겨울이라 앙상한 가지만 남아 있어서 어딘지 쓸쓸해 보였지만, 녹음이 우거진 계절이면 눈부신 푸르름에 뒤덮일 모습이 그려졌다.

순간 한겨울 매서운 바람이 뺨을 에일 듯이 날카롭게 스치고 지나갔다.

"생각했던 모습과 다르네요."

건물은 멋지게 꾸며진 작은 공연장 같았다. 탁 트인 로비와 두꺼운 문, 편안해 보이는 소파와 테이블이 있었다. 안으로 들어가면 바로 음악회가 시작될 것 같은 분위기다. 유족 대기실도 카페처럼 꾸며져 있었다. 소파와 유리 테이블이 있고 한쪽 벽에 마련된 음료

바에서는 커피와 주스를 무료로 마실 수 있었다. 지친 유족을 위한 서비스인지 리클라이너 의자까지 준비되어 있다.

엄마의 장례를 치르면서 이용했던 화장장은 낡고 오래된 곳이었다. 나는 차가운 냉기가 스멀스멀 올라오는 리놀륨 타일 바닥 대기실에서 따뜻한 캔 커피를 손에 쥐고 기다렸었다. 계속 틀어져 있는 작은 텔레비전에서는 한 배우가 연말 특집 드라마를 홍보하면서 시청자들을 울릴 자신이 있다는 말이나 하고 있었다. 울려서, 뭘 어쩌려고. 멍하니 그런 생각을 했었다.

"멋지지? 5년 전에 리모델링했어. 그전에는 멀쩡한 구석이 하나도 없었는데 말이야."

"아…."

로비에는 아무도 없었다. 오늘은 예약한 사람이 아무도 없는 걸까? 사장에게 물어보니 "30분 정도 있으면 도착할 거야"라는 대답이 돌아왔다.

"게시미안에서 시행한 건은 아니지만. 아, 이쪽이야. 이쪽이 사무실."

익숙하게 로비를 가로지른 사장이 커튼이 쳐진 작은 창문을 두드리자, 창문 옆에 있는 문이 열렸다.

"왔어?"

열린 문으로 얼굴을 쑥 내민 사람은 푸근한 인상을 주는 여자였다. 나이는 예순 정도로 보였고 희끗희끗한 바가지머리에 두꺼운 검은 테 안경을 쓰고 있었다. 따뜻해 보이는 베이지색 조끼에 검은색 치마 차림인 걸로 보아 이곳의 사무직원인 듯했다.

"안녕하세요. 난조 소장님. 견학을 허락해 주셔서 감사합니다."

사장이 머리를 숙여 인사하자 난조 소장이라는 여자가 "에이, 뭘, 화장장을 이해하려면 꼭 필요한 과정이잖아"라며 미소 지었다.

"참, 인사해야지. 나는 여기 소장, 난조라고 해요. 화장장이 어떤 일을 하는 곳인지 잘 보고 가요."

또랑또랑한 그녀의 목소리를 들으며 영문을 모르겠다는 듯 사장을 바라보자, 그가 "스다 씨가 이곳에 대해 알아야 할 것 같아서"라고 말했다.

"잠깐 시간 좀 내줘."

결국 우리는 난조 소장의 안내를 받으며 화장장 뒤쪽을 견학하게 됐다. 뒤쪽으로 가자, 조금 전에 본 로비와는 전혀 다른 조악한 공간이 있었다. 일자리를 찾아 이 일 저 일을 전전할 때 잠깐 공장에서 일한 적이 있었는데 그때 본 모습과 비슷했다. 덥고 시끄럽다. 큰 제어판이 달린 기계가 보였고 무거워 보이는 철제문 세 개가 나란히 있었다.

"좀 덥죠? 조금 있다가 오늘 첫 화장이 있을 거라 화장로를 예열하고 있거든요. 여름에는 지옥이 따로 없다니까. 자, 여기로 안을 볼 수 있어요."

소장이 문 가운데 있는 작은 덮개를 가리켰다. 열어서 보라는 말에 덮개를 올리고 안을 들여다보니 좁은 공간이 붉게 물들어 있었다. 눈가에 열기가 확 끼쳐서 반사적으로 몇 걸음 물러섰다.

"여기서 시신을 태워요."

소장의 설명에 나는 흡, 하고 숨을 들이마셨다.

"이 창문은 시신이 잘 타고 있는지 상태를 확인할 때 사용해요. 필요하면 이걸로 조정하죠."

그녀가 한 손에 긴 철제봉을 들었다.

"조정…이요?"

"작은 창문으로 넣어서 시신이 골고루 잘 타도록 움직여 줘요."

요즘은 무슨 작업이든 다 기계로 관리한다고 생각했는데 그야말로 원시적인 방법이었다. 사장을 돌아보니 내가 무슨 말을 하고 싶은지 다 안다는 듯이 "나도 처음에는 놀랐어"라며 고개를 끄덕였다.

"그래도 예전보다는 아주 편해진 거라더군. 전에는 훨씬 힘들었대."

"맞아. 예전 화장로는 화장이 진행되는 동안은 계속 옆에 붙어 있어야 했거든. 지금은 사무실로 돌아가서 담배 한 대 피울 시간 정도는 생겼어."

호호. 소장이 가볍게 웃음을 터트린 순간 목에 걸고 있던 스마트폰이 울렸다.

"사무실이네. 발인 연락인가? 여보세요."

그녀가 잠시 통화를 하고 나서 전화를 끊었다. 그리고 조금 늦어질 모양이라며 한숨을 쉬었다.

"오늘은 일손이 부족해서 고인을 맞을 준비를 내가 해야 해. 미안하지만 난 이만 가 볼게. 아쿠타가와, 나머지는 네가 안내해 줘."

사장에게 나머지를 부탁한 난조 소장은 쿵쿵 발소리를 울리며 서둘러 사무실로 돌아갔다.

"저기…, 저는 게시미안을 그만두겠다고 말씀드렸습니다. 오늘은 어쩌다 보니 따라왔지만 계속 일할 생각 없습니다."

"안내라기보다는 그냥 여기서 얘기하고 싶었어. 스다 씨랑."

그가 근처에 있던 둥근 의자에 앉았다. 나에게도 의자를 밀어주었지만, 순순히 앉고 싶지 않았다. 이야기라면 카페나 다른 곳에서 해도 될 텐데 왜 하필. "꼭 여기서 해야 하나요?" 내 물음에 그가 고개를 끄덕였다.

"앞으로 2, 30분 뒤에 고인이 도착하면 여기서 나가야 해. 그때까지만이야."

이야기를 마치면 집에 데려다주겠다며 그가 다시 의자를 가리키기에 나는 어쩔 수 없이 허리를 내렸다.

"스다 씨는 처음부터 잘못 생각했어."

이어진 그의 말은 조금 뜬금없었다.

"게시미안은 가족장 전문 장의사야. 우리한테 장례를 의뢰하는 사람은 가족끼리 조용히 배웅하고 싶거나, 소중한 사람에게 배웅받고 싶은 사람들이지. 사랑하고, 사랑받는 사람들뿐이야. 배웅해줄 사람 하나 없이 고독하게 세상을 떠나는 분의 장례는 애당초 들어오지 않아."

"아!" 나도 모르게 탄식이 터졌다. 맞는 말이었다. 이런 멍청한 놈, 그런 당연한 사실을 왜 몰랐을까.

"스다 씨는 누가 봐도 딱하고 불쌍한 고인을 찾고 있었던 거지? 그렇다면 게시미안이 아니라 여기로 왔어야 해. 많은 사람이 안타까워하는 죽음을 맞이한 사람도, 혼자서 쓸쓸한 죽음을 맞은 사람도 마지막에는 모두 여기로 오거든."

그가 등 뒤에 있는 문을 가리켰다. 작은 창문 너머에서 열기가 점점 더 강해지고 있었다.

"이 지역에 사는 사람 대부분이 모치야마 시립 화장장을 이용해. 지난번에 돌아가신 이토 씨 아버님도 여기로 왔고, 지금까지 스다 씨가 찾던 불행한 처지의 고인도 왔을 거야. 앞으로도 계속 올 테고. 그러니까 여기서 기다렸어야 했어."

사장의 목소리는 평소처럼 차분했다. 화를 내지도 않았고 어이없다는 말투도 아니다. "그걸 가르쳐주시려고 여기로 데려온 건가요?" 그래서 그에게 물었다.

"이직하라고요?"

"그것도 좋지. 언젠가는 스스로 답을 찾을 수 있을 테니까. 제 힘으로 찾은 답 하나가 다른 사람이 가르쳐준 답 만 개보다 훨씬 설득력이 있거든. 그런데 그건 아니고, 난 그저 가르쳐주라고 부탁받았을 뿐이야. 이하라한테."

생각지도 못한 이름에 미간을 좁혔다.

"설교를 전해 주러 오신 건가요?"

"그런 생각은 없어. 설교 같은 건 잘하지도 못하고. 그냥 이하라가 알려 주고 싶어 하더라고. 겉으로는 드러나지 않는 '불쌍한 인생'도 있다는 사실을."

하. 긴 한숨을 토해낸 사장이 내게 물었다. "이하라 스마트폰 배경 화면 본 적 있어?"

"네? 아, 부인이 아이를 안고 있는 사진이요?"

"그래, 아이 이름은 마주[眞珠]야. 진짜 구슬이라는 뜻처럼 투명한 피부를 가진 예쁜 딸이었대. 부인이 임신했을 때 입덧이 심해서 초기부터 자주 입원했었다더군. 유산 위기도 여러 번 있었는데 부인이 필사적으로 지켰나 봐. 예정일보다 한 달 빠르기는 했지만, 다행히 건강하게 태어났어. 아기 울음소리를 들었을 때 산부인과 의사도 다행이라면서 울었을 정도로 부인도, 마주도 정말 힘들게 버텨 냈대."

그래서…? 나는 속으로 대꾸했다. 이 세상에 태어난 생명에는 귀천이 없다, 뭐 그런 말이라도 하고 싶은 건가? 하지만 귀천은 태어나기 전에 이미 정해진다. 쓰레기와 해골 귀신 사이에서 태어난 아이와 잘생긴 아빠와 예쁜 엄마 사이에서 태어난 아이의 출발점은 절대 같을 수 없다.

나를 흘끗 본 사장이 피식 웃었다.

"뻔한 소리 하려는 거 아니니까 안심해."

그렇게 티가 났나 싶어서 고개를 숙이려는 찰나, 나직하게 울린 "죽었어"라는 말에 나는 깜짝 놀라 눈을 크게 떴다.

"마주가 태어나고 3개월 후에 두 사람이 같이 세상을 떠났어."

"사고…였나요?"

"아니, 산후 우울증으로 힘들어하던 부인이 아이와 같이 자살했어."

덤덤하게 흘러나온 충격적인 말에 오싹한 한기마저 느껴졌다.

"8년 전 일이야. 그때 게시미안에 실장으로 있던 미스미 씨가 시행을 담당했었어. 성실한 직원이라 매번 시행 내용을 꼼꼼하게 문

서로 정리해 뒀고, 나도 게시미안에서 진행한 시행은 전부 기억하고 있어."

전부? 그게 가능해? 하지만 그는 마치 자신이 직접 본 것처럼 이야기를 이어갔다.

"부인의 부모님이 딸과 손녀의 관을 붙잡고 오열하셨어. 이하라는 그 모습을 그저 멍하니 바라보고 있었고."

그녀가 왜 그런 선택을 했는지는 아무도 모른다고 한다. 다만 출산 후에 회복이 더뎌서 거의 누워서만 지내다 보니 마음의 병까지 얻었던 모양이었다. 아기 기저귀 하나도 제대로 갈아 줄 수 없는 자신이 비참하다고 울부짖기도 하고, 아이가 울어도 모를 정도로 심각한 우울 상태에 빠지기도 했다고 한다.

"이하라는 일을 계속하면서 할 수 있는 한 최선을 다했고, 양가 부모님들도 같이 부인과 아이를 돌봐 줬대. 지금은 힘들지만 언젠가는 꼭 좋은 날이 올 거라고 믿으면서 버텼는데, 어느 날 부인과 아이가 둘만 있게 된 거야."

우울증이 심각하니 부인에게 눈을 떼면 안 된다고 다들 조심하고 있었는데도 어쩌다 보니 옆에 아무도 없었던 시간이 생겼고, 그 사이 부인이 아이의 목을 조르고 스스로 목을 매달았다고 한다.

"이하라가 전부 다 말해 주라고 해서 말하는 건데, 두 사람이 세상을 떠난 그 시간에 이하라는 파친코에서 슬롯머신을 하고 있었어. 그날은 부인 컨디션이 좋았고 오후에는 장인어른 내외가 와주시기로 했으니까 괜찮겠다 싶어서 회사에 일이 있다고 거짓말하고 외출했었대. 그렇게 나와서 무심코 파친코에 들어갔는데 그날따라 잘 맞아서 스마트폰을 확인할 겨를도 없었다는 거야. 딸과 손녀의 끔찍한 모습을 발견한 장인, 장모의 연락도, 급하게 옮겨진 병원에서 온 연락도 받지 못했어."

나중에 메시지를 확인하고 이하라 선배가 병원으로 달려갔을 때, 두 사람 이미 차가운 주검이 되어 있었다고 한다.

사장의 이야기는 계속 이어졌다. 이하라가 우울증에 걸린 아내와 딸을 사랑하지 않았던 건 아니야. 다만 아주 잠깐 일상에서 벗어나고 싶었을 뿐이었어. 그저 혼자서 아무 생각 없이 있을 시간이 필요했고, 그날이 아이가 태어난 뒤로 처음 한 일탈이었다더군.

나는 아무 말도 할 수 없었다. 사장이 말을 멈추자 기계음이 크게 울렸다. 고통에 찬 신음 같은 소리가 가까이에서 울렸다.

"두 사람도 여기서 화장했어."

사장이 등 뒤에 있는 문을 가리켰다.

"아기는 뼈가 거의 남지 않아."

그가 다시 천천히 말을 이었다. 아기 뼈는 작고 연약해서 금방 재가 되어 버려. 태아용 화장로를 이용하면 뼈가 남기는 하는데 이 주변에는 그런 시설이 없어. 그리고 7년 전에는 이곳 화장로도 낡을 대로 낡아서 화력을 조절하기가 어려웠지. 여기 직원 중에 제일 실력이 좋은 시라이시 씨가 심혈을 기울여서 진행했는데도 아주 조금, 정말 한 줌밖에 안 남았어. 입회했던 사람들이 모두 눈물을 흘렸다고 해. 그렇게 힘들게 태어났는데 잠시라도 이 세상에 살았던 증거가 고작 한 줌도 안 된다면서 말이야.

나는 문득 게시미안의 자료 창고에 있는 작은 유골함을 떠올렸다. 손바닥만 한 달걀 모양의 유골함은 부드러운 파스텔색이었다. 이건 아이용인데 가능하면 영원히 여기서 먼지나 쓰고 있었으면 좋겠어. 그렇게 설명해 준 사람이 이하라 선배였다. 그때 그가 어떤 얼굴을 하고 있었지?

"장례를 마치고 두 사람의 유골은 부인의 부모님이 거둬 가셨어. 두 분은 아직 젊은 이하라가 과거 얽매이지 말고 새 인생을 살기를 바라셨던 거지. 하지만 이하라는 다니던 회사를 그만두고 게시미안으로 왔어. 이유를 물었더니 유족의 슬픔을 지켜보고 있어야 아내와 딸의 존재를 잊지 않을 수 있을 것 같다고 하더군."

소중한 사람을 잃은 마음에는 피를 토하는 고통이 새겨지고 슬픔이 가득 찹니다. 그 슬픔에 공감하면서 제 마음속에 남아 있는 상처에 다시 피를 낼 겁니다. 그 고통과 슬픔만이 두 사람이 내 옆에 있었다는 사실을 느끼게 해 주거든요. 그렇게 말했다고 한다.

"상처가 아물지 않도록 계속 딱지를 떼어 내는 거야. 나는 사실 이하라가 빨리 게시미안을 그만뒀으면 좋겠어. 그 모습을 보는 게 힘들거든. 하지만 사정이 있다고 해서 일에 영향을 끼치는 것도 아니고 맡은 일을 잘하고 있는 이상 자를 수도 없잖아. 나는 이하라가 담당을 맡으면 안심은 되지만 사실 마음은 좋지 않아."

모순이야, 모순. 고개를 절레절레 흔들던 사장이 다시 눈을 맞췄다.

"어때? 이제 만족해?"

그의 눈이 부드럽게 휘었다.

"이하라는 소중한 걸 다 잃고 지금도 그 슬픔에서 벗어나지 못

하고 있어. 전혀 행복하지 않아. 이하라만이 아니야. 겉으로는 행복해 보여도 다들 무거운 짐 하나씩은 짊어지고 살아. 분한 마음에 이를 간 적 없는 사람은 세상에 단 한 명도 없어."

나는 입술을 짓씹었다. 만족할 리 없지 않은가. 사실 그는 무척 불행했어. 그런 고백 따위 듣고 싶지 않았다. 그러니 어리석은 자신을 부끄럽게 생각하라는 말이라면 어차피 처음부터 나는 내가 부끄러웠다. 지금은 죽고 싶을 만큼 나 자신이 한심하다. 멍청한 놈이라는 건 누구보다 내가 잘 알고 있다. 하지만 그래도 보고 싶었다. 불행한 사람, 한심하다고 비웃을 수 있는 누군가가 필요했다.

"우리 회사에 면접 보러 왔을 때 어머니 장례식을 제대로 치러 드리지 못한 후회를 끊어 내고 싶다고 했었지?"

사장이 불쑥 말을 꺼냈다.

"그 말은 설득력이 있었어. 그게 진짜 지원 동기라고 생각해서 채용했는데 말이야."

"면접은 원래 그럴싸한 말로 자기를 포장하는 자리잖아요."

나는 그의 뒤에 있는 작은 창문으로 시선을 돌렸다. 그런데도 나를 바라보고 있는 그의 시선이 계속 느껴졌다. 짧은 침묵 끝에 결국 나는 한숨을 내쉬었다.

"부모 공양이라고 생각했어요."

"공양?"

"제 기억 속에 있는 어머니 인생은 늘 시궁창이었어요. 결국 거기서 벗어나지 못한 채로 돌아가셨죠. 장례식도 정말 초라했어요. 그래서 어머니보다 더 초라하고 비참하게 죽은 사람을 보고 싶었어요. 그러면 적어도 어머니의 삶이 최악은 아니었다고 생각할 수 있지 않을까, 그것도 일종의 부모 공양이 아닐까, 그렇게 생각했어요."

툭툭 속마음이 하나씩 튀어나왔다.

타인과 자신을 비교하며 우열을 가리는 짓만큼 어리석고 의미 없는 일은 없다. 그런 것쯤은 나도 알고 있다. 하지만, 그래도, 그런데도…. 늘 멸시당하기만 했던 엄마에게 그래도 엄마는 그 사람보다는 낫다고 말해 주고 싶었다.

"사실 부모 공양이라고 하기도 웃겨요. 저는 어머니를 미워했거든요."

사무치게 미웠다. 차라리 죽이고 싶을 때도 있었다. 마음이 약해서 남자에게 당하기만 하고, 애당초 제대로 사는 법 자체를 모르는 사람이었다. 저 사람 아들로 태어나지만 않았어도 이보다는, 이라는 생각을 수십 번, 아니 수천 번도 더했다. 내 성격이 이렇게 비뚤어진 것도, 인생에 실패한 것도, 다 그 사람 탓이라고.

"돌아가셨을 때도, 장례를 치르는 중에도, 뼈가 된 모습을 봤을 때도 조금도 슬프지 않았어요. 계속 돈 생각만 했어요. 그런데 이상하게 시간이 지날수록 후회가 되더라고요. 마지막 가는 길 정도는 제대로 보내드릴걸, 그런 후회가 머릿속을 떠나지 않았어요."

어쩌면 엄마가 돌아가시고 좋은 회사로 이직해서 생활이 안정되었기 때문인지도 모른다. 마음에 여유가 생기니 잊고 있었던 사소한 추억들이 문득문득 되살아나 샘솟듯 넘치기 시작했다. 서툴게 불러주던 자장가, 같이 산나물을 뜯으러 갔던 어느 봄날 오후, 목욕하고 나와서 반으로 나눠 먹었던 쭈쭈바 같은 작은 추억들. 감기에 걸렸을 때는 꿀과 무를 넣고 조린 시럽을, 생일에는 바나나를 올린 핫케이크를 만들어주셨다. 초등학교 3학년 때는 식중독에 걸려 배를 부여잡고 뒹구는 나를 업고 병원까지 뛰셨던 적도 있다. 비쩍 말라 기댈 데도 없었지만 그래도 엄마의 등은 따뜻했고, 뺨을 대고 있는 것만으로도 마음이 놓였다. 월급날 전에 돈이 떨어졌을 때 옷장 밑에서 나온 오백 엔짜리 동전으로 다코야키를 사먹었던 게 언제였지? 내가 좋아하는 걸 보고 당신 몫의 다코야키에서 작은 문어 조각을 파내서 내 접시에 올려주셨다. 큰 앞니에 파래김이 붙은 줄도 모르고 "맛있지?"라며 웃던 그 얼굴이 왜 자꾸만 떠오르는지.

"저를 소중하게 생각하지 않으셨던 건 아니었어요. 어리석은 여자였지만 자기가 할 수 있는 최선을 다해 저를 키우셨어요. 당신 나름대로 절 사랑하셨습니다. 그런 분의 마지막 정도는 조금 더 괜찮게 보내줄 수 있지 않았을까, 후회되고 화가 났습니다. 그 마음을 어떻게 해야 할지 몰랐어요."

내가 더 열심히 일하면 되지 않았을까? 그러면 엄마의 생활도 조금은 나아질 수 있지 않았을까? 아니다. 솔직히 살아 계셨던 동안에는 어려웠다. 그렇다면 적어도 엄마의 시신이 아직 눈앞에 있었을 때라도 생각을 달리했어야 했다. 다른 생각은 제쳐 두고 엄마와 함께 마지막을 보냈어야 했다. 돈 걱정이나 하며 춥다고 투덜거리지 말고 엄마 얼굴을 제대로 바라봤어야 했다.

엄마를 쓸쓸하게 보내드렸다는 후회는 시간이 지날수록 커졌고 점점 무겁게 나를 짓눌렀다.

"그래서 어머니보다 더 불행하게 돌아가신 분을 찾았던 거로 군."

"고작 그런 이유로 일부러 이직까지 하다니, 제가 어리석었습니다. 전에 일하던 회사, 꽤 좋은 곳이었거든요."

내가 이런다고 알아줄 사람은 한 명도 없다. 심지어 엄마조차 기뻐할 리 없었다. 하지만 그래도 그럴 수밖에 없었다.

"이하라 선배에게 죄송했다고 전해 주세요. 제가 어리석었습니다."

"그건 본인한테 직접 말해. 마음 정리되면 출근해서."

왜? 정말 일을 그만둘 생각이야? 라고 묻는 그의 말에 나는 고개를 숙였다.

"그만두겠습니다."

"그래? 뭐, 그것도 나쁘지는 않지."

"죽음에 얽매여 있는 사람이 할 일은 아니지." 사장이 혼잣말처럼 덧붙였다.

"그럼, 그만 갈까?"

끙, 작은 신음과 함께 사장이 자리에서 일어섰다.

"어? 왜 그러세요?"

뒤를 따라 나가려고 고개를 들었던 나는 순간 놀라서 목소리를 높였다. 내 생각만으로도 벅차서 지금껏 알아차리지 못했는데, 사장이 백지장처럼 하얗게 질린 얼굴로 사우나에 들어온 사람처럼 땀을 비 오듯이 쏟고 있었다.

"어? 어? 어디 안 좋으세요?"

"아니야. 괜찮아. 신경 쓰지 마. 내가 이런 곳이랑 좀 안 맞아서 그래."

조금 전까지 덤덤하던 모습이 거짓말이었던 것처럼 그가 허둥대며 손을 내저었다.

"안 맞아요? 뭐가요?"

"난 이런 곳도 싫어. 화장장이나 시신을 태우는 일, 그런 거 말이야."

"무서워." 그렇게 덧붙이는 목소리가 작게 기어들어 갔다.

정말로 '죽음' 자체를 무서워하는 건가? 그래, 방금까지 하던 이야기는 확실히 무거웠고 사람에 따라서는 충분히 괴로울 수도 있어. 하지만 그 이야기를 꺼낸 건 당신이잖아.

하고 싶은 말이 입 안에서 뱅뱅 맴돌았다. "황당하지?" 내가 무슨 생각을 하는지 안다는 듯 그가 힘없이 웃었다.

"나도 그렇게 생각해. 하지만 안 되는 걸 어쩌겠어. 아무리 노력해도 극복이 안 돼."

"그렇게 싫으시면 일을 그만두면 되잖아요."

나도 모르게 나온 말이었다.

"게시미안을 다른 사람에게 넘기고 좋아하는 일을 하시면 되지 않습니까? 조부께서 남기신 사업이라 마음에 걸리신다면 소중하게 운영해 줄 다른 사람에게 맡기는 편이 오히려 나을 수도 있어요."

"맞아."

그가 다 죽어가는 얼굴로 희미하게 웃으며 고개를 끄덕였다.

"그편이 나을지도 모르지. 그래도 말이야. 무섭다고 등 돌릴 수는 없어. 등 돌릴 수 있는 문제가 아니야."

"어려운 문제야." 그는 그렇게 말했다.

인사를 하고 가려고 사무실로 돌아와 노크하자, 검은 상복으로 갈아입은 난조 소장이 나왔다.

"오늘 정말 감사했습니다. 이제 도착할 때가 됐죠?"

사장이 묻자 그녀가 고개를 저었다.

"발인하기 전에 어머니가 정신을 잃었다나 봐. 저쪽도 지금 난리래."

아, 사장이 눈썹을 가운데로 모았다. 그리고 내게 귀띔해 주었다. "초등학생 아들이 교통사고로."

"이해해. 받아들이기 힘들지. 이럴 때는 내가 왜 이런 일을 하고 있나, 괜히 우울해진다니까."

"맞아요."

"그러다 또 그런 생각을 하는 내가 한심하기도 하고. 나는 언제든, 누구에게든 똑같은 일을 해야 하는 사람이니까. 상대의 사정에 일일이 동요하면 안 되는데 말이야. 그래서 오래간만에 주문을 외우고 있던 참이야."

처음 봤을 때는 강해 보였던 그녀의 얼굴이 지금은 어딘지 지쳐 보였다.

"주문이요? 그게 뭔가요?"

문득 궁금해져서 대화에 끼어들었다. 염불 같은 건가? 하지만 다음 순간 소장의 입에서 흘러나온 말은 말 그대로 주문 같았다.

"겨자씨는 어느 집에도 없느니."

"네?"

"'겨자씨는 어느 집에도 없다'라는 말 몰라? 게시미안이 거기서 따온 이름이잖아."('게시미안[芥子実庵]'의 '게시[芥子]'가 겨자씨를 의미한다-옮긴이)

영문 모를 소리에 나는 사장 쪽으로 고개를 돌렸다. 그가 설마 몰랐냐며 눈을 살짝 치켜떴다.

"대부분 회사 이름이 무슨 뜻인지 궁금해하는데 스다 씨는 물어보지 않길래 나는 아는 줄 알았지. 뭐, 그건 궁금하면 직접 찾아보고. 자, 그럼, 소장님, 앞으로도 잘 부탁드립니다."

사장의 차를 타고 출발한 지 10분쯤 지났을 때 리무진 타입의 영구차가 옆을 지나쳐 갔다. 무심코 눈으로 그 차를 좇다가 인도를 걷는 사람이 시야에 들어왔다. 어? 마나 선배? 나보다 조금 늦게 그녀를 알아본 사장이 갓길에 차를 세우고 창문을 내렸다. "마나 씨!" 화난 사람처럼 잰걸음으로 걸어가던 그녀가 사장을 노려보듯 쳐다봤지만, 곧 누군지 알아차리고 활짝 웃으며 뛰어왔다.

"어머, 안녕하세요. 이런 우연이 있네요. 어? 스다 씨?"

"아… 안녕하세요."

마지막으로 봤을 때 일이 떠올라 눈을 마주치기 민망했다.

"어디 가는 길이야? 태워 줄까?"

사장이 뒷좌석을 가리키자 그녀가 자연스럽게 차에 올라타며 말했다. "약속이 취소돼서 집에 가는 중이었어요."

그녀가 올라타자마자 방금까지 숨이 막히던 차 안에 갑자기 활기가 돌았다. 은은한 노란색 스웨터에 풍성한 흰색 롱스커트 조합이 화사해서일까? 평소보다 화장도 신경 써서 했고 풀어 내린 머리에는 자연스러운 웨이브가 들어가 있었다. 여성스러운 스타일을 좋아했었나? 회사에서 볼 때와는 다른 이미지에 이유는 모르겠지만 의외라는 생각이 들었다. 평소 소지품을 보고 활동적인 스타일을 좋아하는 사람이라고 멋대로 판단했기 때문인지도 모른다.

"아, 다행이다. 이 길은 버스도 안 다니고 택시 타기도 아까워서 열심히 걷고 있었거든요."

"이런 데서 뭐 하고 있었어?"

"남자친구 차 타고 가는 중이었는데 회사에 일이 좀 생긴 모양이에요. 회사에서 오라고 연락이 와서…."

급한 일인 것 같아서 도중에 내렸단다.

"지난번에 싸운 일로 미안하다고 맛있는 거 사 준다고 해서 나왔는데, 상황이 상황인지라 어쩔 수 없죠."

"어쩔 수 없다고 하면서도 얼굴에는 서운함이 가득한데?"

백미러로 그녀의 표정을 확인한 사장이 재밌다는 듯 웃기에 돌아보니 확실히 표정이 좀 미묘하기는 했다.

"솔직히 섭섭하기는 해요. 아, 저보다 일을 우선해서가 아니고요. 일에 관해서는 누구보다 성실한 사람이라는 걸 잘 아니까, 드디어 책임 있는 자리까지 올라갔구나 싶을 뿐이에요. 다만…."

"다만?"

"차에서 내리는데 그러더라고요. 이해심 많은 아내가 되어 줄 것 같아서 기쁘다고. 그 말이 계속 신경 쓰여서요."

나와 사장이 눈빛을 교환했다. 그 말이 왜?

"애당초 왜 싸웠느냐면요. 남자친구가 약속도 없이 집에 놀러 와서…, 아, 남자친구도 저희 집 열쇠를 가지고 있어서 가끔 그런 일이 있기는 한데, 아무튼 그때 남자친구가 왜 집에 안 오냐고 메시지를 보냈거든요. 하필 그날 저는 아침 일찍부터 담당하는 시행이 있었고 밤에는 당직이었는데, 깜빡하고 미리 말을 못 한 거죠."

오늘 회사에서 밤새야 해서 집에 못 간다고 말했더니 남자친구가 그런 말은 듣지 못했다면서 화를 냈다고 한다.

"다음 날 남자친구가 휴가여서 같이 있을 생각이었다는데, 저야말로 그런 말은 듣지 못했거든요. 그럼, 서로 피차일반 아니에요? 그리고 일 때문이니까 어쩔 수 없는 거잖아요. 그런데 역시 지금 하는 일 다시 생각해 보라고, 그만두는 게 낫지 않겠냐고 하잖아요."

"음, 이런, 고용주로서 내가 미안하네. 아무리 사람이 부족해도 젊은 여자 직원한테 당직까지 시키면 안 되는 건데."

"아니죠. 그건 성차별이에요. 지금 대로 하는 게 맞아요. 문제는 그게 아니라, 그렇게 따지면 저는 제 일을 못마땅하게 보는 남자친구가 '이해심 없는 남편'이 되겠다고 생각할 수 있는 거 아닌가요? 그런데 남자친구는 전혀 그렇게 생각하지 않아요. '남편'이 될 사람으로서 당연히 해도 되는 말이라고 생각한다는 거죠."

마나 선배는 어떻게 말하면 좋을지 고민하는 듯 천천히 말을 이었다.

"전에는 이렇지 않았어요. 일 때문에 가끔 기분 상할 때도 있었지만 싸울 정도로 화를 내지는 않았어요. 그런데 결혼 이야기가 나오고부터는 본심을 여과 없이 드러낸달까, 아무튼 변했어요."

높은 벽에 가로막혀 망설이고 있는 듯한 그녀 표정을 흘끗 본 나는 생각했다. 결혼이라는 것도 참 귀찮은 일이구나. 서로 사랑해서 결혼하는데 상하 관계가 생기다니.

"으, 짜증 나." 그런 내 생각과는 상관없이 그녀가 으르렁거렸다.

"좋은 사람이라고 생각하다가도 이건 정말 아니다 싶은 일이 반복되니까 힘들어요. 특히 남자친구가 저를 '여자'라고 생각하면서 자기 밑으로 본다고 느껴질 때는 너무 속상해요."

"그렇지만 헤어질 생각은 없잖아?"

사장의 말에 그녀가 잠시 조용해졌다.

"저도 이게 무슨 감정인지 모르겠어요. 무시당해도 괜찮을 리가 없는데, 무의식중에 무시당해도 어쩔 수 없다고 생각할 이유를 찾고 있는 기분이에요."

차 안에 침묵이 흘렀다.

나는 남녀 교제에 관해 말을 보탤 수 있을 만한 경험이 없다. 그러니 주제넘은 참견 같아서 조언까지는 할 수 없지만, 그녀가 지금 무슨 말을 하고 싶은지는 알 것 같다. 나 역시 그랬다. 그런 일을 당해도 어쩔 수 없다고 생각할 이유를 찾아서 어찌해야 할지 모르는 이 감정을 처리하려고 했다. 전혀 그럴 필요가 없는데도 말이다.

"오방떡이라도 먹을래?"

그때 사장이 불쑥 말을 꺼냈다.

"지난번에 못 먹었잖아. 그 뒤로 왠지 먹고 싶더라고."

"아… 죄송합니다."

그날 일을 떠올리고 내가 사과하자 그가 신경 쓰지 말라며 손을 저었다.

"그날은 오방떡이 무사했더라도 맛있게 먹을 수 없었을 거야. 지금은 맛있게 먹을 수 있을 테니까 상점가에 들를까?"

나는 고개를 끄덕였고, 마나 선배가 "저는 크림 맛이요"를 외쳤다. 넉살도 참 좋다.

그렇게 차가 상점가 주차장에 도착했을 때 사장 전화가 울렸다. "아, 이런 어쩌지. 통화가 길어질 것 같은데." 화면을 본 그가 난처한 표정을 짓기에 내가 말했다.

"전화 받으세요. 제가 사 오겠습니다. 이 정도로 민폐 끼친 일에 대한 사죄가 되지는 않겠지만요."

"저도 같이 갈까요?"

"아니, 괜찮습니다. 크림 맛도 꼭 사 올게요."

차에서 내려 상점가를 향해 걸었다. 오방떡 가게에는 열 명 정도가 줄을 서 있었고, 나도 맨 뒤에 섰다. 이 가게는 늘 손님이 많다. 기다리는 동안 할 일이 없어서 무심코 스마트폰으로 '겨자씨, 집'을 검색해 봤다.

불교 관련 일화였다.

자식을 잃은 키사 고타미는 울며 사람들에게 매달렸다. 제발 제 아이를 살려 주세요. 제 아이를 되살릴 수 있는 약을 주세요. 이 아이는 제게 너무나도 소중한 사람입니다. 하지만 아무도 아이를 되살려 줄 수 없었다. 반미치광이가 된 키사 고타미는 부처님을 찾아가 애원했다. 그러자 부처님이 겨자씨 한 줌을 얻어 오면 원하는 바를 이룰 수 있다고 말씀하셨다.

"다만 그 겨자씨는 지금까지 죽은 사람이 한 명도 없었던 집에서 받아와야 한다."

키사 고타미는 부처님의 말을 믿고 이집 저집을 돌아다녔다. 하지만 가는 집마다 모두 아버지나 딸, 할아버지, 자식 중 누군가를 잃은 적이 있었다. 키사 고타미는 그래도 어딘가에는 분명 죽은 사람이 한 명도 없었던 집이 있을 거라 믿고 계속 마을을 돌아다녔지만, 결국 그런 집은 어디에도 없었다.

소중한 사람을 잃어 본 적 없는 사람은 없다. 죽음은 누구에게나 찾아오고 모두가 겪어야 하는 일이다. 키사 고타미는 자기 아이의 죽음도 되돌릴 수 없는 일이라는 사실을 깨닫고 죽음을 받아들였다.

"죽음이라…."

핸드폰 화면을 보면서 나직이 중얼거렸다. 난조 소장은 모든 '죽음'이 가진 슬픔은 동등하니 눈앞에 있는 죽음에 연연하면 안 된다고 스스로 마음을 다잡고 있었던 거다.

그러고 보니 사장도 그랬다. 누군가의 '죽음'을 보는 일이 무서워서 얼굴이 하얗게 질릴 정도로 떨면서도 등 돌릴 수는 없다고 말했다. '죽음'은 모든 사람이 겪는 슬픔이자 공포다.

역시 '죽음'은 모든 사람에게 공평하다. 다만 이는 남겨진 사람, 살아 있는 사람의 관점에서 볼 때 그렇다. 누구나 소중한 사람의 '죽음'을 경험한다. 그때의 괴로움과 슬픔, 혼란, 공포는 누구에게나 같고, 모두가 감당해야 하는 감정이다. 그 마음에는 풍족함도, 빈곤함도 존재하지 않는다. 이하라 선배처럼 슬픔을 계속 안고 살아가는 사람도 있고, 나처럼 받아들이지 못하고 방황하는 사람도, 사장처럼 제대로 마주해 보려고 애쓰는 사람도 있다. 또 그중에는 있는 그대로 받아들이고 견뎌 내는 사람도 있을 것이다.

"엄마의 마지막은 조금도 초라하지 않았구나."

엄마의 죽음 앞에서 내가 느낀 괴로움과 혼란은 그 자체로 틀리지 않았다. 그것들이 엄마의 죽음을 초라하지 않게 해 주었다.

생각하기 나름이라는 건 알고 있다. 내 생각이 바뀌었다고 해서 갑자기 엄마 인생과 죽음이 달라지지는 않는다. 그래도 아주 조금은 구원받은 기분이 든다.

앞선 사람들이 빠지고 줄이 조금 짧아졌다. 별생각 없이 앞을 보던 나는 순간적으로 숨을 멈췄다.

이토가 있었다.

종이봉투에서 오방떡 하나를 꺼내든 그가 눈을 감았다. 기도하듯 오랫동안 눈을 감고 있다가 천천히 오방떡을 한입 물었다. 그의 눈가가 점점 붉어졌다. 이토는 오방떡을 반 정도 먹고 고개를 들어 하늘을 바라보다가 다시 천천히 발걸음을 옮겼다.

겨자씨는 어느 집에도 없다.

나는 방금 배운 그 말을 속으로 몇 번이고 되뇌었다.

4장

당신을 위한 의자

＊＊＊＜＊＊＊

모리하라 이치가 죽었다. 그 연락을 받았을 때 나는 남편을 다
그치며 화를 내야 할지 말지 고민하던 중이었다.

"엄마, 전화."

남편 가방에서 나온 물건을 손에 쥐고 생각에 빠져 있는데, 유
라가 식탁에 올려두었던 내 핸드폰을 들고 다가왔다.

"지잉지잉, 했어."

빛을 모아 만든 듯 반짝이는 눈동자를 마주하자 저절로 부드럽
게 미소가 지어졌다. 유라는 다른 아이들보다 말이 느려서 애간장
을 태웠지만, 세 돌을 앞두고 봇물이 터지듯 갑자기 입이 트였다.

"그래서 가져다준 거야?"

몸을 낮춰 유라와 시선을 맞추니 아이가 헤실헤실 웃으며 눈을
가늘게 접는다.

"웅, 유라가 가져왔어."

"고마워."

나는 유라의 머리를 쓰다듬으며 자연스럽게 핸드폰 화면으로 시선을 떨어뜨렸다. 하지만 화면에 뜬 글자를 본 순간, 덜컥 숨이 멎었다.

어제 모리하라 이치가 세상을 떠났어.

바로 화면을 눌렀다. 학창 시절 친구들끼리 모여 개설한 단체 채팅방에 뜬금없이 올라온 불길한 문장 한 줄. 몇 번을 다시 읽어도 이치가 죽었다는 뜻으로밖에는 해석할 수 없는 이 메시지는 도대체 뭐지?

멍하니 핸드폰을 보고 있는데 새로운 메시지가 올라왔다. 인터넷 기사로 보이는 링크를 반사적으로 누르자 '폭주차에 치여 1명 사망, 3명 중태'라는 기사 제목이 나타났다. 믿을 수 없지만 기사 속 사망자가 이치라는 말인 듯했다.

뒤죽박죽으로 섞이는 머리를 붙잡고 필사적으로 글자를 읽어 내려갔다. 무면허로 왜건을 몰던 운전자가 도쿄 시내 한 건널목에서 신호를 기다리던 행인들을 덮쳤다는 내용이었다. 왜건은 그 자리에 있던 사람들은 치고 나서 전신주를 들이받고 멈췄다고 한다.

"아, 이거 어제…."

저녁 뉴스에서 봤던 사고다. 피해자들은 하교 중이던 초등학생과 아이를 데리러 온 학부모들이었고, 그중에는 임산부도 있었다. 피로 얼룩진 책가방과 구두, 처참하게 부서진 자동차를 전체적으로 훑듯이 보여 주는 영상에 오싹 소름이 돋았다. 저도 모르게 사고 장면에 자신과 유라의 모습을 투영해 보았기 때문이었다. 몇 가지 우연이 겹친 끝에 벌어진 비극적인 사건은 결코 남의 일일 수 없었다.

— 조심해야겠다.

호빵맨 인형을 안고 춤을 추던 유라를 꼭 끌어안고 그렇게 말했을 때만 해도 그 사고가 설마 지인에게 닥친 재앙일 거라는 생각은 꿈에도 하지 못했다.

세이 형에게 연락받았는데, 시신을 고향으로 옮겨 오기로 했대. 그래서 장례 절차는 이쪽에서 진행하게 됐어.

이치와는 소꿉친구인 이리에 유토가 담담히 연락 사항을 전했다. 이치는 종교가 없고 가족도 세이 형뿐이어서 스님 독경 같은 의례적인 절차는 전부 생략하기로 했다. 화장장 예약 문제로 발인은 모레 오후 한 시로 정해졌고, 그때까지 시신은 이곳 모치야마시에 있는 가족장 전문 장의사 '게시미안'에 안치한다는 내용이었다. 세이 오빠의 지인이 운영하는 장의사라고 했다.

세이 형이 가까운 친구들만 모이는 조용한 자리니까 격식을 차릴 필요 없다고, 올 수 있는 사람은 편한 복장으로 오래. 시간 괜찮으면 다들 가지 않을래? 나는 내일부터 마지막 날까지 있을 거야.

가야지. 바로 회사에 휴가 신청할게. 근조화환은 어떻게 하지?

너무 거창한 건 좀 그렇지 않을까? 부의금만 하는 게 좋을지도 몰라.

대화가 이어졌다. 예전에 외조부모님이 돌아가셨을 때도 비슷한 대화를 나눴던 기억이 있다. 외할머니와 외할아버지는 여든을 넘은 연세였고, 두 분 다 병상에 오래 계셨기에 어느 정도 마음의 준비는 하고 있었다. 그래서인지 그때는 고인을 어떤 식으로 배웅하는지, 하나하나 배우는 기분이었다. 그런데 지금, 그 대상이 이치라니, 도무지 현실감이 없었다.

'얘들아, 이치가 죽었어. 다들 어떻게 그렇게 침착할 수 있어? 이건 이상하잖아. 이치야. 우리 친구 이치라고.'

묻고 싶은 말이 마구잡이로 떠올랐지만 정작 소리가 되어 나오는 말은 하나도 없었다. 거센 물살 앞에서 이러지도 저러지도 못하고 우두커니 서 있는 기분이다.

료코도 갈 거지?

그러다 화면에 뜬 내 이름을 보고서야 정신이 번쩍 들었다. 단체방 멤버인 이즈미 소요미와 히라오 마사타카가 가겠다고 대답한 뒤였다. 나도 서둘러 '물론이지, 갈게'라고 대답했다. 금세 메시지 옆 숫자가 1로 바뀌었다. 이 단체방에는 나를 포함해서 다섯 명이 있다. 읽지 않은 한 명이 누군지, 왜 읽지 않는지 생각한 순간, 이치의 죽음이 현실이 됐다. 동시에 말로 설명할 수 없는 공포가 몰려와 작게 고개를 저었다.

약속 장소와 시간을 정하느라 잠시 더 대화한 뒤에 채팅창을 닫았다. 핸드폰을 바닥에 엎어 놓고 한숨을 깊게 내쉬었다. 나는 어느샌가 바닥에 주저앉아 있었다. 다리에 힘이 들어가지 않았고, 저릿한 느낌에 손을 펼쳐 보니 손끝이 가늘게 떨리고 있었다.

내게는 절친이라 할 수 있는 친구 네 명이 있다. 중학교 신입생 오리엔테이션에서 같은 반이 된 우리는 그날부터 친구가 되었고 고등학교를 졸업할 때까지 늘 함께였다. 내게는 기적과도 같은 소중한 친구들이다.

모리하라 이치는 그중 한 명이다. 냉철하고 차분한 성격인 그는 가끔 주변 사람들의 눈이 휘둥그레질 만한 일을 태연하게 해내는 그런 친구였다. 우리 중에 가장 어른스러웠고 공부도 제일 잘했다.

나는 이치를 좋아했다. 그에게 홀딱 빠져 있었다. 특별한 의미도 없던 그의 시선에 매번 심장이 뛰었고, 그가 내 이름만 불러 줘도 하루가 눈부시게 빛났다. 하지만 그런 내 마음을 고백하면 결과가 어찌 되든 허물없이 편하게 지내던 우리 다섯 명의 관계가 깨질지도 모른다는 두려움에 말하지 못했다. 이치의 여자친구가 되고 싶다는 마음보다 우리 다섯 명의 관계를 지켜야 한다는 마음이 더 컸다.

세상에는 다양한 인간관계가 존재하지만, 그 시절 우리 다섯 명이 맺은 친구 관계는 그 무엇과도 바꿀 수 없을 만큼 소중했다. 물론 때로는 싸우기도 했고 가끔은 섭섭할 때도 있었다. 하지만 누구보다 서로를 의지했고 그저 같이 있기만 해도 마음이 편했다. 멀어졌다가도 결국 다시 모였고, 자극제가 되어 서로를 성장시키기도 했다. 성적이 그다지 좋지 않았던 유토와 내가 다른 친구들과 같은 고등학교에 갈 수 있었던 것도 매일 다 같이 모여서 공부했기 때문이었다. 다섯 명의 목소리가 모여 하나의 예쁜 파형을 만들어 내는 관계, 그 시절 나는 우리 다섯 명이 영원히 함께할 줄 알았다.

하지만 당연하게도 그럴 수는 없었다. 졸업이라는 불가피한 이벤트가 있고, 각자 희망하는 대학교나 직장이 다르면 나아가는 길도 조금씩 갈라질 수밖에 없다. 우리도 예외일 수 없었다. 고향에 남은 나는 이 지역 전문대를 졸업한 뒤에 이곳에 있는 과자 가게에 취직했고, 이 지역에 살던 남편과 결혼했으니 사는 곳에 큰 변화가 없었지만, 유토는 간토 지방에 있는 대학에 진학했고 그곳에서 취직했다. 소요미는 대학에서 만난 남자친구와 함께 그의 직장이 있는 구마모토로 갔고, 거기서 결혼했다. 마사타카는 고등학교를 졸업한 후에 이웃 시에 있는 회사에 취업했으니 비교적 가까이 있기는 했지만, 워낙 바빠서 못 본 지 몇 년이나 됐다. 그리고 이치는 스무 살을 앞두고 갑자기 도쿄로 훌쩍 떠났다.

마지막으로 모두와 연락했던 건 올해 정월 초하루였다. SNS로 서로의 안부를 물으며 과장으로 승진했다거나 아이가 유치원 입학시험을 본다며 서로의 근황을 하나씩 전하다가, 보고 싶다는 이야기도 나왔다. 우리 언제쯤 볼 수 있을까? 다들 몰라보게 달라진 건 아니지? 큰일이다. 너희 만나려면 다이어트부터 해야겠어. 그런 말을 나누며 누구 한 사람 우리가 언젠가 다시 만날 거라는 사실을 의심하지 않았다. 분명 언젠가, 어디선가 다시 만날 수 있다고 믿었다.

"엄마? 어디 아파?"

유라가 내 얼굴을 빤히 쳐다보고 물었다. "아니야. 조금 놀라서 그래. 괜찮아." 정확한 설명은 아니었지만, 어차피 어떻게 표현해야 할지 알 수도 없었다.

"아빠 부를까?"

그러자 이번에는 남편 침실 쪽을 가리키며 물었다. 나는 고개를 가로저었다. 남편이 와준다고 달라질 일도 아니다. 아, 하지만 일단 하룻밤 집을 비워야 하니 얘기는 해야겠다. 나는 죽은 친구의 마지막을 배웅하는 일도 허락받아야 하는 처지니까.

갑자기 따끔한 통증이 가슴을 찔렀다. 하지만 기분 탓이라고 치부하면 그냥 그렇게 흘려버릴 수 있을 정도로 약한 통증이었다. 그때였다면 심장을 저미는 고통을 느꼈을 텐데….

"엄마, 일어나."

유라가 나를 잡고 흔들었다. 계속 주저앉아 있는 엄마가 못마땅한 모양이다. 하지만 알았다고 대답하며 자리에서 일어선 나는 다시 작은 신음을 뱉을 수밖에 없었다. 식탁 위에 있던 남편의 가방을 보고 조금 전까지 내가 무엇을 하고 있었는지 생각났기 때문이었다. 삼키지 못할 음식을 씹은 것 같은 불쾌함이 퍼졌지만, 지금은 이럴 때가 아니라는 생각에 머리를 흔들어 상념을 날려 버렸다.

두 시간 후에 일어난 남편은 늦은 점심으로 내가 차린 커피와 토스트, 참치 샐러드를 먹으면서 내 이야기를 들었다. "왜 밤까지 새워야 하는데?" 그의 미간에 깊은 줄이 새겨졌다.

"학창 시절 친구라고 해도 고등학교를 졸업한 지가 언젠데, 옛날에 알던 지인 장례식에서 당신이 꼭 밤까지 새워야 해? 그리고 죽은 사람은 남자잖아. 다른 남자 동창생들도 장례식장에서 밤을 새울 거 아니야. 그건 좀 그렇지 않아?"

설교라도 하듯 말한 남편은 "보통은 안 가지"라고 덧붙이며 인상을 쓴 채 커피를 마셨다.

"안 간다니…, 보통? 뭐가 보통인데? 친구의 마지막을 함께하고 싶다는 생각이 이상한 거야?"

"보통은 그렇게 안 한다는 거지. 당신이 남자 동창생 밤샘부터 장례식에까지 붙어 있는 것도 이상하고, 심지어 다른 남자들과 같이 있는 건 더 이상해. 당신은 주부고 유라 엄마야. 가정과 아이를 팽개쳐 두고 다른 남자들이랑 외박하겠다니, 아무리 생각해도 이상하잖아. 나도 괜한 의심을 하게 된다고."

"남자, 남자 하지 마. 누가 바람피우러 간대? 나는 내 친구들을 그런 식으로 생각해 본 적도 없고, 그건 그쪽도 마찬가지야. 지금 내가 장례식장에 소개팅이라도 하러 간다고 생각해? 애도하러 가는 거잖아."

"애도라면 그냥 전보만 보내도 충분해."

"전보라니… 무슨 그런 말도 안 되는…. 나는 마지막으로 잘 가라고 인사하고 싶어."

마지막 인사를 그렇게 가볍게 할 수 있을 리가 없잖아. 기가 막혀 따지는 나를 남편은 수상하다는 듯 바라봤다.

"왜 그렇게 장례식 참석에 집착해? 이게 그렇게 화낼 일이야?"

"못 가게 하는 일에 집착하는 건 당신이잖아."

저절로 목소리에 날이 섰다. 하지만 남편은 "그렇게 발끈하니까 더 수상한데"라며 어깨를 으쓱할 뿐이다.

"전보랑 같이 근조화환이나 부의금을 보내서 성의를 보이면 되잖아. 그 정도면 당신 체면도 설 거야. 금액까지는 참견하지 않을게."

하흠. 남편이 입이 찢어지게 하품을 했다. 일이 바쁘다는 핑계로 자정이 넘어서야 돌아왔으니 아직 피곤이 풀리지 않았을 수도 있다. 하지만 아무리 그래도 하품을, 지금, 이 순간에, 꼭 해야만 했을까? 정말 싫다.

"내일은 오랜만에 우리 부모님 댁에 다녀오자. 어머니가 유라 돌봐 주실 테니까 당신도 쉬고 좋잖아. 아버지가 좋아하시는 화과자랑… 콩 찹쌀떡인가? 이따가 사다 놔."

다시 한번 하품을 하는 남편 앞에 나는 작은 종잇조각 하나를 내밀었다. "또, 뭐?" 만사가 다 귀찮다는 듯 시선을 내렸던 남편의 얼굴이 순식간에 굳었다.

"당신은 이런 짓이나 하고 다니면서 나는 친구 조문도 못 가게 하는 거야?"

남편 가방에서 나온 건 성매매 업소 아가씨 명함이었다. '안냥'이라는 사람 이름인지 아닌지도 모를 정체불명의 이름이 적힌 화려한 명함은 메시지 카드로도 쓸 수 있는 형태였고, 뒷면에 조잡한 글자가 적혀 있었다.

오늘 고마웠어요. 우리 또 기분 좋은 밤 보내요.

싸구려 향수 냄새가 배어 있는 명함은 만지기만 해도 손에 냄새가 옮았다.

"전에도 말했지. 이런 곳에 가지 말라고. 그런데 이게 뭐야? 어제 야근했다는 것도 거짓말이지? 그런 줄도 모르고 안 자고 계속 기다린 나는 뭐가 돼?"

명함을 흘끗 본 남편은 "이거 어제 받은 거 아니야. 그리고 밥맛 떨어지니까 버려"라며 식탁 반대편으로 툭 밀어 버렸다. 그리고 내 얼굴을 똑바로 보고 "이거랑 그거랑 같아?"라며 내뱉듯이 말했다.

"이건 당연한 권리야."

"뭐? 지금 결혼해서 아이까지 있는 사람한테 당당히 외도할 권리가 있다고 말하는 거야?"

"외도라니. 나는 딱히 특정 여자를 만나는 게 아니야. 어쩔 수 없이 이런 곳을 이용하는 거라고. 남자는 어떻게든 욕구를 풀어야 해. 그런데 당신은 나랑 안 하잖아. 안 그래?"

남편이 나를 노려봤다.

우리가 섹스리스로 산 지도 3년이 넘었다. 남편은 그 일에 여전히 불만을 품고 있다. 내가 아내의 의무를 다하지 않는다고 생각한다.

"이건 당신이 자초한 일이야."

그렇게 말한 남편은 옆에 있던 유라를 안고 볼을 맞비볐다. "그렇지, 유라야. 엄마가 나쁜 거야?" 아무것도 모르는 유라가 재밌다는 듯 꺅 소리를 지르며 까르르 웃었다.

"엄마, 공원 가자." 칭얼거리는 유라를 달랜다는 핑계로 집을 나왔다. 한 손에는 모래놀이 장난감 가방을 들고, 다른 손으로는 유라의 손을 꼭 잡았다. 어느덧 겨울 추위도 한풀 꺾였고 어디선가 매화꽃 향기도 풍겨왔다. 구름 한 조각 없는 파란 하늘을 올려다본 유라가 천진한 목소리로 "와, 날씨 좋다"라고 소리치기에 비슷한 톤으로 "정말이네"라고 맞장구쳤지만, 내 마음속에는 흙탕물 같은 감정이 소용돌이치고 있었다.

우리 부부가 섹스리스가 된 건 유라를 낳은 후로 내가 관계를 할 때마다 심한 통증을 느끼게 됐기 때문이었다. 유라가 3.8킬로그램이 넘는 우량아로 태어나서인지, 진통 중 내 호흡법에 문제가 있었던 건지, 출산할 때 질 파열이 여러 군데 발생했다. 의사가 꼼꼼하게 봉합했고 출산 후 검사에서도 문제없다고 진단받았지만, 경련이 일어나는 것처럼 저릿저릿한 통증이 사라지지 않았다. 출산 후 한 달이 지나고 이제 부부생활을 해도 된다는 의사의 말에 몇 개월 만에 남편에게 안겼지만, 남편이 내 안으로 들어오려고 하는 순간 찢어지는 듯한 예리한 통증이 몸을 관통했다. 그날 나는 남편을 밀쳐 내고 아프다고 울어 버렸다. 알몸으로 침대에서 떨어진 남편의 황당해하는 얼굴이 아직도 기억난다.

그 뒤로도 몇 번 더 시도해 봤고, 러브젤도 써 봤지만 내 몸은 예전처럼 남편을 받아들이지 못했다. 유라를 낳은 산부인과에 가서 상담도 받아봤지만, 몸에는 아무런 문제가 없다며 의사도 고개만 갸웃할 뿐이었다. 혹시나 해서 찾아간 다른 병원에서는 몸이 아니라 마음의 문제일지도 모른다는 말을 들었다. 혹시 가정에 다른

249

문제는 없으신가요?

하지만 의사의 의견을 들은 남편은 화부터 냈다.

"그래서 지금, 나한테 문제가 있다는 거야?"

"아니, 그게 아니라. 아마도 육아 스트레스나 뭐, 그런 게 아닐까? 그렇게 생각해."

당황해서 그렇게 말했을 때 남편의 시선이 책장에 꽂혔다. 책장에는 임신 사실을 알았을 때부터 내가 사 모은 육아서가 빼곡히 꽂혀 있었다.

"하긴 그럴 만도 하지. 당신이 좀 병적인 데가 있긴 해."

한숨 섞인 목소리로 질린다는 듯이 내뱉은 남편의 말에 신경이 예민하게 곤두섰다.

나는 임신 초기부터 문제가 많았다. 입덧이 오래갔고 심한 변비로 고생하기도 했다. 식단과 운동량에 신경을 썼는데도 임신성 고혈압 증후군 진단을 받았고 배도 심하게 당겼다. 이유는 모르겠지만 칸디다 질염에도 두 번이나 걸렸다. 그때마다 배 속 아이에게 영향을 주지 않는다는 약을 처방받았지만, 수북한 알약을 보면 불안하지 않을 수 없었다. 정말 괜찮을까? 나 같은 사람이 또 있을까? 있다면 그 사람은 건강한 아기를 낳았을까? 배 속의 아이는 정말 건강히 잘 있는 걸까? 불안을 떨쳐내려고 나는 책을 읽고 또 읽었다.

그때도 남편은 절망에 가까운 공포에 사로잡혀 있던 내게 신경과민이라며 적당히 좀 하라는 듯이 쳐다봤지만, 그때 나를 보던 남편의 마음이 어땠는지 새삼 확인한 순간이었다.

"임신 중에는 힘들었지만, 결국 유라는 건강하게 태어났어. 더는 부담 느낄 필요 없잖아."

유라는 신생아 때부터 포동포동한 아기였다. 젖을 빠는 힘이 세서 모유도 잘 먹었고, 밤에 자다 깨서 우는 일도 거의 없었다. 소아과 선생님도 '슈퍼 건강 우량아'라고 칭찬할 정도였다.

하지만 나는 여전히 불안했다. 울음소리가 평소와 조금만 달라도, 웩하고 모유를 다 토해냈을 때도, 변의 색이 달라지거나 습진이 생겼을 때도 불안했다. 전부 사소한 증상에 불과할지도 모르지만, 혹시라도 큰 병의 전조 증상은 아닐지 생각하면 견딜 수 없이 초조하고 겁이 났다.

"내가 4형제 사이에서 자라서 그런지 유라도 외동으로 키우고 싶지 않아. 아들도 갖고 싶고. 그래서 당신이 잠자리를 거부하지 않았으면 좋겠어."

남편의 말이 마음을 잔인하게 짓밟았다.

"나도 싫어. 일부러 거부하는 게 아니잖아. 참을 수 없을 만큼 아픈데 어떡해!"

하지만 사실, 나는 그때 이미 성욕을 느끼지 못했다. 분만실에서 나올 때 깜박하고 두고 나왔나 싶을 만큼 욕구가 깨끗이 사라져버렸다. 그저 눈앞에 있는 작은 아이를 잘 키우고 싶다는 생각밖에 없었다.

그래도 남편을 위해서, 원만한 부부 사이를 위해서 노력하려고 했다.

냉정하게 마음을 가라앉히고, 하지만 필사적으로 그런 내 심정을 전했다고 생각했는데, 남편은 짜증스럽다는 듯이 머리를 흩트

251

리며 말했다.

"솔직히 말이야, 그 정도도 못 참아? 우리 엄마는 사랑스러운 아기 얼굴을 볼 수 있다면 아무리 괴로워도 참을 수 있었다고 하셨어. 그래서 자식을 넷이나 낳으셨대. 당신은 유라가 사랑스럽지 않아?"

"어머님은…!"

임신 중에 아무 문제도 없으셨고 '순산'이라는 표현이 모자랄 만큼 쉽게 출산한 일을 자랑으로 여기시는 분이다. 내가 힘들어하는 모습을 보고 자신은 복 받은 거였다며 한숨을 쉬실 만큼. 그런 분과 똑같은 기준을 들이밀면 안 되지. 하지만 그렇게 말해 봤자 남편이 이해할 리 만무했다. 임신했을 때부터 계속 시어머니와 나를 비교했었으니까.

나는 그대로 입을 닫았고, "우리 엄마는 사랑하는 아버지의 자식이니까 많이 낳고 싶었다고 하셨어"라는 남편의 불평이 이어졌다.

"당신은 내 아이를 낳고 싶지 않은 거야? 솔직히 난 당신 마음이 변한 것 같아."

나를 보는 남편의 눈에 원망이 어렸다. 남편은 문제를 보는 관점이 나와 완전히 달랐다. 이건 사랑이 변하고 말고 따위의 그런 문제가 아니다. 사랑으로 극복할 수 있는 문제가 아니란 말이다.

"아프다고. 나는."

목소리가 떨렸다.

"참을 수 없이 고통스럽단 말이야. 사랑으로 어떻게든 극복할 수 있는 문제였다면 벌써 오래전에 해결했을 거야. 그렇게 안 되니까 고민하고 괴로워하는 거잖아! 당신이야말로 나를 사랑한다면 그 성욕 좀 어떻게 해 봐!"

와락 터져 버린 외침과 동시에 뺨으로 손이 날아들었다. 교제 1년, 결혼 생활 2년, 그동안 남편에게 맞은 적은 단 한 번도 없었다. 처음이었기에 뺨에서 느껴지는 아픔보다 정신적인 충격이 더 컸다. 눈앞이 아찔해지는 충격을 받고서야 겨우 이성을 찾았다.

"지금 무슨 소리를 지껄이는지 알고는 있는 거야!"

분노로 시뻘겋게 달아오른 남편의 고함에 내가 그에게 상처를 주었다는 걸 깨달았다. 하지만 나 역시 상처받았다. 벌써 오래전부터 계속해서….

"하지만 나도!"

"입 다물어!"

시뻘겋게 달아올랐던 남편의 얼굴이 점차 파랗게 질렸고, 그날 이후 우리는 각방을 썼다.

그날 일은 내가 심했다. 조금 더 이성적으로 차분히 말했어야 했다고 반성도 했다. 하지만 그날 일을 사과한다면 나 역시 남편에게 사과받고 싶었다. 나를 이해해 주지 않았고 내 몸을 배려하지 못해서 미안하다고 말해 주길 바랐다. 하지만 그날 이후 우리는 대화다운 대화를 나눌 수 없었다.

부부이기에, 앞으로 평생 함께 살 사람이기에 피하지 말고 확실히 매듭지어야 할 문제라는 건 나도 알고 있다. 나 역시 유라에게 형제를 만들어주고 싶고, 섹스리스는 부부 관계에 좋지 않다고 생각한다. 하지만 먼저 손을 내밀기는 쉽지 않았다. 내 말에 상처받은 이후로 점점 더 꼬여만 가는 남편과 대화하려면 얼마나 더 노력해야 할까, 그 과정에서 나는 또 얼마나 상처받을까. 그런 생각을 하면 얼마 못 가 생각이 멈춰 버렸다. 당분간은 이대로 지내도 나쁘지 않겠지.

"엄마, 공원, 빨리."

손을 당기며 재촉하는 유라의 목소리에 정신을 차려보니 어느새 공원 앞 건널목에 서 있었다. 멀리서 아이들 목소리가 들리자, 그 소리에 홀린 듯 유라가 빨리 가자고 재촉했다.

"그래, 알았어. 가자."

지금은 유라에게 집중해야 한다. 공원에서 놀면서 기운을 빼지 않으면 오후에 낮잠을 자지 않을 테고, 그러다 잠자는 시간이 틀어지면 생활 리듬이 엉망이 된다. 그런 생각이 들자 갑자기 배가 아프기 시작했다. 한 손으로 배를 누르며 심호흡으로 진정시켜 보려 하는데 크로스로 맨 가방 안에서 핸드폰 진동이 울렸다. 엄마였다. 방금까지 싫은 기억을 떠올렸던 참이라 받고 싶지 않았지만, 엄마는 받을 때까지 집요하게 전화하는 성격이다. 마지못해 전화를 받자 대뜸 "…모양이더라"라는 말이 튀어나왔다.

"엄마, 잠깐만."

엄마 목소리는 작아서 잘 들리지 않는다. 나는 음량을 크게 높이고 나서 다시 물었다. "응, 뭐라고?"

"신문에 네 동창이 죽었다는 기사가 났어. 이름이랑 사진까지."

조금 듣기 편해진 크기로 엄마 목소리가 다시 들렸다.

"아… 그렇게 됐어. 나도 친구한테 들었어."

"어제 네 아빠랑 뉴스 보면서 참 안타까운 사고라고 생각했었는데, 그 사고로 죽은 사람이 설마 그 사람일 줄은 몰랐어."

나무아미타불, 나무아미타불. 핸드폰 너머에서 엄마가 중얼거리는 소리가 들렸다. 엄마는 예전부터 무슨 일이 있으면 습관적으로 '나무아미타불'을 찾곤 하신다.

독실한 불교 신자는 아니셨지만 어릴 때 누군가한테 '행운을 비는 주문'이라고 배웠다고 한다. 어릴 때 나도 엄마에게 다치거나 배가 아프면 나무아미타불을 외우라고 배웠고, 그래서인지 지금도 가끔 무의식중에 튀어나올 때가 있다.

유라가 재촉하듯 다시 손을 끌어당겨서 아직 빨간색인 신호등을 손가락으로 가리키자, 알았다는 듯 고개를 끄덕였다. 그 순간 진지한 엄마의 목소리가 귀를 파고들었다. 그래도 말이야. 역시 그때 너희가 교제하는 걸 반대하길 잘했지, 뭐니. 유라를 보고 부드럽게 미소 지었던 얼굴이 순식간에 딱딱하게 굳었다.

"무슨 뜻이야?"

"말 그대로야. 신문에 그 사람이 음식점에서 일한다고 쓰여 있더라. 심지어 그때랑 똑같은 곳. 도쿄까지 가서도 계속했다는 거지. 뭐였지? 어린이 식당, 이었나?"

목소리를 조금 낮춘 엄마가 말을 이었다.

"아무리 생각해도 30대 중반 남자가 할 일은 아니야. 학교 다닐 때는 공부도 잘하고 장래가 촉망되는 학생이었는데, 고등학교를 졸업하자마자 '달마정'인가 하는 식당에서 아르바이트했잖아. 최저 시급을 받으면서 일한다는 소리를 듣고 얼마나 실망했는지, 내가 다 앞이 깜깜하더라. 그런 사람이랑 네가 사귄다고 했을 때 솔직히 악몽을 꾸는 기분이었어."

"아까부터 무슨 소리를 하는 거야."

목소리가 떨렸다.

고등학교를 졸업한 후에 이치는 '어린이를 위한 식당'이라는 콘셉트를 내건 시내의 정식집 '달마정'에서 아르바이트를 시작했다. 자식이 없는 주인 부부가 아이들을 위해 무언가를 하고 싶다는 마음으로 시작한 식당이었다. 이치가 그곳에서 일하기로 했다고 했을 때 나는 그가 자라온 환경이 큰 영향을 미쳤다고 생각했다.

어린 나이에 부모님을 여읜 이치와 그의 형은 할머니와 셋이 살았다. 간호사셨던 이치의 할머니도 몇 번 뵌 적이 있었지만, 항상 바쁘셔서 인사 정도밖에 하지 못했다. 이치는 할머니가 형과 자기를 키우느라 아침부터 밤까지 쉴 새 없이 일하신다고 했다. 그래서 셋이 모여 단란하게 밥을 먹을 기회가 거의 없었다고. 이치의 할머니는 그가 고등학교 3학년 때 폐렴으로 세상을 떠나셨다. 조문객이 적었던 조촐한 장례식은 마을 회관에서 치러졌고, 상주는 그때 이미 회사원이었던 세이 오빠가 맡았다. 밤샘을 하던 중에 다 같이 모여 식사하면서 이치가 그런 말을 했었다. 이렇게 많은 사람이 모여서 밥을 먹은 게 처음이라 할머니가 놀라실지도 몰라. 조금이지만 기뻐하던 그의 얼굴을 지금도 기억한다.

이치는 평소에 차분하고 말이 많지 않은 성격이라 아이들을 살갑게 대하지는 못했다. 고등학교 때 교외 봉사활동을 하면서 아이들을 만날 기회가 몇 번 있었지만 왜인지 신기할 정도로 아이들이 이치 옆에는 가까이 가지 않았다. 그런 사람이 어린이 식당에서 일하기로 했으니 분명 복잡한 감정이 얽혔을 거로 생각했다.

"힘들겠지만, 열심히 해!"

내가 그렇게 말했을 때 그는 고맙다고 말하며 미소 지었다. 감정을 크게 드러내는 법이 없던 이치가 그렇게 반응하자 나도 기뻤다.

나는 전문대학에 다니고 이치는 달마정에서 아르바이트하던 그때는 정말 즐거웠다. 가끔 시간이 나면 만나서 어떻게 지내는지 이야기를 나눴다. 달마정은 가게에서 쓸 채소를 직접 재배했기에 밭일도 해야 했는데, 만날 때마다 햇볕에 그을려 점점 까매지는 피부가 늠름해 보였다.

이제 그에게 고백해도 되지 않을까? 몇 달쯤 지나자 그런 생각이 들었다. 친구 다섯 명은 각자 뿔뿔이 흩어졌고 이제 가까이 있는 사람은 우리 둘뿐이었다. 예전처럼 다른 애들을 신경 쓸 필요가 없으니 지금이 적당한 시기일지도 모른다고 생각했다. 튀어나올 듯이 뛰는 심장을 부여잡고 바들바들 떨며 한 내 고백을 그는 기쁘게 받아 주었다. "사실 나도 오래전부터 널 좋아했어. 너랑 함께하고 싶었어."

스스로가 자랑스러운 만큼 기뻤다. 이 순간을 위해 태어났다고 생각할 정도로.

"그래, 이치는 지금도 어린이 식당에서 일하고 있었어. 그게 나쁜 일이야? 어린이 식당이라는 시스템은 누군가를 돕는 일이야. 훌륭한 일이라고."

"얘는, 그 얘기라면 전에도 했잖니. 물론 누군가를 돕는다는 건 훌륭한 일이지만 그 전에 자기 가족을 먹여 살리지 못하면 그게 무슨 의미가 있어. 엄마, 아빠도 그때 여기저기 다 알아봤어. 힘들기만 하고 돈은 못 버는 일이라고 하더라. 훌륭한 일이지만 사람이 어디 꿈만 먹고 살 수 있니? 만약 그때 네가 그 사람이랑 결혼했는데, 결혼 생활 중에 병이라도 걸렸다고 생각해 봐. 그 사람이 널 제대로 치료해 줄 수 있었을까?"

아, 또 시작이다. 엄마의 레퍼토리.

태어날 때부터 몸이 약했던 엄마는 10대 후반에 난치병인 궤양성대장염 진단을 받았다. 다행히 그 후로 오랫동안 안정된 상태를 유지했었지만, 아빠와 결혼하고 나와 남동생을 낳은 뒤로 병세가 나빠져서 내가 어느 정도 말귀를 알아들을 만큼 컸을 무렵에는 입원과 퇴원이 일상이 됐다. 어릴 적 기억 속 엄마는 늘 비쩍 마른 모습으로 침대에 누워 있었다. 오랜 치료 끝에 내가 초등학교 5학년이 되었을 때쯤에야 상태가 어느 정도 호전되셨고, 그때까지 우리 남매는 할머니 손에 자라야 했다.

그동안 아빠는 일에 전념하셨다. 엄마 치료비와 생활비를 벌기 위해서 열심히 일하셨다. 몸이 약하다는 걸 알면서 청혼했고 아이를 둘이나 낳게 한 내 탓이다. 돈 걱정하지 말고 아무리 비싼 치료라도 무조건 받아라. 엄마는 그렇게 말해 준 아빠에게 '최고의 남편'이라는 찬사를 아끼지 않으셨다. 물론 나도 가족을 위해 힘든 일도 마다하지 않고 묵묵히 일하신 아버지가 대단하다고 생각한다. 누구나 할 수 있는 일이 아니다. 그러니 내가 아빠 같은 남자를 만나길 바랐던 엄마의 마음도 이해는 한다.

'하지만 엄마, 나는 그때 내 인생을 이치와 함께하고 싶었어.'

목 끝까지 차오른 말을 간신히 참고 있는데, 엄마가 진심으로 딱하다는 듯이 한숨을 쉬었다.

"그때 너랑 헤어진 일을 계기로 그 친구도 정신 차리고 제대로 된 직장을 찾았으면 좋겠다고 너희 아빠랑 얘기했었는데 말이야. 그런데 아직도…"

이치와 사귀기 시작하고 반년쯤 지났을 때 엄마에게 남자친구가 있다는 사실을 들켰다. 들뜬 마음에 이치가 생일선물로 준 목걸이를 매일 하고 다녔던 탓이었다. 못 보던 목걸인데 어디서 났어? 엄마가 묻기에 나는 바보처럼 솔직하게 이치와 사귀고 있다고 말했다. 이치라면 엄마도 예전부터 알고 있었고, 멋진 어른이 될 거라고 칭찬한 적도 있었으니 반대할 리 없다고 생각했다. 하지만 이치가 무슨 일을 하는지, 집안 사정은 어떤지 꼬치꼬치 캐묻던 엄마의 표정이 점점 무섭게 일그러졌다. 그리고 결국, 사형 선고를 내렸다. 이치랑 사귀는 건 다시 생각해 보렴. 그다음 날에는 아빠가 말씀하셨다. 헤어지거라. 다 널 생각해서 하는 말이야. 그 친구가 하는 일은 분명 좋은 일이다. 그의 훌륭한 인성을 부정할 생각은 없어. 하지만 내 딸의 인생을 책임질 남자가 그런 일을 한다면 나는 허락할 수 없다. 그 친구랑 사귀면 분명히 하지 않아도 될 고생을 할 거야.

울며불며 부모님에게 매달려도 봤지만, 상황은 점점 나빠져만 갔다. 엄마가 빈혈로 쓰러지셨고 아빠의 분노는 극에 달하셨다. 겨우 건강해진 엄마를 다시 아프게 할 셈이야! 이 불효막심한 것아!

엄마는 창백해진 얼굴로 눈물을 뚝뚝 흘리면 애원했다. 제발, 부모 마음 좀 알아줘. 무섭게 몰아치는 아빠와 당장이라도 쓰러질 것 같은 엄마에게 끝까지 맞설 힘이 내게는 없었다.

"엄마, 아빠 마음대로 해."

힘없이 툭 뱉은 말에 엄마는 "부모 말 들어서 잘못될 일은 없어"라며 고개를 끄덕이셨고, 아빠는 자신이 알아서 정리하겠다고 하셨다. 부모님은 그 길로 이치를 찾아가 나와 헤어져달라고 하셨다. 우리 딸과 교제하고 싶으면 제대로 된 직업부터 구하고 다시 오게. 소중한 딸의 행복만 생각하는 이기적인 부모라고 생각해도 어쩔 수 없어. 대충 그런 이야기였겠지만 구체적으로 어떤 대화가 오갔는지는 모른다. 나는 그 자리에 동석하지 않았으니까. 다만 엄마의 말에 따르면 이치는 순순히 "알겠습니다. 헤어지겠습니다"라고 했다고 한다. 얼마 뒤 그는 혼자 도쿄로 떠나 버렸다.

"고인에 대해서 함부로 말하지 마!"

나도 모르게 버럭 내지른 고함에 유라가 깜짝 놀라 고개를 들었다.

"지금 내… 내 친구가 죽어서 잘됐다고 말하려고 일부러 전화한 거야? 아니면 내가 좋아하던 사람과 억지로 갈라놨지만, 일이 이렇게 됐으니 고마워하라는 거야? 지금 그 말이 얼마나 무례하고 나한테 상처가 되는 말인지 알아? 이건 그냥 언어폭력이라고!"

숨도 안 쉬고 퍼부어 대자 핸드폰 너머에서 엄마가 일순 숨을 멈췄다. "료코, 진정 좀 해." 잠시 후 숨을 고른 엄마가 다시 천천히 입을 열었다.

"난 그저 네가 걱정돼서 전화한 거야."

엄마는 일부러 더 다정한 목소리로 "분명 충격을 받았을 테니까"라고 하셨다.

"너는 옛날부터 그랬는걸. 피나 괴로워하는 모습 같은 걸 보기 힘들어했잖아. 기억나? 엄마가 입원했을 때 영안실에서 시신을 봤던 일. 너무 놀라서 기절까지 했었잖아. 그 뒤로는 병원이 무섭다면서 매번 울고불고 그랬지. 그러니까 분명 마음이 안 좋겠다고 생각했어. 엄마잖아. 엄마는 다 알아. 그럼, 다 알지. 손바닥 보듯이 훤히 보이는걸. 힘들었지, 료코?"

엄마가 울먹이기 시작했다. 지긋지긋했다.

"벼, 병원에서 쓰러진 사람은 내가 아니고 스미나리야."

스미나리는 두 살 아래인 내 남동생이다. 어릴 때 엄마 병실에서 갑자기 사라져서 소란이 벌어진 적이 있었다.

"그랬나? 아무튼 너도 스미나리랑 같이 울었잖아. 다 엄마 때문이야, 나 때문에 너희가 그런 일을 당한 거지."

코를 훌쩍이는 소리가 들렸다. 엄마는 몸 어딘가에 스위치가 있는 사람처럼 원하면 금방 눈물을 흘릴 수 있다. 나는 엄마가 이렇게 울기 시작하면 목이 턱 막혀 버린다. 어째서인지 침대에 누워 앙상한 손을 내밀고 "못난 엄마라서 미안해"라며 하염없이 눈물을 흘리던 모습이 자동으로 떠오른다. 그때는 엄마가 당장이라도 돌아가실 것만 같았다. 잠깐이라도 눈을 돌리면 나뭇가지가 뚝 부러지듯 한순간에 숨이 끊어질 것 같아서 그런 엄마를 슬프게 하면 안 된다는 생각뿐이었다. 아무래도 어린 나이에 느꼈던 그 감정이 마음속 어딘가에 깊이 새겨져 버린 모양이다. 그래서 엄마가 아무리 이해할 수 없는 말씀을 하셔도 늘 반발심보다는 죄송한 마음이 앞선다.

"아무튼 그 사람 일에 너무 연연하면 안 돼. 이미 오래전에 끝난 사이고 너랑은 원래 인연이 아니었어. 너랑 어울리지 않는 사람이었으니까."

"엄마는 내 기분 이해 못 해. 이치는, 그 사람은 엄마가 생각하는 그런 사람이 아니야."

"그래? 하지만 그러는 너도 사람 보는 눈은 없잖니."

한 번 더 코를 훌쩍인 엄마가 뱉은 냉정한 말에 다시 목이 막혔다. 짧은 공백이 생기자 그 틈에 엄마가 말을 이었다. "아, 맞다. 중요한 얘기를 잊을 뻔했네. 료코, 그 사람이랑 잠깐이지만 사귀었다는 말, 쇼한테는 절대 하면 안 된다."

"왜?"

"네 남편은 좀 욱하는 성질이 있잖니. 그 사고로 죽은 사람이 아주 잠깐이라도 너랑 사귀었던 사람이라는 걸 알면 조용히 넘어가지 않을 거야."

아니라고 말할 수 없었다. 조용히 넘어가지 않는 정도가 아니라 그런 자식 장례식에 가겠다고 한 거냐며 길길이 날뛸 것이 불 보듯 뻔했으니까.

"쇼만 그런 게 아니야. 원래 남자들은 다 자기 멋대로 생각하거든. 자기가 어떤지는 생각도 안 하고 애인이나 부인은 항상 정숙하길 바란다니까. 자기를 만나기 전에 있었던 일인데도 질투를 해. 정말 잠깐 만난 사이였다고 해도 잔소리를 한다니까."

정곡을 찔렀다. 적어도 내 남편을 보는 엄마의 눈은 정확했다.

"그러니까 아무 말도 하지 마. 너도 잘 알겠지만 밤샘이나 장례식에도 가면 안 된다. 괜히 긁어 부스럼 만들지 마."

엄마는 하고 싶은 말은 다 하셨는지 만족해했다. "엄마가 하라는 대로 하면 다 잘될 거야. 그럼 끊는다." 그 말을 마지막으로 엄마는 일방적으로 전화를 끊었다. "모래사장, 빨리." 통화가 끝나기를 기다렸던 유라가 바로 목소리를 높이며 재촉하는 바람에 나는 굳어 버린 몸을 억지로 움직여 걷기 시작했다.

공원 모래사장에는 아무도 없었다. 조금 떨어진 곳에 크고 작은 미끄럼틀 네 대와 구름다리, 흔들다리, 철봉이 합쳐진 대형 놀이 시설이 있었고, 다른 아이들은 대부분 그곳에서 놀았다. 덩치가 큰 아이가 많아서인지 유라는 가고 싶어 하지 않았지만 궁금하기는 한지 항상 눈부신 햇살을 바라보듯 손 그늘을 만들고 바라보곤 했다. "다들 재밌게 놀고 있네." 오늘도 역시나 대형 놀이 시설에서 놀고 있는 아이들을 한동안 바라보다가 모래놀이 세트를 하나씩 꺼내 줄 맞춰 세우기 시작했다. 유라는 나를 닮은 건지 꼼꼼한 면이 있다. 그 옆에 쪼그리고 앉은 나는 집중하고 있는 유라 얼굴을 가만히 바라봤다.

나는 도대체 뭐 하고 있는 걸까? 이치가 죽었다. 지금 당장이라도 그의 곁으로 달려가고 싶은데, 갈 준비를 하고 싶은데, 그런데 왜 여기에 있는 걸까.

"엄마, 여기."

노란색 물체가 눈앞에 나타났다. 유라가 '엄마용'으로 정해 준 장난감 삽이었다.

"산 만들 거야."

"아, 그래그래."

"한 번씩 하는 거야. 처음에는 유라부터."

삽을 받아서 유라와 번갈아 모래를 쌓았다. 딸에게 미소를 지으며 생각했다. 그때 우리가 겪은 이별에 관해 이제는 영원히 말할 수 없게 됐구나.

부모님에게 나와 헤어지겠다고 말한 이치는 단 한 통의 메시지로 이별을 고했다.

미안해. 옛날로 돌아가자.

그 메시지는 내가 아니라 다른 세 친구를 위한 배려였다고 생각한다.

우리는 다른 애들에게 사귀고 있다는 사실을 알리지 않았다. 언젠가 모두가 모였을 때 발표해서 놀라게 해 줄 생각이었다. 하지만 결과적으로 우리는 아무에게도 축복받지 못했고, 아무도 우리의 이별을 슬퍼해 줄 수 없었다. 나는 이치를 잃은 괴로움을 혼자서 견뎌야 한다는 사실에 절망했다.

헤어지고 며칠 뒤, 이치 페이스북에 '도쿄에서 도전해 보기로 했다!'라는 글이 올라왔다. 전부터 큰 도시에서 살아보고 싶었고, 도시는 빈곤 가정 지원 단체도 훨씬 많다. '해바라기 카페'라는 어린이 식당에서 일하게 됐고 앞으로 더 많은 걸 배워 나갈 생각이라는 내용이었다. 이치가 올린 글에 많은 사람이 '좋아요'를 눌렀다. 친구들은 각자 응원 메시지를 보냈고 한참을 망설이다가 나도 메시지를 보냈다. '도쿄에서도 열심히 해'라는 내 메시지에 그는 다른 친구들에게도 보냈을 메시지와 똑같이 '고마워'라고 답장했다. '너도 힘내'라는 말을 덧붙여서. 그 순간 우리의 행복했던 시간이 안개처럼 흩어져 버렸다.

눈앞의 모래 산이 흐릿하게 번졌다.

그러지 말았어야 했다. 그때 아무 일도 없었다는 듯이 그를 대해서는 안 됐다. 조금 더 따뜻하게 그를 보듬어주었어야 했다. 하지만 나는 겁쟁이였고 한심할 정도로 어리석어 그 이후 더는 부모님에게 반항할 수 없었다. 나는 바보였다. 바보처럼 언젠가 이치와 다시 이야기할 수 있는 날이 올 거라 믿었다. 부모님의 무례와 나의 무력함을 사과할 날이 올 거라고 믿고 아무 노력도 하지 않았다. 고작 그런 믿음 하나 가지고 물 흘러가듯 그렇게 살았다. 지금도 마찬가지다. 이치의 마지막을 배웅하고 싶으면서도 결국 이런 곳에 나 있었다.

그때 가방 안에서 핸드폰 진동이 느껴졌다. 느리게 손을 뻗어 가방 안에 넣었지만, 남편이나 엄마라면 이제는 받지 않을 생각이었다. 하지만 화면에 뜬 동생 이름을 보고 통화 버튼을 눌렀다.

"누나? 나, 스미나리. 통화 괜찮아?"

동생은 독립해서 혼자 살고 있다. 어릴 때는 약한 과다 행동 장애 증상을 보여서 잠시만 눈을 떼도 금세 어디론가 사라져 어른들을 놀라게 했던 녀석이지만, 지금은 어엿한 어른이 됐다. 누나인 내 눈에도 자기 일에 최선을 다하는 성실한 청년으로 보일 정도로. 스미나리는 가끔 생각나면 한 번씩 전화해서 나와 유라의 안부를 묻곤 했다.

"오랜만이네. 통화는 괜찮은데, 무슨 일이야?"

한 손으로 핸드폰을 들고 다른 손으로는 모래를 폈다.

"무슨 일이긴. 걱정돼서 전화했지."

동생이 몰라서 묻느냐는 듯이 대답했다.

"엄마한테 이치 씨가 세상을 떠났다는 말 들었어. 알잖아. 엄마가 이런 일에 가만히 계실 분이 아니라는 거."

아아, 탄식이 절로 터졌다. 맞다. 엄마는 그런 사람이다.

"누나랑 이치 씨가 예전에 사귀었던 일을 들먹이면서 하소연하시더라고. 엄마는 세상의 중심이 우리 집인 사람이잖아. 오래전 일인데도 어제 일처럼 말씀하시더라."

이어서 한숨을 푹 내쉰 동생이 내게 이치의 장례식에 갈 거냐고 물었다.

"가고 싶은데… 못 갈 것 같아. 매형이 남자 동창 장례식에는 가지 말래."

"아아, 그래, 매형이라면 그럴 사람이지."

풋! 동생의 입에서 가벼운 웃음이 새어 나왔다.

"여전하네. 매형도."

"여전한 게 아니라 더 심해졌어."

"누나는 참 남자 보는 눈이 없어."

엄마와 똑같은 소리에 말문이 막혔다.

섹스리스 부부가 된 후로 남편은 나를 구속하기 시작했다. 아니라고 아무리 설명해도 그의 머릿속에 깊게 박혀 있는 '잠자리 거부=사랑이 식었다는 증거'라는 등식을 지울 수 없었고, 서운함은 점차 다른 남자가 생겼을지도 모른다는 의심으로 번져 갔다. 내가 시장을 보러 가기만 해도 다른 남자를 만나러 가는 건 아닌지 의심하는 마음이 표정에 그대로 드러났다.

그러다 결국 그 불만이 할머니의 7주기 제사 때 터졌다. 몇 년 만에 본 사촌오빠와 이야기를 나누고 있는데 누군가 퍽 하고 내 머리를 때렸다. 놀라서 돌아본 순간, 남편이 분노로 몸을 떨며 버럭 소리를 질렀다.

"애 엄마가 다른 남자 앞에서 실실 웃다니 제정신이야!"

당시 나는 내년에 결혼을 앞둔 사촌오빠에게 아내 될 사람과의 연애 이야기를 듣고 있었다. 지금까지 단 한 번도 서로를 이성으로 본 적이 없다고 맹세할 수 있었다. 그런데도 친척들이 다 모인 자리에서 말도 안 되는 이유로 나를 비난하고, 심지어 폭력까지 쓴 남편의 행동에 나도 이성의 끈을 놓아 버렸다. 어느 정도 냉정을 되찾았을 때는 이미 남편과 악을 쓰며 싸우고 있었다. 결국 부모님께 이럴 거면 그만 돌아가라는 말을 듣고 쫓겨나다시피 집을 나왔다.

"그날은 매형이 누나를 너무 좋아해서 그런 거라고 웃으면서 넘어갔지만, 한 아이 아버지가 한 행동이라기에는 너무 유치했어. 누나가 안 됐지만 그런 매형이 인제 와서 철들기를 바라기는 힘들지."

사정을 모르는 스미나리가 작게 웃었다.

"나 놀리려고 전화했니?"

내 목소리에 살짝 날이 서자, 미안하다면서도 또 웃은 동생이 "그건 아니고 이치 씨한테 갈 수 있게 도와줄까 해서"라는 말을 꺼냈다.

"매형이 못 가게 할 줄 알았어. 엄마도 그렇고. 오히려 엄마가 더 말렸겠지. 하지만 친구의 마지막도 지키지 못 하게 하는 건 너무하잖아. 그래서 말인데, 내가 부모님 집에 내려갈 테니까 내가 불렀다고 하고 집에 와. 매형은 그날 이후로 우리 집에 오는 거 꺼리니까 따라오지 않을 거야. 내가 부모님이랑 집에서 유라 봐줄 테니까 누나는 엄마들 모임이나 요리 학원 모임, 뭐 그런 거 있잖아. 적당히 핑계 대고 장례식에 다녀와. 그러면 잠깐이라도 배웅은 할 수 있을 거야."

"그래 주면 나야 고맙지만, 그런데 왜…"

동생과 사이가 나쁜 편은 아니다. 하지만 주변에서 살갑지 않은 남매라는 소리는 자주 들었다. 서로의 인간관계에 참견하지 않는 대신 그 문제로 의논하는 일도 없었다. 물론 단순히 이성인 가족에게 말하기 껄끄러웠기 때문이었지만, 보기에 따라서는 서로에게 무관심해 보일 수도 있었다.

"왜라니. 나는 이치 씨한테 개인적인 감정은 없어. 나한테 피해를 준 것도 아니잖아. 부모님이 하시는 말씀도 이해는 하지만 그건 또 다른 문제고. 적어도 누나한테는 지금도 소중한… 그러니까…, 친구잖아."

"고마…워."

내 마음을 이해해 주는 사람이 있었다. 울컥한 기분에 나도 모르게 목이 메 버렸다. 그때 동생의 목소리가 한 톤 낮아졌다. 뭘, 사실은 다른 이유도 있으니까 고마워할 건 없어.

"이치 씨 장례식, 게시미안이라는 장례식장에서 하지?"

"아, 응. 이치네 형이 아는 사람이 하는 곳이래."

"뭐? 진짜? 그건 몰랐네. 어떤 곳인지 들었어?"

"어떤 곳…? 자세하게는 몰라. 가족장 전문이라고 하던데."

"사장은 어떤 사람이래?"

"모른다니까. 그게 왜 궁금한데?"

"아니…, 사실은 말이야. 게시미안에서 이치 씨 장례식을 담당하는 직원이 내 여자친구야."

"여자친구?"

상상도 못 했던 인물의 등장에 놀라지 않을 수 없었다. 동생에게 만나는 사람이 있다는 건 알고 있었다. 동생보다 한 살 어리다고 알려 주면서 엄마가 "스미나리는 연봉이 조금 더 오르면 결혼할 생각이래"라고 하셨다. 하지만 그 여자친구가 무슨 일을 하는지까지는 몰랐다.

바로 떠오른 모습은 사무직원이나 장례식에서 차를 나눠 주는 여자들이었다. 그런데 그런 일을 하는 사람을 '담당'이라고 부르던가? 그래서 다시 물으니 "말 그대로야"라는 대답이 돌아왔다.

"기억 안 나? 할머니 장례식 때도 담당자가 이런저런 일을 도와줬잖아. 음식이라거나 답례품 같은 거 말이야."

"그건 아는데, 그런 일은 보통 남자들이 하는 거 아니야? 할머니 장례식 때는 입관도 도와주셨잖아. 꽤 힘이 필요한 일로 보였는데.”

할머니 때는 돌아가신 병원에서 염까지 해 주었기 때문에 입관사(시신을 염하고 관에 입관하는 일을 담당하는 사람-옮긴이)를 따로 부르지 않았다. 그래서 장의사의 담당자를 포함해 남자 직원 몇 명이 입관을 도와주었다. 그때 장의사에서 이런 일도 하는구나, 생각하면서 지켜봤던 일이 떠올랐다.

스미나리가 작게 앓는 소리를 냈다.

“음…, 맞아. 그런 일을 해.”

“대단한 사람이네.”

머리를 거치지 않고 튀어나온 말이었다. 그 말이 정확히 무슨 의미였는지 다시 생각하기도 전에 동생이 “맞아”라고 말을 받았다.

“모두가 꺼리는 일을 해. 그래서 지금까지 말 안 했어. 부모님은 분명 싫어하실 테니까. 아버지는 화를 내실지도 모르지.”

아아. 나는 작게 탄식했다.

우리 부모님, 특히 아버지는 전형적인 구시대 사고방식에 조금은 비틀린 시각까지 가지신 분이다. 이치의 일이 있고서 10년이 넘는 시간이 흘렀지만 지금도 변함없으시고, 시대 변화에 맞춰 감각을 업데이트할 생각도 전혀 없으시다. 세상 사람이 너도나도 목소리를 높이며 의식 개혁을 외치는 모습을 강 건너 불구경하듯 보실 뿐이다. 여자는 바깥일을 해서는 안 된다. 남자는 돈을 벌어 처자식이 편하게 살 수 있도록 해야 하고, 여자는 남자가 일에 전념할 수 있도록 편안한 가정환경을 만들어야 한다. 여자가 제 몫을 다 하려면 아이를 둘 이상은 낳아야 한다. 사람은 자신이 타고난 성에 걸맞은 삶을 살아야 한다. 남자는 사내답고 용감하게, 여자는 정숙하게, 등등 말하자면 끝이 없다. 누가 들으면 제 귀를 의심하거나 코웃음 칠 생각을 신념으로 삼고 평생을 사신 분이다.

우리 부모님은 여자는 많이 배울 필요가 없으니 전문대를 졸업하고 사회 경험 삼아 적당한 직장에 다니면 된다고 생각하셨다. 그래서 나는 파티시에가 되고 싶다는 꿈을 포기했다. 미련이 남아서 양과자점에 판매 직원으로 취직했을 때 두 분은 그 정도면 적당하다며 만족해하셨다. 결혼 전에 여자가 하기에는 그 정도 일이 여성스럽고 좋지. 그렇게 말씀하셨던 분들이니 장의사에서 일하는 며느리를 받아들이실 리가 없다. 더군다나 담당자로서 직접 시신을 만진다는 말을 들으면 어떤 반응을 보이실지 모른다.

"놀라시기야 하시겠지만, 직업에 귀천은 없는 거니까…."

"그런 아무 도움도 안 되는 의례적인 말은 하지 마. 누나는 유라가 나중에 커서 시신 다루는 일을 한다고 하면 선뜻 허락할 수 있어?"

따지듯 묻는 말에 나는 입을 다물었다. 그리고 내 앞에 쪼그려 앉아 있는 유라에게로 눈을 돌렸다. 내 시선을 느꼈는지 유라가 고개를 들고 배시시 웃는다.

유라의 미래라. 아직은 상상조차 할 수 없었다. 하지만 언젠가 유라의 장래를 그려본다면 틀림없이 멋지고 근사한 일을 떠올리겠지. 장례지도사는 분명 그 안에 들어가지 않을 거다.

"우리 부모님은 생각이 낡았어. 구식이야. 하지만 우리 부모님이 아니라도 그 직업을 쉽게 받아들일 사람은 없을 거야. 그래도 나는 그녀랑, 마나랑 결혼하고 싶어. 마나는 정말 좋은 사람이야."

스미나리는 작년에 이미 여자친구에게 청혼했다고 했다. 그때 지금 하는 일을 그만뒀으면 좋겠다고 부탁했는데 여자친구가 거절했다고. 오히려 왜 자기 직업을 인정해 주지 않느냐며 화를 내고 청혼에 대한 대답도 보류한 상태라고 한다.

"결혼에 걸림돌이 될 직업이니까 그만뒀으면 좋겠다는 거지, 다른 직업이라면 얼마든지 해도 된다고도 말했어. 아이가 생길 때까지는 정직원으로 일해도 괜찮다고. 몇 번이나 그렇게 설명했는데도 꿈쩍도 안 해. 이해는커녕 좀 전에 누나가 한 말처럼 직업에는 귀천이 없다는 둥, 보람을 느낀다는 둥 그런 말만 되풀이한다니까. 그러더니 이제는 일을 그만둬야 한다면 나랑 만나는 걸 다시 생각해 보겠대. 내가 싫어서 그러는 건 아니야. 그런데도 결혼보다 일을 선택하겠다니, 솔직히 이해가 안 돼. 도대체 왜 그렇게 일에 집착하는 거지?"

동생 목소리에서 점점 힘이 빠져나갔다. 듣고 있자니 스미나리가 얼마나 여자친구를 진심으로 사랑하는지 느껴졌다. 동생이 누군가를 이렇게 진지하게 생각하는 건 처음이었다. 그러니 그가 하고 싶은 말이 무엇인지 알 것 같았다.

"게시미안에 가서 네 여자친구가 어떻게 일하는지 봐달라는 거지? 가능하다면 일을 그만두도록 설득해 줬으면 좋겠다는 거고."

역시 누나! 라고 외치는 동생의 목소리가 밝아졌다.

"부탁 좀 할게. 내가 말하면 고집만 부려서 말이야. 마나랑 결혼해서 가족이 되고, 아버지처럼 한 집안의 가장으로 최선을 다할 거야. 그렇게 살 거야. 그러니까 우리가 원만하게 가족이 되기 위해서라도 마나가 직업을 바꿔 줬으면 좋겠어. 내가 바라는 건 그것뿐이야."

"이치한테 갈 수 있다면… 좋아, 알았어!"

내 대답에 고맙다고 말하는 동생은 벌써 기대에 차 있었다.

게시미안은 숲속 공원으로 착각할 만큼 울창한 나무들 사이에 자리 잡은 단독주택이었다. 현대적인 디자인의 일본식 가옥으로, 장례식장처럼은 보이지 않았다. 널찍한 현관을 통해 안으로 들어가 보니 마치 료칸(일본의 전통적인 숙박시설-옮긴이) 같은 분위기를 풍겼다.

건물 안으로 들어가 신발을 벗고 올라서자, 건너편에 가죽으로 된 응접용 가구 세트가 보였고, 키가 큰 인삼벤자민과 몬스테라 화분이 싱그러운 초록을 뿜내며 공간을 채우고 있었다.

"어머나, 멋지다. 나는 누가 봐도 딱 장례식장! 뭐, 그런 느낌의 개성 없는 곳일 줄 알았어."

함께 택시를 타고 온 소요미가 감탄했고, 나도 고개를 끄덕였다.

"병원이나 관공서를 싫어하던 이치한테 잘 어울리네."

"맞아. 세이 오빠 지인이 하는 장의사라고 하더니, 센스 좋다."

세이 오빠는 우리보다 다섯 살 위로 현재 서른아홉이다. 할머니가 돌아가신 후에도 살던 집에서 계속 살면서 이 지역 소재 회사에 다닌다. 이름이 세이[星]라서 일까? 세이 오빠의 취미는 별 관측이다. 오빠의 방은 항상 천체관측에 관련된 자료와 별자리, 별점에

이르기까지 별에 관한 책으로 넘쳐났다. 마당에는 큰 망원경도 있었다.

"여기 사장님하고 오래 알고 지낸 사이래."

우리를 마중 나온 유토가 설명을 덧붙였다. 유토는 한참 전에 도착한 모양이었다. 후드티에 청바지를 입은 편한 차림으로 마치 자기 집인 양 우리에게 슬리퍼를 내어주는 모습을 보자 전에 유토네 집에 놀러 갔을 때가 생각났다.

"학창 시절부터 알던 친구라는 걸 보면 우리랑 비슷한 사이인 것 같아. 아까 인사했는데 사장님이 아주 잘 생기셨어. 머리를 깔끔하게 뒤로 넘긴 스타일이 능력 있어 보인달까. 아, 그런데 눈은 꼭 졸린 골든레트리버 같았어."

"하여간, 네 묘사 실력은 여전히 엉망이구나."

소요미가 못 말린다는 듯 말하자 유토가 "그럼, 나중에 네가 한번 묘사해 보든지"라며 피식 웃었다.

"어디 얼마나 잘하는지 보자고."

그 도전 받아 주겠어. 그렇게 말하며 소요미도 같이 웃었다. 옆에서 둘이 티격태격하는 모습을 보던 나도 작게 미소 지었다. 농담을 잘하는 유토와 소요미는 내기를 자주 했었다.

"그런데 두 사람, 생각보다 빨리 왔네. 지금 마사타카가 술이랑 안주를 사러 갔어."

"나도 음식 좀 사 왔어. 구마모토 음식이 맛있는 거 알지?"

소요미가 구마모토에서 사 온 음식들이 담긴 종이봉투를 들어 보이자 유토가 "역시 소요미라니까!"라며 활짝 웃었다.

"소요미만 있으면 우리는 어떤 상황에서도 굶어 죽지 않을 거야! 역시 넌, 우리의 간식 대장이야!"

"아, 그래, 내가 그렇게 불리던 시절이 있었지. 아직도 기억하네. 난 완전히 잊고 있었는데."

순한 인상에 통통한 체격인 소요미는 예전부터 먹는 걸 좋아했다. 나도 이치도 소요미 덕분에 처음 먹어 본 음식이 한둘이 아니었다. 알고 보면 이치가 고수를 좋아하게 된 것도 소요미를 통해서였다.

"아, 기분 나빴다면 미안. 왠지 옛날로 돌아간 것 같아서 나도 모르게."

유토가 멋쩍게 머리를 긁적이자, 소요미가 "아니야. 화나지 않았어. 무슨 뜻인지 알아"라며 재밌다는 듯 웃었다.

"너도, 료코도, 몇 년 만에 만났는데 얼굴 보니까 금방 옛날의 나로 돌아간 것 같아. 참 신기한 일이야."

나와 유토도 소요미의 말에 동감이었다. 고등학교를 졸업한 후로는 거의 만나지 못했는데 얼굴을 보자마자 그 시절 우리로 돌아간 기분이다.

"다들 마음속에 각자의 자리를 남겨 두었던 거지."

불쑥 들린 목소리에 고개를 돌리니 세이 오빠가 있었다. 예전부터 문학소년 같은 이미지였는데 지금도 여전했다. 아니, 분위기가 더 깊어진 듯도 하다.

"서로가 상대를 위한 자리를 비워 뒀던 거야. 지금도 각자 마음속에 상대의 의자가 있는 거지."

"세이 오빠. 얼마나 상심이 크세요."

소요미와 내가 고개를 숙이자, 그가 격식 차릴 필요 없다며 가볍게 미소 지었다.

"우리는 새로운 세상으로 여행을 떠날 이치를 배웅해 주러 모였을 뿐이야."

새로운 세상을 향한 여행이라. 하지만 나는 도저히 그런 식으로는 생각할 수 없었다. 소요미와 내가 어깨를 힘없이 툭 떨어뜨리자, 그가 "의자를 간직하고 있으면 되는 거야"라고 말을 이었다.

"앞으로도 이치의 의자를 남겨 놓으면 돼. 이치가 언제라도 훌쩍 나타나서 편히 앉을 수 있게, 앉아서 잘 지내냐고 물을 수 있도록 말이야. 그러면 죽음도 영원한 이별이 되지 않아."

오빠는 예전에도 이랬다. 이런 말을 편안하게 건넬 줄 아는 사람이다. 가끔 우리 사이에 끼어서 이야기를 들어주고 가만히 고개를 끄덕여 주곤 했다. 그러다 지금처럼 영문 모를 소리를 하기도 하고.

"죽음은 영원한 이별이지 않을까요?"

소요미의 솔직한 질문도 그때와 똑같다. 세이 오빠는 그 질문에 대답하지 않고, 이렇게 서서 할 이야기도 아니니 일단 안으로 들어가자고 말했다.

"소요미는 구마모토에서 온 거지? 고생 많았어. 이제 모두 모였으니까 쌓아 둔 이야기는 천천히 하자."

"다 오신 건가요?"

그때 등 뒤에서 부드러운 여자 목소리가 들렸다. 돌아보니 검은 양복 차림의 여자가 있었다.

"말소리가 들려서 인사하려고 왔어요."

"아, 일부러 그러실 것 없는데, 감사합니다."

세이 오빠가 그녀에게 가볍게 고개를 숙였다. "동생 친구들이 오랜만에 모여서 좀 시끄러울지도 모르겠습니다. 너무 소란스러우면 말해 주세요." 여자가 아니라며 가볍게 손을 내저었다.

"보시는 것처럼 여기는 조용한 숲속이에요. 편하게 말씀 나누세요. 그래야 고인도 기뻐하실 겁니다."

"감사합니다. 마나 씨."

세이 오빠 입에서 나온 이름을 듣는 순간 심장이 작게 쿵 하고 울렸다. 사쿠마 마나, 스미나리에게 들은 여자친구 이름이었다.

"이번 장례 담당자, 사쿠마 마나라고 합니다. 우선 삼가 고인의 명복을 빕니다. 정성을 다해 고인을 모실 테니 불편하신 점이 있으시면 언제든지 말씀하세요."

나는 짐짓 태연한 척 그녀를 살폈다. 일단은 키가 컸다. 운동이라도 했나? 하나로 모아 뒤로 묶은 머리는 윤기가 흘렀고, 예쁜 검은 머리를 잔머리 하나 없이 단정하게 정리했다. 얼굴은 평범한 편이고, 화장은 진하지 않았는데 그 덕분인지 나이보다 젊어 보인다. 스미나리보다 한 살 어리다고 했으니 서른둘일 텐데 20대 중반쯤으로 보였다. 엄마는 화려하게 꾸미는 여자를 좋아하지 않으니 외모는 마음에 들어 하실 것 같다. 굳이 단점을 꼽자면 좀 말랐다는 정도?

"도시락 주문은 필요 없다고 하셨지만, 배달 주문도 할 수 있으니까 혹시 필요하시면 언제든지 사무실로 연락해 주세요. 제가 상주하고 있습니다."

그 말에 소요미가 물었다. "어머나, 담당자님도 밤새 여기 계시는 거예요?" 그녀가 당연하다는 듯 "오늘 제가 당직이거든요"라고 대답했다.

"유족분들이 계실 때는 상황에 바로 대응할 수 있도록 직원이 상주하고 있습니다. 사장님 자택도 이 시설 안에 있고, 오늘은 사장님도 당직이라 두 사람이 있을 예정입니다. 그러니 무슨 일이든 편하게 말씀하세요."

"와, 여자분이신데 당직 근무도 하시는구나. 힘드시겠다."

소요미가 가볍게 고개를 저었다. 그런 반응에도 그녀는 그렇게 힘들지는 않다며 머금은 미소를 지우지 않았다.

"아침까지 계속 작업하는 것도 아니니까요."

"그건 그렇겠지만. 그래도 되도록 폐를 끼치지 않도록 조심해야겠어요."

나는 소요미와 마나 씨가 이야기하는 모습을 옆에서 지켜보면서 인상이 좋은 사람이라고 생각했다. 붙임성 있고 말과 행동도 차분했다. 상대와 똑바로 눈을 맞추는 순수함이나 똘똘해 보이는 분위기는 엄마만이 아니라 내 취향이기도 하다. 다행히 동생은 여자 보는 눈이 나쁘지 않은 모양이다.

다만 당직 근무는 좀 걸렸다. 게다가 유토의 표현을 빌리자면 능력은 있어 보이지만 졸린 골든레트리버 같은 눈을 한 남자 사장과 단둘이 사무실에 있을 때도 있는 모양이다. 세이 오빠 지인이고 설마하니 같은 건물, 같은 방에서 자는 건 아닐 테니 걱정할 필요는 없겠지만, 스미나리가 알면 그냥 넘어갈 리 없었다.

하지만 지금은 그 문제를 찬찬히 생각해 볼 때가 아니다.

"그보다 먼저 이치부터 봐야겠어요. 그러려고 온 거니까. 이치는 어디 있죠?"

내 질문을 받은 세이 오빠는 자연스레 유토와 시선을 맞췄고, 그가 천천히 고개를 저었다.

"얼굴은 보지 않는 게 좋을 것 같아. 어쩌면 소요미도."

"왜?"

"많이 놀랄지도 몰라."

심장이 조여들었다. 엄마의 말처럼 사실 나는 피나 상처를 잘 보지 못한다. 피를 보기만 해도 가슴이 벌렁거리고 식은땀이 멈추지 않는다.

"그렇게 심해?"

소요미가 묻자 유토가 "얼굴이…거의…"라며 말끝을 흐렸다. 나도 모르게 소요미를 봤고, 소요미도 나를 돌아봤다. 연한 분홍빛을 띠었던 그녀의 뺨에서 핏기가 가시고 표정이 딱딱하게 굳었다. 내 얼굴도 다르지 않을 터였다.

"그래도 난 이치, 보고 싶어."

내가 힘주어 말하자 소요미도 고개를 끄덕였다. "그럼, 이쪽으로 와." 유토가 먼저 몸을 돌렸다. 쭈뼛쭈뼛 뒤를 따라가면서 다리가 후들거리고 있다는 걸 깨달았다. 바로 몇 걸음 앞에, 이치의 죽음이 현실이 되어 기다리고 있었다.

유족 대기실이라는 넓은 방에 들어서니 한쪽에 만들어진 작은 제단이 보였다. 하얀 목재로 만들어진 마쿠라카자리(밤샘과 장례식을 진행하는 동안 시신 옆에 놓아두는 작은 제단-옮긴이) 제단에는 이치가 좋아했던 백합 한 송이와 캔 맥주가 올려져 있었다. 그 옆에 향로가 있고 가늘고 긴 향에서 희미한 연기가 올라왔다. 마쿠라카자리 건너편에는 영정 사진이 있었다. 검은 테두리가 둘린 사진 속에서 나를 보고 미소 짓고 있는 사람은 분명 이치였지만, 조금은 낯선 얼굴이었다. 언제 찍은 사진일까? 내 기억 속에 있는 얼굴보다 씩씩하고 기운차 보였다. 그리고 그 앞에 압도적인 존재감을 뿜어내는 관이 놓여 있었다. 세이 오빠가 이치도 친구들 옆에 있고 싶을 것 같아서 유족 대기실에 안치했다고 말했다.

"이치, 료코랑 소요미가 왔어."

유토가 관을 향해 말하며 우리에게 손짓했다. 나와 소요미가 그 앞에 나란히 앉았다. 향냄새가 온몸을 감쌌다.

"믿을 수가 없어."

소요미가 두 손으로 얼굴을 감쌌다. 어깨를 들썩이며 믿고 싶지 않다고 중얼거렸다.

"여기 있는 사람이 이치라고 생각하고 싶지 않아."

이미 목소리에 울음이 가득했고, 목소리는 바로 울음으로 변했다.

나는 똑바로 관을 바라봤다.

나 역시 믿고 싶지 않다. 지금 당장 누구라도 좋으니까 거짓말이었다고 말해 주길 바랐다. 너무나 잔인한 농담이지만 그래도 고마울 것 같다. 그래만 준다면 그저 악몽을 꾸었을 뿐이라고 안도하며 고맙고 또 고맙다고 고개 숙일 수 있을 것만 같다.

유토가 관에 있는 작은 창을 열었다.

"얼굴 볼래?"

떨렸지만 고개를 끄덕였다. 자리에서 일어나 관 안을 들여다본 순간 나는 작게 비명을 지르고 말았다.

얼굴 왼쪽 절반에 붕대가 감겨 있었다. 긁힌 상처와 시퍼런 멍투성인 오른쪽 얼굴에서 그가 당한 고통이 느껴졌다. 굳게 닫힌 눈 주위는 검게 변해 있었다. 붕대 아래는 어떤 상태일까? 얼마나, 얼마나….

"괜찮아?"

그렇게 얼마나 있었을까? 멀리서 내게 말을 거는 목소리가 들렸다. 이치의 목소리가 아니다. 하지만 이치의 목소리로 들렸다.

"료코?"

시공간이 틀어진 듯 붕대가 감긴 얼굴이 일그러지기 시작했다. 아아, 역시 악몽이었구나. 그래, 이치가 죽다니 그럴 리가 없잖아. 내가 이런 이치의 얼굴을 바라보는 끔찍한 상황이 현실일 리 없어. 아, 다행이다. 이치는 죽지 않았어. 그는 나를 두고 떠나지 않아….

눈을 떴을 때 나는 불이 꺼진 어둑한 공간에 누워 있었다. 천천히 눈만 움직여 보았다. 낯선 곳이었다. 몸을 조금 움직여 보니 푹신한 이불 속에 있다는 사실을 알 수 있었다. 호텔 침대에 누워 있는 것 같다.

어떻게 된 거지?

멍하니 생각에 빠져 있는데 웃음소리가 들렸다. 고개를 돌려 보니 살짝 열린 문틈으로 빛이 새어 들어오고 있었다.

"맞아, 맞아. 그런 일이 있었지."

소요미 목소리였다. 술을 마신 모양인지 목소리 톤이 평소보다 높았다.

"이치가 아무렇지 않게 그건 그쪽 착각이라고 하는 거야. 술에 취한 양아치한테 말이 통할 리 없다고 생각했는데, 의외로 대화가 되더라니까."

"이치는 너처럼 생각 없이 행동하지 않아. 만약 그게 유토, 너였으면 난투극이 벌어져서 경찰서로 끌려갔겠지."

"야, 나 좀 그만 무시해."

"맞아, 유토는 주먹부터 날리고 봤을 거야."

"와! 소요미, 너까지 이러기야?"

유토 목소리에 마사타카 목소리도 들렸다. 옛날 추억이 새록새록 떠올랐다. 모두가 유토네 집에 몰려가서 몇 시간이고 수다를 떨었던 그때. 성격이 밝은 유토가 분위기를 띄우면 마사타카가 항상 유토를 놀렸다. 거기에 소요미가 가세했고 나는 그 광경을 지켜보는 걸 좋아했다. 모두가 즐거워하는 모습을 보고 나도 웃었다. 그러다 문득 옆을 보면 이치가 있었다. 선이 가는 몸에 투명하리만치 하얀 피부를 가진 그는 부드러운 머리카락도, 눈동자도 색이 바랜 듯한 은은한 갈색빛이었다.

"왜 사람 얼굴을 그렇게 빤히 쳐다봐?"

내 시선이 간지럽다는 듯 부드럽게 웃던 그의 얼굴이 눈앞에 선명하게 나타났다.

"이치!"

벌떡 몸을 일으키자 이치가 사라져 버렸다. "깼어?" 대신 문이 열리고 소요미가 얼굴을 내밀었다.

"너 기절했었어. 괜찮아?"

조명 아래 드러난 소요미의 얼굴은 나이를 먹은 모습이었다. 조금 전에 내가 본 이치는 고등학생 때 모습 그대로였는데.

"아, 이런. 나 어떻게…"

"이치를 보고 얼굴이 하얗게 질리더니 갑자기 쓰러졌어. 역시 보지 말 걸 그랬나 봐."

소요미가 침대 옆으로 와서 내 얼굴을 살폈다. 옆방에 있던 유토와 마사타카도 들어왔다.

"료코, 이쪽에 소파가 있으니까 와서 앉아."

"일단 물 좀 마셔! 물."

환한 빛 아래에 한때 부모님보다 더 오랜 시간을 함께하며 진한 우정을 나누었던 친구들의 얼굴이 있었다. 하지만 한 사람이 보이지 않았다. 순간적으로 절망했지만, 금세 이 감정이 혼자만 겪는 아픔이 아니라는 사실을 깨달았다. 여기 있는 모두가 똑같은 상실감을 느끼고 있었다. 알 수 있었다. 모두가 어딘지 공허한 얼굴을 하고 있었으니까.

소요미의 부축을 받으며 옆 방으로 갔더니 유족 대기실에 있는 큰 테이블에 술과 음식이 가득 차려져 있었다. 테이블만 보면 편하게 모인 술자리 같아 보였지만, 향냄새가 은은하게 공간을 채우고 있었고, 안쪽 제단과 관이 뚜렷한 존재감을 드러내고 있었다.

"미안해."

천천히 기억이 돌아왔다. 조금 전 나는 너무나도 참혹한 이치 얼굴을 보고 정신을 놓아 버렸다.

"충격이 너무 커서…. 이치가 왜 이렇게 빨리…. 저렇게 참혹하게…."

목이 잠겨 소리가 나오지 않았고 눈물도 마찬가지였다. 사람은 감당할 수 없는 충격을 받으면 아무것도 나오지 않는 모양이다.

소요미가 옆에 앉아 등을 쓸어 주었고 마사타카가 생수병을 건넸다. 힘이 들어가지 않아서 뚜껑을 열 수가 없었다. 내가 머뭇거리자 유토가 페트병을 가져가 대신 열어 주었다.

물을 마셨다. 차가운 액체가 목을 타고 쉼 없이 흘러 들어갔다. 페트병을 단숨에 절반이나 비우고 숨을 토해내니 그제야 조금 진정이 됐다. "받아들여야 해, 거스를 수 없는 일이니까. 운명이었을 뿐이야." 다시 페트병을 입에 대고 기울이는데 조금 떨어진 자리에 앉아 있던 세이 오빠의 다정한 목소리가 들려왔다. 출렁, 페트병 안의 물이 크게 흔들렸다.

"운명…이요? 이치가 이렇게 빨리 세상을 떠난 게 운명이라고요! 그것도 저렇게 끔찍한 모습으로요? 말도 안 돼요! 전 받아들일 수 없어요!"

"우리는 누군가의 운명에 간섭할 수 없어. 그저 받아들일 수밖에 없는 거야."

그가 손에 든 유리잔을 입으로 가져갔다. 호박색 액체와 투명한 얼음으로 미루어 보아 술인 듯했다.

"운명이라…. 오빠는 운명이 뭐라고 생각하세요?"

그렇게 물은 사람은 소요미였다.

"생명의 길이, 나는 그게 운명이라고 생각해."

오빠 대답에 유토가 감탄했다. "역시 세이 형! 항상 대답에 막힘이 없다니까." 이어서 풋콩을 집어 든 마사타카가 한쪽 손을 들었다. "죄송하지만 조금만 쉽게 말해 주시면 안 될까요?"

모두의 시선이 세이 오빠를 향하자, 그가 작게 웃었다.

"어려운 말이 아니야. 기억하려나? 옛날이야기 중에 양초 이야기 말이야."

아아. 소요미가 고개를 끄덕였다.

"촛불이 꺼지면 죽는다는 그 이야기요? 양초가 빨리 녹는 사람도 있고 바람이 불어서 촛불이 꺼지는 사람도 있다는?"

"그래, 맞아. 그 이야기는 진짜야. 모두가 각자 다른 길이의 양초를 가지고 있어. 아무리 조심조심 정성을 다해 불을 지키며 살아도 처음부터 양초가 짧은 사람이 있는 거지."

초등학생 때 도서실에서 읽었던 동화책을 떠올렸다. 다른 사람의 양초를 이어 붙여서 자기 양초를 길게 만들려고 했던 욕심 많은 남자 이야기였다. 그는 다른 사람의 양초 심지를 손가락으로 잡아서 불을 꺼뜨렸다. 그렇게 남의 양초를 빼앗아 자기 양초에 붙여 길고 두껍게 만들었다. 남자는 자기 양초를 큰 기둥처럼 만들었지만, 그 모습을 지켜보던 신의 재채기 한 번에 그의 촛불이 허망하게 꺼졌다. 남자는 실이 끊어진 인형처럼 그대로 푹 쓰러져 죽어

버렸다.

남자가 다른 양초의 불을 끄러 돌아다니는 모습이나 많은 양초를 모아 만든 거대한 불꽃, 한순간의 죽음, 장면 하나하나가 다 너무 무서워서 한동안 불을 두려워했었다.

"양초라… 그럼, 누군가가 이치의 불꽃을 껐다는 말이잖아요."

유토의 목소리에 분노가 어렸다. 사고를 낸 차에는 대학생 다섯 명이 타고 있었다. 무면허였고 모두 음주 상태였다. 몇 시간 전에 보도된 뉴스를 보고 나 역시 말로 표현할 수 없는 분노가 치밀었었다.

세이 오빠는 고개를 저었다.

"물론 누군가가 불이 꺼트리는 일도 있겠지. 하지만 나는 이치의 양초가 원래 짧았다고 생각하고 싶어. 누군가를 증오하면서 사는 건 힘든 일이야."

하아. 세이 오빠가 크게 뱉은 숨에 술 냄새가 섞여 있었다. 독한 알코올 냄새가 알려 주었다. 그렇게 생각하지 않으면 견딜 수가 없는 그의 마음을. 세상 어떤 형이 동생이 저런 모습으로 세상을 떠났다는 사실을 쉽게 받아들일 수 있을까.

"이치는 자기에게 주어진 운명을 다 살고 간 거야. 그뿐이야. 우리가 안타까워해 봤자 어쩔 수 없어. 뭐, 그냥 그렇게 생각하고 싶은 건지도 모르지만…."

오빠 목소리가 점점 작아졌다.

"아아! 우리 이러지 맙시다. 이치가 싫어할 테니까 우울하게 배웅하지 말자며!"

소요미가 손뼉을 치며 목소리를 높였다. "내가 힘들게 들고 온 특선 요리들이 하나도 줄지 않았잖아!" 테이블 위 요리를 가리키며 뾰로통한 표정을 지었다.

"최고로 맛있는 요리들만 골라서 사 왔단 말이야. 먹자!"

나는 소요미의 눈가에 맺힌 작은 빛을 보았다. "그래, 맞아. 먹자." 젓가락을 집어 들었다.

"쓰러지다니, 내가 피곤했었나 봐. 배도 고프다."

"그래? 그럼, 어서 먹어!"

우리는 한동안 음식을 먹으며 그 시절 우리들 이야기를 나누었다. "어? 전화가 울리는데?" 대화가 끊어진 건 유토가 그렇게 말해서였다.

"어디선가 진동 소리가 들려."

그 말에 세이 오빠도 들린다고 말했고, 마사타카가 자리에서 일어섰다. 주위를 둘러보던 그가 손가락으로 한 곳을 가리켰다. "여기서 나는데?" 내 가방이었다. 불길한 예감이 스친 나는 얼른 일어나서 가방을 집어 들었다. 핸드폰을 확인해 보니 스미나리의 메시지였다.

어때?
상황 좀 알려 줘.

짧았지만 내게 주어진 임무를 떠올리게 하기에는 충분했다. 여기 올 수 있게 해 주었으니 동생의 의뢰도 확실하게 완수해야 했다.

그때 마나 씨 목소리가 들렸다.

"죄송합니다만, 잠시 실례해도 될까요?"

조심스럽게 묻는 목소리에 세이 오빠가 들어오라고 대답했다. 장지문이 스르륵 열리고, 밖에 서 있던 그녀가 말했다. "조문하고 싶어 하시는 분이 계셔서요."

"네? 누구요? 언론사라면 거절해달라고 부탁드렸을 텐데요."

세이 오빠 표정이 어두워지자 그녀가 송구스럽다는 듯 눈꼬리를 내렸다. "해바라기 카페 분들이세요." 그 말에 모두가 깜짝 놀랐다. 해바라기 카페라면 이치가 일하던 어린이 식당의 이름이다.

"그렇군요. 그분들이라면 환영입니다."

세이 오빠가 허락하자 마나 씨는 고개를 끄덕이고 곧장 몸을 돌렸다. 다시 돌아온 그녀는 세 명의 남녀와 함께였다. 모두 눈가가 붉게 물들어 있었다.

"도쿄에서 일부러 와주셨군요. 죄송합니다. 이치가 신세를 지고 있는데 한번 찾아뵙지도 못했습니다."

"아닙니다. 저희는 신경 쓰지 마세요. 다만 도저히 그냥 있을 수가 없어서 이렇게 찾아오고 말았습니다."

체구가 큰 백발의 남성이 자신을 해바라기 카페 점장인 후지오카라 밝히고, 함께 온 두 사람을 소개했다.

"직원인 기베 사토미와 사노 구루미입니다. 실은 오고 싶어 하는 직원들이 많았는데 가족장이라고 들어서 이치와 오래 알고 지낸 저희 셋만 왔습니다. 다들 이치를 가족처럼 생각했거든요."

이치의 관 앞에서 두 손을 모아 합장한 후지오카 씨는 이치의 이름을 부르며 어깨를 파르르 떨었다. 우리보다 나이가 조금 더 있어 보이는 기베라는 여성은 후지오카 씨 옆에서 조용히 눈물을 흘렸다. 하얗게 질린 얼굴로 향을 올리는 사노라는 아가씨는 스무 살쯤이나 됐을까? 금방이라도 쓰러질 듯 위태로워 보였다. 부스스한 머리에 부은 얼굴, 옷은 위아래가 맞지 않았고 웃옷에는 '해바라기 카페'라는 글자가 인쇄되어 있었다.

그녀는 한 치의 망설임도 없이 작은 창으로 손을 뻗었다. 아크릴판을 쓸어내리며 "많이 아팠죠? 늦게 와서 미안해요"라고 말하는 그녀의 목소리는 심하게 떨리고 있었다. 그녀가 그대로 관을 부여잡고 오열하기 시작했다.

"저기…, 혹시." 세상이 끝난 것처럼 슬퍼하는 그녀의 모습에 짐작 가는 바가 있었는지 세이 오빠가 후지모토 씨에게 말을 건넸다. "사노." 그가 나직이 부르자 그녀가 천천히 고개를 들었다.

"결혼하기로 약속했었어요."

눈물로 젖은 그녀의 왼손에서 작은 보석이 박힌 반지가 빛났다.

어떻게 만나셨냐고 물은 사람은 소요미였던 것 같다. 손등으로 얼굴을 몇 번 문질러 닦은 사노 씨가 천천히 입을 열었다.

"7년 정도 됐어요. 제가 학교 폭력을 당했었는데 아무도 도와주지 않았어요. 부모님은 제게 관심이 없었고, 학교 선생님도 마찬가지였죠. 제가 남학생에게 맞아도 그저 친구들 사이 장난이라며 보고도 못 본척했어요. 그때는 사는 게 지옥이었죠. 당시 등하굣길에 해바라기 카페 앞을 지나다녔는데 어느 날 이치 씨가 저를 붙잡고 물더라고요. 이거, 누가 그랬어? 라고요."

"그때 진흙투성이가 된 책가방을 메고 돌아가는 사노를 보고 이치가 갑자기 뛰어나갔어요."

후지오카 씨가 말을 거들었다. "그 당시 사노는 울기는커녕 항상 앞을 똑바로 보고 씩씩하게 걸어 다녔어요. 그래서 저희는 아무도 사노가 학교 폭력으로 힘들어하고 있다는 걸 몰랐습니다. 그런데 이치는 사노를 유심히 보고 있었던 거예요. 더러워진 책가방을 본 순간 얼굴색이 확 변하더군요."

"그때는 모르는 사람이었으니까 저는 아무것도 아니라고, 괜찮다고 했어요. 그런데도 이치 씨는 계속 다정하게 자신이 도와줄 일 없느냐고 물었어요. 그래서 괴롭힘을 당한다는 이야기를 털어놨죠. 황당해하지 않을까? 불쌍하게 보겠지? 난처해할지도 몰라. 그렇게 생각했는데 이치 씨는 고맙다면서 웃어 줬어요. 말해 줘서 고마워. 내가 도와줄 테니까 이제 걱정하지 마, 라고."

"그러고 나서 점장님과 저에게 도와달라고 했어요. 자기 혼자 나서면 괜한 억측으로 사태 본질이 흐려질 수 있으니까 도와줄 수 없겠냐고. 이치가 직접 아동 상담소나 경찰을 찾아가서 이야기하고 저희는 학교와 부모님을 찾아갔죠."

말을 마친 기베 씨가 후지오카 씨를 바라보자, 그가 그리운 추억을 떠올리듯이 눈을 살짝 감았다. "그때는 정말 힘들었어요. 그래도 지금 생각하면…."

"이치 씨와 해바라기 카페 분들이 없었다면 저는 지금 세상에 없었을 거예요."

사노 씨가 힘주어 말했다. "저를 위해 진지하게 나서주고 진심으로 아파해 주는 어른의 모습을 보면서 저도 저 자신을 소중하게 생각하게 됐어요. 나 같은 아이가 또 있다면 돕고 싶었죠. 그래서 고등학교를 졸업하고 해바라기 카페에서 일하기 시작했어요."

"그러다 사귀게 된 거군요?"

"쉽지는 않았어요." 유토의 물음에 그녀가 고개를 저었다.

"도움받은 일을 연애 감정으로 착각하지 말라고 하더라고요. 하지만 저는 진심이었으니까 평생 옆에 있고 싶다고 끈질기게 매달렸죠."

눈물을 가득 머금은 채로 말을 이어가는 그녀를 옆에서 딸처럼 바라보던 후지오카 씨가 우리를 바라보고 말했다.

"이치는 다정하면서도 강한 남자였습니다."

이야기를 마친 사노 씨는 다시 이치의 관을 들여다보며 아크릴 창을 손으로 계속 쓸었다.

"고마워요. 이치 씨. 영원히… 사랑해요."

소요미가 더는 참지 못하고 두 손에 얼굴을 묻었다. "감사합니다." 눈가를 붉게 물들인 유토가 고개를 숙였다. "도쿄에서 이치가 얼마나 열심히 살았는지, 사람들을 돕고 그들에게 사랑받고 있었다는 걸 알려 주셔서 감사합니다." 파르르 떨리는 입술을 일자로 꾹 다문 마사타카는 말없이 이치의 영정 사진을 바라봤다.

세이 오빠도 깊이 고개를 숙였다.

"동생은 자기 얘기를 떠벌리는 성격이 아니었어요. 그래도 가끔 연락하면 믿을 수 있는 사람들과 보람 있는 일을 해서 즐겁다고 말하곤 했습니다. 제가 몰랐던 동생을 알려 주셔서 감사합니다."

눈물을 훔친 후지오카 씨와 기베 씨, 사노 씨는 아이들이 이치를 얼마나 잘 따랐는지 이야기해 주었다. 이치를 따르던 남자아이들이 서로 그의 1등 제자가 되겠다고 다퉜던 일과 이치가 만든 하이라이스가 너무 맛있어서 레시피를 알고 싶어 하는 사람이 있을 정도였다는 이야기를 들었다.

또 어린이 식당을 이용하는 부모와 아이들이 쓴 편지들을 우리에게 전해 주었다.

"이치한테 전해달라고 부탁받았습니다. 괜찮으시면 여러분이 함께 봐주세요."

종이봉투 안에는 편지와 인형이 가득 들어 있었다. 삐뚤빼뚤한 글씨로 써진 '고맙습니다', '이치 형, 잘 지내'라는 글자를 보는 것만으로 가슴이 먹먹해졌다. 어른이 쓴 편지도 있었다. 우리는 각자 편지를 손에 들고 한동안 말없이 코만 훌쩍였다.

'정말 힘들고 괴로운 날이었는데, 그날 이치 씨가 밥을 곱빼기로 주셨잖아요. 제가 다 못 먹는다고 하니까 배부르게 먹고 아키라랑 푹 자라고 하셨죠. 내일을 위해서 든든히 먹어 두라고 말하면서 웃어 주셨을 때 정말 기뻤습니다.'

흑청색 잉크로 쓴 편지는 정갈한 글자가 인상적이었다. 반듯한 글자 중간중간 섞인 흐트러진 글자를 볼 때마다 내 마음도 같이 떨렸다. 다음은 굵은 펜으로 꾹꾹 눌러쓴 편지였다.

'활력 넘치는 이치 씨 덕분에 저도, 우리 아이도 매일 열심히 살았습니다. 이치 씨가 떠났다는 사실을 믿을 수가 없어서 마음이

아파요.'

뜨거워진 눈가에 눈물이 차올랐다. 나는 목 안쪽에서 울컥 치솟는 무언가를 겨우 삼키고 편지를 봉투에 다시 넣었다.

"잠깐 실례하겠습니다."

더는 참을 수 없을 것 같아 자리에서 일어난 나는 서둘러 건물 밖으로 나왔다. 싸늘한 밤바람이 뺨을 스치며 열을 식혀 주었다. 온몸으로 한숨을 쏟아냈다.

울 자격이 없다.

칠흑 같은 어둠을 드문드문 밝혀주는 별들을 바라보면서 나는 그렇게 생각했다. 울면 안 된다.

해바라기 카페 직원들 이야기, 사노 씨 이야기, 편지들 속에 있는 이치는 내가 알던 그가 아니었다. 나는 학교 폭력에 시달리는 아이를 위해 고군분투했던 이치를 모른다. 아이들이 "이치 형"이라고 부르는 그가 어떤 모습인지 모르고, 누군가를 위로하며 웃는 이치도 본 적이 없다. 아이들이 자기 보물을 아낌없이 선물할 정도로 이치를 따랐다는 사실을 믿을 수가 없고, 활력이라는 말은 그에게 가장 어울리지 않는다고 생각했었다.

나와 헤어지고 도쿄에 간 그는 내가 모르는 모습으로 살고 있었다. 아니, 아니다. 이치는 원래 그런 사람이었다. 내가 그의 일부분만 보고 있었을 뿐이다. 일부분만 보고 그를 놓아 버렸다.

"바보 같아."

무의식중에 악물고 있던 잇새로 목소리가 새어 나왔다. 나는 정말 바보다. 그의 모든 걸 알고 있다고 생각했는데 사실은 아무것도 몰랐다.

"저쪽에서 좀 쉴까?"

불쑥 들려 온 목소리에 고개를 돌려 보니 세이 오빠였다. 그가 정원 쪽을 가리키며 말했다. "저쪽에 정자가 있대. 가자."

"아, 하지만…"

건물 쪽으로 시선을 돌리자, 그가 다들 한참 즐겁게 이야기 중이라고 알려 주었다.

"자, 저쪽으로 가자."

오빠가 빙긋 웃고는 앞서 걸었다. 은은한 정원 조명이 비추는 그의 뒷모습을 따라 나도 발길을 옮겼다. 정원 가운데 작은 정자가 있었다. "여기는 원래 흡연실인데 요즘은 흡연자들이 줄어서 휴게실이나 마찬가지래."

세이 오빠의 설명을 들으며 나는 차갑게 식은 벤치에 앉아 무거운 숨을 뱉었다.

"죄송해요. 괜히 신경 쓰이게 했네요."

"괜찮아. 마침 나도 너랑 이야기하고 싶었거든."

실례. 그가 조금 떨어진 곳에 앉았다. 잠시 침묵이 흐른 후에 먼저 입을 연 사람은 나였다.

"죄송… 해요."

내 쪽을 보고 있는 세이 오빠의 시선이 느껴졌다. 나는 무릎 언저리에 시선을 고정한 채 다시 한번 "죄송해요"라고 말했다.

"제가 이치에게 상처를 줬어요."

말하면서도 이 또한 비겁한 짓이라고 생각했다. 그저 세이 오빠에게라도 참회해서 내 죄를 가볍게 만들려고 하는 것인지도 모른다. 하지만 그렇게라도 하지 않으면 죄책감이 내 심장을 조일 것만 같았다.

"들으셨겠지만, 저 예전에 이치랑 만났었어요. 결국 헤어졌지만요. 부모님이 이치가 하는 일을 탐탁지 않아 하셨거든요."

세이 오빠는 아무 말 없이 고개만 끄덕였다.

"그때 저는 저 나름대로 부모님께 맞섰다고 생각했어요. 이치가 하는 일은 절대 부끄러운 일이 아니다. 아주 훌륭한 일이다. 그렇게 충분히 부모님을 설득했다고 생각했어요."

"생각했다?"

"네. 하지만 저는 겉으로 드러난 모습밖에 몰랐던 거예요. 학생 때 가끔 참여했던 봉사활동의 연장선 정도로만 생각했어요. 봉사활동이니까 어느 정도 하다 보면…, 그러니까, 자기 어린 시절에 대한 슬픔을 이겨내고 나면 언젠가는 다른 회사에 들어가서 평범하게 일하겠지, 막연하게 그렇게 생각했어요."

아무런 근거도, 이유도 없이 그렇게 믿었다. 이치가 어린이 식당에서 일하는 건 한때 잠깐일 거라고.

나 역시 한편으로는 이치가 하는 일을 가볍게 생각하고 있었다는 뜻이다. 남자가 평생 업으로 삼을 만한 일이 아니라고 생각했다.

낡고 삐뚤어진 사고방식을 가졌다고 부모님을 비난했으면서 나 역시 똑같은 생각을 하고 있었다. 내 사고방식 역시 삐뚤어져 있었다.

"솔직히 말씀드릴게요. 부모님이 저와 사귀는 문제로 이치를 만나서 이야기하겠다고 하셨을 때 사실, 내심 기대했어요. 이치가 저를 위해서 일을 그만두고 직장을 새로 구하겠다고 말하기를요. 저와의 미래를 위해서 더 좋은 회사에 취직하겠다고 할 거라고. 바보처럼 그렇게 믿었어요."

분명 나를 위해서 큰 결단을 내려 줄 거로 생각했다. 하지만 이치는 나와 헤어지는 길을 선택했다. 부모님에게 그 말을 전해 들었을 때 물벼락을 맞은 기분이었고 심한 분노에 사로잡혔다. 배신당했다고까지 생각했다. 그래서 네 마음은 고작 그 정도였냐고 따져물었다.

"바보처럼 어린이 식당 따위가 나보다 더 중요하냐고 화를 냈어요."

그에게 전화를 걸어 울며불며 그렇게 쏘아댔다. 나는 네가 우리 사랑을 지켜 줄 거라고 믿었어. 당연히 나를 선택할 거로 생각했어. 그런데 뭐? 너는 나와의 미래보다 누군지도 모르는 아이들의 밥이 더 소중하다고? 진심이야?

이치는 변명도, 반론도, 일절 하지 않았다. 내가 악을 쓰다 지칠 때까지 그저 듣고만 있었다. 나는 결국 네 마음대로 하라며 소리치고 일방적으로 전화를 끊었다. 그 후에 메시지 한 통을 받았다.

미안해. 옛날로 돌아가자.

그것이 다였다.

"사과할 기회는 얼마든지 있었는데…. 어쩌면 다시 시작할 수 있었을지도 몰라요. 마음만 먹으면 이치를 만나러 도쿄에 갈 수도 있었고, 아예 그를 따라서 저도 도쿄에 자리 잡을 수도 있었어요. 우리에게는 충분한 시간이 있었어요. 그런데도 전 아무것도 하지 않았어요. 옛날로 돌아가자는 이치의 말을 핑계 삼아 친구로 있으려고만 했어요."

한심하게도 눈물이 차올랐다.

"사실, 거절당할까 봐 무서웠어요. 용기가 없었던 거죠. 부모님이 반대하신다는 핑계도 있었고. 부모님을 설득해서 도쿄로 가는 건 불가능하니까 가려면 밤도망이라도 하는 수밖에 없는데, 저는 그런 일을 벌일 만한 배짱이 없었어요. 이치가 도쿄에 가서도 변함없이 어린이 식당에서 일한다는 사실에 화가 나기도 했고요. 그 일 때문에 나랑 헤어졌는데 어떻게 그 일을 계속할 수 있는지 이해할 수 없었어요. 바보 같죠. 그만큼 좋아하는 일이라고는 생각하지 못했어요."

이대로 있으면 안 된다고 생각하면서도 아무것도 하지 않았다. 우리는 점점 멀어졌고 다섯 명이 모인 단체 채팅방에서는 일상적인 대화만 나눴다.

"아무 노력도 하지 않았으면서 혼자 이치를 포기하고 단념했어요. 그리고 그즈음 만난 사람과 결혼해 버렸죠. 그러니까 저는 이치가 어떤 식으로, 어떤 생각을 하며 살았는지 몰라요. 겉으로 드러난 모습만 봤어요. 한때는 그렇게 소중했던 사람인데 왜 지금까지 한 번도 깊이 생각해 보지 않았을까요? 왜 좀 더 지켜보지 않았을까요?"

돌이켜 생각하면 이치와 함께, 또 모두와 함께했던 날들은 눈이 부시도록 아름다웠다. 그 시간을 함께했던 사람에게, 너무나도 사랑했던 사람에게 나는 '연인'이라는 이유로 바라고 기대하기만 했다. 그러다 결국 혼자 배신당했다고 슬퍼하며 멋대로 이별을 고했다.

"정말 바보 같아요. 바보, 멍청이."

이치가 지금껏 해 온 훌륭한 일들, 아름다운 삶의 모습, 그와의 이별을 안타까워하는 사람들이 그를 얼마나 사랑하는지를 눈으로 보고 나서야 비로소 내가 얼마나 어리석었는지 깨달았다.

울고 싶었지만 울기 싫었다. 바보 같은 내 눈물로 이치의 삶을 애도하는 자리를 더럽히고 싶지 않았다.

"료코, 그래도 아직 이치의 의자는 가지고 있지?"

"의자…요?"

"그래, 의자. 이치가 앉을 자리 말이야."

이곳에 도착했을 때 했던 그 말인가? 고개를 갸웃하자 세이 오빠가 차분하게 말을 이었다. "의자를 비워 두면 분명 이치가 와서 앉을 거야. 네가 이치의 의자를 간직하고 있으면 언젠가 그와 이야기할 기회가 생겨."

영혼이나 영적인 체험, 뭐, 그런 이야기를 하는 건가? 내가 그런 생각을 하는데, 오빠가 피식 웃음을 터트렸다.

"이상한 상상은 하지 말고. 의자를 비워 두라는 건 내 안에 있는 상대와 대화할 기회를 기다리라는 말이야."

대화? 여전히 이해할 수 없어서 설명이 더 필요하다는 시선을 보냈다. "우리는 이제 다시는 이치를 만날 수 없어." 내 눈빛을 읽은 세이 오빠가 다시 말을 시작했다.

"이치와 우리의 관계는 이제 더는 깊어질 수도, 쌓이고 쌓여 두 터워질 수도 없어. 하지만 지금까지 우리가 만들어온 관계와 인연, 추억은 절대 사라지지 않아. 우리 마음속에는 이미 이치의 많은 부분이 새겨져 있어."

그가 양손을 펼쳐 보였다.

"이치를 떠올리면 떠올릴수록 수없이 많은 일이 생각날 거야. 우 리는 그와 많은 시간을 함께했잖아. 이치는 우리 마음속에 살아 있어. 이치라면 뭐라고 했을지, 어떤 표정을 지었을지, 우리는 이미 알아."

"하지만 저는 이치의 전부를 보지 못했어요."

"이제는 알았잖아. 그렇지?"

"하지만-."

내가 뭐라 말하기 전에 세이 오빠가 천천히 고개를 저었다.

"그래, 지금 당장은 힘들겠지. 하지만 지금까지 있었던 일들과 오늘 알게 된 일들을 잊지 않고 기억하고 있으면 언젠가 이치가 네 마음속 의자에 앉는 날이 있을 거야. 그때는 오늘 다른 친구들을 대할 때와 똑같은 마음으로 이치를 받아들일 수 있을 거야. 그때 하고 싶었던 이야기를 다 해. 사과하고 싶은 일은 사과하고, 변명 하고 싶으면 해."

"그럴 수 있을까요? 그저 자기 합리화를 위한 이기적인 상상 아 닐까요?"

조금 주저하다가 묻자 세이 오빠는 그 부분은 믿을 수밖에 없다고 말하며 웃었다.

"네가 아는 이치를 믿어. 너 자신은 의심하더라도 소중한 상대
는 믿어 주자고."

"나는 못 믿어도 상대는 믿으라는 말이세요?"

나도 모르게 미소 짓자 그가 고개를 끄덕였다.

"나도 좀 전에 이치의 새로운 모습을 알고 꽤 놀랐어. 그래서 따
지려고. 그런 모습을 왜 나한테는 보여 주지 않았냐고 말이야."

그가 시선을 내려 손바닥을 응시하기에 나도 내 손바닥을 바라
봤다.

내 안에 있는 이치와 나누는 대화. 그런 쓸쓸하고 슬픈 대화를
내가 할 수 있을까? 하지만 죽음이라는 이별은 그런 것인지도 모
른다.

"더 이야기했어야 했어요."

말이 힘없이 새어 나왔다.

"기회는 얼마든지 있었는데."

사과하고 속마음을 털어놓았다면, 그랬다면 달라졌을 수도 있
었다. "앞으로는 그런 후회, 하지 말고 살자." 내가 두 주먹을 꽉 쥐
자 세이 오빠가 그렇게 말했다.

"우리는 내일의 나에게 너무 미루는 경향이 있어."

내일로, 그리고 또 내일로. 맞는 말이었다.

이런 생각을 하지 않으려면 오늘의 내가 움직여야 했다.

순간 어디선가 날아온 익숙한 세제 향이 코끝에 스쳤다. 유라의
옷을 빨 때 쓰는 제품과 같은 향이 느껴져서 고개를 들었더니 마

나 씨가 앞에 있었다.

"말씀 나누시는데 죄송합니다. 춥지 않으세요?"

추우실 것 같아서 가져왔어요. 그녀의 손에는 하얀 김이 올라오는 종이컵을 받친 쟁반과 담요가 들려 있었다.

"이런, 괜히 신경 쓰시게 했네요."

"아닙니다. 아직 밤에는 추워요. 드세요."

종이컵에는 따뜻한 호지차가 담겨 있었다. 담요를 무릎에 덮고 따뜻한 차를 입에 머금었더니 몸이 얼어 있었다는 것이 느껴졌다.

"아, 따뜻해."

"2월의 밤은 아직 춥죠."

살며시 입가를 늘였던 그녀가 잠시 주저하는 듯하다가 세이 오빠에게 "의자 이야기, 어쩌다 보니 저도 들어 버렸어요"라고 말을 건넸다.

"정말 좋은 말씀이었어요."

"이런, 들으셨어요?"

세이 오빠가 쑥스럽다는 듯 머리를 긁적이자, 그녀가 당황하며 미안해했다.

"죄송합니다. 처음부터 듣고 있을 생각은 아니었는데, 듣다 보니까 맞는 말씀이라는 생각에 공감해 버렸어요."

"아니요. 죄송해하실 일이 아니죠. 아참, 그렇죠? 마나 씨도…."

세이 오빠가 이제야 생각이 났다는 듯 바라보자, 그녀가 고개를 끄덕였다. 그러고는 내 쪽을 보며 "낮에 세이 씨와 이야기하다가 우연히 나온 말이었는데, 저도 작년에 소중한 친구를 잃었거든요"

라고 설명을 덧붙였다.

"갑작스러운 일이었어요. 친구 장례를 여기서 제가 직접 담당했
는데, 그렇다고 해서 금방 마음이 정리되는 건 아니더라고요. 가끔
괜히 쓸쓸해지고 그랬어요. 그런데 아까 세이 씨 이야기를 듣다 보
니까 저도 제 마음속에 있는 의자에 친구가 찾아와 앉는 날이 올
까, 그런 생각이 들었어요."

그녀가 가슴에 손을 올리고 조심스럽게 말했다.

"저도 제 안에 있는 친구를 믿고 기다려 보려고요. 언젠가 만나
면 많은 이야기를 나누고 싶어요. 그렇게 생각하겠습니다. 좋은 말
씀 감사합니다."

나는 새삼 그녀를 다시 바라봤다. 친한 친구의 장례식을 자기
손으로 진행했다는 건가…?

그때 그녀가 나와 세이 오빠를 향해 다시 한번 고개를 숙였다.

"장례 담당자면서 유족의 대화를 방해하다니, 정말 죄송합니다.
게다가 제 개인적인 이야기까지 하고…, 부끄럽습니다. 실례했습니
다."

"아니에요. 괜찮습니다. 그렇지, 료코?"

세이 오빠가 웃으며 묻기에 나도 물론이라며 고개를 끄덕였다.
"존경스럽네요." 그리고 그렇게 덧붙였다.

"친구의 장례식을 담당하셨다는 거죠? 저라면 절대 하지 못했
을 거예요. 저는 지금도 이치가 우리 곁을 떠났다는 사실만으로
충격이 너무 커서…."

"저도 그랬어요. 그런데 제 친구의 유언이었거든요. 제가 장례를

맡았으면 좋겠다고 해서요."

그녀의 시선이 어딘지 모를 먼 곳을 향했다.

"처음에는 참 잔인한 부탁이라고 생각했는데, 지금은 고마워하고 있어요. 적어도 친구의 죽음을 외면하고 도망쳤다는 후회는 하지 않을 수 있었어요. 그리고 그 친구 유언 덕분에 저도 제 직업에 대한 의지를 다시금 다졌달까? 그런 생각이 들어요."

순간 오소소 소름이 돋았다. 나를 똑바로 바라보는 그녀의 눈에서, 표정에서 분명 빛이 났다. "이런, 또 제 이야기를 늘어놓았네요." 그녀가 수줍게 얼굴을 붉혔다.

"죄송합니다. 세이 씨는 왠지 모르게 저희 사장님이랑 분위기가 비슷해서, 저도 모르게 말이 편하게 나왔나 봐요."

"네? 제가 아쿠타가와랑요? 제가 그렇게 요란스러운가요?"

세이 오빠가 자기 차림을 살피자 마나 씨가 당황하며 죄송하다고 사과했다.

"아니, 아니요. 당연히 외모는 아니고요, 분위기가요. 아, 그래도 실례했습니다."

"뭐가 실례라는 거야?"

순간 나직하게 울린 목소리에 마나 씨가 화들짝 놀라며 손으로 입을 가렸다. 이번에는 상복 차림의 한 남자가 나타났다. 머리를 뒤로 깔끔하게 넘기고 검은 안경을 쓴, 어딘지 빈틈없어 보이는 인상의 남자였다. 요란하다는 느낌은 전혀 들지 않았지만, 세이 오빠가 다정한 목소리로 그를 "아쿠타가와!"라고 불렀다.

"이렇게 신세를 지네. 시설도 편하고 정말 좋은 곳이야."

"그렇지? 뭐, 내가 만든 곳은 아니지만."

후후후. 가볍게 웃는 이 남자가 유토가 말했던 이곳 사장인 듯했다. 밤이라 눈까지는 정확히 보이지 않았지만, 순해 보이는 인상이라고 한다면 뭐, 그렇게도 보였다.

"그나저나 마나 씨. 우리, 안 닮았거든? 나는 세이 같은 달관자 스타일이 아니야."

"아아, 거기서부터 들으셨어요? 에이, 솔직히 그 달관자 같은 느낌이 닮았는데요."

"달관자라니, 무슨 소리야…. 난 지극히 세속적인 사람이라고."

"아, 그런가? 하긴 그러네요. 지금도 당직만 아니었으면 바로 캬바쿠라에 가셨을 테니까요."

하하하. 마나 씨가 재밌다는 듯 웃자, 그가 "아니야. 요즘은 걸스 바에 빠져 있다고"라며 굳이 하지 않아도 될 정정을 했다. "이거, 정말 너무한데요." 두 사람 사이에서 세이 오빠가 한숨을 쉬었다.

"이렇게 문란한 녀석이랑 같은 취급당하다니, 기분이 좋지 않네요."

"아아! 죄송해요. 그런 뜻은 아니었는데!"

"이봐, 세이. 나는 아름답게 타오르는 생명의 불꽃을 보러 가는 거야. 그 불꽃이 뿜어내는 열기로 몸을 따뜻하게 해서 내일을 살아갈 힘을 얻는 것뿐이라고."

"사장님, 지금 하신 말씀 최악이에요."

"저도 마나 씨랑 같은 생각입니다. 그러니까 이런 놈이랑 엮지 마세요. 서글퍼지려고 합니다."

"아아. 그런 게 아닌데…, 죄송합니다!"

마나 씨가 고용주와 정색하는 고객 사이에 끼어서 어쩔 줄 몰라 하며 우왕좌왕했다. 나는 그런 그녀에게 "세이 오빠가 농담하는 거예요"라고 말해 주며 웃었다.

"세이 오빠는 원래 저렇게 정색하고 장난을 쳐요. 저도 예전에 이 표정 때문에 제가 큰 잘못이라도 한 줄 알고 가슴이 철렁한 적이 있었는데, 이치가 형이 그런 반응을 즐긴다고 알려 줬어요."

— 그러니까 웃어 줘. 그러면 좋아해.

그 순간 다정한 목소리가 귓가에 울렸다.

— 저래 봬도 다른 사람을 웃기는 걸 좋아하거든.

아… 정말이다. 이치가 내 안에 있었다.

"아, 그런가요? 그래도 아무튼 죄송합니다."

연신 고개를 숙이는 마나 씨와 여전히 정색하고 있는 세이 오빠를 번갈아 보던 나는 풋 하고 웃음을 터트렸다. 그리고 웃었다. 목소리를 높여서 후련하게.

"세이 형! 료코! 날도 추운데 어딜 간 거야?"

마사타카의 목소리에 세이 오빠가 자리에서 일어섰다.

"여기! 여기 있어. 금방 들어갈게!"

손을 흔들어 보인 그는 일부러 와준 조문객들을 두고 자리를 너무 오래 비웠다며 머리를 긁적였다.

"료코, 나는 먼저 들어갈게. 아, 맞다. 아쿠타가와. 답례품을 추가할 수 있을까? 도쿄에서 오신 분들 편에 부의금을 보내신 분들이 많아."

"아, 그래. 바로 알아볼게."

"부탁해. 료코, 너는 천천히 들어와도 괜찮아."

나는 서둘러 뛰어가는 세이 오빠의 뒷모습을 잠시 바라봤다. 곧 아쿠타가와 씨도 사무실로 돌아가 봐야겠다며 반대 방향으로 사라졌다. 나는 종이컵에 남아 있던 차를 후루룩 다 마시고 길게 숨을 내쉬었다. 그리고 마나 씨를 바라보며 옆자리를 가리켰다.

"괜찮으시면 잠깐 얘기 좀 하실래요?"

"네? 아, 네. 저라도 괜찮으시다면."

그녀가 옆에 앉았다. 향기 때문일까? 유라가 옆에 있는 것처럼 마음이 편했다.

"마나 씨, 사실은 저 우라이 스미나리 누나예요."

"네?" 그녀의 목소리가 커졌다. "아, 아, 누나시구나. 아, 그러니까, 저기, 저는…." 안절부절못하며 초조해하는 그녀에게 나는 놀라게 해서 미안하다고 사과부터 했다.

"물론 저는 이치를 만나러 온 거지만, 마나 씨가 어떻게 일하는지 봐달라고 스미나리가 부탁하더라고요."

"네? 아…."

그녀의 얼굴에 작은 경련이 일었다.

"스미나리는… 아니, 사실 저도 마나 씨 일에 대해서 편견이 있었어요. 많고 많은 직업 중에 왜 하필, 이라고 생각했어요. 하지만 오늘 마나 씨를 보고 나니까 그런 생각을 한 제가 부끄럽네요. 잘 알지도 못하면서 멋대로 판단해서 미안해요. 의도치 않게 몰래 훔쳐보게 된 것도 미안하고요."

나는 다시 한번 정중하게 사과했다.

"부탁한 스미나리나 그걸 받아들인 저나, 둘 다 정말 큰 실례를 범했다고 생각해요. 마나 씨가 하는 일은 뒤에서 몰래 확인해야 하는 그런 일이 아니에요."

"아…, 그러니까, 저기…."

그녀가 자기 뺨을 만지작거리며 건조한 웃음을 흘렸다.

"솔직히 좀 충격이긴 하네요. 하지만 우연히 모리하라 이치 씨의 장례식을 여기서 하게 된 바람에 일이 그렇게 된 거겠죠."

"네, 맞아요. 저는 마나 씨에 관해서 몰랐더라도 여기 왔을 거고, 스미나리 여자친구라는 사실을 몰랐어도 마나 씨가 일하는 모습에 감동했을 거예요."

진심이었다.

"누나로서 동생을 밀어주고 싶기는 한데, 솔직히 스미나리는 진지한 성격에 고집도 세고 고지식한 면도 있어서 자기 생각을 굽히지 않는 경향이 있기는 하죠. 그래도 자기가 틀렸다는 걸 알면 반성할 줄은 알아요. 돌아가서 스미나리에게 마나 씨가 하는 일은 네가 생각하는 그런 일이 아니라고 말할 생각이에요. 이해할 때까지 설득해 볼게요. 그러니까 이번 일로 마음 상해서 헤어지거나 하지 말고 계속 만났으면 해요. 결혼도 진지하게 생각해 줬으면 좋겠고. 아, 이렇게 말하면 브라더 콤플렉스 같아서 더 질리려나. 미안해요. 동생이 이런 부탁을 한 게 처음이라 내가 어떻게 해야 할지 잘 모르겠어요."

그녀가 조용히 고개를 돌렸다. 화가 난 걸까? 그럴 만도 하다.

화를 내도 들을 수밖에 없었다.

　잠시 침묵이 흐른 뒤에 입을 연 그녀는 작은 목소리로 "프러포즈 대답을 미룬 건 직장 때문만은 아니에요"라고 말을 이었다.

　"스미나리는 다정하고 듬직한 사람이에요. 저와의 앞날을 진지하게 생각한다는 건 저도 잘 알아요. 이번 일도 계속 평행선만 그리는 지금 상황을 바꿀 수 있지 않을까 해서 생각한 거겠죠. 분명."

　"맞아요. 그래요."

　"그 사람이 저를 소중히 생각한다는 건 알아요. 저도 그 사람이 소중해요. 서로에 대한 감정은 똑같은데…, 그런데 왜 우리가 '대등'한 관계라는 생각이 안 드는지 모르겠어요."

　"대, 등?"

　"더 정확히 말하자면 제 생각은 항상 그 사람의 희망과 생각 다음이에요."

　그녀가 고개를 들어, 나와 시선을 맞췄다. 그녀의 눈에는 명백한 분노가 담겨 있었다.

　"스미나리 생각이 제일 우선이고 그다음이 제 생각이에요. 그 사람은 결혼, 출산, 육아를 들먹이면서 그게 당연하다고 말해요. 사람의 인생에 위아래가 있을 리 없는데 남자와 여자라는 차이 때문에 결혼 전과 관계가 달라져야 한다면 망설여지는 게 당연하지 않을까요?"

　순간 뒤통수를 한 대 얻어맞은 기분이었다. 그녀가 한 말은 지금까지 내가 막연하게 느끼면서도 제대로 표현하지 못했던 말이었다. 아니, 설령 언어로 표현할 수 있었다고 해도 그녀처럼 당당히 말할 수 없었을 거다. 할 수 있을 리가 없다. 나는 스미나리 말이 당연하다고 생각하면서 이 자리에 온 사람이니까.

"안 그래도 스미나리와 그 이야기를 제대로 해 볼 생각이었어요. 료코 씨 말씀대로 그 사람이 제 생각을 이해해 준다면 앞으로의 일도 긍정적으로 생각해 보고 싶어요."

그녀가 머리를 숙였다. "건방진 소리를 해서 죄송합니다."

"마나 씨가 왜 사과를 해요." 깜짝 놀란 나는 황급히 손을 내저었다.

"사과할 사람은 저예요. 함부로 끼어들어서 미안해요. 그래도 만나서 다행이에요. 마나 씨를 응원하고 싶어졌거든요. 마나 씨가 자유롭게 살아갈 수 있는 길을 선택해요. 그래도 솔직하게는 동생하고 결혼했으면 좋겠어요. 마나 씨 같은 친구가 있었으면 좋겠거든요."

"감사합니다." 그녀가 생긋 눈을 접고 웃었다.

이치와 마지막 인사를 나누고 부모님 댁에 돌아왔더니 유라는 놀다 지쳤는지 이미 잠들어 있었다. 부모님은 애 엄마가 이렇게 늦게까지 놀면 안 된다고 못마땅한 표정을 지으셨지만, 이치의 밤샘에 다녀왔다고 생각하시지는 않는 듯했다.

"고마워."

스미나리에게 조용히 말하자 그가 어떻게 됐는지를 물었다.

"얘기 나눠 봤어? 정말 좋은 사람이지? 일, 그만둬 주려나?"

"정말 좋은 사람이더라."

진심이 담긴 내 말에 동생의 입꼬리가 위로 솟았다. "그렇지?" 웃는 얼굴에는 여전히 초등학생 때의 모습이 남아 있다. 그러고 보니 스미나리는 어릴 때부터 자기가 좋아하는 것을 칭찬해 주면 뿌듯해하곤 했다.

"그건 그거고. 너 말이야, 네 직업에 자부심을 느끼니? 만족해?"

"뭐?" 얼굴을 똑바로 마주하고 묻자, 동생은 황당하다는 표정을 지었지만 바로 "그야 당연하지"라는 대답과 함께 콧대를 높였다.

"보람 있는 일이라고 생각하고 당연히 자부심도 느껴. 남자라면 자기 직업에 그 정도 의지는 품어야지."

"그래?"

표정을 보니 이 녀석도 역시 비뚤어진 기준을 가졌다. 부모님은 틀렸다, 생각이 구식이다, 비난했으면서 정작 자기 자신이 얼마나 비뚤어져 있는지는 깨닫지 못했다.

"너나 나나 생각이 잘못됐어."

"뭐? 무슨 말이야?"

"마나 씨도 자기 직업에 자부심을 느끼고 있었어."

장례식장을 나오기 전에 그녀가 이치의 관을 여는 모습을 지켜봤다. 실내 온도가 높아서 드라이아이스를 조금 더 넣겠다고 말하는 그녀를 보고, 세이 오빠가 사고로 망가진 이치 얼굴을 화장해 준 사람이 마나 씨라고 알려 주었다.

"조금이라도 편안하게 보이도록 얼굴 주변을 목화꽃으로 정성스럽게 꾸며 주셨어."

"아니에요. 저는 아직 멀었어요. 요시히사 선배님이 특히 잘하시는데 이번에 많이 가르쳐주셨어요."

부끄럽다는 듯, 한 손을 내젓던 그녀는 "얼굴을 보고 마지막 인사를 하고 싶어 하는 분들의 마음을 생각해서 앞으로 더 노력하려고요"라고 말했다. 그 목소리에서 진심이 느껴졌다.

"나는 마나 씨가 하는 일을… 아니, 마나 씨를 응원하고 싶어."

"무슨 소리야?"

스미나리가 황당하다는 듯, 한 손으로 얼굴을 가리고 크게 한숨을 쉬었다.

"누나, 진심이야? 유라가 마나랑 같은 일을 하고 싶다고 하면 어떨 것 같아? 누나도 반대할 거잖아."

"안 해. 진심으로 하고 싶어 한다면 나는 유라를 응원할 거야. 나도 같이 싸워 주고 열심히 하라고 말해 줄 거야. 그러니까 나는 마나 씨도 응원해."

단호한 내 반응에 놀랐는지 스미나리가 움찔했다.

"누구나 똑같지 않을까? 그 사람이 옳다고 생각해서 하는 일을 내 생각만으로 부정하고 싶지 않아. 누군가의 생각에 끌려가고 싶지도 않아. 나는 그 사람 이야기를 진지하게 들어주고 이해하려고 노력할 거야. 누군가의 상식이나 변명에 휘둘려서 도망치지 않을 거야. 너도 무조건 부정하지만 말고, 마나 씨와 진지하게 이야기해 봐. 마나 씨가 자기 일을 얼마나 좋아하는지 이해할 수 있을 때까지 충분히 대화했으면 좋겠어."

"말했잖아. 무슨 대화를 나누라는 거야. 부모님이 반대하실 게 뻔한데. 부모님이 반대하는 결혼이 행복할 리 없잖아. 몰라서 그래?"

아아, 짜증 나. 스미나리가 제 머리를 마구 흐트러뜨렸다.

"네가 행복하게 해 주면 되잖아."

"그게 아니라, 부모님이-."

"아까부터 계속 부모님, 부모님, 하는데, 부모님 핑계로 마나 씨 일을 무시하고 있는 사람은 스미나리, 너잖아."

하! 그가 짧은 숨을 뱉었다.

"뭐라고? 나는 부모님 때문에-."

"솔직히 마나 씨 직업이 싫은 건 너잖아? 내 눈에는 그렇게 보여."

"그, 그런! 아니야…."

버럭 소리를 지르려던 동생이 바로 화를 꾹 눌렀다. "그렇지 않아." 이어진 목소리는 분명 동요하고 있었다.

"그럼, 남자친구로서, 마나 씨와 결혼하고 싶은 남자로서, 최선을 다해 열심히 일하는 여자친구를 감싸야 하는 거 아니야? 지켜 줘야지! 왜 네가 적이 되려고 그래? 평생을 함께할 상대가 소중히 여기는 일이라면 지켜 줘야지."

스미나리가 시선을 떨궜다. 한동안 정적이 이어졌다.

"맞아. 인정할게. 나는 마나의 직업을 받아들일 수 없어. 그러니까 그만뒀으면 좋겠어. 하지만 내가 바라는 건 그것뿐이야. 직장 정도는… 그 정도는 양보할 수 있잖아."

"그 정도? 그렇게 말하지 마. 너는 쉽게 버릴 수 있는 거라도 상대에게는 무엇보다 소중한 것일 수 있어."

그 순간 이치의 얼굴이 떠올랐고 이어서 불쾌해하던 남편의 얼굴이 떠올랐다.

남편이 내 고통을 '그 정도'라고 치부하며 이해해 주지 않았던 것처럼 나도 남편이 중요하게 생각하는 것을 '그 정도'쯤이라며 잘라 버렸다. 적어도 남편은 그런 식으로 받아들였을 거다. 그리고 나는 어긋나기만 하는 남편에게서 도망치고 있었다. 다음에, 다음에, 라며 책임은 내일의 나에게 미루고 대화조차 시도하지 않은 채 계속 도망치기만 했다.

"네가 생각하는 '그 정도'를 상대에게 강요하지 마. 이해하려고 노력해 봐. 나중에 후회하지 말고."

나는 툭, 동생의 어깨에 손을 올리고 여자친구랑 다시 한번 진지하게 이야기해 보라고 조언했다.

"나도 매형이랑 다시 얘기해 보려고. 새삼스럽지만 그 사람을 이해해 보고 싶어졌어. 그러니까 너도…, 아! 그런데 너는 왜 그렇게 마나 씨 직업이 싫어?"

나도 최선을 다해 응원할 거고, 두 사람이 잘 설득하면 부모님도 생각을 바꾸실지 모른다.

"그냥… 됐어. 이제 상관 마."

내가 알아서 할게, 라고 말한 스미나리는 그대로 몸을 돌렸다. 다른 방에 계신 부모님께 그만 가 보겠다고 인사드리고는 바로 현관으로 향했다. "어머, 간다고? 오늘은 자고 가지 그러니." 엄마가 당황해서 쫓아 나오셨다.

"스미나리! 꼭 다시 얘기해 봐. 알았지?"

등에 대고 작은 목소리로 다시 한번 당부했지만, 동생은 대답하지 않았다.

동생이 돌아간 후에 집으로 돌아갈 준비를 하고 있을 때였다. 핸드폰이 짧게 울렸다.

데리러 갈까?

남편의 메시지였다. 별일이다. 평소라면 술을 마시고 있을 시간인데 날 기다리고 있었던 걸까? 혹시 내가 바람이라도 피고 있다고 의심하는 건가? 아아, 아니다. 이런 부정적인 생각은 이제 그만하자. 어제 싸운 일 때문에 신경이 쓰여서 그럴 수도 있지 않은가.

잠시 생각하던 나는 '고마워. 기다릴게'라고 답장했다. 메시지 옆 숫자가 바로 사라졌다.

돌아가면 남편과 할 말이 아주 많을 것 같다.

5장

한 줌의 모래

우리는 첫눈에 반하지는 않았다.

첫 만남 장소는 대형 마트의 한 벤치.

당직을 마치고 한숨도 자지 못한 상태로 기어코 교외에 있는 대형 마트까지 갔던 나는 갑자기 심한 현기증을 느끼고 눈앞에 보이는 벤치에 주저앉았다. 근무 중에 생리가 시작됐고 집에 있는 여성 용품이 부족할 것 같아서 사러 왔을 뿐이지만, 역시나 생각이 짧았다. 물건을 사고 나왔을 때 갑자기 몸에서 피가 쑥 빠져나가는 느낌과 함께 눈앞이 핑 돌았다.

아, 좀 비싸더라도 편의점에서 살걸. 이놈의 몹쓸 절약 근성이 엄한 부분에서 발휘되고 말았다. 머리는 어질어질하고 아랫배는 쿡쿡 쑤시는 통에 이러지도 저러지도 못하고 후회만 하고 있을 때였다. 눈앞에 페트병 하나가 쑥 나타났다. 힘겹게 고개를 들었더니 걱정스럽다는 듯 미간을 좁힌 한 남자가 "괜찮으세요?"라고 물었다.

"안색이 창백해요. 이것 좀 마셔요."

무심코 받아 든 페트병에서 따뜻한 온기가 전해졌다.

"아, 저기."

"병원 가실래요?"

"아, 아니에요. 단순한 빈혈이에요."

조금 쉬면 괜찮을 거예요라고 대답했고, 그는 부드러운 표정으로 다행이라는 듯 "너무 무리하지 마세요"라고 인사하고 자리를 떠났다. 얼떨결에 받아 든, 그렇지만 조금도 억지스럽지 않았던, 페트병을 손에 든 채로 한동안 그의 뒷모습을 바라봤다.

다시 그를 만난 건 그로부터 열흘 뒤였다. 나쓰메랑 후코와 함께 술집에서 가볍게 한잔하고 있는데, 옆자리에 앉은 아저씨들이 술에 취해서 추근거리기 시작했다. 우리 딴에는 나름 어른스럽게 불쾌하다는 의사를 밝혔지만, 아저씨들은 우리 태도가 기분 나쁘다며 괜한 트집을 잡고 험한 말을 쏟아냈다.

"술맛 떨어졌다. 안주가 아깝기는 하지만 다른 데로 가자."

나쓰메가 짜증을 내며 한 말에 나와 후코도 어쩔 수 없이 고개를 끄덕이고 자리에서 일어나려던 참이었다. "손님, 죄송합니다만 저쪽으로 자리를 옮겨 주실 수 있으실까요?" 점원이 다가와 부탁했다. 점원이 가리킨 자리는 지금 자리와 반대쪽에 있는, 술 취한 아저씨들과 멀리 떨어진 곳이었다. 우리가 불편해하고 있다는 걸 알아차린 모양이었다. 흔쾌히 자리를 옮기고 점원에게 안 그래도 곤란했다며 고맙다고 인사하자, 그가 "제가 아니라 저쪽 손님이…"라며 다른 테이블을 가리켰다.

"취객이 시비를 걸어서 곤란한 것 같으니 자리를 옮겨 주는 게 좋겠다고 하셨어요. 저희가 먼저 알아차리지 못해서 죄송합니다."

점원이 가리킨 테이블에는 정장 차림의 남자 몇이 술을 마시고 있었다. 그중 누군가가 우리 상황을 알아차렸다는 말이었다. 순간 이것도 다른 식의 추파가 아닐지 경계심이 들었지만, 우리 쪽을 쳐다보는 사람은 아무도 없었다. 그저 자기들끼리 즐겁게 웃고 있을 뿐이었다.

"괜찮은 사람이네."

나쓰메가 감동이라는 듯 말하자 후코도 "와, 완전 매너남!"이라며 손으로 입을 가렸다. 하지만 "고맙다고 인사라도 해야 하지 않을까?"라고 말하며 그들에게 다시 시선을 돌렸던 나는 순간 작게 탄성을 질렀다. 그 남자가 있었다. 페트병을 건넸던 그 남자.

"어머! 말도 안 돼."

이런 순간에 다시 만나다니, 이게 우연일까? 놀라서 일어선 채로 굳어 있는데 그가 무심코 시선을 돌렸다. 눈이 마주쳤고 이번에는 그의 눈이 크게 벌어졌다. 당황하며 일어서더니 그가 나를 향해 다가왔다.

"깜짝 놀랐습니다. 지난번에 빈혈… 그분, 맞죠?"

"네. 그때는 감사했습니다. 그리고, 아, 방금 일도요."

내가 옮긴 자리를 가리키자, 그가 다시 한번 놀랐다. "어? 저 자리에 계셨어요?" 멋쩍게 뺨을 붉적이면서 "등지고 앉아 계셔서 몰랐습니다"라고 말하는 걸 보면 정말로 내가 거기 있었다는 걸 몰랐던 모양이었다.

"저를 두 번이나 도와주셨네요. 정말 감사합니다."

고개 숙여 인사하자 그가 아니라고 웃으며 손을 내저었다.

"우연히 봤을 뿐입니다. 그런 일로 기분 상하면 맛있는 안주가 아깝잖아요. 그럼, 즐겁게 마시다 가세요. 아, 이 가게는 튀긴 두부가 맛있습니다. 주문 안 하셨으면 한번 드셔 보세요."

이번에도 그는 담백하게 인사를 하고 자기 자리로 돌아갔다.

"아는 사람이었어?"

신기해하며 묻는 나쓰메 목소리를 들으며 나는 천천히 고개를 저었다. 눈가에 열감이 차오르고 심장이 콩콩 뛰었다. 나는 그 느낌이 무엇을 의미하는지 잘 알았다. 경험이 많지는 않았지만 분명 알고 있었다. 사랑에 빠졌음을 알리는 신호. 몇 년간 계속 혼자였고 심장을 뛰게 하는 만남 같은 건 이제 더는 없을지도 모른다고 포기하고 있었는데, 어느 날 갑자기 불쑥 와버렸다. 이보다 운명적인 연애의 시작이 또 있을까?

세 번째 우연이 일어날까? 또 만날 수 있을지 없을지는 알 수 없는 일이었다. 초조함은 부끄러움을 이겼고, 나는 그가 화장실을 가는 타이밍을 노려 연락처를 가르쳐줄 수 있는지 물었다. 그럼요, 웃으며 말한 그는 "그런데 사실은 제가 물어볼 생각이었어요"라며 수줍게 한마디를 덧붙였다. 스마트폰을 꺼내 연락처를 저장하는 마디가 굵고 남자다운 손가락을 바라보고 있던 그때, 나는 이미 그에게 반해 있었다.

술집에서 재회하고 2주 정도 지났을 때 나는 스미나리에게 고백을 받았다. "두 번째 만났을 때 이 기회를 절대 놓치면 안 된다고 생각했어." 그의 말에 나도 그랬다고 대답하면서 느꼈던 벅찬 감정은 평생 잊지 못할 것 같다.

우리는 평범하고 행복한 연애를 했다. 초기에는 잘 보이고 싶은 마음에 너무 배려만 하다가 지치기도 하고, 사소한 말 한마디에 밤새워 고민하기도 했다. 싸우고 화해하며 마음고생 하다 보니 처음에 막연하게 그렸던 이미지는 어느새 차츰 희미해졌다. 하지만 대신 그의 진짜 모습을 알게 됐다.

스미나리는 잠이 많아서 수면 시간이 부족한 날은 컨디션이 안좋다. 걱정이 많은 성격이라 몸 상태가 조금만 안 좋아도 바로 병원에 간다. 일에 관한 불평을 늘어놓는 법이 없고, 그만큼 회사 이야기는 하고 싶어 하지 않는다.

그도 나에 관해 알아갔다. 초기에는 팔베개를 해 주고 싶어 했지만 내가 편하게 자지 못한다는 걸 알고부터는 나란히 누워 잔다. 화장실 변기 커버를 꼭 내려놓고, 내가 한 음식에 고수가 들어 있어도 이제는 아무 말 없이 먹는다. 생리통이 심하다는 점도 배려해주었고 장이 약한 나를 위해 집에 정장제를 상비해 두었다.

처음 우리를 들뜨게 했던 설렘은 차츰 사그라들었지만 대신 편안함이 우리 사이를 채웠다.

나쓰메와 후코도 우리를 '잘 어울리는 커플'이라며 응원했다.

이 사람이라면 평생을 함께할 수 있을지도 모른다고 생각했다.

물론 완벽하게 딱 들어맞는 건 아니었다. 가끔 당연하다는 듯 '남자는'이라거나 '여자는'이라는 주어를 쓸 때는 절로 눈살이 찌푸려졌다. 자기는 일 때문이라며 당연하다는 듯 약속을 미루면서 내가 일 때문에 약속을 못 지키면 잠깐이라도 꼭 불만스러운 표정을 드러냈다. 그의 집에서 자든, 우리 집에서 자든 아침은 항상 내가 차렸다. 한번은 농담처럼 나도 누가 차려 주는 아침밥 냄새에 눈 뜨고 싶다고 말했더니 "이번 생일에 기대해"라는 답이 돌아왔다.

그 정도야 큰 문제는 아니다. 충분히 넘어갈 수 있는 작은 돌부리에 불과했다. 애당초 완벽한 파트너란 존재할 수 없는 법이니까. 상대에게 느끼는 불만과 상대가 느끼는 불만을 어떻게 조율해 나갈지, 어떻게 이해할지를 끊임없이 고민해야 하는 것, 그것이 결혼이다.

그래서 스미나리의 프러포즈를 받았을 때, 나는 기뻤다.

살면서 가장 행복했던 순간이었다.

❖❖❖

빛이 출렁거리듯 흔들리며 서서히 사라졌다.

동시에 눈앞에 있는 넓은 스크린이 숨을 뿜어내듯 빛을 발했다. 웅성거리던 소리가 어디론가 빨려 들어가듯 사라진 순간, 누군가의 목소리가 들렸다.

"산다는 건 괴로운 일이야."

잘못 들었나 싶어서 주위를 돌아봤다. 왼쪽에는 아무도 없었고 오른쪽에 있는 후코는 똑바로 정면을 바라보고 있었다. 후코가 한 말이었나 싶어서 잠시 쳐다보고 있자, 내 시선을 느낀 그녀가 "왜?"라며 목소리를 낮춰 물었다. 그리고 스크린을 가리켰다.

"시작한다! 우리 나쓰메 만나러 왔잖아."

아차 싶어 앞으로 고개를 돌렸다. 화면이 어두워지고 소녀의 독백이 시작됐다. "이 영화는 나의 짧았던 여름. 한순간의 인생. 엄마와 처음이자 마지막으로 보냈던 여름에 관한 이야기다."

모치야마시의 유일한 독립영화 극장 '시네마 파크 모치야마'. 이곳에서 작가 에가와 나쓰메의 '추도 위크'가 열린 건 벚꽃이 흩날리는 계절이 지나갈 무렵이었다. 〈섬광에 그을린 여름〉을 일주일간 재상영하기로 했다.

나는 후코와 시간을 맞춰서 3일째 마지막 타임인 오후 여섯 시 표를 예매했다. 먼저 제안한 사람은 후코였다.

"실제 나쓰메 이야기라는 걸 알고 난 후로는 볼 수가 없었어. 아직은 괴로울지도 모르지만 그래도 보고 싶어."

거기서 말이야. 후코의 말에 나도 고개를 끄덕였다. 시네마 파크 모치야마는 11년 전 〈섬광에 그을린 여름〉의 첫 시사회가 열렸던 곳이다. 게스트로 나쓰메와 감독, 주연 배우들이 참석했었고, 몰려든 팬들이 영화관 앞을 가득 메웠었다.

― 굉장해! 나쓰메 멋있어!

나쓰메 덕분에 관계자석에 앉았던 나와 후코는 단상에 올라 생글생글 웃으며 말하는 그녀를 바라보며 조용히 환호를 보냈다. 스포트라이트를 받는 친구가 얼마나 자랑스러웠는지 모른다. 확실히 그 감동을 공유할 수 있는 사람은 우리 둘뿐이었다.

우리는 두 시간 남짓 이어진 영화를 보고 나와서 근처에 있는 술집으로 들어갔다. 대학생이나 젊은 연인들이 주로 오는 시끌벅적

한 가게 분위기가 아직 영화 속 세상에 잠겨 허우적거리던 우리를 일상으로 끌어냈다. "역시 나쓰메는 정말 자랑스러운 친구야." 하도 울어서 눈화장이 다 지워진 후코가 감격했다는 듯 말했다.

"정말 멋있어. 너무하다 싶을 만큼. 관객도 꽤 많았지? 그 극장에 그렇게 손님이 많은 거 정말 오랜만에 봤어."

"요즘 멀티플렉스 영화관에 밀려서 독립영화관들이 간신히 버티고 있으니까. 그래도 이렇게 좋은 행사를 기획한다면 독립영화관도 열심히 밀어줘야겠어."

내 얼굴 상태도 후코와 크게 다르지 않은 듯했다. 퉁퉁 부었는지 눈꺼풀이 무거웠다. 하지만 오랜만에 기분 좋게 나른해졌다.

"그래도 너무 늦긴 했어. 나쓰메가 죽은 지 1년이 다 되어가는데…. 게다가 일주일은 너무 짧아. 더 오래 해도 되잖아! 나쓰메를 무시하는 거라면 용서하지 않을 거야."

"그래도 꽤 신경 썼던데. 로비에 옛날 사진이랑 나쓰메 사인도 걸려 있었잖아."

"맞아, 맞아. 그건 좋았어. 롤링 페이퍼 쓰는 코너도 있고. 감동이었어."

"어? 롤링 페이퍼? 난 몰랐는데?"

사진 옆에 당시 신문 기사 스크랩이 전시되어 있어서 나는 그쪽에 정신이 팔렸었다.

"아아! 속상해. 보고 싶었는데! 나도 글 남겼어야 했는데!"

"내가 사진으로 찍었어. 보내줄까?"

"응! 고마워. 역시 꼼꼼하다니까."

"오래 기다리셨습니다. 석 잔 맞으세요?"

종업원이 생맥주 석 잔을 테이블에 내려놓으면서 확인하기에 나는 맞다고 말하며 잔을 옮겼다. 4인용 테이블에 대각선으로 앉은 우리는 후코 옆자리이자 내 맞은편 자리에 잔 하나를 두었다.

"일단 건배!"

쨍하고 잔 세 개를 부딪친 우리는 동시에 맥주를 넘겼다. 너무 울어서 목이 말랐는지 한꺼번에 삼분의 일을 비우고 크게 숨을 뱉었다.

"캬아. 시원해. 밖에서 맥주 마시는 거 정말 오랜만이야. 이런 분위기도 그렇고, 아, 옛날 생각난다!"

후코가 주위를 둘러보며 말했다.

"남편이랑 외식 안 해? 아, 하긴 에이타는 집에서 마시는 걸 좋아했지? 인스타그램에서 봤어. 네가 만든 음식들, 하나같이 다 맛있어 보이더라. 나 같아도 그럴 것 같아."

데친 토마토와 아보카도를 염장 다시마와 함께 무친 기본 안주로 젓가락을 뻗으면서 무심코 한 말이었는데 반응이 없었다. 가게에 뭐 신기한 거라도 있나 싶어서 슬쩍 시선을 들어 보니 후코는 두 손으로 생맥주잔을 감싼 채 거품만 뚫어져라, 응시하고 있었다.

"후코? 왜 그래?"

"나, 이혼 생각 중이야."

번쩍 고개를 든 후코의 얼굴이 심상치 않았다.

"이혼?"

젓가락 끝에 걸렸던 아보카도가 툭 떨어졌다. 후코와 '이혼'이라는 글자가 이어지지 않았다.

후코가 자주 올리는 인스타그램을 보면 그녀는 누가 봐도 즐겁고 행복한 신혼 생활 중이었다. 멋지게 꾸민 집과 정성이 가득한 요리들, 식탁에는 항상 꽃이 장식되어 있었고 일주일에 몇 번은 남편을 위한 도시락 사진이 올라왔다. 매번 '이번에도 맛있겠다', '남편이 일할 맛 나겠어!'라는 댓글이 달렸고, 나도 몇 번인가 '부러워!'라는 댓글을 남겼다.

"너희 부부, 사이 좋은 거 아니었어? 그런 줄 알았는데."

"사이 좋은 부부가… 돼 보려고 했지."

하하. 건조한 웃음소리가 작게 울렸다. 뺨으로 흘러내린 머리카락을 천천히 귀 뒤로 넘긴 후코의 다음 말은 "그런데 이제 지쳤어"였다.

"내가 사람들을 웃기는 걸 좋아하는 거 알지?"

"응? 그럼, 알지."

유머러스한 후코는 늘 재밌는 농담을 던져 사람들을 웃기는 걸 좋아한다. 나도, 나쓰메도 그런 후코 덕분에 많이 웃었다.

"그게 왜?"

"웃기는 거랑 웃음거리가 되는 건 전혀 다르잖아."

말뜻을 바로 이해할 수 없어서 고개를 갸웃하자 후코의 작은 목소리가 이어졌다. "시부모님하고 남편이 나를 놀리면서 재밌어하고, 그렇게 웃는 게 화목한 가정의 모습이라고 생각해."

"뭐? 잠깐만! 그게 무슨 소리야? 널 놀림감으로 생각한다는 거야?"

내 입으로 한 말에 내가 소름이 끼칠 정도였지만, 후코가 고개를 끄덕였다.

"감기에 걸렸을 뿐인데 시아버지가 갱년기 아니냐고 하시더라. 시어머니는 친척들한테 손주는 이미 포기했다는 말을 아무렇지 않게 하셔. 남편은 더 해. 목욕하고 옷 갈아입으러 갈 때나 화장실에서 나왔을 때 발을 디딜 수밖에 없는 곳에 체중계를 놔둬."

체중계는 에이타의 스마트폰과 연동돼서 바로 남편에게 몸무게가 전송된다고 한다. 몸무게를 확인한 에이타는 살쪘다, 돼지라고 놀리기까지 한단다.

"그따위 짓을 한단 말이야?"

화를 넘어 혐오스럽기까지 했다. 딱딱하게 굳어가는 내 얼굴을 보며 후코가 고개를 끄덕였다.

"아내 체중 관리까지 해야 해서 힘들어 죽겠다고 사람들 앞에서 웃으면서 얘기해. 문제는 그런 행동들을 그저 농담이라고 생각한다는 거야. 나이 많은 돼지를 며느리이자 아내로 흔쾌히 받아들인 재밌는 우리 가족이라는 식이야."

"하나도 재미없거든! 도대체 어디가 재밌다는 거야!"

그들의 정신 상태가 의심스러울 지경이었다. 애초에 후코는 얼굴형이 동그래서 전체적으로 동글동글한 인상일 뿐이지 절대 뚱뚱하지 않다. 오히려 그래서 나이보다 훨씬 어려 보인다.

"나도 남편한테 하나도 재미없다고 말했어. 놀림당하면 우울해지기만 한다고. 그랬더니 당신은 원래 사람들 웃기는 거 좋아하지 않았어? 라면서 흘려듣더라."

후코가 젓가락이 들었던 봉투를 집어서 천천히 접기 시작했다. 예전에 회식 자리에서 보여 주면 사람들이 좋아한다면서 공작새 모양으로 젓가락 받침 접는 법을 연습했던 적이 있었다. 그게 언제였지?

"나는 사람들을 웃게 해 주고 싶은 거지, 웃음거리가 되고 싶은 게 아니야. 당연하잖아. 그런데 남편이나 시부모님은 그걸 이해하지 못해. 나를 놀리면 다들 웃으니까 그렇게 해서 분위기가 화기애애해지고, 가족 사이가 좋아지면 되는 거 아니냐고 진심으로 그렇게 생각해."

쓰레기. 목구멍 끝까지 치고 올라온 그 말을 간신히 도로 삼킨 나는 "그런 사람이었나?"라는 말로 겨우 얼버무렸다.

"널 정말 사랑하는 것처럼 보였는데."

"나쓰메 일이 있었잖아."

나는 다시 고개를 갸웃했다. 여기서 나쓰메가 왜 나올까?

"후쩡은 친구 정체도 몰랐어? 이런, 이런, 우리 며느리는 속여 먹기 쉬운 맹한 여자였구나. 그때 시아버지가 농담으로 그렇게 말씀하신 게 시작이었어."

화를 내실 줄 알았던 아버지가 웃으면서 넘어가자, 에이타도 다행이다 싶었는지 "그렇다니까요. 후코가 그렇죠, 뭐"라며 아버지의 비위를 맞췄고, 후코는 더는 말을 보태지 않는 편이 낫겠다고 생각하고 입을 다물었다고 한다.

"더 심한 말을 들을 바에야 그냥 이 정도에서 참자고 단념했어. 그때는 나쓰메의 죽음을 받아들이는 것만으로도 버거워서 내 마음이나 사정을 알아주길 바랄 수도 없었으니까. 하지만 그때 아무리 힘들어도 제대로 이야기하고 넘어갔어야 했어. 후회해. 결과적으로 나는 그 집에서 '그저 해맑기만 한 어리숙한 바보'가 돼 버렸어."

후코 시가에서는 나쓰메의 일이 가족들 사이를 돈독하게 만들어준 작은 사건이었고, 그 일로 집안에서 후코의 위치가 정해져 버렸다.

"이제 정말 지쳤어."

후코가 한숨을 쉬었을 때 마침 주문한 안주들이 나왔다. 뱅어포를 얹은 무 샐러드와 모둠회, 큰 접시에 담긴 모둠꼬치가 테이블 위에 놓였다. 후코가 거품이 사라진 나쓰메 생맥주잔 옆에 있는 앞접시에 따로 나온 소스를 듬뿍 찍은 메추리알 꼬치를 올렸다.

"많이 기다렸지. 나쓰메. 자, 네가 좋아하는 거."

"이건 싫어하는 거."

내가 표고버섯 꼬치를 옆에 나란히 놓자 후코가 입술을 삐죽였다. "왜 심술부리고 그래."

"뭐 어때. 그런데 말이야, 나쓰메 지금 엄청 억울하다는 표정 지었을 것 같지 않아?"

내가 빙긋 입꼬리를 올리자 후코도 피식 웃었다.

"맞아. 맞아. 이런 가게에 오면 자기가 먼저 모둠 메뉴를 주문했으면서 말이야."

우리는 마주 보고 쿡쿡 웃었다. 나는 새우 꼬치를 집어 들었다. 막 튀긴 새우에 타르타르소스를 푹 찍으며 "결국 나쓰메 장례식

때 에이타가 했던 폭언도 사과받지 못했지?"라고 물었다.

"솔직히 그때 에이타가 한 말을 듣고 세상 최악의 쓰레기라고 생각했어. 소중한 친구를 직업만 보고 하찮게 취급한 일은 지금도 용서할 수 없어. 반짝 인기 작가? 그 말, 절대 잊지 못할 거야."

"그게 다가 아니잖아. 나쓰메와 마지막 인사도 못 하게 했어. 어떻게 사람이 그럴 수 있지?"

우연히 발길 닿는 대로 들어온 싼 술집이었기에 큰 기대는 없었지만, 꼬치는 꽤 맛있었다. 새우는 탱글탱글했고 튀김옷도 바삭했다. 타르타르소스도 수제인 것 같고 큼직하게 썬 피클도 잘 절여졌다. 하지만 우리는 조금도 즐겁지 않은 얼굴을 하고 있었다. "아무튼, 그냥 그렇게 얼렁뚱땅 넘어갔다는 거네?" 나는 미간을 좁힌 채로 다시 물었다.

"응. 이런저런 변명만 늘어놓더니 결국은 내 잘못을 용서하는 너그러운 남편 코스프레로 끝났어."

후코가 젓가락으로 회 위에 올려진 차조기꽃을 집어 들며 말했다. 젓가락으로 차조기꽃을 훑자, 작은 접시에 부어 둔 간장 위로 녹색 씨앗이 후드득 떨어졌다.

"정말 후회돼. 그때 진심으로 나쓰메에게 사과하라고 제대로 말해야 했는데. 하지만 결혼한 지 얼마 되지도 않았고 식도 그렇게 성대하게 올렸는데 인제 와서 일을 크게 만들어봤자 무슨 소용일까 싶었어. 아아, 나는 왜 맨날 이런저런 핑계만 대면서 포기해 버릴까?"

나는 다음으로 집어 든 연근 꼬치를 맥주와 함께 삼키면서 생각했다. 그때 후코는 나쓰메를 위해 남편과 싸우려 하지 않았다. 전화로 미안하다고 말하며 울기에 미안해할 일은 아니라고 달래 줬었다.

"나도 이렇게 우유부단한 내가 싫어. 그래서 에이타처럼 결단력 있게 끌어 주는 사람이 옆에 있으면 좋을 줄 알았는데…"

초등학교 3학년 때부터 대학교 4학년 때까지 야구를 한 에이타 는 운동선수 마인드가 몸에 밴 사람이다. 그래서인지 예의 바르고 상대를 잘 챙기면서 리더십도 있다. 선후배 할 것 없이 모두 그런 그를 칭찬했다.

두 사람은 후코가 헤어디자이너로 일하던 헤어 살롱에 에이타 가 손님으로 오면서 처음 만났다. 후코를 보고 첫눈에 반한 그가 가게로 찾아와 끈질기게 구애했다. 다섯 살이나 어리지만 듬직한 사람이야. 복숭아처럼 발그레해진 볼로 그렇게 말했던 후코의 얼 굴을 기억한다.

"그런데 전혀 아니었어. 나는 내 인생에 너무 무책임한 짓을 저 지른 거야."

후코는 고추냉이를 약간 얹은 도미 한 점을 차조기꽃 씨가 뿌려 진 간장에 찍어서 입에 넣었다.

"우리 살롱 말이야. 이번에 히노사키시에 매장을 새로 오픈하거 든. 지난주에 사장님이 나한테 새 매장의 부점장을 맡아보지 않겠 냐고 제안하셨어."

"정말? 잘 됐다!"

후코는 미용학원을 졸업하고 바로 헤어 살롱에서 일하기 시작했다. 이 지역에서는 꽤 유명한 살롱이었고, 다른 지역에서 일부러 찾아오는 손님도 있었다. 당시에 역시 패션 리더는 뭐가 달라도 다르며 나쓰메와 내가 더 신이 났었다. 후코는 취업 후에도 연습을 게을리하지 않았고 손님들 기분도 잘 맞췄다. 단골이 점점 늘어나 지금은 살롱을 대표하는 디자이너로 항상 예약이 가득 차 있다. 후코에게 머리를 하려면 한 달 전에는 예약해야 할 정도다.

"사장님이 나라면 직원 관리를 맡길 수 있다고 하셔서 기분이 너무 좋았어. 당연히 남편도 기뻐해 줄 거로 생각했는데…."

다만 히노사키시로 출퇴근하면 편도 30분 정도는 더 걸린다. 또 신규 매장이라 당분간은 근무시간이 길어질 수밖에 없다. 그런 사정을 들은 에이타가 안 된다고 딱 잘라 선을 그었다고 한다.

"아무래도 집안일에 소홀해질 수밖에 없잖아. 난 집안일 뒤치다꺼리까지 할 생각은 없어. 그리고 애초에 당신을 부점장 자리에 앉히다니 사장이 너무 생각 없는 거 아니야? 나 같으면 불안해서 절대 못 맡길 텐데. 혹시 그냥 막 띄워줬다가 나중에 장난이었다고 하는 거 아니야? 믿은 사람만 바보 될지도 모르니까 거절해. 이러더라고. 내 일까지 무시하고 있었어."

"너무해!" 그 순간 옆에서 들린 소리에 깜짝 놀라 돌아보니 근처 테이블에서 여자 셋이 한참 수다를 떨고 있었다. 우리는 언제까지 우리끼리만 놀아야 하는 걸까? 나는 남자친구 생기면 남자친구부터 챙길 거다. 뭐? 너무하는 거 아니야? 해맑게 웃는 얼굴들이 아직 앳돼 보였다.

그쪽으로 흘끗 시선을 돌렸다가 후코가 말을 이었다.

"직장에서 좋은 평가를 받았는데 같이 기뻐해 주지는 못할망정 꼭 말을 그렇게 해야 해? 그렇게 따졌더니 도리어 내 잘못이라고 화를 내는 거야. 사장이 진심으로 그런 말을 했어도 당신이 남편 내조를 해야 해서 안 된다고 거절했어야지! 그러면서 턱을 치켜들고, 당신이 부점장을 할 수나 있겠어?! 지금 하는 일이나 똑바로 해! 이러더라고."

후코는 원래 성대모사를 잘한다. 하지만 지금은 너무 똑같아서 에이타 얼굴이 겹쳐 보이는 통에 오히려 화가 더 났다. 앞에 있는 사람이 후코라는 걸 알면서도 노려볼 정도로.

"정말 그렇게 말했단 말이야?"

남편 내조? 그건 또 뭐야? 에이타는 큰 건설 회사의 영업부에서 일한다. 무슨 일을 하는지 자세히는 모르지만, 당연히 그 일도 직종 나름의 고충은 있을 거다. 하지만 누군가 옆에서 챙겨주지 않으면 안 될 만큼 힘든 일이었나?

"말도 못 하게, 죽을 만큼, 일이 힘들다는 거야?"

"에이, 설마. 물론 고객을 상대하는 일이니까 가끔은 갑자기 야근하거나 주말에 출근할 때도 있지만 그만큼 지원도 해 주는 회사야."

흐음…. 나는 팔짱을 끼고 낮은 신음을 뱉었다.

"나도 이해가 안 돼서 엄마랑 숙모한테 하소연해 봤거든? 그랬더니 결혼은 다 그런 거래. 엄마는 나보다 더 참고 살았다고 하시고 숙모도 나도, 나도 하시더라고. 그때부터 두 분 고생한 이야기가 끝도 없이 이어지는 거야. 괜히 마음만 더 안 좋아져서 도중에 집에 와버렸어. 이건 다른 얘기지만, 남이 힘들다고 얘기하면 내가 더 힘들다면서 누가 더 힘든지 겨루는 심리는 도대체 뭘까? 나도 이만큼 고생했으니까 너도 고생해야 해, 이런 건가?"

"맞아, 맞아. 그런 사람 있어."

나는 맞아, 하며 고개를 끄덕였다. 멀리서 찾을 것도 없다. 우리 언니가 그런 스타일이니까. 언니는 누군가의 불평을 들으면 무조건 그 사람보다 자기가 더 힘들다고 이야기한다.

"결혼 전에는 나이가 찼으니 빨리 결혼하라고 귀에 못이 박히도록 잔소리하고, 결혼하니까 이제야 어른이 됐다고 좋아하시더니, 결혼 생활이 힘들다고 하소연하니까 원래 다 그런 거라고? 뭔가 이상하지 않아? 그랬으면 결혼하기 전에 가르쳐줬어야지! 결혼이 다 좋은 것만은 아니다. 결혼하면 이런 일도 있고, 저런 일도 있으니까 잘 생각해서 결혼 전에 상대와 생각을 잘 맞춰보라고 조언했어야 하는 거 아니야?! 아니면 결혼 같은 나쁜 관습은 우리 대에서 끝낼 테니 너는 훨훨 자유롭게 살렴, 이랬어야 하는 거 아니냐고!"

후코가 생맥주를 단숨에 비우고 종업원을 불렀다. "여기 한 잔 더 주세요!" 바쁘게 돌아다니던 남자 종업원이 "네!"라고 대답하는 목소리에 활기가 넘쳤다.

"뭐… 사실 제일 나쁜 사람은 나지만 말이야. 난 인생에서 결혼이 제일 큰 장애물이라고 생각했거든. 이것만 넘으면 앞으로는 다 괜찮을 거라고. 도대체 무슨 근거로 그렇게 생각했는지 몰라."

후코가 빈 생맥주잔 가장자리를 손가락으로 따라 그리며 한숨을 쉬었다.

"하지만 결혼하고 싶을 만큼 사랑하는 사람이 자신의 소중한 부분을 짓밟을지도 모른다는 무서운 생각을 어떻게 할 수 있었겠어. 사랑하니까 더 그런 생각은 할 수 없잖아."

후코 목소리에는 이제 슬픔만이 남아 있었다. 후코는 고민과 망설임을 끝내고 이제 앞으로 나아가려 하고 있었다.

"이혼, 응원할게."

"응!" 내가 두 주먹을 꼭 쥐고 말하자 후코도 파이팅 자세를 취했다.

"앞으로가 힘들겠지만 나, 꼭 이겨낼 거야. 그리고 나는 다른 여자들에게 네 인생을 살라고 말하는 여자가 될 거야!"

"와, 후코, 멋진데? 나쓰메도 분명 그렇게 말했을 거야."

우리는 한동안 파이팅 자세를 취하고 서로를 바라보다가 푸하하 웃었다.

"그런데 말이야. 내 일에 대해서 함부로 말했을 때는 충격이라기보다 화가 나더라."

다 먹은 꼬치를 지팡이처럼 빙글빙글 돌리던 후코가 말했다.

"동경하는 마음으로 시작해서 지금껏 열심히 해 온 일이잖아. 그런 일을 '남편'이라는 이유만으로 짓밟으면 안 되는 거 아니야?!"

"그래, 맞는 말이야. 함께 사는 이상 각자 일에 대해서 서로 이해해야지, 부정하면 안 되지."

맞장구치며 자연스레 떠올린 사람은 역시나 내 남자친구였다.

"스미나리 씨는 어때?" 그런 내 표정을 읽었는지 후코가 물었다.

"프러포즈 대답 미뤘다며. 왜? 직장 일로 의견차이라도 있어?"

"아직 생각 중이야. 이것저것 걸리는 부분이 있는데, 사실 가장 큰 문제가 직장이기는 해."

스미나리는 내 직업을 못마땅하게 생각한다. 누나에게 살펴봐 달라고 부탁까지 할 정도로. 그 이야기를 들었을 때는 정말이지 절망적이어서 이제는 헤어질 수밖에 없겠다고 생각했다. 하지만 그의 누나는 정말 좋은 분이었고, 나를 응원하겠다는 그녀의 말에 일단은 감정을 누를 수 있었다. 그 후에 누나에게 무슨 말을 들었는지 스미나리는 내 일에 관해서 긍정적으로 생각해 볼 테니 시간을 달라고 말했다. 일방적인 말투에 순간 또 불쑥 화가 치밀었지만, 그래도 한 걸음 나갔다는 생각에 입을 다물었다.

"긍정적으로 생각해 보겠다고 하면 나는 뭐라고 대답해야 해? 검토해 주셔서 감사합니다? 아니, 애당초 내가 왜 허가를 받아야 하는 건데?"

그때 스미나리에게 하지 못했던 말을 후코에게 쏟아내고 말았다. "마나, 스미나리 씨랑 헤어지고 싶은 거야?" 내 말에 후코가 단도직입적으로 물었고, 순간 말문이 막혔다.

"헤어지고 싶다는… 생각도 있어. 그런데 결혼하고 싶기도 해."

결혼에 대한 꿈이 없는 건 아니다. 왠지 쓸쓸해서 누군가의 따뜻한 온기가 그리운 날도 있고, 평범한 가족의 크고 작은 뒷모습을 무심코 눈으로 좇기도 한다.

"얼마 전에 감기로 앓아누웠을 때 스미나리가 와줬거든. 푸딩이랑 이온 음료를 사다 주고 얼음주머니도 만들어줬어. 그때는 좋더라. 이렇게 누군가와 서로 의지하면서 함께 살면 든든하겠다 싶었어."

흔한 이유일지도 모른다. 하지만 흔하다는 건 불변의 법칙이라는 말이기도 하다. 사람은 약해졌을 때 누군가가 곁에 있어 주면 그것만으로도 위안을 얻는다.

"나는… 평생 혼자 살고 싶은 생각은 없어."

"그 말은, 스미나리 씨가 아니라도 괜찮다는 말이야?"

순간 멈칫했다. 하지만 바로 고개를 저었다.

"아니, 결혼한다면 그 사람이랑 하고 싶어. 내가 이 사람을 사랑하는구나, 하고 느꼈던 순간이 분명히 있어."

아팠을 때도 그랬고, 일 때문에 우울해져서 혼자 울고 있던 날 밤에 달려와 준 적도 있다. 문을 열었더니 다정하게 웃는 그의 얼굴이 있었다. 그 순간 세상에 홀로 남겨진 외톨이라는 생각에 불안하던 마음이 사라지고 그저 행복하기만 했다. 나쓰메 밤샘이 있었던 날 밤에도 아무 말도 하지 않았는데, 도와달라고 부탁하지도 않았는데 후코를 데리고 와줬다. 그때도 진심으로 고마웠고, 이런 사람이 내 남자친구여서 행복했다.

결국 불만을 잔뜩 품고 있으면서도 헤어지지 못하는 이유는 지금까지 그와 함께한 행복한 순간들이 있었고, 앞으로도 그렇게 살고 싶기 때문이었다. 나는 생각보다 훨씬 더 깊이 그를 사랑한다.

문득 꽃집의 치와코 씨가 한 말이 떠올랐다.

— 누군가와 함께 살아가려면 내가 행복한 순간도 중요하지만,

상대의 행복을 생각해 보는 시간도 중요한 것 같아.

내가 행복했던 순간은 많았다. 그런데 상대의 행복을 생각해 보는 시간은 있었던가? 물론 나도 내 나름대로는 그의 행복에 관해 고민했다. 하지만….

그의 행복 중 하나는 내가 일을 그만두어야 이루어줄 수 있다. 스미나리는 서비스직이든 사무직이든 뭐든 상관없다고 했다. "호화로운 생활까지는 힘들겠지만, 너랑 둘이, 아니, 나중에 아이가 태어나도 내 가족을 먹여 살릴 만큼은 벌 거야." 성실하고 책임감이 강한 스미나리다운 말이었다. 이 일을 그만두면 그는 분명히 기뻐하겠지.

하지만 지금 일을 그만두면 나는 더는 나로서 존재할 수 없을 것 같은 기분이 든다. 더 부딪쳐 보고 싶고, 할 수 있는 한 최선을 다해 보고 싶다고 생각했는데, 그런 일을 나 자신조차 받아들일 수 없는 이유로 그만둔다면 나는 평생 이도 저도 아닌 인간으로 남을지도 모른다. 자기 장례식을 내게 맡기면서까지 나쓰메가 내게 남긴 말의 의미가 퇴색되어 버린다.

스미나리의 행복을 이루어주려면 내 행복을 포기해야 했다.

"결혼은 하고 싶지만, 한다면 스미나리의 행복과 내 행복이 공존할 수 있었으면 좋겠어. 그런데 그게 힘드네."

"넌 아직 더 고민해야겠다."

후코가 종업원이 가져다준 풋콩으로 손을 뻗었다. "고민하다 보면 어느 순간 답이 보일 거야." 톡톡 콩깍지를 까서 콩을 꺼내며 그녀가 말을 이었다.

"나도 그랬어. 뭔가, 이거다, 싶은 계기가 없어서 고민했는데, 어느 날 갑자기 명확하게 생각이 정리되더라고. 그때까지 좀 더 고민해 봐."

"중대한 결단을 내린 사람의 말이라 그런지, 확 와닿는데?"

내가 한숨을 쉬자 후코가 그러니 새겨들으라며 웃었다.

"나도 조금씩 성장하고 있나 봐. 오늘 오랜만에 〈섬광에 그을린 여름〉을 보고 더 확실히 느꼈어. 내 안에 달라진 부분들이 있더라."

"뭐가 달라졌는데?"

나도 풋콩으로 손을 뻗었다. 잘 데쳐진 풋콩의 따끈따끈한 열기가 손에 전해졌다.

"11년 전에도 영화를 보고 펑펑 울면서 '나쓰메, 정말 대단해!'라고 감탄했지만, 오늘은 좀 달랐어. 나쓰메가 실제로 본 세상이었다는 사실을 알아서 그럴 수도 있겠지만, 가슴이 아파서 숨이 막히는 순간들이 있었어."

무슨 말인지는 나도 잘 안다. 적나라한 현실을 똑바로 마주할 자신이 없어서 눈을 감고 싶어질 만큼 강렬함이 느껴졌다.

"그때 아, 저 때의 나는 행복했구나, 라는 생각이 들더라."

후코가 말을 이었다. 이 세상에 고통이 존재한다는 건 알고 있었어. 상상도 해 봤고. 하지만 말 그대로 상상일 뿐 진짜 고통이 뭔지 나는 몰랐던 거야. 그때는 나쓰메가 그린 고통을 그저 상상했을 뿐이었어. 그런데 오늘은 내가 아는 고통이 끄집어내지는 듯한 공포를 느꼈어. 그만해. 더는 파헤치지 마. 내 고통을 들춰내지 마,

라고 빌고 싶더라.

나는 풋콩을 입에 넣고 시선을 아래로 내렸다. "맞아." 야들야들해진 콩깍지를 뭉그러뜨리며 대답했다. 그때는 알지 못했던 '고통'을 지금은 우리도 알게 됐다.

"네가 무슨 말을 하고 싶은지 알 것 같아. 그때 우리는 우리가 다 안다고 생각했지만, 사실 아무것도 몰랐던 거야. 열심히 노력하면 반드시 좋은 일이 생긴다거나 진심을 담아 이야기하면 서로를 이해할 수 있다고 믿었지."

"맞아. 아무리 필사적으로 노력해도 의미 없는 일이 있잖아. 몇 번을 호소해도 움직일 수 없는 마음이 있고. 양보할 수 없는 부분도 있지. 그때는 그걸 몰랐어. 그 슬픔을 나쓰메는 그때 이미 알았던 거야."

"나쓰메가 여기 있었으면, 너희들 그걸 여태 몰랐단 말이야? 라면서 비웃었겠지?"

우리는 빈자리를 바라봤다. 계절이 한 바퀴 돌아 제자리로 돌아왔는데도 여전히 나쓰메가 없다는 사실이 익숙해지지 않았다. 분명하게 존재했던 것이 사라지면 빈자리에 또렷한 상처가 남기도 한다. 그때 내가 뭔가 더 할 수 있지 않았을까? 아니, 아무것도 할 수 없었다. 하지만…. 나는 답 없는 고민을 반복하면서 아무것도 붙잡지 못한 빈손을 내려다봤다. 그러다 불쑥 나타나는 환영을 향해 물었다. 나쓰메, 왜 그랬어?

"어른이 된다는 건, 상실의 연속인 걸까?"

후코가 툭 던진 말이었다.

"예전에 내 것이라고 믿었던 것들이 하나둘씩 사라져 가. 소중해서 붙잡았을 뿐인데 대신 다른 소중한 것을 놓치게 돼. 이렇게 계속 잃어야만 한다면 산다는 건 괴로운 일이야."

나는 대답하지 못하고 맥주를 들이켰다. 멀리서 누군가의 외침이 들렸다. "나는 딱 지금처럼만 살고 싶어!"

❖❖❖

후코와 영화를 보고 며칠 후에 스미나리를 만났다. 앞으로의 일에 관해 이야기하고 싶다는 말에 드디어 올 것이 왔다고 생각했다. 어쩌면 우리는 이별을 선택하게 될지도 몰랐다.

"어디 가는 거야?"

차에 타서 어디로 가는지 물었더니 그는 일단 같이 가달라고만 했다. 자못 심각한 표정에 더는 묻지 못하고 고개만 끄덕였다.

우리는 옅은 복숭아색 꽃잎이 떨어지고 새순이 돋아나기 시작한 벚꽃길을 달렸다.

차 안에 가득 찬 무거운 공기가 어깨를 짓눌렀지만, 스미나리는 평소처럼 안전하게 차를 몰았다. 도중에 다른 차가 난폭하게 끼어들어도, 과속으로 달리는 큰 오토바이가 옆을 지나쳐 가도 핸들을 꼭 잡은 그의 손은 흔들리지 않았다.

"다 왔어."

한 시간쯤 달려서 도착한 곳은 히노사키대학 부속 병원이었다.

"병원? 누가 입원했어?"

"아니. 지금은 아니야."

주차장에 차를 세운 스미나리는 큰 병원 건물을 올려다봤다.

"엄마가 예전에 난치병을 앓으셨어. 그때 늘 이 병원에 입원하셨어."

그는 앞에 있는 건물을 바라보며 이야기를 시작했다.

"궤양성대장염이라는 병이었는데 참 지독했어. 음식을 먹기만 하면 설사하고, 토하고, 열도 나고. 변기가 피투성이였던 적도 있었어. 한번은 통증이 너무 심해서 집에서 쓰러지시는 바람에 구급차로 병원에 실려 가신 적도 있었고. 배터리가 다 된 인형처럼 갑자기 푹 쓰러지셨는데, 쓰러질 때 머리를 잘못 부딪치셔서 피가 많이 났었어. 엄마가 피투성이에 백지장처럼 창백해진 얼굴로 옮겨지는데, 그때 난, 이제 다시는 엄마를 만날 수 없을지도 모른다고까지 생각했어."

궤양성대장염이라는 병은 이름만 들어봤다. 얼마나 심각한 병인지는 모르겠지만, 피투성이가 된 엄마가 구급차에 실려 가는 모습을 봤을 때 얼마나 무서웠을지는 짐작할 수 있었다.

"입원했다가 겨우 퇴원했다 싶으면 다시 또 입원하셨어. 나랑 누나는 할머니가 키워 주셨는데, 그때 할머니랑 엄마 병문안을 자주 다녔어. 몸에 호스를 주렁주렁 달고 있는 엄마를 보고, 엄마는 우리를 두고 죽는 걸까? 막연하게 그런 생각을 했었어. 그런 생각이 들면 병실에 있을 수가 없더라. 병실에는 꼭 병의 냄새가 배어 있는 것 같았거든."

그때 꽃을 든 여자가 차 앞을 지나쳐 갔다. 조금 이른 계절이지만 해바라기의 노란색이 선명하게 눈에 들어왔다. 여자는 흔들림 없는 걸음걸이로 뚜벅뚜벅 걸어가 건물 안으로 사라졌다.

"이 병원은 넓기도 하고 구조가 미로같이 복잡해서 자주 길을 잃었어. 엄마 병실에서 도망쳐 나왔다가 미아가 된 적이 한두 번이 아니었지. 그때 이 병원에 지하가 있다는 걸 알았는데, 어린 마음에 탐험이랍시고 내려가 본 적이 있어."

덤덤하게 이야기하던 그의 목소리가 갑자기 무겁게 가라앉았다.

"어둑하고 서늘했어. 바로 위층에는 사람들이 북적였는데 거기는 인기척이 거의 없어서 꼭 다른 세계로 빨려 들어온 것 같더라. 무섭기는 했는데 궁금하기도 해서 결국 천천히 지하를 돌아다녔어. 그러다 문이 열린 방을 발견했어."

하아. 잠시 말을 멈춘 그가 길게 한숨을 쉬었다. 어깨를 크게 들썩이며 심호흡을 하고 나를 바라봤다.

"거긴 영안실이었고, 시신이 있었어. 횡한 방안에 놓인 향 한 자루에서 길게 연기가 올라오고 있었어. 시체를 처음 본 나는 너무 놀라고 무서워서 그 자리에서 굳어 버렸지."

이런 표정의 스미나리는 처음 보았다. 지금 그의 눈에는 내가 아니라 그때 광경이 비치고 있는 듯했다.

"거짓말이라고 생각해도 돼. 나도 그게 진짜였는지 지금은 모르겠어. 하지만 그때는 분명 봤어. 가슴에 올려져 있던 시신의 왼손이 툭 떨어지더니 침대 가장자리에 걸쳐져서 흔들흔들 움직였어. 나를… 나, 나를 부르는 것처럼."

그의 눈이 빨갛게 충혈됐다. 입술이 파르르 떨렸고, 핸들을 잡은 손도 덜덜 떨리기 시작했다.

"정신을 차렸을 때는 아버지 차 뒷좌석에서 할머니 무릎을 베고 누워 있었어. 할머니가 무서운 얼굴로 집에 가면 소금을 뿌려 줄 거라고 호통치시는 거야. 죽은 사람한테 끌려갈 뻔했다고, 빨리 액막이 소금을 뿌려야 한다고. 나는 울기만 했지. 따뜻한 할머니 다리에 매달려서 엉엉 울었어. 다시는 지하에 내려가지 않겠다고 생각하면서."

그가 여기로 날 데려온 이유를 알았다.

지금 이 사람은 자신이 왜 그토록 '장례업'을 싫어하는지, 그 이유를 털어놓고 있었다.

그가 품은 감정은 '혐오'가 아니다. '공포'였다.

"도저히 안 돼. 나는 '죽음'이 싫어. 엄마가 죽을지도 모른다고 생각했을 때 느꼈던 공포나 그때 일이 생생하게 떠올라서 견딜 수가 없어. 물론 살아 있는 한 언젠가는 반드시 마주해야 하는 일이라는 건 알아. 그때는 이를 악물고 절대로 도망치지 않을 거야. 하지만 되도록 엮이지 않고 살고 싶어. 외면하고 싶단 말이야. 그래서… 네가 일을 그만뒀으면 좋겠어. 더는 참을 수가 없어."

"그래…, 이해했어."

목이 잠겨 대답하는 내 목소리가 조금 거칠었다.

하찮게 여긴다거나 하는 그런 종류의 문제가 아니었다. 그는 '죽음'에 대해 자신이 느끼는 감정을 굳이 나에게 밝히고 싶지 않아서 설명하기 쉬운 이유를 찾았던 거였다. 아마도 필사적으로. 그래도 내 마음이 움직이지 않으니 결국 진실을 털어놓아야겠다고 결심하고 이곳으로 나를 데려왔다.

스미나리는 남에게 약한 모습을 보이고 싶어 하지 않는다. 그런 사람이 내 앞에서 감추고 싶었던 약점을 솔직히 드러냈다.

그러니 나 역시 그의 각오를 진심으로 마주해야 한다.

"솔직하게 말해 줘서 고마워."

그 어떤 이유보다 이해할 수 있는 이유였다. 공포. 감정은 스스로 어찌할 수 있는 부분이 아니다.

"누나한테 네가 어떤 마음으로 그 일을 하고 있는지 들었어. 그래서 널 설득하려면 나부터 솔직해져야 한다고 생각했어. 사실대로 말해야겠다고. 나, 참 못났지? 나도 내가 한심하다고 생각해."

"못났다고 생각하지 않아. 죽음을 두려워하는 사람은 많아. 죽음에 대한 공포는 살아 있는 사람이라면 누구나 느끼는 감정이야."

게시미안 사장님도 스미나리와 비슷하다. 사장님이 어쩌다 죽음을 두려워하게 됐는지는 모르고 실제로 얼마나 두려워하는지도 모르지만, 그가 죽음을 두려워한다는 사실은 모두가 안다.

"솔직한 이유를 들었으니까 나도 제대로 생각해서 대답하고 싶어. 생각할 시간 좀 줄 수 있을까?"

스미나리가 물론이라며 고개를 끄덕였다.

우리는 병원을 나와 그가 어릴 때 좋아했던 공원에 갔고, 고등학생 때 내가 매일 뛰었던 강변을 걸었다. 이미 서로에 관해 많이 알고 있다고 생각했는데도 여전히 몰랐던 이야기들을 나누며 간간이 웃기도 했다. 그렇게 우리는 두 번째로 만났던 술집에서 튀긴 두부를 먹고 헤어졌다.

집으로 돌아와 침대에 누워 생각했다. 어쩌면 좋을까?

스미나리의 진심을 받아들이고 일을 그만두어야겠지? 그는 나와 함께하기 위해 자신의 치부까지 전부 보여 줬어. 이런 사람을 또 만날 수 있을 리가 없잖아.

"그래, 그만두자."

그렇게 소리 내어 말한 순간, 시야가 뿌옇게 흐려졌다. 사실은 그만두고 싶지 않다. 당연하다. 나쓰메 일을 겪으면서 일에 대한 각오를 새롭게 다졌다. 앞으로도 장례지도사라는 직업에 자부심을 품고 당당히 성장해 가고 싶었다.

하지만 일을 계속하는 모습을 상상하면 바로 스미나리와의 추억들이 되살아났다. 행복하다고 느꼈던 순간이, 서로를 보며 웃었던 기억들이 정말 이대로 괜찮겠냐고 나를 다그쳤다.

어떻게 하면 좋을까. 둘 다 너무나 소중한데. 둘 다 잃고 싶지 않은데. 하지만 둘 다 가질 수는 없다.

그때 가방 속에 넣어두었던 스마트폰에서 진동이 울리는 소리가 들렸다. 느릿느릿 몸을 일으킨 나는 가방을 끌어당겼다. 계속 울리는 스마트폰을 찾아 꺼내 보니 언니였다. 저절로 얼굴이 찌푸려졌다. 몇 달 만에 온 연락이었다.

올해 초에 리모델링을 마친 엄마 집에 갔었지만 어딘지 불편해서 두 시간 만에 돌아왔다.

— 결국 형부가 대출을 많이 받았어. 어찌나 미안하던지.

엄마가 죄라도 지은 사람처럼 미안해하며 상석에 앉아서 맥주를 마시는 형부에게 머리를 숙였다. 너도 형부한테 감사하다고 말씀드려. 엄마가 옆구리를 콕콕 찔렀지만 나 역시 적지 않은 돈을 냈다. 나한테도 한마디 정도는 해 줄 수 있지 않나? 돈은 냈지만, 그 집에는 나를 위한 물건은커녕 내가 있을 공간조차 없었다. 내가 손님처럼 "실례하겠습니다"라고 인사하고 들어왔다는 걸 그새 잊은 건가?

안 그래도 물풍선이 부풀어 오르듯 불만이 맹렬한 기세로 쌓여 가고 있던 차였다. 그러다 언니가 무심코 뱉은 말 한마디에 결국 터지고 말았다. 너도 빨리 결혼해서 엄마 마음 좀 편하게 해 드려.

"지금 내가 엄마 마음을 불편하게 했다는 거야?"

나는 아무도 불편하게 하지 않았다. 지금 사는 집도 내 돈으로 마련했고, 누구에게도 손을 벌리지 않았다. 그날도 당연히 조카들 세뱃돈과 엄마 용돈을 챙겨서 갔고 선물로 과자도 사 갔다. 도대체 내가 뭘 불편하게 했다는 건지!

"건강이나 노후, 뭐, 많잖아. 가족이 없으면 언젠가는 곤란할 때가 있는 거야."

너는 왜 괜히 열을 내고 그러니. 언니가 코웃음을 치기에 나도 웃음으로 돌려줬다.

"남편이 있어도 병에 걸릴 수 있어. 그때 실제로 도움이 되는 존재는 남편이 아니라 일단은 돈 아닐까? 그리고 나는 언니랑 달리 자식한테 내 노후를 책임지게 할 생각 없어."

언니의 얼굴이 험악하게 일그러지고 입이 벌어지려는 순간, "그만해. 정초부터 싸우는 거니? 마나, 언니한테 무슨 말을 그렇게 해,

버릇없이 굴지 마!" 말리는 건지 기름을 붓는 건지 모를 엄마의 말이 입을 막았다. 여기서 더 말해 봤자 소용없다는 생각에 포기하고 집을 나와 버렸다.

그 뒤로 일절 연락도 없었으면서 무슨 일이람.

주저하는 사이에 전화가 끊기고 부재중 통화 표시가 떴다. 하지만 일단 끊고 다시 전화를 건 모양인지 바로 다시 전화가 울렸다.

보통 이렇게까지 집요하게 전화를 거는 사람은 아니다. 나는 바로 통화 버튼을 눌렀다.

"여보세요? 마나. 다행이다. 통화 괜찮아?"

핸드폰 너머에서 들리는 언니의 목소리는 확실히 가라앉아 있었다.

"무슨 일 있어?"

놀라서 묻자, 언니가 말을 얼버무렸다.

"아니, 그냥 좀… 할 말이 있어서. 너랑 의논을 좀 하고 싶달까?"

"의논? 갑자기 무슨 의논? 새집에서 즐겁게 사는 거 아니었어?"

"아, 새집은, 그래. 덕분에 편하게 살고 있어."

"그럼, 뭔데?"

"저기, 돈… 좀 빌려줄 수 있어?"

"뭐?" 언니가 머뭇거리며 내뱉은 말에 나도 모르게 목소리를 높였다.

"무슨 소리야? 엄마랑 같이 살면 살림에도 좀 여유가 생긴다고 했잖아!"

"아, 미안해. 내가 설명이 부족했어. 미안."

하하. 힘없이 짧게 웃은 언니는 이어서 "엄마 말이야…. 암이 전이됐어"라고 말했다.

"자궁암이 복막으로 퍼졌대."

"뭐? 암은…, 분명 자궁암 초기라고 하지 않았어?"

전에 들었을 때 분명 그랬다. 그 이후로 한 번도 병에 관한 이야기를 꺼내지 않기에 나는 당연히 순조롭게 회복 중이라고 생각하고 있었다.

"사실은 초기가 아니었어. 엄마가 결혼도 안 한 딸한테까지 괜한 걱정 끼치고 싶지 않다고 말하지 말라고 하셔서."

멍하니 듣고 있는 사이에 언니의 말이 심장을 아프게 찔렀다.

"엄마랑 같이 살면 우리 식구들도 편해지기는 하지만, 사실 진짜 이유는 엄마를 돌보기 위해서였어. 내가 아르바이트하면서 엄마 모시고 병원에 다니고 있었는데 빠지는 날이 많아져서 곤란한 상황이야. 그런데 엎친 데 덮친다고 전이까지 돼 버렸네. 의사가 아직 위험한 정도는 아니라고 하는데, 그래도 앞으로 수술이나 항암치료가 이어질 테니까 아르바이트도 얼마나 더 할 수 있을지 모르겠어. 그리고 보험이 안 되는 치료라도 할 수 있다면 받고 싶어. 그래서 말인데, 미안하지만 너도 치료비를 보탤 수 있을까?"

거짓말. 거짓말이라고 해. 이 얘기를 내가 왜 지금 들어야 하는 거야. 더 빨리 말해 줬어야 하는 거 아니야?

"내가 결혼을 안 한 게 그렇게 큰 잘못이야?"

목소리가 떨렸다. 엄마가 귀찮다고 생각한 적도 있다. 언니랑 둘이 사이좋게 잘 살면 그걸로 됐다고 홀가분하게 생각하기도 했다.

하지만 엄마가, 언니가, 소중하지 않았던 건 아니다. 도울 일이 있으면 당연히 돕고 싶었다. 아픔도, 슬픔도, 두려움도 함께 이겨내고 싶었다.

"언니, 내가 혼자 사는 게 그렇게 잘못된 일이야?"

눈물이 흘렀다. 그런 말이 아니라고 말하는 언니 목소리가 귓가에 울렸다.

"혼자 열심히 사는 너한테 부담을 주고 싶지 않았을 뿐이야."

"결혼했으면 도와달라고 했을 거잖아. 이렇게… 이렇게 중요한 얘기를 왜 이제야 해."

내가 너무 한심하잖아. 그렇게 말하고 싶었지만 더는 목소리가 나오지 않았다. 나는 아픈 엄마에게도, 그런 엄마를 돌보는 언니에게도 기댈 수 없는 사람이었다.

연초에 보았던 엄마의 모습이 떠올랐다. 엄마는 확실히 전보다 살이 빠진 모습이었지만 수술을 계기로 다이어트하기로 했다는 말을 나는 곧이곧대로 믿었다. 아파서 야위었던 건데…. 왜 몰랐을까. 어떻게 그걸 몰랐을까.

하염없이 눈물이 쏟아졌지만, 언니에게 우는 모습을 들키고 싶지 않아서 입술을 깨물며 소리를 죽였다. 그런데도 알아차렸는지 언니가 한숨을 쉬었다.

"어쩔 수 없잖아. 우리 엄마는 평생 그렇게 생각하고 살아오신 분이야. 그리고 나도 엄마 생각이 옳다고 생각해. 너는 갑자기 휴가를 내고 엄마 병원에 따라갈 수 없잖아. 입원 준비에, 통원 치료로 왔다 갔다 할 수 있어? 오늘내일에 끝날 일이 아니야. 얼마나 걸

릴지 모른다고."

"그건…."

"도움이 필요해서 결국 전화하기는 했지만, 금전적인 부담도 만만치 않아. 이번 달만이 아니라 앞으로 매달 돈이 들어갈 거야. 너한테 시간적으로든, 금전적으로든 부담을 주고 싶지 않았던 우리 마음을 좀 이해해 줘. 너를 무시해서가 아니야. 혼자 사는 너한테는 부담스러울 거로 생각했을 뿐이야."

숨이 턱 막혔다.

"다음 달부터라도 괜찮아. 부담되지 않는 선에서 얼마라도 좋으니까 보내면 안 될까? 나도 최대한 아르바이트를 나갈 거야."

"언니… 미안해."

나이가 많다고 막무가내로 굴고, 요령이 좋아서 약게 행동하는 언니가 마음에 안 들었던 적이 많다. 하지만 역시 언니는 언니다. 나보다 훨씬 멀리 내다보고, 생각이 깊다.

"미안해할 일은 아니고. 너도 딸인데 몰랐다는 사실이 화가 나겠지. 네 마음 충분히 이해해."

언니의 목소리가 다정하게 울렸다.

"하지만 앞으로는 도와줬으면 좋겠어. 가끔은 엄마 병원에도 같이 가줬으면 좋겠고. 엄마가 요즘 좀 약해지셨거든. 엄마 푸념 좀 들어 드려."

"알았어. 조만간 집에 들를게."

"그래, 기다릴게. 아! 이치카가 칭얼거린다. 미안, 나중에 보자."

전화가 끊어졌다. 끊어지기만을 기다렸다는 듯이 눈물이 쏟아지기 시작했다.

혼자 살 수 있다. 누구에게도 신세 지지 않을 수 있다. 나는 늘 당당하게 그렇게 말해 왔다. 그런 나를 이해해 주지 않는 엄마와 언니에게 짜증도 냈다. 하지만 사실 나는 엄마가 큰 병에 걸렸다는 사실조차 알리지 않을 만큼 그들에게 배려받고 있었다. 바보 취급 하지 말라고 소리치고 싶었지만, 나는 지금도 갑자기 맞닥뜨린 현실 앞에서 고작 한 걸음도 떼지 못하고 굳어 버렸다.

물론 엄마를 돕고 싶다. 나 역시 딸이니 당연히 언니와 함께 엄 마를 돌봐야 한다고 생각한다. 하지만 엄마는 아직 건강하시다고 생각했다. 큰 병에 걸린 엄마는 상상조차 해 보지 않았다. 그래서 '아직은 괜찮다'라는 마음이 더 컸다. 어떡해, 어떡해. 그 말만 계 속 입 안을 맴돌았다.

— 건강이나 노후, 뭐, 많잖아. 가족이 없으면 언젠가는 곤란할 때가 있는 거야.

연초에 언니가 했던 말이 떠올랐다.

아아, 나는 정말 아무것도 몰랐다. 나 혼자서도 잘 살 수 있다는 오만에 빠져 있었다.

그때 다시 스마트폰 진동이 울렸다. 스미나리의 메시지였다.

천천히 생각해. 기다릴게.

최대한 나를 배려하려는 메시지 내용에 시선을 고정한 채로 나 는 한동안 움직일 수 없었다.

언니의 연락을 받고 5일 후, 쉬는 날이 되자 나는 엄마를 보러
갔다. 전에 핀잔을 들었던 초코아이스크림 대신 레몬 셔벗을 사 들
고 갔지만, 유치원에 다니기 시작한 이치카는 집에 없었다. 집에는
언니와 엄마만 있었다.

　　"아, 저기… 이거."

　　셔벗이 든 보랭백을 언니에게 건네고 엄마의 얼굴을 살폈다. 연
초에 만났을 때보다 볼이 더 홀쭉해져 있었다.

　　"엄마… 나 말인데."

　　"그렇게 안 됐다는 얼굴로 보지 마."

　　소파에 몸을 기댄 엄마가 얼굴을 찡그렸다.

　　"당장 어떻게 되는 거 아니야. 안나가 괜한 말을 한 모양인데, 나
는 너한테까지 기댈 생각은 없다."

　　"엄마! 왜 말을 그렇게 해!"

　　셔벗을 냉동실에 넣던 언니가 발끈했지만, 엄마는 "엄마 생각해
준 마음은 고맙지만, 너는 걱정이 너무 많아. 마나한테 기대느니
차라리 내 일은 내가 알아서 할게. 병원에도 혼자 다닐 수 있어"라
며 퉁명스럽게 콧김을 내뿜었다.

　　"언젠가는 네 손까지 빌려야 할 수도 있지만, 아직 그 정도는 아
니야. 그리고 되도록 네 힘은 빌리지 않을 생각이야. 마나, 너는 네
인생이 있잖니."

　　"그러니까, 결국 내가 결혼하지 않아서, 라는 거잖아!"

울컥 치민 화에 버럭 소리를 질렀지만, 엄마는 태연하게 그렇다고 대꾸했다.

"혼자 살면서 다른 사람까지 돌보는 건 쉬운 일이 아니야."

"그럴지도 몰라. 하지만 나도-."

"내가 지금까지 몇 번이나 너희 아빠가 있었으면, 남편이 있었으면, 하고 생각했는지 알아?"

내 말을 끊는 엄마의 단호한 반응에 흠칫 놀랐다. 엄마는 그런 나를 똑바로 바라보며 말을 이었다.

"너희 아빠 덕분에 어느 정도 돈은 있었어. 나도 일을 했으니까 생활이 힘들지는 않았지. 하지만 돈이 다는 아니었어. 안나가 초등학생 때 애들한테 괴롭힘을 당하고 와서 학교에 안 가겠다고 펑펑 울었을 때, 네가 중학생 때 동아리 활동을 하다가 병원에 실려 갔다고 들었을 때, 나는 그 불안을 혼자서 견뎌야 했어. 내가 얼마나 불안하고 괴로웠는지 알아? 몇 날 며칠을 뜬눈으로 밤을 새웠고 위장약으로 버텨가며 일한 날은 셀 수도 없어. 남편이 있었으면 이 짐을 같이 나눴을 텐데, 그런 생각이 떠나질 않았어. 혼자 사는 일이 얼마나 힘든지는 누구보다 내가 잘 알아."

나는 앉지도 못하고 우두커니 서서 엄마의 말을 들었다. 엄마에게 힘들었다는 말을 들은 건 처음이었다. 지금까지 엄마는 항상 그까짓 거 별거 아니라는 얼굴로 우리 자매 앞에 서 계셨다.

"네가 결혼해서 기댈 수 있는 남편이 옆에 있으면 나도 너한테 의지할 수 있을지 모르지. 네 언니한테 하는 것처럼 편하게 신세를 졌을지도 몰라. 하지만 혼자 사는 너한테는 기대고 싶지 않다. 이를 악물고 열심히 버텨 온 과거의 내가 그러면 안 된다고 말하니까."

아무 말도 할 수 없었다. 무슨 말을 할 수 있을까? 무슨 말을 해도 내 말은 엄마의 의지보다 얇고 가볍다. 엄마 생각을 뒤집을 힘이 없다.

나는 그 자리에 주저앉았다. 호빵맨 캐릭터가 그려진 카펫에서 짤랑이가 나를 보고 윙크했다. 짤랑이 옆에 있는 파란색 캐릭터 이름이 뭐였더라….

"미안해."

작은 목소리로 그렇게 말하는 게 고작이었다. 나는 엄마의 마음을 조금도 알지 못했다.

"미안해. 엄마."

"얘가 왜 이래. 너 미안해하라고 한 소리는 아니야."

엄마가 흠, 하고 코로 긴 숨을 내쉬었다.

"확실히 말해 두지만, 그렇다고 빨리 결혼하라는 말은 아니니까 재촉한다고 오해하지는 마. 괜히 초조한 마음에 결혼을 서둘렀다가 실패하면 정말 끝이니까."

"에이, 거짓말. 마나가 결혼해야 마음이 놓일 거라고 입만 열만 그 소리면서." 보리차를 따른 컵을 들고 온 언니가 끼어들었다.

"요즘은 특히 더 걱정하셨잖아. 그러셨으면서 너만 보면 또 자존심을 세우신다."

"안나, 쓸데없는 소리 하지 마."

언니에게 살짝 눈을 흘기고 다시 내 쪽으로 시선을 돌린 엄마는

"성급하게 결혼하지 말라는 말은 진심이야. 네가 지금 생활에 만족한다면 바꿀 필요 없어. 타협하지 마"라며 거듭 말씀하셨다.

"너는 옛날부터 남을 배려하느라 정작 네가 원하던 걸 포기할 때가 많았어. 나는 성격이 이래서 싫으면 싫다고 대놓고 말하지만, 내가 싫어한다고 해서 네가 참거나 포기할 필요는 없다. 결혼뿐만이 아니라 일도 마찬가지야."

"응?"

나도 모르게 되물었다.

"싫다며."

"그래. 나는 싫으니까 싫다고 말했어. 그만뒀으면 좋겠다고도 했지. 어쩌겠어? 싫은데. 하지만 내가 그랬다고 해서 네가 진짜로 그만둘 필요는 없다는 거야. 보람 있는 일이라고 생각하면 계속하면 돼. 엄마는 신경 쓰지 말고."

이런 말은 처음 들었다. 하지만 옆에 앉아서 보리차를 마시던 언니도 "그래, 단호하게 밀고 나가야지"라며 맞장구를 쳤다.

"너는 좀 답답할 정도로 고지식한 데가 있어. 너무 성실해. 그래선지 이상한 부분에서 마음이 약하다니까."

"잠깐만, 언니. 그게 무슨 말이야?"

"너는 옛날부터 그랬어. 투덜거리면서도 결국은 다 맞춰줬잖아. 그러고는 뒤에서 혼자 속상해했지. 사실은 포기하고 싶지 않았어, 타협하고 싶지 않았어, 그러면서 말이야."

"예를 들어 볼까?" 언니가 손가락을 하나씩 접었다. "사실은 배구부가 유명한 고등학교에 가고 싶었으면서 돈이 많이 드는 사립

고라고 포기했잖아. 도쿄에 있는 대학에 가고 싶었으면서 생활비가 많이 든다고 가까운 대학에 갔고. 또, 내 결혼식 때도 말이야. 친구들이 보이시한 스타일의 바지 정장을 골라 줬는데 내가 들러리가 부족하다고 징징대니까 군소리 없이 분홍색 드레스를 입었잖아." 옆에서 듣던 엄마도 일일이 고개를 끄덕였다.

"뭐야. 그게. 그건…."

"그래, 그랬지. 안나 말이 맞아. 드레스는 그렇다고 치고 학비나 생활비는 조금만 절약하면 못 대 줄 정도는 아니었어. 하지만 내가 몇 번이나 말해도 너는 네 마음대로 진로를 정해 버렸잖니."

엄마가 피식 웃었다.

"엄마 생각해 주는 마음이야 고마웠지만, 그래도 부모로서 무시당하는 기분이라 난 별로였어."

나는 언니가 앞에 놓아 주었던 컵을 들어 단숨에 들이켰다. 숨을 크게 토해내고 엄마와 언니를 번갈아 바라봤다. "왜 지금 와서 이런 말을 하는 거야?" 두 사람이 나를 이런 식으로 생각하는 줄은 꿈에도 몰랐다.

"왜 이런… 이런 중요한 얘기를 지금 해."

"우린 원래 이런 가족이잖아." 두 사람은 동시에 어깨를 으쓱하며 대수롭지 않게 대답했다.

"우리는 원래 허물없이 뭐든 다 터놓고 얘기하는 가족은 아니잖아."

"그런 걸 친구 같은 가족이라고 하나? 엄마는 그렇게 못하겠더라. 어떻게 자식들한테 미주알고주알 다 얘기해."

그렇지 않니? 엄마가 언니와 눈을 맞춘 다음 다시 나를 보고 말했다. "그렇다고 우리가 사이 나쁜 가족도 아니었잖아. 적당한 거리감을 유지하면서 불만도 얘기하고 서로 아껴 주기도 했어. 그러다 가끔은 이런 이야기도 하고. 우리가 원래 그런 가족이잖아." 엄마의 말에 언니가 맞다며 고개를 끄덕였다. 그 모습을 보다가 사실 예전에는 내가 셋 중에 가장 어리광이 심했다는 사실을 떠올렸다. 순간 뭔가 울컥 솟구쳤다. 나는 언니보다, 엄마보다 강한 사람이라고 나 혼자 멋대로 생각했지만, 사실 지금도 나는 두 사람에게 보살펴야 하는 막내였다.

"나는…, 엄마는 탐탁지 않겠지만 돈 때문에라도 지금 하는 일을 계속할 생각이니까 이해해달라고 말하러 왔어."

이직한다 해도 지금보다 나은 조건의 회사에 들어간다는 보장은 없다. 다들 싫다고 해도 계속 일해야겠다고 여기 오기 전에 마음을 정했었다.

"엄마가 아픈데도 일을 계속하겠다는 거냐고 화를 낼 줄 알았어."

"하여간 쓸데없는 생각만 한다니까." 엄마가 한 손을 휘휘 저으며 웃었다.

"돈 걱정은 하지 않아도 돼. 부모 생각이나 바람 같은 건 무시하고 하고, 넌 지금처럼 답답하게 일이나 계속하렴."

"아니야, 나는 돈 필요해. 어차피 특별한 재주도 없는 네가 갑자기 이직할 수 있을 리가 없잖아. 너처럼 꽉 막힌 여자를 누가 써 주겠니."

평소라면 버럭 화를 냈을 말인데도 눈물이 왈칵 쏟아진 이유는 아마도 두 사람 말 뒤에 숨어 있는 진심을 알았기 때문일 터였다.

"미안해. 사실 작년에 언니가 집 리모델링 비용을 더 보태라고 했을 때 속으로 엄마랑 언니 욕 진짜 많이 했어."

나는 복받치는 감정을 간신히 누르고 고백했다. 언니가 그럴 줄 알았다며 내 등을 찰싹 때렸다.

"그래도 그때 내가 부탁했던 돈보다 더 많이 보냈으니까, 한 번은 넘어가 줄게."

"응? 엄마는 그걸로 못 넘어가겠는데? 저녁으로 초밥 사 주면 또 몰라."

"스페셜은… 안 돼."

눈가가 뜨거웠다. 핑곗김에 살짝 인상을 썼더니 두 사람이 "어쨌든 사 준다는 거지?"라며 동시에 웃었다.

그렇게 엄마와 언니 가족까지 모두 모여서 저녁을 먹고, 날이 저물어서야 집을 나섰다. 별이 반짝이는 맑은 밤하늘이 넓게 펼쳐져 있었다. 내일은 아주 화창한 날이 될 모양이다.

신기하게도 마음이 고요했다.

엄마의 병이 나은 것도 아니고 수술과 항암치료는 이제부터 시작이다. 상황은 아무것도 달라지지 않았다. 엄마가 뭐라고 하시든 나는 딸로서 앞으로 치료비를 보낼 생각이었다. 그러려면 일을 계속해야 한다.

"헤어져야겠지?"

하늘을 올려다보며 소리 내어 말해 보았다.

게시미안에서라면 열심히 일할 자신이 있다. 반대하던 가족들의 진심도 알았으니 앞으로는 더 전념할 수 있을 테고. 그러려면 스미나리와는 헤어져야 한다. 내 직업이 그에게 얼마나 큰 고통을 주는지 알아 버렸으니까.

마음 약해지기 전에 말하자.

나는 스마트폰을 꺼내 통화 버튼을 눌렀다. 신호음이 몇 번 지나가고 그의 목소리가 들려왔다.

"여보세요, 마나?"

다정하게 귀를 파고드는 목소리가 너무나도 편안하다. 이제 듣지 못한다고 생각해서인지 내가 그의 목소리를 얼마나 좋아했는지 새삼 느껴졌다. 목소리조차 사랑스러운 남자였다.

"응. 저기… 지난번 이야기… 대답해야 할 것 같아서."

궁색한 변명을 하는 사람처럼 목소리가 갈라졌다. 어색한 기침으로 목소리를 가렸지만, 그는 이미 내가 무슨 말을 하려는지 느꼈을 거다. 작게 숨을 들이마시는 소리가 들리고, "그래"라는 대답이 이어졌다.

"나, 일 그만두지 않을 거야."

배에 힘을 주었다.

"네가 싫은 건 아니야. 일과 너, 둘을 비교해 보고 너보다 일이 중요하다고 판단한 것도 아니야. 엄마가… 아프셔. 암이야. 자궁암인데 다른 장기로 전이도 됐어."

울지 않으려고, 목소리를 떨지 않으려고 일부러 천천히 말을 이었다. 엄마를 보살펴야 하고, 그러려면 지금 하는 일을 계속해야 해. 내 힘으로 엄마를 지키고 싶어.

"그런 일이 있었구나. 네 마음 이해해. 편찮으신 부모님을 보살피고 싶은 마음은 누구보다 내가 잘 알아. 하지만 그런 이유라면 오히려 나는 더 너랑 결혼해야겠어. 너와 함께 어머니 투병 생활을 돕고 싶어. 나도 그 정도 능력은 있어. 나한테 기회를 줘."

뜨거운 마음이 느껴지는 말에 눈물이 차올랐다. 내가 얼마나 좋은 사람을 만나고 있었는지 새삼 깨달았다. 내가 사랑한 사람은 세상에서 제일 다정하고 멋진 남자였다.

하지만 그래서, 그런 사람이기에 받아들일 수 없다.

"지금 결혼하면 우리 관계는 변할 거야."

그와 결혼한다면….

생각하지 않으려고 했지만, 그의 말 한마디에 어느새 나는 그와의 미래를 가정하고 있었다. 스미나리는 분명 듬직한 남편이 돼서 나를 지켜 줄 거야. 내가 슬프거나 힘들 때 늘 옆에 있어 주겠지. 게시미안을 그만두고 근무시간을 자유롭게 조정할 수 있는 일을 찾거나 전업주부가 되면 언니와 함께 엄마를 돌볼 수 있어. 엄마 옆에 더 오래 같이 있을 수 있어.

하지만 그런 이기적인 이유로 그와 결혼할 수는 없다. 지금 나는 그에 대한 사랑이나 존경이 아니라 그와 결혼해서 얻을 수 있는 안락함에 눈이 멀었을 뿐이다.

사랑하는 사람을 이용해서 편해지고 싶지는 않았다.

"나 있잖아. 무의식중에 너와 결혼하면 얻을 수 있는 이점들을 헤아리고 있었어. 내 입으로 대등한 관계가 되고 싶다고 말했으면서, 계속 그렇게 주장했으면서, 상황이 바뀌자마자 네게 기댈까 싶더라. 한심해. 이런 생각만 할 바에야 차라리 생각을 멈추고 싶어."

눈물이 시야를 가렸다. 어리석은 나를 향한 혐오의 눈물이었다.

남녀가 평등하다고? 대등해야 한다고? 내 직업은 다른 직업보다 천한 일이 아니야? 의식이 깨어 있는 사람처럼 그런 멋들어진 말만 늘어놓은 주제에 막상 이런 상황이 벌어지니까 그에게 매달려 살아갈 생각을 했다.

"넌 나한테 실망하게 될 거야. 널 이용하고 싶지 않아. 그러니까 우린 결혼할 수 없어."

"이용해도 돼. 이점이 있으면 누리면 되잖아."

그의 목소리가 초조해졌다. "이용하면 되잖아. 나도 널 이용할지 몰라. 그때 서로 피차일반이라고 생각하자. 우리 그러면 안 될까?"

"그럴 수 없어. 지금 프러포즈를 받아들이면 나는 결국 스스로를 용서하지 못할 거야."

"널 돕고 싶어."

애처롭게 울리는 목소리가 심장을 저몄다. 하지만 그럴 수 없다. 받아들이면 안 된다.

"미안해."

"전화로 할 이야기가 아니야. 내일, 시간 좀 내줘. 퇴근하고, 아니 점심시간이라도 괜찮아. 내가 내일 게시미안 근처로 갈게. 그러니까…."

늘 침착하던 그가 마치 쫓기는 사람처럼 말을 쏟아냈다. 그의 마음이 고맙고 기쁘면서도 나를 힘들게 하는 그가 원망스럽기도 했다. 상반된 감정이 뒤엉켜 더는 말을 이을 수 없었다. "내일 한 시에 근처 공원에서 봐." 간신히 그 말을 뱉어낸 나는 그대로 전화를 끊었다.

다음 날 일어났을 때 내 얼굴은 심각한 상태였다. 집에 돌아와서도 눈물이 멈추지 않았는데, 도대체 왜 눈물이 나는지 끝까지 답을 찾지 못했다.

다행히 오늘은 시행 건이 없어서 아침부터 제단 청소에 몰두했다. 청소에 열중하는 동안에는 생각해야 할 일들을 생각하지 않을 수 있었다. 제단 청소를 마치고는 제기들을 닦았다. 닦고 또 닦았다. 중간에 상황을 보러 온 이하라 선배가 새것처럼 빛난다고 웃을 정도로.

"점심 약속이 있어서 나갔다 오겠습니다."

나는 약속 시간에 맞춰 게시미안을 나왔다. 십 분쯤 걸어서 내가 공원에 도착했을 때 스미나리는 이미 와서 벤치에 앉아 있었다.

"왔어?"

그가 아무 일도 없었다는 듯이 웃는 얼굴로 손을 흔들었다. "일찍 왔네." 나도 평소처럼 대답하며 옆에 앉았다.

"이거 사 왔어. 따뜻할 때 먹자."

그가 내민 종이봉투에는 내가 좋아하는 크림 오방떡이 들어 있었다.

"아, 이거보다는 좀 더 배를 채울 수 있는 게 좋았으려나? 미안해. 사실 정신이 좀 없었어."

미안하다는 듯 머리를 긁적이는 그에게 나는 페트병 음료 두 개를 내밀었다. "나도 이런 것밖에 생각 못 했는걸." 우리는 나란히 앉아 오방떡을 먹었다.

둘 다 말없이 그저 오방떡을 오물오물 씹어서 배 속으로 밀어 넣기만 했다. 젊은 아기 엄마가 유모차를 밀고 우리 앞을 천천히 지나쳐 갔다.

우리는 오방떡 네 개를 두 개씩 나눠 먹고 차를 마셨다. 하늘을 올려다보니 구름 한 점 없이 날이 좋았다. 봄을 마무리하는 달콤한 바람이 벚꽃 나뭇잎을 흔들고 지나갔다.

"결혼하자."

똑같이 하늘을 올려다보고 있던 스미나리가 말했다. "너랑 같이 살고 싶어."

같은 하늘을 보고 있던 나는 그대로 그 말을 몇 번이나 속으로 되뇌어 봤다. 그리고 이 남자의 좋은 점을 또 하나 알았다고 생각했다.

스미나리는 하고 싶은 말이 아무리 많아도 막상 입을 열면 정말 중요한 말만 한다. 우리에게 필요한 건 그것뿐이라는 듯이. 다른 건 다 괜찮다는 듯이. 그렇게 한없이 다정한 사람이다.

"나는…."

대답하려다 도로 입을 닫았다. 그럴 수 없어, 그렇게 말할 생각이었는데 그 말 한마디가 도저히 나오지 않았다. 이렇게까지 나와 함께하기를 원하는데 나는 왜 이렇게 고집을 부리고 있는 걸까? 응, 그러자, 라고 말해도 되지 않을까? 후회하는 미래가 아니라 그때 청혼을 받아들여서 다행이었다고 가슴을 쓸어내리는 미래가 올지도 모르잖아.

"나는…."

그 순간 스마트폰이 울렸다. 왜 하필 이런 순간에…. 일단은 받지 않았다. 하지만 핸드폰은 계속해서 집요하게 울려댔다. 끊어졌나 하는 찰나 다시 울렸다.

"미안해. 회사인가 봐."

시행 건이 들어온 모양이다. 내가 담당할 차례는 아니었지만 바로 시신을 모시러 가야 할 수도 있다. 스마트폰을 꺼내 보니 아니나 다를까 부재중 통화는 전부 게시미안에서 온 전화였다. 음성메시지가 있어서 일단 확인부터 했다. 사장님 목소리였다.

"점심시간인데 미안해. 야나기자와 씨가 돌아가셨어."

순간 머릿속이 하얗게 지워졌다. 야나기자와 씨? 주문 도시락 가게 야나기의… 사장님? 이틀 전에도 게시미안에 놀러 오셨었는데? 항상, 방금도 먹었던 오방떡을 사다 주셨다. 엊그제도 게시미안에서 크림 맛을 먹는 사람은 나뿐인데, 크림 맛을 세 개나 사 오시는 바람에 모두가 '편애'라며 한마디씩 했었다.

— 어쩌겠어! 마나 씨는 내 딸 같은걸! 어쩔 수 없잖아.

허허허. 그가 호쾌하게 웃기에 나도 "맞아요. 아버지가 딸을 챙기는 건 당연한 거죠!"라고 외치고는 세 개를 다 먹었다.

망연자실해 앉아 있는 사이에 새로운 메시지가 도착했다. 사장님이었다. 새벽에 뇌경색으로 혼자 조용히 세상을 떠나셨다고 한다. 아버지가 아침 식사를 하러 오시지 않아서 이상하게 생각한 소스케 씨가 방에 가 봤더니 이미 싸늘하게 식어 계셨다고.

"아아."

나도 모르게 신음이 터져 나왔다. 야나기자와 씨는 부인을 먼저 떠나보내고 혼자 살고 계셨다. 그렇기는 해도 바로 옆에 아들 내외가 살고 있었고 가게 일도 같이하고 있어서 걱정할 일이 없다고 생각했는데, 왜 하필 그런 시간에.

─ 내 마지막 길은 게시미안만 믿어.

다짐처럼 몇 번이나 하셨던 그 말. 나는 매번 고개를 끄덕이며 대답했었다. 소중한 분의 마지막인걸요. 맡겨만 주세요.

가야 했다.

"스미나리, 미안해. 가 봐야겠어."

나는 일어서려다가 멈칫했다. 나는 지금 청혼에 대답하려던 참이었다.

스미나리가 나를 바라봤다. 그의 눈에 분노와 비슷한 열기가 차 있었다.

"나는 네 가족에게도 힘이 되어 주고 싶어."

그의 목소리가 가늘게 떨렸다.

"가족이 된다는 건 장단점을 따져 가며 정리할 문제가 아니야. 내가 너를 도와줄 일도 있고 그 반대일 때도 분명히 있을 거야. 나는 서로 도와 가면서 평생을 함께하고 싶다는 마음으로 여기 왔어."

목소리가 나오지 않아서 그저 고개만 끄덕였다.

"내가 바라는 건 딱 하나야. 지금 다니는 직장을 그만두는 거.

나와 결혼할 생각이 있으면 지금 나와 같이 가."

그가 나를 향해 손을 내밀었다. 두 번째 만났을 때 눈을 뗄 수 없었던 마디가 굵은 손가락이 내게 뻗어졌다.

"일을 내팽개친 부분은 나중에 충분히 사과할게. 너희 회사에도 직접 사죄하러 갈 거야. 그러니까 오늘은 내 손을 잡아 줘."

책임감이 강한 성실한 남자다. 결코 이런 억지를 부리는 사람이 아니다.

이 사람을 이렇게 만든 건 나였다.

"미안해. 갈게."

나는 그의 눈을 피하지 않았다.

"그날이 오면 꼭 편안하게 보내드리기로 약속한 분이야. 야나기자와 씨 인생 마지막 무대를 제대로 꾸며 드리고 싶어."

"지금 가면 나는 두 번 다시 너, 안 봐."

그의 눈가가 점점 붉게 물들어 간다. 지금이라도 손을 뻗어 잡고 싶었다. 나는 주먹을 쥔 손에 더 힘을 주었다.

"미안해. 나는 이미 결정했는지도 몰라. 너와 일을 저울 양 끝에 올려놨어. 내 마음은 벌써 기울었어."

오장육부가 요동쳤다. 제발 그만하라고 소리치듯 심장이 뛰었다. 하지만 이별은 차라리 잔인한 편이 나은 법이다. 마지막에 좋은 사람이 되어서 뭐 하겠는가. 자신의 모든 걸 보여 주며 나를 원한 사람의 바람을 끝까지 들어주지도 못했으면서.

"안녕."

그 말을 끝으로 나는 자리에서 일어나 뛰었다.

이별을 거부하듯 바들바들 떨리는 다리를 필사적으로 움직여서 공원을 벗어났다. 가까이 있던 버스 정류장 벤치에 털썩 주저앉아 두 손에 얼굴을 묻었다.

엉엉 소리 내어 울고 싶었다. 지금 당장 돌아가서 같이 가겠다고 말하고 싶었다. 몇 초 후에 바로 후회할 거라는 걸 알면서도, 그래도 다시 한번….

나는 계속해서 숨을 들이마시고 내쉬었다. 온몸이 떨리고 땀이 비 오듯 쏟아졌다. 진정해. 진정해. 그 말만 되뇌었다.

또다시 스마트폰이 울렸다. 반사적으로 화면을 확인하니 가메카와 선배의 메시지였다.

미안하지만 빨리 돌아와 줘. 사장님이 이상해.

가까운 지인의 죽음이다. 받아들이기 힘든 것이 당연했다. 사장님은 야나기자와 씨와 사이가 좋았고, 야나기자와 씨는 원래 사장님 할아버지의 친구였으니 그에게는 어릴 때부터 쭉 보던 오랜 인연이다. 이렇게 표현하면 좀 이상하지만, 이상해져도 이상하지 않을 일이다. 아, 아니면 내가 상상하는 것 이상으로 '이상해졌다'라는 말인가?

가메카와 선배는 원래도 말수가 적은데, 가끔 보내는 업무 관련 메시지를 보면 너무 간략한 나머지 내용을 파악하기 어려울 때가 있다. 예전에 그와 함께 운구를 담당하는 요시히사 선배가 허리를 삐끗했을 때도 메시지에 '지원 필요'라고만 쓰여 있었다.

그래, 일단 일에 집중하자. 야나기자와 씨가 기다리고 있어.

그렇게 마음을 다잡은 순간, 미치광이처럼 날뛰던 마음이 뚝 멈췄다. 나쓰메의 시신을 보았을 때 느꼈던 기분과 비슷했다.

일하러 가야 한다. 그러기 위해 이별까지 했으니 더더욱.

나는 눈물로 범벅이 된 얼굴을 쓱쓱 문질러 닦고 하늘을 향해 고개를 들었다. 후, 하. 일부러 소리를 내서 크게 숨을 쉬었다.

야나기자와 씨를 떠올리니 오방떡 냄새가 코끝에서 느껴지는 듯했다. 방금 구운 반죽과 달콤한 크림이 섞인 향긋한 냄새. 게시미안에 입사했을 때부터 줄곧 나를 응원해 주신 분이었다. 이 일을 막 시작했을 때 야나기자와 씨에게 무심코 고인이 홋카이도 출신이라고 말한 적이 있었는데, 그가 밤샘 도시락에 검은콩 찰밥을 넣어 주었다. 도시락을 보고 무척 기뻐하던 고인의 부인이 한 말을 기억한다.

"어머나, 옛날 생각나네요. 맞아요. 옛날에는 이렇게 밥을 지어 먹었었는데 이쪽으로 온 뒤로는 완전히 잊고 있었어요."

나중에 당시 내 교육 담당이었던 요시히사 선배에게 홋카이도에서는 장례식이나 제사 때 검은콩을 넣은 찰밥을 지어 조문객에게 대접한다는 이야기를 들었다. 그때 생각했었다. 야나기의 사장님은 고인의 고향 풍습까지 생각해서 음식을 준비하시는구나. 이 정도로 고객을 생각하는 사람이라면 안심하고 도시락을 맡길 수 있겠다. 장인의 작업을 어깨너머로 지켜본 기분이었다.

"가자!"

다짐하듯 소리 내어 말한 나는 자리에서 일어나 게시미안을 향해 걷기 시작했다.

내가 도착했을 때는 이미 접수대를 설치하는 중이었다. 텐트 아래에서 접이식 테이블을 펼치고 있던 이하라 선배가 고개를 들어 나를 봤다. "점심시간인데 미안하네."

"급한 일이었잖아요. 그런데 야나기자와 씨는요?"

"아직 검시 중이야. 조금 전에 요시히사 선배랑 가메카와가 모시러 갔어."

영차! 테이블 두 개를 펼쳐 놓은 이하라 선배가 "집에서 돌아가셨으니까"라고 덧붙였다.

의사가 없는 장소, 예를 들어 자택에서 사망하면 일단은 경찰병원으로 옮겨서 사인을 조사해야 했다.

"소스케 씨는 좀 어때요?"

외아들인 소스케 씨는 주문 도시락 가게, 야나기의 뒤를 이을 사람이기도 하다. 항상 활력이 넘치는 야나기자와 씨와 달리 차분하고 조용한 성격인 소스케 씨는 피를 무서워해서 생선 손질을 배우는 데도 꽤 시간이 걸렸다는 말을 들은 적이 있다. 저놈은 겁이 많아서 생선 눈알이 움직였다고 으악! 아가미가 떨렸다고 으악! 계속 비명만 질렀다니까. 그때는 아, 야나기는 내 세대에서 끝나는구나, 하고 포기하려고 했어. 그렇게 말하면서 재밌다는 듯 웃던 야나기자와 씨의 모습이 떠올랐다. 소스케 씨는 부끄럽다는 듯 조용히 아버지의 말을 들었고, 그의 아내인 사오리 씨는 온화한 미소를 머금고 두 사람을 지켜봤다.

소스케 씨는 괜찮을까? 갑작스러운 아버지의 죽음도 충격이었을 텐데 그 모습을 처음 발견하기까지 했다. 사오리 씨가 옆에 있겠지만 그래도…. 나도 모르게 차오르는 눈물을 참아보려고 입술을 꽉 깨물었다.

그때 이하라 선배가 펼쳐 둔 테이블 위에 올려진 종이 한 장이 눈에 들어왔다. 시행이 시작되면 직원 모두에게 나눠주는 일정표였는데, 벌써 나왔을 줄은 몰랐다.

"밤샘하고 장례식이 내일모레네요?"

빠르게 일정표를 훑어보고 묻자, 이하라 선배가 내일은 화장장 예약이 다 찼다고 대답했다.

"멀리 사시는 친척분들도 오실 거라 사오리 씨가 그편이 더 낫겠다고 하네."

"그렇군요. 식사는 어디에 맡기죠?"

"아! 그렇지! 야나기에 맡길 수 없겠네. 다른 곳을 알아봐야겠다."

오늘 밤부터 조문객들이 올 테니 식사를 주문할 곳을 빨리 알아봐야 한다. 그런 생각을 하는데 스마트폰이 울렸다. 스미나리의 메시지였다.

열쇠는 우편함에 넣어 둘게. 그동안 고마웠어.

짧은 메시지를 잠시 바라보다가 답장하지 않고 핸드폰을 가방에 넣었다.

"여기 세팅은 선배님이 하고 계시니까 저는 유족 대기실을 정리할게요."

"아, 잠깐만. 파견업체에서 구보 씨랑 몇 명이 바로 오기로 했으니까, 그쪽은 그분들한테 맡겨도 될 거야. 그보다는."

그가 사무실 쪽을 가리켰다.

"지금은 사장님 옆에 좀 있어 줄래?"

"사장님이요? 아, 맞다. 가메카와 선배한테 메시지 받았어요. 사장님이 이상하시다고. 충격 많이 받으셨어요?"

"아무래도 그렇지. 하긴 가메카와 씨나 마나 씨는 사장님 사연, 잘 모르지?"

아아, 그렇지, 참. 먼저 말을 꺼내 놓고 그가 알았다는 듯 혼자 고개를 끄덕였다. "사연이라니요?" 내가 묻자, 이하라 선배는 잠시 망설이다가 어차피 알아야 할 일이라며 말을 시작했다.

"사장님이 죽음에 거부감을 느끼는 건 알지?"

"네. 알죠."

"사실 거부감 정도가 아니라 '죽음 공포증'에 가까워."

죽음 공포증? 그런 병도 있나? 내가 잘 모르겠다는 듯 눈만 끔벅이고 있자 이하라 선배가 '죽음에 강한 불안을 느끼는 증상'이라고 설명해 주었다.

"어릴 때부터 그랬던 모양인데 아무리 노력해도 극복할 수가 없었나 봐. 특히 가까운 지인일 때는 증상이 더 심해져."

"더 심해져요? 어떻게요?"

"가메카와 씨가 들어오기 1년 전이었나? 여기 전 사장님, 그러니까 사장님의 조부셨던 헤이치 씨가 노환으로 돌아가셨어. 당시 시설 책임자였던 미스미 씨…, 아, 사장님 부인 말이야. 미스미 씨가 시행을 담당했었거든."

"네? 자, 잠깐만요. 부인이 계셨어요?"

"응. 미스미 씨라고, 참 예쁜 분이셨어. 예전에 우리 가족 장례도 맡아주셨었는데, 덕분에 편안히 보낼 수 있었어."

이하라 선배 얼굴이 순간적으로 어두워졌지만, 금세 원래의 부드러운 표정으로 돌아왔다.

"아무튼, 그때 다들 제 손으로 키운 손자와 손부의 손으로 마지막 가는 길을 배웅받으면 헤이치 씨도 기쁠 거라고들 그랬지. 그런데 사장님이 도중에 얼굴이 하얗게 질려서 더는 못하겠다고 한 거야. 바들바들 떠는데 차마 볼 수가 없을 정도였어. 미스미 씨랑 야나기자와 씨가 오늘만은 정신 바짝 차리라고 말했지만, 결국 발인할 때 정신을 잃으셨지. 그리고 열흘 정도 못 일어나셨어."

고개를 절레절레 흔든 이하라 선배가 "죽음이라는 건 쉽게 받아들일 수 있는 일이 아니니까"라며 이야기를 계속했다. "소중하면 소중할수록 그 사람의 죽음은 더 인정할 수가 없지. 죽음이라는, 우리는 알 수 없는 영역에 두려움을 느끼는 거야. 마나 씨도 알지?"

고개를 끄덕일 수밖에 없었다. 나쓰메의 죽음이 내게도 그랬으니까.

"사람은 큰 슬픔을 맞닥뜨리고 좌절해도 다시 일어설 수 있다고들 하잖아. 하지만 다시 일어서지 못하는 사람도 있어. 상대를 잃기 전의 모습으로는 돌아갈 수 없는 사람도 있지. 그 아픔은 누구도 이해할 수 없어."

어째서일까. 그렇게 말하는 이하라 선배의 얼굴이야말로 괴로워
보였다. 평소와 다른 모습에 어떻게 대답해야 할지 몰라 머뭇거리
는 사이, 그가 "그러니까 말이야"라며 입매를 부드럽게 늘였다.

"사장님 좀 부탁해."

사장님은 전화로 야나기자와 씨의 부고 소식을 들은 후로 계속
넋이 나가 있다고 했다. 야나기자와 씨가 늘 앉던 고객용 소파에
앉아서는 꿈쩍하지를 않는다고.

"다녀왔습니다." 조심조심 사무실 문을 열었을 때 안은 고요했
다. 다들 자리를 비웠다고는 하지만 조용하다 못해 숨이 막힐 정도
다. 안으로 들어가 고객 상담실 쪽을 보니 야나기자와 씨가 늘 앉
던 안쪽 자리에 몸을 묻은 채로 고개를 숙이고 있는 사장님이 보
였다.

원래 그는 시행이 시작되면 늘 입는 화려한 하와이안 셔츠를 벗
고 상복을 입는다. 직원들은 어두운색 슈트를 입고 일하다가 의식
을 시작하기 전에 상복으로 갈아입지만, 그는 의뢰가 들어오면 그
때부터 계속 상복을 입고 있었다. 그것이 장례식을 준비하는 사람
이 지켜야 할 예의라고 하면서. 하지만 오늘은 여전히 하와이안 셔
츠 차림이었다. 깔끔하게 정돈했어야 할 머리도 부스스하게 헝클어
져 덥수룩한 상태 그대로였고, 늘 착용하는 노란색 렌즈 안경과 검
은 테 안경은 둘 다 테이블 위에 놓여 있었다.

"사장님, 저 왔어요."

"점심시간이었는데 미안해." 무겁게 잠긴 목소리가 흘러나왔다.

"무슨 말씀이세요. 다른 사람도 아니고 야나기자와 씨 일인데,

무슨 일이 있어도 바로 와야죠. 그런데 아직 도착하지 않으셨더라
고요."

나는 그의 맞은편으로 가서 앉았다. 무거운 짐을 짊어진 사람처
럼 굽어진 등과 꼭 맞잡은 두 손이 가늘게 떨리고 있었다.

무슨 말을 건네야 할지 모르겠다. 일할 때는 자동으로 움직이던
입도 오늘은 고인을 떠올리니 고장이라도 난 듯 움직이지 않았다.

게다가 나는 사장님을 잘 모른다. 고용주이자 직장 상사, 그 범
주 밖에 있는 그에 대해서는 아무것도…. 고작해야 여자랑 달콤한
디저트를 좋아한다는 것 말고는 그가 지금껏 어떻게 살아왔는지,
중요한 정보는 하나도 모른다.

"차 드실래요?"

나는 자리에서 일어나 따뜻한 차 두 잔을 우렸다. 혹시 기분을
달래줄 달콤한 디저트라도 있을까 해서 냉장고를 열었더니, 랩으
로 싼 오방떡 두 개가 있었다. 얼마 전에 야나기자와 씨가 사다 준
것이다. 조용히 문을 닫고 쟁반에 찻잔만 올렸다.

"드세요."

다시 그와 마주 앉았다. 찻잔을 들고 천천히 숨을 쉬었다.

우리 사이에 있는 테이블 위에는 사장님의 안경들 옆으로 항상
비치해 두는 게시미안의 팸플릿과 장례 프로그램 소개 카탈로그
가 놓여 있었다. 소중한 사람과의 마지막 시간을 편안하게 보내세
요. 나는 팸플릿에 적힌 문구를 보면서 그에게 "왜 이 일을 계속하
시는 거예요?"라고 넌지시 물었다.

"좀 전에 이하라 선배에게 대충 사정을 들었어요. 직접 시행을

담당하지 않으시더라도 죽음과는 떼려야 뗄 수 없는 일이잖아요. 왜 그만두지 않으셨어요?"

조금이지만 그가 흠칫 몸을 떨었다.

"말씀하기 싫으시면 안 하셔도 돼요. 혼잣말이라고 생각하세요. 그냥 궁금해서요. 사장님은 말은 늘 싫다, 싫다, 하시면서도 항상 일에 정성을 다하시잖아요. 그래서 사실은 이 일에 보람을 느끼고 계신다고 생각했어요."

그는 사소한 부분 하나하나까지 항상 꼼꼼하게 신경 썼다. 유족 중에 어린아이가 있으면 아이용 침대와 의자를 준비했고, 다리가 불편한 분이 계시면 손잡이가 달린 안락의자를 준비했다. 유족 중에 불안해하는 사람이 있으면 슬쩍 다가가 염주를 건네기도 했다. 그의 주머니 안에는 늘 목캔디와 부의금 봉투, 연한 색 붓펜, 심지어 빨래집게까지 뭐든 다 들어 있었다.

시행은 담당하지 않지만 먼저 나서서 장례식장 시설을 설치하고 협력 업체들을 수배하는 덕분에 나 역시 사장님에게 도움을 받은 적이 한두 번이 아니다. 그때마다 죄송하다고 말하면 그는 늘 이렇게 대답했다. 서로 돕는 게 당연하지, 뭐가 죄송해. 마나 씨도 다른 사람이 시행을 담당할 때 똑같이 도와주면 되잖아, 라고, 별 거 아니라는 듯 괜히 더 무뚝뚝하게 말하곤 했다.

"사실은 이 일이 싫으셨던 거예요?"

"싫지 않…, 아니, 싫어."

단호하게 말한 그가 두 손에 얼굴을 묻었다.

"할아버지가 살아생전에 소중하게 지켜왔던 일이고, 누군가는 해야 하는 중요한 일이라고 생각해. 하지만 무서워. 누군가를 보낸다는 게 너무 겁나. 시신을 보는 게 두렵고 죽는다는 게 무서워."

손바닥을 타고 흘러내린 그의 말들이 바닥으로 똑똑 떨어졌다. "어릴 때부터 늘 무서웠어. 죽음을 떠올리게 하는 건 다 싫었어. 유령이나 어둠도 싫고, 한때는 잠드는 것조차 무서웠어. 할아버지한테 이런 무서운 일, 제발 그만두라고 울면서 매달린 적도 있었지. 그때마다 할아버지가 그러셨어, 무섭다는 건 좋은 거다. 그런 감정이 있어야 일분일초도 긴장을 늦추지 않을 수 있어. 공포야말로 고인에게 표할 수 있는 최고의 경의야. 너는 훌륭한 후계자가 될 거다."

"아아, 그건 너무 극단적인 논리 아닌가요?"

아무리 봐도 무섭다고 우는 아이에게 취할 적절한 대응은 아닌 듯하다.

"극단적이지. 나도 그렇게 생각해. 하지만 이해가 되는 부분도 있었어. 할아버지가 말씀하신 '경의'는 '경외심'을 말하는 거야. 경외심에는 '공포'도 많은 부분을 차지하지. 나는 죽음이라는 절대적인 현상 앞에서 내 힘으로는 어쩌지 못하는 공포… 경외심을 느끼는 거야. 이 두려움만 극복하면 할아버지 말씀처럼 훌륭한 후계자가 될 수 있을지도 몰라. 그렇게 되지 못하더라도 분명 무언가 얻는 게 있을 거야. 그렇게 믿고 이 일을 계속하고 있지만…, 솔직히 힘들어. 싫어, 도망치고 싶어. 외면하고 싶다는 생각만 들어."

덤덤히 이어지는 그의 말들을 내 안에서 천천히 곱씹어 보았다. 내가 생각하는 죽음에 대한 이미지와 사장님이 생각하는 이미지가 달랐다. 아마 스미나리가 가진 이미지와도 다를 것이다.

다만 '경외심'을 느낀다는 부분만은 똑같지 않을까? 각자 깊이와 농도는 다르겠지만 우리는 모두 죽음에 경외심을 느낀다.

"그래도 계속 노력한 덕분인지 언젠가부터 의뢰가 들어오면 내안의 뭔가가 자동으로 움직여. 요즘은 전화가 울리기도 전에 뭔가느껴지면서 몸이 먼저 준비를 시작한다니까."

"아! 저도 사장님이 전화 받기 전부터 뭔가 느끼시는 것 같다고생각했었는데, 정말 아시는 거였어요?"

나도 모르게 작게 탄성을 질렀다. 이건 초능력이다.

"응, 왠지 모르게 느낌이 와. 뭐, 특별히 도움이 되는 일도 아니지만."

"그런데 부모님은 이 일에 대해서 뭐라고 하셨어요? 아들이 그렇게 무서워하면 물려받지 않아도 된다거나, 뭐 그렇게 말씀하셨을 것 같은데."

"우리 부모님은 내가 다섯 살 때 날 할아버지에게 맡기고 해외로 가셨어. 관심이 있을 리가 없지. 아버지는 의사시고 어머니는 간호사시거든. 두 분 다 지금도 해외를 돌아다니시면서 의료 활동을하셔. 지금 당장 괴로워하는 생명을 구하며 살고 싶으시대. 그러고보니 내 가족들은 '생' 아니면 '사'에 집착하는 사람들뿐이네."

"집착."

적절한 표현이라고 생각했다. 나는 눈앞에 앉아 있는 남자를 다시금 바라봤다.

내가 보던 사장님은 늘 초연하고 침착했다. 그래서 슬픔도 괴로움도, 모두 다 알고 있다고 생각했었다. 내가 모르는 많은 일을 겪었고, 지금 내가 겪는 갈등도 그에게는 벌써 오래전에 다 겪고 지나간 일일 거라고, 나는 그를 그런 사람으로 보고 있었다.

"사장님도 평범한 사람이었네요."

나도 모르게 튀어나온 말에 그가 조금 고개를 들고 불만스럽다는 표정으로 말했다. "그 말은, 평범한 사람이 아닌 줄 알았다는 거야?"

"말로는 죽음을 무서워한다고 해도 장례식장에서 살 정도니까 사실은 생사관도, 인생관도 뚜렷한 분이라고 생각했어요."

"내가 어딜 봐서!"

조금이지만 목소리에 힘이 생겼다. 이어서 온몸으로 크게 한숨을 뱉은 그가 "그런 게 있었으면 일을 제대로 했겠지"라며 힘없이 말했다.

"다른 사람들한테 전부 떠맡기지 않았을 거야."

"전부 떠맡기시진 않았어요."

"떠맡겼어."

다시 크게 한숨을 내쉬는 그의 모습을 보면서 나는 차로 입을 축였다.

"그런 면에서 마나 씨는 참 대단해."

"네? 제가요?" 뜬금없는 소리에 찻잔을 내리지도 못하고 묻자, "1년 전 일 말이야"라며 그가 말을 이었다. "소중한 친구가 갑작스럽게 세상을 떠났는데도 마나 씨는 피하지 않았잖아. 친구의 유지를 이해하고 지금도 열심히 일하고 있고. 사실 출근하는 마나 씨를 볼 때마다 감탄했어. 아, 이 사람은 넘어져도 다시 일어설 수 있는 강한 사람이구나, 하고 말이야."

"네? 그런 소리 마세요."

나쓰메 장례식 때는 필사적으로 버텼을 뿐이다. 발인할 때는 결국 후코와 둘이 부둥켜안고 오열했고, 화장장에서는 관을 가마에 넣기 싫다고 난조 소장님을 붙잡고 매달렸다. 출근은 했지만, 그날 이후로 한동안은 시행을 담당하지 못했다.

"간신히 버티고 있었을 뿐이에요."

"그거면 충분하지. 고난을 버텨내야 앞으로 나아갈 수도 있는 거잖아."

"나는 늘 제자리야." 그가 그렇게 중얼거렸을 때였다. 사무실 문이 열렸다.

"요시히사 선배가 돌아왔어요. 야나기자와 씨, 도착하셨습니다."

이하라 선배였다. 나는 자리에서 일어났다.

"저도 안치하는 거 도울까요?"

"아니야. 셋이면 충분해. 그보다 마쿠라교(불교식 장례에서 입관 전에 고인의 머리맡에서 독경하는 일-옮긴이)를 올려야 하니까 절에 연락 좀 해 줄래? 야나기자와 씨는 류겐지 사원에 다니셨으니까 그쪽에 부탁해."

할 말을 전한 이하라 선배는 바로 나갔고, 나는 내 책상 전화로 절의 주지 스님에게 연락해 마쿠라교를 부탁드렸다. 요시히사 선배를 통해 벌써 소식을 전해 들으셨다며 바로 가겠다고 하셨다.

"그나저나 야나기자와가 이렇게 갑자기 떠나다니, 마음이 안 좋아."

야나기자와 씨와 초등학교 동창이라는 주지 스님은 요즘은 하나둘씩 떠나기만 해서 괴롭다며 힘없이 말씀하셨다.

통화를 마치고 다시 사장님에게 가려고 몸을 돌린 나는 흠칫 놀라 그 자리에 멈췄다. 등 뒤에 그가 서 있었다. 흐느적흐느적 비틀거리는 모습이 그대로 쓰러질 것 같다.

"왜, 왜 그러세요?"

"나갔다 올게."

짤랑, 하는 소리에 시선을 내려보니 그의 손에 차 키가 들려 있었다.

"어디 가시게요?"

"몰라. 그냥 어디든."

두렵지 않을 곳으로, 라고 덧붙인 그는 떨고 있었다. 이대로 보내도 괜찮을까?

"자, 잠깐만요. 지금 다들 바쁠 텐데 상황을 좀…."

"어차피 여기 있어도 도움은커녕 방해만 될 거야. 나 같은 건."

다녀올게. 그가 휙 몸을 돌려 밖으로 나가려 했다. 역시 혼자 보내면 안 된다는 생각이 스쳤다. 저 상태로 운전하게 둘 수는 없다.

"사장님! 제가 운전하겠습니다!"

그래서 그의 손에서 차 키를 낚아채며 그렇게 말해 버렸다.

누군가 붙잡기를 바랐지만, 결국 아무도 마주치지 않고 게시미 안을 나왔다.

지난달에 새로 장만한 업무용 차량은 아무런 특징이 없는 평범한 은색 왜건이다. 예전에는 '게시미안'이라는 로고가 붙어 있었다고 하는데 왜 지금은 없는지 물었더니, 요시히사 선배가 장의사는 업무용 차로 광고해야 할 업종이 아니라고 말해 주었다. 하지만 나중에 이하라 선배에게 들으니 장의사 차가 집 앞에 서 있으면 사람들이 재수 없는 집이라고 생각하니까 멀리 떨어진 곳에 주차해달라는, 언뜻 귀를 의심하게 하는 말을 들은 적이 있었다고 한다.

— 예전에 장의사 로고를 봤을 때 엄지손가락을 감추지 않으면 귀신이 영혼을 데려간다는 소문이 퍼졌던 적도 있었어. 게시미안 앞을 지나서 등교해야 하는 초등학생들이 제일 불쌍했지. 매일 꽁지가 빠지게 뛰어야 했거든.

거짓말인지 진짜인지 알 수 없는 그런 이야기도 들었다.

"자, 어디로 갈까요?"

나는 핸들을 잡고 물었다.

면허는 게시미안에 입사하고 나서 땄다. 고인을 모시려면 운전은 필수였다.

조수석에 깊이 몸을 기댄 사장님이 두 손으로 얼굴을 가린 채로 대답했다.

"아무 데나."

가늘게 새어 나온 말은 세상에서 가장 어려운 대답이었다. 미용학원에 다닐 때 후코가 당시 사귀던 남자친구에게 그렇게 말했다가 "그런 대답이 제일 어렵다는 거 몰라?!"라고 한 소리 들었다고 했던 일이 떠올랐다. 물론 후코에게도 이유는 있었다. 카페, 영화관, 쇼핑몰 등등 데이트할 때마다 가고 싶은 곳을 분명히 말했지만, 그때마다 남자친구가 "거긴 별로", "나는 그런 데는 싫더라"라면서 결국은 매번 유료 낚시터에 데려갔던 탓에 후코도 짜증이 난 상태였다.

"말해 봤자 결국은 유료 낚시터에 데려갈 거니까 차라리 말하지 않는 게 낫지 않아? 뭘 어쩌라는 거야!"

후코의 말에 더 분노한 사람은 나쓰메였다. 나쓰메는 그날로 후코의 남자친구가 자주 가는 낚시터에 죽치고 있다가 두 사람이 나타나자마자 후코에게 "이리 와!"라고 버럭 소리쳤다. 그리고 당황한 후코의 남자친구를 향해 "남의 귀한 시간을 함부로 뺏지 마!"라고 쏘아붙이고 제 옆으로 온 후코를 데리고 그대로 도망쳤다. 어쩌다 보니 나도 그 자리에 있었지만, 딱히 내가 할 일은 없었다. 그저 손을 꼭 잡고 뛰어가는 나쓰메와 후코의 뒤를 쫓아가면서 지금 사랑의 도피라도 하는 거냐며 웃었을 뿐이다. 그렇게 도망쳐 나와서 낮에도 영업하는 술집에 들어간 나쓰메는 후코에게 설교를 시작했다. "너는 너무 착해서 탈이야! 다음에 어디 가고 싶냐고 물으면 바다가 보고 싶다고 말해. 그때 그 자식이 어떻게 나오는지 보고 헤어질지 말지 결정해!"

"바다 보고 싶다고 했는데 안 데려가 주면 헤어져?"

그렇게 묻는 내게 나쓰메는 망설임 없이, "당연하지! 바다낚시도 못 하는 남자라면 사귈 가치가 없어!"라고 목소리를 높였다.

"상황이 다 갖춰지지 않으면 낚시도 못 한다는 거잖아. 그런 남자는 별 볼 일 없는 놈이야."

맞는 말이네. 나쓰메의 말에 감탄한 후코는 한번 말해 보겠다며 고개를 끄덕였다. 그때 일이 생각나서 나도 모르게 피식 웃고 말았다.

"왜 웃어?"

사장님이 물었다. 내가 웃는 소리가 들린 모양이다. 때마침 정지 신호에 걸려 차를 세웠고, 할머니 한 분이 차 앞을 지나 길을 건너셨다.

"아니요. 이럴 때는 역시 바다인가 싶어서요."

물론 농담이었다. 하지만 "바다"라고 중얼거린 그가 이어서 물었다. "여기서 제일 가까운 바다가 어디지?"

"아… 여기서 가면 두 시간? 세 시간은 걸릴 거예요."

"잘 아네?"

"뭐, 그럴 일이 좀 있었어요."

모치야마시는 해안에서 꽤 떨어진 곳이라 바다에 가려면 도시 하나를 가로질러야 한다. 그때 후코는 나쓰메의 조언 대로 남자친구에게 바다가 보고 싶다고 말했고, 그는 너무 멀다며 데려가 주지 않았다. 결국 나쓰메 조언에 따라 그 '유료 낚시터남'과 헤어졌는데, 그때 실제로 바다가 그렇게 먼지 궁금해진 우리는 직접 가보기로 했다. 렌터카를 빌렸고 운전은 그때 이미 운전면허가 있었던 후코가 맡았다. 겨울이었다. 소고기 호빵, 피자 호빵, 돼지고기 호빵을 하나씩 사서 '맛 평가'를 한다며 한 입씩 베어 먹으면서 쉴 새 없이 웃었다. 셋 다 겨자소스를 뿌린 돼지고기 호빵을 1등으로 뽑았고, 그해 겨울 우리는 돼지고기 호빵을 질리도록 먹었다.

"바다 좋다. 가자."

"네? 진심이세요?"

"응."

슬쩍 손목시계를 봤다. 오후 두 시. 날이 저물기 전에는 돌아올 수 있을 듯하다.

"그래요. 가시죠. 일단 편의점에 들러서 마실 것 좀 사고요."

회사에 연락부터 해야겠다는 생각에 나는 앞에 보이는 편의점 간판을 향해 속도를 높였다.

우리는 차 안에서 이런저런 이야기를 주고받았다.

사장님 어릴 때 인기 있었던 애니메이션, 좋아했던 게임 이야기. 외동이라 형제가 갖고 싶었다는 그의 말에는 어릴 때부터 언니랑 사이가 별로 좋지 않았던 터라 형제가 있다고 딱히 좋지만도 않다며 쓴웃음을 지었다.

"옷이며 장난감이며 다 언니가 쓰던 걸 물려받았고 과자는 맨날 뺏겼어요. 저희 언니는 말보다 손이 먼저 나가는 사람이라 맞기도 자주 맞았고요."

"그랬어?"

"물론 다 우리 자매 같지는 않겠지만, 저희 언니는 약은 면이 있어서 엄마 기분도 잘 맞췄거든요. 그래서 제가 손해 보는 일이 많았어요."

농담처럼 말하다가 순간 뜨끔해서 입이 합 다물렸다. 바로 "그래도 뭐, 언니가 있어서 다행이라고 생각한 적도 있기는 해요"라고 덧붙였다.

"열받는 일투성이기는 했지만, 그래도 어려운 일이 있을 때 같이 고민하고 부딪쳐 줄 존재라는 걸 얼마 전에 깨달았거든요. 내 짐을 같이 짊어져 주는 사람에게 느끼는 고마움이랄까, 뭐, 그런 걸 느꼈어요."

시가지를 벗어나자, 창밖으로 보이는 풍경들이 바뀌기 시작했다. 모를 심지 않아 빈 논과 유채 꽃밭이 눈앞에 펼쳐졌다. 유채꽃의 선명한 노란색에 눈이 부셨다.

"짐을 같이 짊어져 준다라…, 헤어진 아내도 그런 말을 했었는데."

생각지 못한 말이 나왔다.

"아, 예전에 게시미안 시설 책임자셨다고, 이하라 선배에게 들었어요."

"원래 다른 장의사에서 일했는데 할아버지가 보고 마음에 든다고 스카우트하셨어. 시원시원하고 밝은 사람이었어. 참 좋은 여자였지. 우리가 결혼하겠다고 했을 때 할아버지가 눈물까지 보이셨다니까. 이제 게시미안은 걱정 없다고 하시면서."

"그런데 왜 헤어지셨어요?"

"너무 대놓고 물어보는 거 아니야? 뭐, 겁쟁이에 쓸모없는 나한테 정떨어진 거지. 아, 미안, 사실 그건 아니고."

그가 뺨을 긁적였다.

"그 사람이 일로 고민하고 힘들어할 때 내가 진심으로 함께 고민해 주지 못했어. 나는 힘내라고 말해 주고 옆에서 힘이 되어 줬다고 생각했지만, 사실은 늘 한발 물러나서 방관하고 있었던 거지.

그 사람은 둘이 되면 자기 짐을 같이 짊어져 줄 거라고 기대했는데, 내가 그러질 못했어. 그런 내 모습에 일일이 상처받을 바에야 차라리 혼자로 돌아가고 싶다고, 돌아가게 해달라고 하더군."

정지 신호가 들어와서 브레이크를 밟았다. 앞에 있는 차는 검은색 승합차였다. 조수석에 앉은 사람이 운전석 쪽으로 페트병을 건네는 모습이 보였다.

"내가 할아버지 장례를 제대로 치르지 못한 일이 이혼의 결정적 계기가 됐어. 미스미는 할아버지를 '스승님'이라고 부를 만큼 존경했거든. 그런 분을 잃은 슬픔과 제대로 보내드려야 한다는 책임감으로 간신히 버티고 있었어. 제발 부탁이니까 이번만큼은 정신 똑바로 차리고 옆에 있어 달라고 필사적으로 매달렸는데…, 어떤 상황인지는 나도 잘 알고 있었는데, 나는 또 도망쳐 버렸어. 그 사람 혼자 싸우게 했으니 정떨어질 만도 하지."

그가 차창 밖으로 시선을 던졌다.

"평생 같이하자고 손을 잡았는데 그 사람만 참고 참게 했어. 헤어질 수밖에 없었어. 미스미는 더는 버틸 힘이 없다고 울었고 야나기자와 씨한테는 한 대 맞았지. 두 번 다시는 누군가를 이렇게 허무하게 보내지 말라고. 뭐, 결국 이번에도 그렇게 됐지만 말이야. 나는 계속 공포를 이겨내지 못하고 평생 도망치면서 살지도 몰라."

가로수가 해송으로 바뀌었다. 해변이 가까워졌다는 뜻이다.

"운전도 하게 하고, 재미없는 내 이혼 얘기까지 듣게 해서 미안하네."

"아니에요. 사실 저도 아까 낮에 남자친구랑 헤어졌거든요. 남이야기 같지 않네요."

"뭐? 그런 일이 있었어?!" 사장님이 갑자기 목소리를 높였다.

"아니, 왜?"

"그건 대답하기 어려운 질문이네요."

"그, 그건 그렇지만. 아… 지금 와서 이런 말 하긴 좀 그런데, 이러고 있어도 되는 거야?"

"바다가 보고 싶었던 사람은 저였을지도 모르죠."

"아, 응."

그가 쭈뼛쭈뼛 자세를 고쳐 앉았다.

바다가 가까워졌다. 우리는 양쪽으로 해송이 늘어서 있는 도로를 계속 달렸다. 완만하게 굽은 도로를 따라 돌자, 눈앞에 해안선이 나타났다.

봄의 해변은 한적했다. 멀리 개와 함께 산책하는 사람 한 명이 있을 뿐이었다. 해수욕장 주차장에 차를 세우고 내렸다. 바다 냄새가 났다.

"와! 바다다."

낯선 길을 두 시간 반이나 운전하고 온 나는 기지개부터 쭉 켰다. 우두둑하는 소리와 함께 허리가 펴졌다.

"운전하느라 고생했어."

차에서 훌쩍 내린 사장님은 그대로 해변을 향해 걷기 시작했다. 하와이안 셔츠에 치노팬츠를 입고, 천으로 만든 플리플랍 슬리퍼를 신은 그의 모습은 기다리다 못해 한발 먼저 여름을 마중 나온 사람 같았다.

천천히 해변을 향해 걸어가는 사장님을 눈으로 좇으며 나는 스마트폰을 확인했다.

갑자기 바다?! 어떻게 된 건지 모르겠지만 아무튼, 사장님 좀 부탁해.

이하라 선배에게 온 메시지가 있었다. 그리고 또 한 통의 메시지가 있어서 확인해 보니 스미나리였다. 잠시 망설이다가 답장을 보내지 않고 그대로 메시지 함을 통째로 삭제했다.

잰걸음으로 사장님을 따라가 보니 그는 모래사장 위에 무릎을 모으고 앉아 있었다. 무릎 사이에 얼굴을 묻고 있는 그의 뒷모습이 가늘게 떨리고 있었다. 혼자만의 시간이 필요한 듯 보여서 나도 조금 뒤쪽에 굴러다니는 나무에 걸터앉았다. 멍하니 눈앞에 펼쳐진 풍경으로 시선을 던졌다. 잔잔한 수평선. 조용히 밀려왔다 빠져나가는 파도 소리. 하늘에는 아이들이 뜯어 놓은 솜사탕 같은 봄날의 구름이 흩어져 있다.

나, 지금 뭐 하는 거지? 왜 내가 바다에 있는 거지?

소중한 사람이 세상을 떠났고, 불과 몇 시간 전에는 연인과 헤어졌다.

"태풍이 지나간 느낌… 아니지, 이건 태풍의 눈이라고 해야 하나?"

묘하게 마음이 편안했다. 생각해야 할 일도, 당장 처리해야 할 일도, 산더미인데 이상하게도 마음이 잔잔했다.

한 손에 모래를 쥐어 보았다. 손에 힘을 빼자 손가락 사이로 스르륵 모래가 빠져나가 떨어졌다. 그 감촉이 어딘지 모르게 정겨워서 몇 번이고 다시 모래를 쥐었다.

― 소중해서 붙잡았을 뿐인데 대신 다른 소중한 것을 놓치게 돼.

문득 후코가 했던 말이 떠올랐다. 이렇게 계속 잃어 가야만 한다면 산다는 건 괴로운 일이야, 라고 했던가? 그때는 그 말이 너무 서글퍼서 아무 말도 못 했지만, 후코의 말이 맞을지도 모르겠다. 나는 지금 소중한 것을 선택한 대신 소중한 사람을 놓쳤다.

공원에서 내게 손을 내밀었던 스미나리의 모습이 떠올랐다.

앞으로도 그런 선택을 해야 하는 순간이 또 올까? 그때마다 한쪽을 선택하고 다른 한쪽은 잃어야 하는 걸까? 그런 일을 되풀이하며 살면 그 앞에는 뭐가 있는 걸까….

그때 낯선 목소리가 들려 상념에서 깨어나 보니 중학생쯤으로 보이는 체육복 차림의 남자아이들이 구호를 외치며 해변을 뛰고 있었다. 모래사장인데도 흔들림 없이 잘 달린다고 생각한 순간이었다. 몇 명이 휘청하더니 "아! 이놈의 모래! 짜증 나!"라고 버럭 소리를 질렀다. 어렴풋한 기억을 자아내는 모습에 나도 모르게 빙긋 미소가 지어졌다.

예전에 여기 왔을 때 나쓰메도 똑같이 소리 질렀었다. 맞다. 그때도 나는 '행복'에 관해서 생각하고 있었다.

― 행복해지고 싶어!

당연하다는 듯 그렇게 말한 사람은 후코였다. 행복해지고 싶어, 몇 번이나 그렇게 말하는 후코에게 나는 "그런데 어떤 상태가 행복한 거지?"라고 물었다. 후코는 "음… 몰라. 잘 모르겠지만 아무튼 행복해지고 싶어!"라고 대답했고, 과연 행복이란 무엇인지 생각하면 걷던 내 앞에서 나쓰메가 "꿈이 이루어진 상태?"라며 불쾌하다는 듯 얼굴을 찌푸렸다. 그리고 신고 있던 밀리터리 부츠에 모래가 들어가서 걷기 불편하다고 짜증을 냈다. 투덜거리면서 나쓰메가 그런 말을 했었다.

"후코, 네 꿈은 멋진 결혼식과 결혼이잖아. 그러니까 그때는 틀림없이 행복하지 않을까?"

당시 소설로 신인상을 받았던 나쓰메는 "참고로 나는 지금이 제일 행복해"라며 다시 얼굴을 찌푸렸다.

"작가가 되고 싶다는 꿈을 이뤘으니까. 이보다 더 행복할 수는 없을 것 같아. 아! 이놈의 모래! 짜증 나!"

"그냥 벗지, 그래?"

"싫어, 발가락이 얼어 버릴 거야. 마나, 네 롱부츠 좀 빌려줘."

"싫어."

"치사해!"

나쓰메가 얼굴을 와락 구기며 웃었다. 그때 보았던 나쓰메의 미소는 이제 다시 볼 수 없다.

후코도 마찬가지다. 결혼식도, 그 후의 생활도 행복과는 거리가 멀었다.

그렇다면 행복도 언젠가는 손에서 빠져나가 사라진다는 걸까? 우리는 왜 어차피 사라질 행복을 필사적으로 쫓는 거지? 무엇을 위해서?

"너무 허무하잖아."

혼잣말에도 눈시울이 뜨거워졌다. 모두가 옳다고 믿고, 간절히 원해서 노력하고 있을 뿐인데….

스마트폰 진동이 느껴졌다. 후코가 보낸 메시지였다.

지난번 극장에서 찍은 롤링 페이퍼 사진 보낸다는 걸 깜박했네. 미안.

띠링, 띠링, 알림음과 함께 사진 몇 장이 도착했다. 큰 종이에 메시지를 적은 접착 메모지가 붙어 있었다. 나는 첫 번째 사진을 눌러서 메모지들을 확대했다.

'사나 씨 연기에 푹 빠져버렸어요. 최고!'
'준짱이 이스즈의 장례식에 나타나는 장면은 몇 번을 봐도 눈물이 납니다. 명장면이에요.'
'개봉 당시에 보고 싶었는데 이제야 봤네요!'

한 글자 한 글자 꾹꾹 눌러쓴 메모도 있고, 흥분한 마음이 그대로 드러난 필체도 있었다. '이스즈처럼 자신에게 솔직한 인생을 살고 싶어요'라거나 '도모코가 그 후 어떻게 살았는지 궁금해요'라는 메모도 있었다.

나는 다음 사진도 크게 확대해서 읽었다. 점점 눈에 보이는 화면이 뿌옇게 흐려졌다.

'이 작품 덕분에 살 힘을 얻었습니다. 언젠가 만나서 고맙다고 말하고 싶었어요.'

'나쓰메 작가님처럼 사람의 아픔을 표현할 수 있는 작가가 되겠습니다!'

'훌륭한 작품을 써 주셔서 감사합니다. 위안을 얻었습니다.'

모든 메시지에 애정이 넘쳤다.

나쓰메에게 보여 주고 싶다. 나쓰메가 꼭 읽었으면 좋겠다. 나쓰메, 이렇게 많은 사람이 고맙다고, 힘을 얻었다고 말하고 있어. 네가 없어서 쓸쓸하다고 눈물 흘리고 있어.

기쁘면서도 슬프고, 자랑스러우면서도 괴롭다. 연신 눈가를 문질렀다. 그러다 순간 든 생각에 우뚝 멈췄다.

아, 그렇구나. 나쓰메가 가졌던 모든 건 누군가의 손으로 건너가 모습을 바꿨을 뿐이다.

나쓰메의 꿈과 행복. 남몰래 흘렸던 눈물과 필사적으로 발버둥 쳤던 날들. 그 모든 것은 누군가의 손으로 건너가 지금도 빛나고 있다. 나쓰메의 손을 떠나고, 그녀가 사라진 지금도 여전히…. 그리고 분명 앞으로도 영원히 그럴 것이다.

우리는 무언가를 얻는 동시에 무언가를 잃는다. 무언가를 바랐지만 얻지 못하면 절망한다. 제 손에 남은 것과 잃어버린 것을 헤아리며 안타까워한다.

하지만 중요한 건 얻었다는 것 자체가 아니다. 무엇을 얻었는지, 무엇을 잃었는지도 아니다. 얻었을 때 느낀 기쁨과 얻지 못했을 때 느낀 슬픔, 그 과정의 갈등과 노력이야말로 진정한 보물이다. 그리고 그 보물은 사라지지 않는다. 다른 누군가가 이어간다.

— 네 인생을 살라고 말해 주는 여자가 될 거야!

그날 후코가 했던 말이 떠올랐다. 나에게는 슬픈 기억이고 극복할 수 없었던 상처지만, 누군가의 손으로 건너가면 희망으로 바뀔 수도 있다. 괴로움의 눈물이 누군가의 행복으로 다시 태어날 수도 있다.

우리는 누군가와 이어질 수 있고, 이어 갈 수 있다.

나는 다시 모래를 쥐었다. 천천히 손에서 힘을 빼자 손가락 사이로 빠져나간 모래가 아래로 떨어져 내렸다. 다시 모래를 쥐고, 다시 떨어뜨렸다. 몇 번째였을까. 손바닥에서 무언가 느껴져 손을 펼쳐 보았다. 작은 돌멩이인가 싶었는데 옅은 분홍색 조개껍데기가 손 위에 있었다.

문득 고개를 들어 앞에 있는 사장님의 뒷모습을 바라봤다. 힘없이 굽은 그의 뒷모습에 어째서인지 나쓰메가 겹쳐 보였다.

"이어 가면 되는 거야."

나도 모르게 소리 내어 말을 걸었다.

"얻지 못했다고 속상해할 필요 없어. 계속 이어 간다는 게 중요하니까."

하지만 내 말에 천천히 몸을 돌린 사람은 사장님이었다. 역광에 가려 얼굴은 보이지 않았지만 분명 사장님이다. 나쓰메가 아니다. 그녀는 이제 없다.

"마나 씨?"

낮은 바리톤의 음성이 나를 부른다. 알고 있다. 그저 닮았을 뿐이다. 제 안의 고통과 필사적으로 싸우는 뒷모습이 나쓰메와 닮았을 뿐이다. 물론 덩치는 전혀 다르지만.

하지만 내게는 익숙한 뒷모습이었다. 자주 보았다. 이런 뒷모습을 가진 사람을 여럿 알고 있다. 나쓰메만이 아니다. 후코도 그렇고, 아마 나 또한 같은 모습일 거다.

우리는 모두 제 안의 고통과 싸우고 있다. 무엇을 선택하고 무엇을 포기할지 고민하고 또 고민한다. 어떻게 하면 행복해질 수 있는지 생각하고 또 생각한다.

"이어 가다니, 뭘?"

"아, 아니요. 그게…."

혼자 감정에 심취해 버렸다. 부끄러워서 고개를 숙이려던 순간 바닷바람이 세게 불어 모래가 날렸다. 모래가 눈에 들어가는 바람에 반사적으로 눈을 감고 손을 더듬어 가방을 찾았다. 손수건을 꺼내 눈가에 맺힌 눈물을 닦았다. 눈을 몇 번 깜박여서 모래를 빼내고 나서 다시 제대로 눈을 떴다. 눈물로 얼룩졌던 세상이 반짝반짝 빛나고 있었다. 부드러운 주황빛으로 물들어 가는 하늘이 보였다. "괜찮아?" 사장님이 걱정스러운 얼굴로 내 안색을 살폈다.

"제대로 보내드리지 못해도 괜찮아요. 두려워해도 괜찮아요. 내가 감당할 수 없고, 할 수 없는 일은 다른 사람에게 맡겨서 이어가도록 하면 된다고 말하고 싶었어요."

"이어 가?"

"저도 방금 깨달아서 어떻게 설명해야 할지 모르겠지만, 무언가를 얻으려고 필사적으로 노력하고 발버둥 치다 보면 분명 남는 게 있어요. 손에 가진 게 하나도 없고, 텅 비어서 나는 실패했다고 좌절하지만, 사실은 그렇지 않아요. 분명 얻은 것이 있어요. 그걸 스스로 이어 갈 수도 있고 누군가가 이어 가 주기도 해요. 사장님이 괴로워하고 고민하는 이 시간도 마찬가지예요. 분명 누군가가 알아보고 행복으로 이어 갈 거예요."

"나 같은 놈 손에도, 뭔가, 남은 게 있다는 거야?"

"있잖아요. 게시미안이!"

게시미안… 이라고 나직이 중얼거린 사장님이 자기 손바닥을 가만히 내려다봤다.

"할아버지가 지키셨고, 한때 미스미 씨도 함께 지켰던 게시미안이요. 사장님한테는 지금도 게시미안이 남아 있잖아요. 저랑 이하라 선배, 요시히사 선배, 가메카와 선배도 모두가 함께 이어 가고 있어요. 그러니까 괜찮지 않을까요?"

눈을 크게 뜨고 나를 바라보는 그에게 무서워하면 좀 어떠냐고, 공포심에 벌벌 떨어도 괜찮다고, 억지로 참아가며 버티지 않아도 괜찮다고 말했다.

"돌아가요. 제가 사장님 마음을 이어받아서 야나기자와 씨에게 잘 전해 드릴게요. 제가 이어 갈게요. 그러니까 걱정하지 마세요. 꼭 자기 손으로 이어 가려고 하지 않아도 괜찮아요."

나는 내 손에 쥐고 있던 조개껍데기를 그의 손에 쥐어 주었다.

"사장님, 저는 이 일을 계속할 거예요. 무언가를 잃더라도요. 그래서 사장님 몫은 물론, 이 일을 하면서 얻은 것들을 계속 이어 갈 거예요."

"내 손으로 이어 가지 않아도 누군가가…."

그가 작은 조개껍데기를 손에 꼭 쥐었다.

수평선이 짙은 주황빛으로 물들 때쯤 우리는 바다를 등지고 돌아섰다.

❖❖❖

후코에게 머리를 할 수 있었던 건 그로부터 두 달이 지나서였다. 새로 오픈한 점포에 들어서자, '부점장' 명찰을 달고 넓은 가게 안을 바삐 다니는 후코가 보였다. 그늘 하나 없이 맑은 얼굴이다.

"나, 왔어! 여전히 바쁘네."

"마나! 연락 자주 못 해서 미안해. 새로 오픈한 점포라 바빴어, 아, 그리고 이것도."

그녀가 왼손을 들어 보였다. 백금 결혼반지가 보이지 않았다.

"이런저런 문제가 있어서 아직 완전히 정리되진 않았지만 일단 별거 상태까지는 왔어."

"큰일 했네. 축하해!"

지난번에 만났을 때보다 훨씬 밝고 생기 있는 얼굴을 보니 내 기분까지 좋아졌다.

"으, 완전 드라마 한 편 쓰는 줄 알았다니까, 말도 마, 별일이 다 있었어. 조만간 한잔하자. 씹을 안줏거리가 넘쳐난다니까!"

"궁금해! 나도 헤어졌으니까 내 얘기도 들어줘."

"아! 맞다! 그것도 궁금했어. 꼭 마시러 가자! 그나저나, 오늘은 어떤 스타일로 할래? 늘 하던 대로?"

능숙하게 커트보를 둘러준 후코에게 나는 "사쿠마 왕자로 만들어줘"라고 말했다.

"고등학교 때 했던 스타일 기억나? 그렇게 하고 싶어."

"정말?"

거울에 놀란 후코의 얼굴이 비쳤다. 하지만 바로 "오케이!"를 외치며 엄지를 세웠다.

"나도 그때 네 머리 스타일 정말 좋아했어. 언젠가 다시 볼 수 없을까 생각했었는데! 좋아! 맡겨만 줘! 아! 그런데, 회사는 괜찮을까?"

"사장님한테 옛날 사진 보여 주고 이렇게 하고 싶다고 말했더니, 멋진데? 라고 하시던걸."

바지 정장에 더 잘 어울릴 것 같으니까 괜찮지 않을까? 사장님은 흔쾌히 그렇게 말씀하셨다. 그리고 한마디 덧붙이셨다. 사쿠마마나답다고.

"나답게 살기로 했어."

"좋아! 내가 최고로 멋있게 해 줄게!"

한 손은 허리에 올리고, 한 손에는 가위를 든 후코가 자신감 있게 포즈를 취했다.

그날 우리가 게시미안에 돌아왔을 때는 이미 날이 저물어 있었다. 상복을 입은 조문객들이 하나둘씩 나타나 건물 안으로 들어가는 모습이 보였다. "바다에 갔다 왔다며?!" 돌아온 나와 사장님을 발견한 요시히사 선배가 곧장 뛰어왔다.

"이봐, 사장님. 사람 걱정시키지 좀 마. 야나기자와 씨 아들이 사장님은 왜 안 계시냐고 얼마나 불안해한 줄 알아?"

"면목 없네요."

사장님이 고개를 떨구자, 요시히사 선배가 "이해는 하지만 말이야"라며 어깨를 토닥였다.

"유족들도 사정은 대충 알아. 그러니까 걱정할 필요는 없어. 그래도 가서 얼굴은 비춰야지."

"그래야죠. 아, 옷부터 갈아입고."

사장님은 그렇게 말하고 서둘러 자기 방으로 올라갔다. 나도 탈의실로 가서 비상용 상복으로 갈아입었다. 서둘러서 화장을 고치고 장례식장으로 향했다.

주문 도시락 가게 '야나기'는 상점가의 터줏대감이었다. 어느 정도 예상은 했지만, 정식 밤샘이 내일인데도 조문객이 꽤 많았다. 관이 안치된 제실에 들어가니 상주석에 소스케 씨가 있었다. 한 손에 손수건을 들고 인사하는 노부인과 이야기를 나누고 있었다.

제단은 화려하게 꾸며져 있었다. 활기차고 떠들썩하게 보내달라고 몇 번이나 당부했던 고인의 뜻대로 흰색과 노란색을 바탕으로 한 꽃 제단은 멋지고 성대했다. 조금도 슬퍼하지 말라는 듯 환한 꽃밭이 만들어져 있었다. 분명 치와코 씨 솜씨다. 야나기자와 씨와 술친구로 지냈던 치와코 씨는 전부터 야나기 사장님이 가시면 제단은 자기가 만들겠다고 말했었다.

"마나 씨."

부르는 소리에 고개를 돌려 보니 검은 앞치마를 두른 사오리 씨가 있었다. 얼마나 울었는지 아직도 눈가가 빨갛게 부은 그녀가 잘 부탁드린다며 희미하게 웃었다.

"제가 잘 부탁드려야죠. 늦어서 죄송해요. 어떻게 위로의 말씀을 드려야 할지 모르겠네요. 고인의 명복을 빕니다."

깊이, 깊이 고개를 숙였다. "아버님께 인사드리셔야죠." 사오리 씨가 다정하게 눈꼬리를 내리며 말했다.

"아주 편안한 얼굴이세요. 입관사 분께서 정성스럽게 화장해 주셨어요."

"아…."

다행이다. 어떤 분이지? 짐작 가는 분 얼굴을 머릿속으로 떠올리며 속으로 연신 감사하다고 되뇌었다. 평소와 똑같은 야나기사와 씨를 만날 수 있게 도와주셔서 감사합니다.

사오리 씨와 함께 관 앞에 섰다. 목화꽃에 둘러싸여 있는 야나기사와 씨는 사오리 씨 말대로 편안해 보였다. 안락한 곳에서 편안하게 잠들어 있는 사람처럼.

"아버님, 지금쯤 어머님을 만나셨을까요?"

사오리 씨의 목소리가 조용히 울렸다. 가실 수 있게 되셨으니 분명 부리나케 달려가셨을 거예요. 매일 불단 앞에서 어머님께 말씀하셨거든요. 그녀 목소리에서 간절한 바람이 느껴져 눈가가 젖어들었다.

"그럼, 이쪽은 별로 신경 쓰지 않으실지도 모르겠네요."

무심코 나온 내 대답에 사오리 씨가 그렇겠다며 작게 웃었다.

"마나 씨, 오셨어요?"

소스케 씨 인사에 나는 늦어서 죄송하다며 다시 머리를 숙였다. 마음 쓰지 말라며 미소 지은 그가 "괜찮으시면 식사하고 가세요"라며 유족 대기실을 가리켰다.

"주문 도시락 가게 야나기의 특별 음식을 준비했거든요."

"야나기에서요?"

나는 깜짝 놀랐다. 오늘은 야나기자와 씨가 돌아가신 날 밤이다. 도시락을 만들 상황이⋯. 말을 잇지 못하는 나를 보고 소스케 씨가 "야나기의 대장 장례식에 야나기 음식이 없으면 말이 안 되잖아요"라며 살짝 가슴을 폈다.

"제가 솜씨 좀 발휘했습니다."

그러니까 드시고 가세요. 그가 다시 한번 권하기에 나는 고개를 끄덕였다.

유족 대기실에는 사람들이 많았다. 모두가 평온한 얼굴을 하고 있었다. 어른들은 잔잔한 파도가 밀려오는 해변에 앉은 것처럼 조용히 담소를 나누고, 어린아이들은 구석에서 서로 얼굴을 맞대고 웃고 있다. 그들 앞에 정성이 깃든 맛있는 음식이 놓여 있었다.

내가 빈자리에 앉자, 옆에 있던 사람이 새 접시와 젓가락, 빈 잔을 내주었다. "술 드실래요? 단호박 조림이 정말 맛있어요. 박고지 김초밥도요. 다 먹기 전에 어서 들어요." "아, 감사합니다, 감사합니다." 나는 연신 고개를 숙여 인사하며 음식을 집어 들었다.

육수의 감칠맛이 느껴지는 두툼한 계란말이는 정말 맛있었다. 야나기자와 씨가 만든 계란말이와 똑같은 맛, 아니다, 풍미는 이쪽

401

이 더 좋은지도 모르겠다. 얼린 두부조림도, 삼치구이도, 하나같이 맛있었다.

"맛있다."

작지만 익숙한 목소리가 들려 고개를 돌렸더니 방 한쪽 끝에 사장님이 앉아 있었다. 그가 손에 든 작은 접시에도 계란말이가 올려져 있었다. 나도 다시 계란말이를 한 입 베어 물었다.

"소스케 씨, 정말 맛있어요."

"그렇죠?" 근처에 있던 그가 미소 지었다.

"앞으로도 계속 만들 겁니다. 아버지의 맛을 더 맛있게 이어 갈 거예요."

그의 말에 사장님이 작은 접시에 시선을 고정한 채 나직이 대답했다.

"감사…합니다."

가위질 소리와 머리카락이 잘려 나가는 소리가 이어졌다. 머리가 점점 가벼워진다.

"사실은 말이야, 나. 그때 좀 충격이었달까? 그랬어. 네 머리 해준 미용사의 센스에 질투 같은 걸 느꼈어."

후코가 재밌다는 듯 말했다.

"정말? 그런 말 한 적 없잖아."

"그런 말을 어떻게 해! 와아! 이렇게 멋지게도 할 수 있구나 싶어서 충격받았어. 패배감 같은 걸 느꼈달까. 덕분에 나도 이렇게 헤어디자이너가 됐지만 말이야. 그래서인지 네 머리 모양에는 항상 신경이 쓰였어. 그랬는데, 오늘 뭔가 풀리는 기분이야."

처음 듣는 말에 나도 왠지 기분이 좋아졌다. 정말 그때의 나로 돌아갈 수 있을 것만 같다.

"마나, 언제 나쓰메가 있는 합동묘에 안 갈래? 널 보면 나쓰메도 깜짝 놀랄 거야."

"저 멋있는 애가 내 친구예요! 이러면서 막 자랑하는 거 아니야?"

기분 좋은 설렘을 감출 수가 없다. 거울 속 내가 점점 멋있어지고 있었다.

"우와! 최고다! 사쿠마 왕자님 재림인데!" 다른 직원들에게도 잘 어울린다는 칭찬을 한가득 받았다. 머리를 자르고 후코의 가게를 나온 나는 무심코 하늘을 올려다봤다.

초여름의 하늘은 끝없이 높고 빠져들고 싶을 만큼 파랗다.

"날씨 좋다!"

나는 오랜만에 쾌청해진 하늘을 잠시 바라보다가 다시 걷기 시작했다.

새벽의 틈새

1판 1쇄 인쇄   2024년 12월 9일
1판 1쇄 발행   2024년 12월 23일

지은이   마치다 소노코
옮긴이   이은혜

발행인   황민호
본부장   박정훈
책임편집   신주식
기획편집   최경민 윤혜림 이예린
마케팅   조안나 이유진
국제판권   이주은 김연
제작   최택순 성시원

발행처   대원씨아이(주)
주소   서울특별시 용산구 한강대로 15길 9-12
전화   (02)2071-2095
팩스   (02)749-2105
등록   제3-563호
등록일자   1992년 5월 11일

www.dwci.co.kr

ISBN   979-11-423-0379-1 (03830)